BASTEI LÜBBE TASCHENBUCH

Weitere Titel der Autorin:

Lockruf des Mondes
Im Bannkreis des Mondes
Im Mond des Raben
Unter dem Drachenmond

Titel in der Regel auch E-Book erhältlich

Über die Autorin:

Lucy Monroe lernte bereits mit vier Jahren lesen – und damit begann ihre Leidenschaft für Bücher. Mit den Jahren las sie sich durch alle Bücherregale, die ihr zur Verfügung standen. Dennoch machte es ihr selbst etwas Angst, als sie realisierte, dass sie sich nichts mehr wünschte, als Schriftstellerin zu werden. Aber nichts konnte sie davon abhalten, ihren Traum Realität werden zu lassen.

Auf Lucy Monroes englischsprachiger Homepage www.lucymonroe.com erhalten Sie weitere Informationen über die Autorin.

Lucy Monroe

KRIEGER DES MONDES

Roman

Aus dem amerikanischen Englisch von
Ulrike Moreno

BASTEI LÜBBE
TASCHENBUCH

BASTEI LÜBBE TASCHENBUCH
Band 17327

Dieser Titel ist auch als E-Book erschienen

MIX
Papier aus verantwortungsvollen Quellen
FSC® C014496

Vollständige Taschenbuchausgabe

Deutsche Erstausgabe

Titel der englischen Originalausgabe: »Warrior's Moon«
Originalverlag: Berkley Sensation
This edition published by arrangement with The Berkley Publishing Group,
a member of Penguin Group (USA) LLC,
a Penguin Random House Company.

Textredaktion: Dorothee Cabras
Titelillustration: Sabine Dunst, Guter Punkt, unter Verwendung von Motiven
von Thinkstock/Stockbyte; Thinkstock/Glenn Nagel;
shutterstock/MaxFrost; shutterstock
Umschlaggestaltung: Guter Punkt, München
Satz: Urban SatzKonzept, Düsseldorf
Gesetzt aus der New Caledonian
Druck und Verarbeitung: GGP Media GmbH, Pößneck
Printed in Germany
ISBN 978-3-404-17327-3

5 4 3 2 1

Für Patty und Curtis, meine lieben Freunde und angeheirateten Verwandten. Curtis, deine Musik half mir, Hunderte von Seiten zu schreiben, und Patty, dein Gefallen an meinen Geschichten und Charakteren berührt mein Herz. Alles Liebe für euch beide!

Prolog

Der Beginn

Vor Tausenden von Jahren erschuf Gott ein Volk, das so streitbar war, dass sogar seine Frauen im Kampf gefürchtet waren. Sie waren ein durch und durch kriegerisches Volk, das es ablehnte, sich irgendwelchen anderen Regeln als den eigenen zu unterwerfen ... gleichgültig, wie groß die Armeen waren, die ausgesandt wurden, um sie zu bezwingen.

Ihre Feinde sagten, sie kämpften wie Tiere; ihre geschlagenen Gegner sagten nichts mehr, denn sie waren tot.

Sie wurden als primitives, barbarisches Volk betrachtet, weil sie ihre Haut mit blauen Tätowierungen verunstalteten. Diese Zeichnungen waren schlicht und gaben die schmucklosen Umrisse eines einzelnen Tieres über ihren Herzen wieder. Die Anführer wurden mit aufwendigeren Bändern um ihre Arme gekennzeichnet. Paare erhielten Kennzeichen, die ihre Bindung deutlich machten.

Und trotzdem waren ihre Feinde nie imstande gewesen, die Bedeutung irgendwelcher dieser bläulichen Tätowierungen zu entschlüsseln.

Einige mutmaßten, dass sie Symbole ihrer kriegerischen Natur waren, womit sie teilweise auch recht hatten, denn die Tiere standen für einen Teil ihrer selbst, der von diesem wilden, freiheitsliebenden Volk unter Todesstrafe geheim gehalten wurde. Es war ein Geheimnis, das sie in all den Jahrhunderten ihrer Existenz bewahrt hatten, als die meisten von ihnen quer durch Europa abgewandert waren, um sich im unwirtlichen Norden Schottlands anzusiedeln.

Ihre römischen Feinde nannten sie *Pikten*, und dieser Name wurde auch von anderen Völkern ihres Landes und der Länder weiter südlich übernommen, doch sie selbst bezeichneten sich als Chrechten.

Ihr tierähnliches Verhältnis zu Kampf und Eroberung rührte von einem Teil ihrer Natur her, der ihren rein menschlichen Gegenstücken nicht gefiel. Denn diese kämpferischen Geschöpfe waren Gestaltwandler.

Die bläulichen Tätowierungen auf ihrer Haut waren Kennzeichen, die im Verlauf eines Übergangsritus verliehen wurden, wenn sie ihre erste Verwandlung durchmachten. Einige Männer hatten die Kontrolle über diese Verwandlung; bei anderen war es der Vollmond, der ihre Veränderung bestimmte, bis sie an dem geheiligten Geschlechtsakt teilnahmen. Die Frauen aller Rassen erfuhren sowohl ihre erste Umwandlung in Tiergestalt als auch die spätere Kontrolle darüber mit dem Einsetzen ihrer ersten Menstruation.

Einige verwandelten sich in Wölfe, andere in riesige Raubkatzen und wieder andere in größere Vogelarten wie Adler, Falken und Raben.

Das eine, was alle Chrechten gemeinsam hatten, war, dass sie sich nicht so schnell oder zahlreich fortpflanzten wie ihre rein menschlichen Brüder und Schwestern. Obwohl sie eine Furcht erregende Spezies waren und ihre Schläue und Gerissenheit noch verstärkt wurde durch ein Verständnis der Natur, das die meisten Menschen nicht besaßen, waren sie jedoch nicht tollkühn und wurden auch nicht von ihrer tierischen Natur beherrscht.

Ein Krieger (egal, ob männlich oder weiblich) konnte hundert Feinde töten; doch falls er starb, ohne Nachwuchs gehabt zu haben, führte sein Tod zu einer unvermeidlichen Verringerung der Rasse. Einige piktische Clans und solche, die in anderen Teilen der Welt unter anderen Namen bekannt waren, hatten es schon vorgezogen auszusterben, statt sich den ihnen unterlegenen, aber weitaus zahlreicheren Menschen um sie herum zu unterwerfen.

Die *Faol* der schottischen Highlands waren zu klug, um lieber dem Untergang ihrer Rasse ins Auge zu blicken, als sich mit den Menschen zu vermischen. Diese Wolfs-Gestaltwandler sahen einen Weg in die Zukunft. Im neunten Jahrhundert nach Christus bestieg Keneth MacAlpin den schottischen Thron. Obwohl er von faol-chrechtischer Herkunft seitens seiner Mutter war, hatte MacAlpins menschliche Natur sich durchgesetzt.

Er war nicht »verwandlungsfähig«, was ihn jedoch nicht davon abhielt, Anspruch auf den piktischen Thron zu erheben, wie er zu jener Zeit genannt wurde. Um sein Königtum zu sichern, verriet er bei einem Abendessen seine Faol'schen Brüder, indem er alle noch verbliebenen Mitglieder der königlichen Familie ihres Volkes ermordete. Damit verursachte er bei den Chrechten ein für immer tief verwurzeltes Misstrauen rein menschlichen Geschöpfen gegenüber.

Trotz dieses Misstrauens, aber auch im bitteren Bewusstsein der Konsequenzen von MacAlpins Verrat, erkannten die Faol oder Wölfe unter den Chrechten, dass ihnen im Kampf gegen die ständig wachsende und immer weiter vordringende menschliche Rasse nur eine Möglichkeit blieb, wenn sie nicht aussterben wollen: Sie mussten sich den keltischen Clans anschließen.

Und das machten sie.

Soweit dem Rest der Welt bekannt war – und obwohl zahlreiche Beweise für ihre frühere Existenz vorhanden waren –, gab es das einst als Pikten bekannte Volk nicht mehr.

Da es nicht ihrer Natur entsprach, von anderen als ihren eigenen Leuten regiert zu werden, wurden die keltischen Clans, die die Chrechten aufgenommen hatten, innerhalb von zwei Generationen von verwandlungsfähigen Herrschern angeführt, die ihre Natur mit Wölfen teilten. Und obwohl die meisten der rein menschlichen unter ihnen nichts davon wussten, wurden einigen wenigen die Geheimnisse ihrer Clan-Mitglieder anvertraut. Diejenigen, die über diese Geheimnisse im Bilde waren, wussten, dass es den sicheren und sofortigen Tod bedeutete, sich nicht an den Schweigekodex zu halten.

Geschichten von anderen Gestaltwandler-Rassen, den Éan und den Paindeal, wurden am Lagerfeuer erzählt oder den Kindern am Abend, bevor sie schlafen gingen. Da die Wölfe jedoch seit Generationen keine Gestaltwandler mehr außer ihren eigenen gesehen hatten, begannen sie zu glauben, dass die anderen Rassen nur ein Mythos waren.

Doch Mythen schwangen sich nicht mit schwarzen, schimmernden Flügeln in die Lüfte auf. Mythen lebten nicht als Gespenster im Wald und atmeten Luft wie alle anderen Menschen oder Tiere. Die Éan waren kein Mythos; sie waren Vögel mit Fähigkeiten, die über die des bloßen Gestaltwandelns hinausgingen.

Vielen, die die Geschichten über ihren Prinzen für nichts weiter als Legenden hielten, konnte ihr Unwissen vergeben werden. Denn wer hatte schon je von einem Mann gehört, der nicht nur die Gestalt eines Raben, sondern auch die des mystischen Drachen aus uralten Erzählungen annehmen konnte?

Und falls der Drache real war, waren es die *conriocht* dann auch, diese nur hinter vorgehaltener Hand erwähnten Faol, die in alten Zeiten die Rasse verteidigt hatten und sich sowohl in einen Wolf als auch in die Furcht erregende Bestie Werwolf verwandeln konnten?

Kapitel Eins

Seinen wahren Gefährten aufzugeben bedeutet,
seine eigene Seele aufzugeben.

– Geheiligtes Gesetz der Chrechten,
nach mündlicher Überlieferung

Auf den Ländereien der Sinclairs in den schottischen Highlands, 1150, unter der Regentschaft des schottischen Königs Dabid mac Mail Choluim

»Mama, schau – das sind ja Riesen!«

Es war nicht der aufgeregte Aufschrei ihres Sohnes, der das dumpfe Pochen in Shonas Kopf in einen stechenden Schmerz verwandelte, sondern der Anblick von Soldaten, die die Farben der Sinclairs trugen und sich rasend schnell auf Pferden näherten, die genauso hünenhaft wirkten wie sie.

Und keiner dieser Männer lächelte oder wirkte sonst irgendwie gastfreundlich.

Shonas Kopfschmerzen hatten eingesetzt, als sie den großen braunen Wolf entdeckt hatte, der sie dann fast den ganzen Morgen lang verfolgt hatte. Doch leider hatte das Pochen in ihrem Kopf sich nicht verzogen, als das Tier verschwunden war.

Aus Furcht vor einem Angriff des Wolfes war sie sehr angespannt und mit gezücktem Dolch in der Hand geritten. Das Tier hatte jedoch Abstand zu ihnen gehalten und war schließlich sogar davongelaufen, kurz bevor die Mittagssonne ihren Schatten auf die Erde warf.

Da Shonas Nerven vor Erschöpfung jedoch ohnehin schon

zum Zerreißen angespannt waren nach den Geschehnissen vor dieser Reise, hatte das Erscheinen des Wolfes sie an den Rand eines Nervenzusammenbruchs gebracht.

Doch Aufgeben kam für sie nicht infrage. Das Leben ihrer Kinder und zweier treuer Freunde hing davon ab, dass sie sich zusammennahm und nicht die Nerven verlor.

Und so hatte sie Marjory, ihre kleine Tochter, die abwechselnd bei Audrey und deren Zwillingsbruder Thomas mitgeritten war, wieder vor sich auf ihr eigenes Pferd gesetzt und die Reise fortgesetzt, als wäre sie nicht im Mindesten durch den Wolf verängstigt.

Sie hatte gehofft, dass ihr Glück auch weiterhin anhalten würde, wie es erstaunlicherweise während der fast zwei Wochen ihrer wilden Flucht nach Norden der Fall gewesen war, doch es hatte wohl nicht sein sollen.

Sie hatten es irgendwie geschafft, möglichen Verfolgern, die Shonas Stiefsohn ihnen hinterhergeschickt haben mochte, ebenso auszuweichen wie den Bewohnern der Clan-Gebiete, die sie und ihre kleine Gruppe durchquert hatten.

Bis jetzt zumindest. Am Abend zuvor hatten sie Sinclair'sches Land erreicht.

Shona konnte gut verstehen, dass ihr fünfjähriger Sohn die heranreitenden Soldaten für Riesen hielt. Wie einige der Männer aus ihrem früheren Clan waren diese Highlander mindestens einen Kopf größer und um die Hälfte breiter als alle Ritter, die ihrem toten Ehemann Gefolgschaftstreue geschworen hatten.

Angesichts der Schrecken, vor denen sie geflohen war, konnte Shona nur hoffen, dass diese eindrucksvollen Krieger zu dem Clan gehörten, dessentwegen sie nach Norden gekommen war, um dort Zuflucht zu suchen. Sie waren mehr als fähig, ihre kleine Gruppe zu beschützen, aber Shona hatte keine Freunde oder Verwandte unter den Sinclairs.

Und diese Reiter würden wohl kaum sehr wohlwollend auf das Erscheinen einer Engländerin reagieren; sie mussten es vielmehr als unerlaubtes Betreten ihres Territoriums empfinden. Shona konnte nur hoffen, dass der Laird ihr freies Geleit durch seine Ländereien gewähren würde, und wenn auch nur, um ihre Begleiter und sie loszuwerden.

Sie *musste* sich bis Balmoral Island durchschlagen.

Es war die einzige Chance, sich und ihre Kinder in Sicherheit zu bringen, ihre einzige Hoffnung, das Leben ihres Sohnes und die eigene Tugend zu bewahren. Oder was davon noch übrig war.

Denn auf Balmoral Island zumindest hatte sie Familie, auch wenn es nur entfernte Verwandte waren und Shona keinen Zweifel daran hegte, dass ihre Ankunft ein ziemlicher Schock für sie sein würde. Sie konnte nur hoffen, dass es keine gänzlich unliebsame Überraschung war.

»Das sind keine Riesen, Schatz, nur Krieger des Clans, der hier lebt.« Shona versuchte, zuversichtlich zu klingen, obwohl ihre Gedanken rasten und sie selbst große Angst verspürte.

»Wirklich?«, fragte Eadan mit einem ehrfurchtsvollen Ausdruck in den Augen, die genauso enzianblau wie die seines Vaters waren.

»Das sind Highland-Krieger?«, wollte auch Audrey wissen, bevor Shona die Frage ihres Sohnes bejahen konnte. »Die sind ja wirklich riesig!«

»So ist das wohl in den Highlands, nehme ich an.« Und auch bei den Clans, die in den Grenzgebieten lebten wie der, in dem sie aufgewachsen war.

Audrey warf ihrem Zwillingsbruder einen kurzen Blick zu. »Vielleicht wirst du ja noch wachsen, doch selbst wenn, glaube ich nicht, dass du je ihre Statur erreichen wirst.«

Thomas machte ein verärgertes Gesicht. »Das kannst du gar nicht wissen!«

Shona verstand nicht, warum sie sich überhaupt Gedanken darüber machten. Thomas und seine Schwester waren Engländer, Kinder eines unbedeutenden Barons, dessen Ländereien im Westen an die ihres toten Ehemannes grenzten und nur ein paar Meilen von Gebieten entfernt lagen, auf die der König von Schottland Anspruch erhob.

Audrey und Thomas hatten kein Zuhause mehr, zu dem sie zurückkehren konnten – nicht, seit ihr ältester Bruder das Baronat übernommen hatte.

Shonas schlafende Tochter regte sich in ihren Armen. »Mami, gibt es Riesen?«

Die dreijährige Marjory und ihr fünfjähriger Bruder waren so unterschiedlich wie Tag und Nacht. Marjory war zierlich wie Shona, hatte die gleichen grünen Augen und roten Locken und war sanft und still (worin sie ihrer Mutter allerdings so gar nicht glich).

Die Kleine vergötterte ihren älteren Bruder, der für sein Alter groß und fast schon unverfroren selbstbewusst war. Er war seinem Vater so ähnlich, dass Shona oft ganz weh ums Herz wurde. Doch das ließ sie sich vor ihren Kindern nie anmerken.

»Diese Männer sind die Wachen des Lairds, die uns begrüßen kommen«, behauptete sie, obwohl offensichtlich war, dass dies nicht stimmte.

Ein Blick ihrer beiden erwachsenen Begleiter verriet nur allzu deutlich, dass Shonas Worte sie nicht täuschen konnten. Aber keines ihrer Kinder war verängstigt, und das war das einzig Wichtige für sie. Shona musste einfach glauben, dass der Sinclair ein besserer Mann war als so manch andere in ihrem Leben. Sein Ruf als strenger, doch gerechter Clan-Führer, den er sogar viel weiter südlich in England besaß, hatte sie dazu bewogen, den Weg über seine Ländereien zu nehmen, statt eine umständlichere Route zu ihrem endgültigen Ziel zu wählen.

Sie ritten noch etwa zehn Minuten weiter, bevor sie auf die Sinclair-Krieger stießen.

Shona zügelte ihr Pferd, die anderen taten es ihr nach.

»Wer seid Ihr, und was habt Ihr auf unserem Land zu suchen?« Obwohl die Worte des groß gewachsenen Kriegers barsch klangen und seine Haltung schon fast feindselig anmutete, hatte Shona keine Angst vor ihm.

Irgendetwas an der Art des Mannes machte sie nahezu sicher, dass er ihnen nichts antun würde. Vielleicht war es die aufflackernde Besorgnis in seinen Augen, als er ihre Kinder sah. Dieser Sinclair'sche Soldat wäre sogar umwerfend gut aussehend gewesen ohne die hässliche Narbe an seiner Wange, doch Shona fühlte sich in keinster Weise zu ihm hingezogen.

Sie hatte in ihrem ganzen Leben immer nur einen Mann begehrt, obwohl sie mit einem anderen verheiratet gewesen war. Und daran hatte sich nichts geändert. Shona glaubte auch nicht, dass es sich jemals ändern würde, und sie beklagte ihr fehlendes Interesse am anderen Geschlecht auch nicht.

Männern konnte man nicht vertrauen, davon war Shona überzeugt, und es war besser für sie, wenn sie das, was von ihrem Herzen noch übrig war, für ihre Kinder aufbewahrte. Und nur für ihre Kinder.

»Ich bin Shona, Lady Heronshire, und erbitte freies Geleit über die Ländereien Eures Lairds, um meine Verwandten auf Balmoral Island zu besuchen.« Ihre Worte waren steif, aber in tadellosem Gälisch, ihrer Muttersprache, gesprochen.

»Habt Ihr Euch diese Narbe bei einem Kampf geholt?«, warf Eadan auf Gälisch ein, bevor der Krieger dazu kam, Shonas Frage zu beantworten.

Audrey schnappte nach Luft, doch Shona seufzte nur. Es gab nun mal keinen Schlüssel, mit dem man den Mund ihres Sohnes hätte verschließen können.

Der grimmig dreinblickende Krieger wandte seine Aufmerksamkeit wieder dem Fünfjährigen zu und betrachtete Eadan eine ganze Weile prüfend. Shona wurde mit jedem Augenblick, der verstrich, nervöser. Warum war dieser Mann so interessiert an ihrem Sohn?

Überraschung flackerte kurz in den grauen Augen des Kriegers auf, bevor sie sich zu einem unerklärlich abwägenden Blick verengten. »So ist es. Begleitest du deine Mutter als ihr Beschützer?«

Shona konnte sich das Interesse des Mannes an Eadan wirklich nicht erklären – oder höchstens mit Erstaunen darüber, dass ein so kleines *englisches* Kind so gut Gälisch sprach. Da sie mit ihren Kindern jedoch schon seit deren Geburt in ihrer Muttersprache geredet hatte, konnten beide sich genauso gut auf Gälisch wie auf Englisch verständigen.

Genau wie sie.

Ihr Sohn vielleicht noch besser als sie selbst. Sein Verständnis der englischen Sprache überstieg ihr eigenes, obwohl sie jahrelang in diesem Land gelebt hatte.

Eadan drückte die schmale Brust heraus und tat sein Bestes, um so grimmig dreinzuschauen wie die Krieger vor ihnen. »So ist es.«

»Du klingst wie ein Schotte, Junge, bist aber gekleidet wie ein Sassenach.«

»Was ist ein Sassyneck?«, flüsterte die kleine Marjory auf Shonas Schoß.

»Ein Engländer«, antwortete der große Krieger mit einem kaum wahrnehmbaren Lächeln über Marjorys ungewöhnliche Aussprache des Wortes, was bewies, dass er ihre leise Frage mitbekommen hatte.

»Oh.« Marjory steckte rasch den Daumen in den Mund. Es war eine Angewohnheit, die Shona und Audrey ihr abzugewöhnen versucht hatten, doch das kleine Mädchen nuckelte immer noch am Daumen, wenn es nervös oder übermüdet war.

Nach der zweiwöchigen äußerst strapaziösen Reise und der Begegnung mit Männern, die mehr wie Riesen wirkten als wie Soldaten, war die Kleine zweifelsohne beides. Shona seufzte wieder.

Das brachte die Aufmerksamkeit des Anführers zu ihr zurück. »Ich bin Niall, Stellvertreter des Lairds der Sinclairs. Meine Männer und ich werden Euch zur Burg begleiten.«

»Danke.« Was Shona jedoch eigentlich sagen wollte, war: *Danke, aber ich verzichte.*

Sie würde lieber ohne Unterbrechung zu der Insel weiterreiten. Shona war des Reisens müde und würde sich nicht eher sicher fühlen, bis sie das Versprechen des Lairds der Balmorals erlangt hatte, sie und ihre kleine Gruppe zu beschützen.

Die Gastfreundschaft des anderen Lairds zurückzuweisen würde jedoch nicht nur als unhöflich betrachtet werden, sondern wahrscheinlich auch nichts nützen. Man würde sie vermutlich trotzdem zu der Burg bringen, egal, was sie auch dazu sagen mochte.

Sie hatte schon vor langer Zeit gelernt, dass manche Dinge außerhalb ihrer Kontrolle lagen.

Die Burg war eine Festung, viel eindrucksvoller als die der MacLeods, in der Shona aufgewachsen war, und sogar noch imposanter als die ihres verstorbenen Ehemannes. Die hohe Mauer um den Wohnsitz des Lairds und die Wachtürme waren aus Stein, auch wenn die Gebäude innerhalb der Mauern hauptsächlich aus Holz bestanden.

Die Burg selbst stand auf einem von Menschenhand geschaffenen Hügel, der nur über einen schmalen Pfad erreichbar war. Und irgendwie wusste Shona jetzt schon, dass Niall ihnen gleich erklären würde, ihre Pferde könnten sie auf diesem Weg nicht mitnehmen. Selbst aus der Entfernung sah die Burg weitläufig genug aus, um mindestens fünfzig oder mehr Menschen in ihrem Großen Saal aufzunehmen. Die solide Struktur der Festung ließ Shona wünschen, sie selbst gehörte zum Sinclair-Clan. Aber sie konnte nur hoffen, dass die Balmorals genauso sicher lebten.

Im Burghof wimmelte es von Kriegern und Clan-Angehörigen, von denen viele sich für die Neuankömmlinge zu interessieren schienen. Andere waren jedoch auch ein wenig misstrauisch, den vorsichtigen Blicken nach zu urteilen, die Shona und ihre Begleiter von ihnen empfingen. Die unverhohlene Feindseligkeit den wie Engländer gekleideten Gästen gegenüber, mit der sie schon fast gerechnet hatte, blieb aber erstaunlicherweise völlig aus.

Niall brachte sein Pferd zum Stehen, und die Krieger, die bei ihm waren, taten es ihm nach. Auch Shona hielt ihre müde Stute an, selbst so erschöpft, dass sie nicht einmal sicher war, es vom Pferderücken hinunterzuschaffen, ohne sich und die schlafende Marjory zu Fall zu bringen.

»Sollen wir dann absitzen?«, fragte Audrey mit ebenso wenig Enthusiasmus in der Stimme, wie auch Shona selbst empfand. Sie öffnete den Mund, um Audrey zu antworten, als ihr Blick auf einen Krieger fiel, der in der Nähe des Außenbereichs der Schmiede stand.

Der Mann, der mindestens so groß und breitschultrig wie Niall war, trug die Farben ihres eigenen früheren Clans, ohne jedoch ein Hemd unter dem MacLeod'schen Plaid, das ihm zumindest einen Anflug von Kultiviertheit verliehen hätte.

Und die Art und Weise, wie er ihnen den Rücken zukehrte, machte sein mangelndes Interesse an den englischen Fremden mehr als offensichtlich.

Shona konnte jedoch nicht das gleiche Desinteresse empfinden.

Nicht, wo jeder Zentimeter seiner arroganten Haltung ihr ebenso vertraut war wie die Mähne ihrer Stute nach einer Woche im Sattel.

Sein schwarzes Haar war ein bisschen länger als vor sechs Jahren, die blauen Tätowierungen, die seine linke Schulter und den Arm bedeckten, waren neu hinzugekommen, und seine Muskeln waren ausgeprägter, aber sie wusste ohne jeden Zweifel, wer dieser MacLeod'sche Soldat war, der so selbstbewusst unter den Sinclairs stand.

Caelis. Ihr Geliebter. *Der Mann, der sie verraten hatte.*

Allein schon der Klang seines Namens in ihrem Kopf brachte ihr Herz zum Rasen und ließ sie unwillkürlich die Hände zu Fäusten ballen.

Betrüger!, schrie diese Stimme hinter ihrer Stirn, die nie ganz verstummt war, seit Shona gezwungen gewesen war, einen anderen Mann zu heiraten. *Du bist mein!*, begehrte das Herz auf, das gelernt hatte, dass dieser Mann weder Liebe noch Vertrauen verdiente.

Und sie hatte ihm ihre Liebe und ihre Unschuld geschenkt.

Geschenke, die er ihr mit falschen Versprechungen und schließlich sogar Zurückweisung vergolten hatte.

Shona hatte gedacht, sie würde ihn nie wiedersehen; sie war sogar sicher gewesen, dass nicht einmal ihre Rückkehr nach Schottland dazu führen würde, dass sich ihre Wege noch einmal kreuzten.

Immerhin war sie nie wieder zu ihrem früheren Clan zurückgekehrt und hatte seine Ländereien auch jetzt auf der Reise nach Norden sehr sorgfältig gemieden. Sie hatte nicht das Bedürfnis, ihrem früheren Laird zu begegnen, und viel weniger sogar noch dem Mann, der ihr damals die Ehe versprochen hatte.

Wie grausam vom Schicksal, etwas anderes zu diktieren! Dafür zu sorgen, dass trotz der Angewohnheit ihrer früheren Clan-Angehörigen, strikt unter sich zu bleiben, dieser Mann an diesem Ort sein würde – ausgerechnet an dem einen Tag, den sie auf der Burg der Sinclairs verbringen würde!

Ihre Stute warf den Kopf zurück, als Shona die Zügel unwillkürlich fester anzog, und sie konnte nur froh sein, dass sie nicht mehr in Bewegung waren. Die Zügel so straff zu halten war ein sicherer Weg, sogar von einem treuen, sanftmütigen Pferd abgeworfen zu werden.

Marjory schlief weiter, ohne etwas von dem Beinahe-Unfall, ihrer neuen Umgebung und dem inneren Aufruhr ihrer Mutter mitzubekommen.

Als könnte Caelis Shonas Blicke auf sich spüren, drehte er sich um. Langsam und ohne Anzeichen von Neugierde glitten seine enzianblauen Augen über sie, und sein Gesichtsausdruck wurde abweisend, als er ihre englische Kleidung bemerkte.

Shona konnte den genauen Moment bestimmen, in dem er sie erkannte und ihm bewusst wurde, dass sie nicht bloß irgendeine Engländerin, sondern eine Frau aus seiner Vergangenheit war.

Er versteifte sich und riss derart schockiert die Augen auf, dass Shona es vielleicht sogar amüsant gefunden hätte, wenn sie über sein Erscheinen in ihrem ohnehin schon turbulenten Leben nicht so bestürzt gewesen wäre.

Caelis bewegte sich, als wollte er einen Schritt auf sie zugehen, und stolperte.

Wie seltsam! Er war ein sehr selbstbewusster, trittsicherer Mann. Vielleicht hatte einer der anderen Krieger ihm ein Bein gestellt? Männer spielten einander gern solche Streiche.

Doch während ihr diese unsinnigen Gedanken noch durch den Kopf gingen, wurde sie plötzlich von Panik ergriffen. Caelis durfte Eadan nicht sehen! Ihr Sohn durfte niemals den Mann kennenlernen, der Eadans bloße Existenz bestritten und die Frau, die er zu lieben behauptete, zurückgewiesen hatte.

Sie mussten fort von hier! *Auf der Stelle! Der Laird der Sinclairs wird auf das Vergnügen verzichten müssen, unsere Bekanntschaft zu machen.*

Dieser Gedanke allein gab ihr die Kraft, den Blick von Caelis loszureißen, als sie herumfuhr, um sich nach Eadan umzusehen.

Er stand schon auf dem Boden, die kleine Hand in Nialls Pranke, und ein nicht ganz so großer Mann hatte sich zu dem hünenhaften Krieger und dem Jungen gesellt und sprach mit einem gewinnenden Lächeln mit den beiden.

Shona wollte sie anschreien, ihren Sohn *bitte* wieder auf sein Pferd zu setzen und ihr dann aus dem Weg zu gehen. Doch kein Wort kam über ihre Lippen. Sie konnte sich weder bewegen noch sprechen; sie saß vollkommen reglos und wie erstarrt vor Panik auf ihrer Stute.

Und obwohl sie noch ganz und gar von dem Drang zu fliehen beherrscht war, wusste sie doch schon, wie hoffnungslos das wäre.

Selbst wenn sie sich bewegen oder reden könnte, um Niall zu bitten, ihren Sohn wieder auf sein Pferd zu setzen, würde man ihr und ihren Begleitern nicht erlauben, die Sinclair'sche Festung zu verlassen, ohne den Burgherrn gesehen zu haben. Das war bereits beschlossene Sache.

Und wie schon viel zu oft in ihrer Vergangenheit musste Shona sich wieder einmal eingestehen, dass sie von den Launen von Männern abhängig war, die Macht über sie hatten. Diesmal war es nur durch ihr unerlaubtes Betreten des Sinclair'schen Territoriums dazu gekommen, aber das würde für den Clan-Chef keine Rolle spielen.

Er war ein mächtiger Mann, der Gehorsam fordern würde.

So war das nun einmal.

Plötzlich wurde Shona von einer Welle der Hoffnungslosigkeit überflutet, in der sie zu ertrinken drohte.

Ihr Sohn befand sich außerhalb von Caelis' Sichtlinie, doch das war kein großer Trost für Shona, weil der Krieger ihr Kind bestimmt bald sehen würde, und was dann? Dann würde er die Wahrheit erkennen, egal, wie gern er sie vielleicht auch ignorieren würde.

Was er mit dieser Wahrheit anfangen würde, konnte Shona jedoch nicht einmal erraten. Aber sicherlich würde es nichts Gutes für sie sein. In den letzten sechs Jahren hatte sie feststellen müssen, dass Männer nur selten Entscheidungen trafen, die Frauen zugutekamen.

Und schon gar nicht ihr.

Caelis war nur der erste Mann auf einer langen Liste in ihrem Leben gewesen, der ihr diese Tatsache vor Augen geführt hatte.

»Shona …«

Sie senkte den Blick und sah, dass Audrey und Thomas näher gekommen waren und neben ihrer Stute standen. Audrey hatte schon die Hände erhoben, um ihr Marjory abzunehmen, damit sie aus dem Sattel steigen konnte.

Wann waren die beiden von ihren Pferden abgestiegen?

»Alles in Ordnung mit dir?«, fragte Thomas mit unüberhörbarer Besorgnis in der Stimme. Seine wie auch Audreys Miene waren von der gleichen Unruhe geprägt. »Wir haben dich *dreimal* angesprochen.«

»Ich … nein«, antwortete sie aufrichtig, bevor sie es verhindern konnte.

»Was gibt's?« Plötzlich war Niall da, der sich erstaunlich schnell bewegt haben musste. »Braucht Ihr Hilfe beim Absitzen, Lady Heronshire?«

Auch er streckte die Arme nach Marjory aus. »Gebt mir die Kleine!«

Shona ließ die Zügel fallen und schlang beschützend die Arme um ihre Tochter.

»Lass die Finger von ihr!« Die barschen Worte kamen von irgendwo hinter Niall, und dann war plötzlich Caelis da und stieß den anderen Krieger von Shonas Pferd weg.

Niall fuhr zu Caelis herum, schob ihn nicht weniger grob zurück und fuhr ihn an: »Den Teufel werde ich tun!«

»Sie gehört mir«, knurrte Caelis mit einer Stimme, die der eines Tieres so ähnlich war, dass die Worte fast nicht zu verstehen waren.

»Beruhige dich, Mann!«, schnauzte Niall ihn an, der aus irgendeinem Grund schon weniger verärgert klang, aber dennoch nicht zurücktrat. »Die Engländerin ...«

»Sie ist *keine* Engländerin.«

»Siehst du nicht, wie sie gekleidet ist? Sie ist eine Dame, Caelis. Also sei doch mal vernünftig!«

Doch Caelis schien jenseits jeglicher Vernunft zu sein, denn seine Angriffslust ließ überhaupt nicht nach. Und Shona konnte das beim besten Willen nicht verstehen. In keinem Szenario dieses Moments, den sie sich jemals ausgemalt haben mochte, hätte sie gedacht, dass er Anspruch auf ihren Sohn erheben würde ... oder war es ihre Tochter, um die es ihm ging?

Nichts von alldem ergab einen Sinn für sie.

Marjory wählte ausgerechnet diesen Augenblick, um zu erwachen, und zappelte heftig, als sie versuchte, sich aufzurichten. »Mami, ich will runter.«

Caelis fuhr zusammen, als wäre er von einem Pfeil getroffen worden, und sein Blick schoss zu dem kleinen Mädchen, das Shona in den Armen hielt. Seine Gesichtszüge verzerrten sich von irgendeinem machtvollen Gefühl, und dann suchten seine blauen Augen, die denen ihres Sohnes so ähnlich waren, Shonas Blick, und er sah sie unverkennbar anklagend an.

Sie starrte zurück, so trotzig und wütend, wie sie es nicht mehr gewesen war seit jener Nacht, in der er ihr gesagt hatte, es sei vorbei.

Die große Angst, die sie in den letzten Monaten gequält hatte, ihre Wut über die Falschheit der Männer seit Caelis' Verrat von vor sechs Jahren, gefolgt von dem Verrat von anderen – ihres eigenen lieben Vaters eingeschlossen –, verstärkten diese Wut so sehr, dass sie Caelis mit ihrem Blick zu Asche verbrannt hätte, wenn dies möglich gewesen wäre.

Sein Kopf fuhr zurück, und wieder zeigte sich Überraschung auf seinen gut aussehenden Zügen, auch wenn Shona meinte, diesmal auch Verwirrung in ihnen zu lesen.

Seine Überraschung fachte Shonas Wut sogar noch an. Dachte er etwa, sie hätte vergessen, wie er sie benutzt und dann fallen gelassen hatte? Oder nahm er etwa an, sie würde ihm das nicht mehr nachtragen?

Dann war er noch dümmer, als sie gedacht hatte.

Sie würde seinen Verrat niemals vergessen. Schließlich verbrachte sie jeden Tag mit einer lebendigen Erinnerung daran.

Und worüber Caelis verwirrt sein könnte, war ihr ebenfalls ein Rätsel. Glaubte er, nur weil *er* sie nicht gewollt hatte, wäre auch kein anderer Mann an einer Ehe mit ihr interessiert gewesen?

Dieser arrogante Kerl!

»Mama?«, hörte sie die besorgte Stimme ihres Sohnes, der noch immer neben Niall stand.

Sie musste Eadan sagen, dass alles in Ordnung war, doch sie konnte den Blick nicht von Caelis' Gesicht abwenden, als er zum ersten Mal den Sohn erblickte, den sie gemeinsam in die Welt gesetzt hatten.

Das Kind, das es nie geben würde, wie er behauptet hatte.

Und sie war naiv genug gewesen, ihm zu glauben. Diesen Fehler würde sie nie wieder machen.

Kapitel Zwei

Die Stärke eines Faol bedeutet nicht viel angesichts des Zorns seiner Gefährtin.

– Lachlan, Laird des Clans der Balmorals

Dem Krieger schwanden die Sinne.

Mit einem dumpfen Aufprall schlug sein großer, muskulöser Körper auf dem Boden auf.

Caelis hatte einen Blick auf ihren Sohn getan, und seine blauen Augen hatten sich geweitet, als die Erkenntnis ihn durchströmte, doch kurz darauf hatte sich Bestürzung auf seinem Gesicht widergespiegelt, und dann war der große Krieger umgefallen wie ein gefällter Baum.

Mehrere Leute, neben den Sinclairs auch Shonas Freunde, gaben Laute von sich, die Erschrecken, ja Schock ausdrückten.

Mit wild pochendem Herzen, auch wenn sie nicht wusste, warum sie um diesen Schuft besorgt sein sollte, starrte Shona den Bewusstlosen an und ignorierte alle anderen, bis ihr Sohn sie ansprach.

»Ist er jetzt tot wie mein Herr?«

Die Tatsache, dass ihr verstorbener Ehemann auf dieser formellen Anrede seitens des Jungen bestanden hatte, den alle außer ihm und Shona für seinen Sohn hielten, war ihr nie absurder (und trotzdem passend) erschienen als in diesem Moment, als Eadan auf die bewusstlose Gestalt des Mannes herabsah, der sein leiblicher Vater war.

Niall schüttelte den Kopf und wandte sich von dem anderen großen Soldaten ab, als wäre ein Krieger, der zusammenbrach, nicht sonderlich bemerkenswert. »Nein, mein Junge, er lebt. Er hält nur ein Schläfchen.«

»Auf dem Boden?«, fragte Eadan und blickte mit halb zugekniffenen Augen unsicher zu Niall auf.

»Aye.«

»Er ist in Ohnmacht gefallen«, sagte der etwas kleinere Mann, der sich vorher mit ihrem Sohn und Niall unterhalten hatte, nicht ohne Schadenfreude.

»Wie die Jungfern in den Geschichten, die Audrey uns erzählt?«

Niall lachte schnaubend. »Ja, genau wie die.«

»Audrey?«, fragte der rothaarige kleinere Mann. »Nicht deine Mutter?«

»Mama erzählt nie Geschichten, in denen die Jungfer in Ohnmacht fällt oder gerettet werden muss. In all ihren Geschichten kämpfen die Ritter und Prinzessinnen Seite an Seite. Mein Herr sagte, sie wären Unsinn, doch Marjory und mir gefallen sie«, erklärte Eadan mit unerschütterlicher Loyalität.

»Das sollten sie auch«, meinte Niall und zauste dem Jungen das Haar. »Und nun geh mit Guaire, der dich und die anderen zur Burg bringen wird.«

»Und was ist mit Mama?« Eadan zögerte, legte die Stirn in Falten und warf seiner Mutter einen besorgten Blick zu.

Shona konnte nicht einmal ein beruhigendes Lächeln für ihn aufbringen, doch trotz ihrer wie zugeschnürten Kehle schaffte sie es zu sagen: »Geh mit Herrn Guaire, Schatz.«

»So, Mylady.« Niall streckte wieder die Hände aus. »Reicht mir jetzt das Mädchen an!«

»Ich heiße Marjory«, belehrte ihre Tochter den hünenhaften Mann.

»Ja, mein Kind, das hörte ich, und es ist ein wirklich hübscher Name. Wirst du jetzt zu mir herunterkommen?«

Marjory, deren Schüchternheit sich wieder durchsetzte, drückte ihr Gesicht an Shonas Brust.

Nun trat Thomas vor. »Komm, Pummelchen, Onkel Thomas wird dich tragen.«

Marjory schüttelte den Kopf, ohne das Gesicht von der sicheren Zufluchtsstätte abzuwenden, die sie sich geschaffen hatte.

Shona hätte gelacht, wenn ihr danach zumute gewesen wäre. Die Scheu ihrer Tochter und ihr Dickkopf waren nur allzu gut bekannt.

»Wie soll deine Mama von dem Pferd herunterkommen, wenn du sie nicht loslässt?«, versuchte Audrey, die Kleine zu überreden.

Aber vergeblich.

»Wir bleiben hier. Das ist gemütlich«, behauptete Marjory. Ihre Stimme war gedämpft, weil das Mädchen das Gesicht noch immer an Shonas Körper drückte.

»Möchtest du denn nicht den Burgherrn kennenlernen?«, fragte Thomas.

Doch das waren genau die falschen Worte, weil Marjory Shona daraufhin nur noch fester umklammerte und ihre Weigerung sehr laut und deutlich zum Ausdruck brachte.

Caelis stöhnte und bewegte sich auf dem Boden. Schockierenderweise war es genau das, was Marjory dazu veranlasste, ihren festen Griff um die Taille ihrer Mutter zu lockern und sich umzudrehen. So sah sie gerade noch, wie der große Mann sich aufsetzte.

»Du bist gefallt.« Marjorys Beobachtung wurde mit einem verwirrten Nicken quittiert. »Ich schlafe manchmal am Tag, aber Eadan nicht. Große Jungen machen so was nicht.«

Marjory sprach eine Mischung aus Englisch und Gälisch, die Shona längst zu verstehen gelernt hatte. Caelis' perplexer Blick verriet jedoch sein Unverständnis. Shona wusste aber, dass er in seinem Clan ein wenig Englisch gelernt hatte, wie auch sie in ihrem, und war daher nicht überrascht, als sich seine Verwirrung legte.

»Ich schlafe normalerweise auch nicht am Tag, Prinzessin.«

»Ich bin keine Prinzessin.«

Shona war so verblüfft über Caelis' Freundlichkeit ihrer Tochter gegenüber, dass sie scharf die Luft einzog.

Er warf ihr einen kurzen Blick zu, bevor er sich wieder dem kleinen Mädchen zuwandte. »Bist du sicher? Du siehst aus wie eine«, sagte er zu Marjory, bevor er aufstand, sich den Staub von den Kleidern klopfte und die neugierigen Blicke der Sinclairs um sie herum ignorierte. Es schien ihm nicht das Geringste auszumachen, vor einem Burghof voller Menschen zusammengebrochen zu sein.

Sechs Jahre zuvor hätte er es nicht so leichtgenommen, anderen gegenüber Schwäche zu zeigen.

»Mein Papa war ein Baron.«

»Ist er es denn nicht mehr?«, fragte Caelis.

»Er ist tot. Jetzt ist mein Bruder Baron, doch ich glaube, er mag Eadan und mich nicht.«

Kindermund tut Wahrheit kund.

Als Caelis Shona diesmal ansah, wich sein Blick nicht mehr von ihr. »Du bist Witwe?«

»Ja.«

»Gut.«

»Das ist wohl kaum eine zivilisierte Bemerkung, wenn man erfährt, dass der Ehemann einer Frau verstorben ist«, hielt Shona ihm vor.

Obwohl sie nicht behaupten konnte, bekümmert über Henrys Tod zu sein, war die Tatsache, dass sie *wieder einmal* auf der Welt allein gelassen worden war, ohne auch nur den geringfügigen

Schutz des Barons zu genießen, wohl kaum ein Grund zur Freude.

»Ich bin kein zivilisierter Mann.«

Was das anging, würde sie ihm ganz gewiss nicht widersprechen. Es hatte eine Zeit gegeben, in der sie die wilde Seite seiner Natur sogar sehr anziehend gefunden hatte. Doch das war Vergangenheit. »Trotzdem kann ich mir nicht erklären, warum du meine derzeitige Lage für eine *gute* halten solltest.«

Sie hatte ein Joch abgeworfen, nur um zu riskieren, jetzt unter ein weiteres, viel schwereres gezwungen zu werden.

Caelis zuckte mit den Schultern. »Es ist gut, weil ich ihn so nicht umbringen muss.«

Shona schnappte nach Luft, zutiefst schockiert und außerstande zu begreifen, wie er ein derartiges Gefühl in Worte fassen konnte. »Wie kannst du so etwas vor meinen Kindern sagen!«

Ein Anflug von Bedauern flackerte in Caelis' Augen auf, aber dann biss er die Zähne zusammen und setzte die unbeugsame Miene auf, an die sie sich besser erinnerte, als ihr lieb war. »Bitte verzeiht mir, dass ich so vor Euch gesprochen habe, Prinzessin.«

Marjory kicherte.

»Und was ist mit mir?«, fragte Eadan.

»Du bist ein großer Junge, fünf Jahre schon, nicht wahr?«, entgegnete Caelis.

Eadan nickte, ohne wie üblich nachzufragen, wie er das wissen konnte.

»Was Krieger so daherreden, wird dich also nicht erschüttern«, stellte Caelis in einem sehr bestimmten Tonfall fest.

Eadan plusterte sich bei dem angedeuteten Lob regelrecht auf und nickte ernst. »Manchmal muss ein Mann tun, was getan werden muss.«

Caelis warf Shona einen Blick zu. »Das ist eine Redensart unter Kriegern.«

»Ich weiß. Mein Großvater hat mir das gesagt«, erklärte Eadan stolz.

»Und wo ist dein Großvater jetzt?«

Eadans Augen verdüsterten sich vor Kummer. »Tot. Ein Pferd hat ihn getreten.«

»Welches Pferd?«

»Meins.«

»Es war nicht dein Pferd, Schatz. Es war nur das falsche Pferd für dich, auf das ein Dummkopf dich gesetzt hatte.« Shona hasste die Schuldgefühle, mit denen ihr Sohn wegen des Todes seines geliebten Großvaters zu kämpfen hatte. Zu Caelis sagte sie: »Eadans älterer Bruder hatte ihn auf ein noch nicht eingerittenes Pferd gesetzt. Percival behauptete, nicht bemerkt zu haben, wie unberechenbar das Tier war. Mein Vater starb, um meinen Sohn zu retten.«

»Das ist kein Bruder.« Caelis' Ton ließ keine Widerrede zu.

Shona blieb eine Antwort erspart, weil Eadan ihr zuvorkam. »Nein. Lord Percival ist ein schlechter Mensch. Ich will ihn nicht zum Bruder haben. Mama sagte, ich muss nichts mehr mit ihm zu tun haben, wenn ich nicht will, weil wir jetzt in Schottland sind.«

»Gut.«

Eadan nickte. »Aye.«

Gott im Himmel, gib mir Kraft, sonst überlebe ich diese Begegnung nicht mit unversehrtem Herzen oder Verstand!, dachte Shona.

Der Junge und der Mann waren sich *so* ähnlich.

»Shona ...« Audreys leise Stimme brachte Shona in Erinnerung, dass sie noch immer nicht von ihrem Pferd gestiegen war.

Sie blickte auf Marjory herab. Die Kleine schien schon weniger zurückhaltend auf ihre Umgebung zu reagieren. »Wirst du dich jetzt von Audrey herunterheben lassen?«, fragte Shona sie.

Prompt steckte Marjory wieder den Daumen in den Mund und schüttelte den Kopf.

Caelis blickte zu ihnen herüber und dann zu ihrem Sohn hinunter. »Deine Schwester will nicht vom Pferd absteigen.«

»Sie ist schüchtern unter Fremden.«

»Aha.«

»Wenn ich größer wäre, käme sie zu mir.«

Caelis nickte mit ernster Miene. »Soll ich dich vielleicht zu ihr hochheben?«

Eadan überlegte kurz, bevor er nickte. »Zu mir wird sie kommen«, sagte er dann entschieden.

Caelis hob den Jungen auf, und seine Züge waren tief bewegt, als sein Sohn einen Arm um seinen Nacken legte, um sich festzuhalten. Shona hätte ihn am liebsten angeschrien, so wütend war sie. Dieser Dummkopf!

Wenn er die Verbindung zu Eadan so stark verspürte, warum hatte er dann auch nur die Möglichkeit, ein Kind mit ihr zu haben, so weit von sich gewiesen? Warum hatte er ihr gesagt, sie *könnten* nicht heiraten?

Shona beobachtete, wie Caelis den Kopf auf Eadans Nacken senkte, um den Duft seines Sohnes einzuatmen, und wie sein kraftvoller Körper sich in Reaktion darauf sekundenlang versteifte. Früher hatte er das auch sehr oft bei ihr getan, und die Erinnerungen, die in ihr bei diesem Anblick aufstiegen, waren ihr plötzlich unangenehm.

»Caelis!«, sagte sie scharf.

Er erwiderte ihren Blick mit einer solch aufrichtigen Trauer in den enzianblauen Augen, dass nicht einmal sie bestreiten konnte, dass dies ein wirklich tiefgreifender Moment für ihn war.

»Aye?« Seine Stimme klang angespannt, als brächte er selbst dieses einzelne Wort nur mit großer Mühe über die Lippen.

Shona schüttelte den Kopf, weil auch ihre Kehle viel zu eng geworden war, um etwas zu sagen.

»Wir wollten doch Marjory holen«, erinnerte Eadan den großen Mann, in dessen Armen er sich sichtlich wohlzufühlen schien.

Caelis nickte mit einer ruckartigen Bewegung. »Aye, das tun wir.«

Während er mit sicherem Griff den kleinen Jungen festhielt, ging er auf die Stute zu.

Shonas Sohn streckte die Arme nach seiner kleinen Schwester aus, sagte jedoch nichts, sondern sah Marjory nur erwartungsvoll an.

Und schon hob sie die Ärmchen und beugte sich in seine Richtung. Sie schien nicht einmal zu bemerken, dass der große Krieger hinter Eadan sie beide hielt, als sie vom Pferd gehoben wurde. Caelis setzte die Kinder dann bei Niall und Guaire ab, statt bei Audrey oder Thomas.

Shona fand das sehr aufschlussreich. Er traute dem schottischen Krieger, obwohl er einem anderen Clan angehörte, mehr als den Engländern, die er nicht kannte, was bedeutete, dass er Niall, einem Sinclair, ein gewisses Maß an Vertrauen entgegenbrachte. Das war eigenartig, aber nicht so seltsam wie die Tatsache, dass Caelis sich überhaupt auf Sinclair'schem Territorium befand.

Doch seine Reisen waren im Moment Shonas geringste Sorge. Das Einzige, was zählte, war, dass Caelis um die Sicherheit ihrer Kinder besorgt war.

Das war mehr Interesse, als er sechs Jahre zuvor für Shona bewiesen hatte.

Guaire hockte sich vor den Kindern hin, um auf Augenhöhe mit Eadan zu sein, und begann, freundlich mit ihnen zu reden.

Shona seufzte und bemühte sich, ihre steifen Muskeln zu entspannen. Ein scharfer Schmerz schoss ihr ins Kreuz, die Wirbelsäule hinauf und in die Schultern. Dabei entrang sich ihr ein gequältes Aufstöhnen, das sie nicht unterdrücken konnte, obwohl sie es versuchte.

Von ihrem Pferd herunterzukommen würde mehr als schwierig sein; mit diesen Schmerzen würde es geradezu unmöglich sein. Da könnte sie sich genauso gut auch einfach nur zur Seite lehnen und in den Schmutz fallen lassen wie Caelis.

Bevor sie sich allerdings ernsthaft Sorgen darüber machen konnte, legten sich zwei große Hände um ihre Taille, und sie wurde von ihrer Stute gehoben.

Als sie endlich wieder stand, ließ Caelis sie jedoch nicht los, sondern hielt ihre Taille umfangen, und seine Gesichtszüge verrieten Gefühle, die Shona nicht zu benennen wusste.

»Lass mich los!«

»Nein.«

»Das gehört sich nicht.« Ganz zu schweigen davon, wie gefährlich es für ihre hart erkämpfte Haltung war.

Die Gefasstheit, die sie nach außen hin zur Schau trug, um diejenigen zu schützen, die auf sie angewiesen waren, war nur Fassade und begann nach den Strapazen und Anspannungen der letzten Monate bereits zu bröckeln.

Caelis gab einen angewiderten Laut von sich. »Du bist keine Engländerin, die sich über so etwas Gedanken macht. Egal, wie du gekleidet bist.«

»Hätte ich mir als jüngere Frau über so etwas Gedanken gemacht, wären mir viele meiner schwersten Entscheidungen erspart geblieben.« Sie drückte mit den Händen gegen seine Brust, um ihn von sich zu schieben, obwohl sie wusste, wie riskant diese weitere Berührung war.

Und tatsächlich wollten ihre Hände an heißer Haut über starken Muskeln und auf einem Plaid verweilen, dessen Stoff vom Tragen schon ganz weich geworden war. Einer solchen Schwäche durfte sie jedoch nicht nachgeben, und deshalb zwang sie sich, die Hände wieder sinken zu lassen, als ihre Bemühungen keine Wirkung auf ihr Gegenüber hatten.

Statt sie loszulassen, zog Caelis sie nur noch näher an sich heran. »Ich kann es erklären.«

»Erklären?« Im ersten Moment verstand sie nicht, wovon er sprach.

Aber dann dämmerte es ihr. Er dachte, er könnte die Ereignisse von vor sechs Jahren *erklären?* Es gab keine Erklärung für diese Art von Verrat.

Shona schüttelte heftig den Kopf, als ihre Gefühle sie zu überwältigen drohten. Verzweifelt versuchte sie, ihre Ruhe zu bewahren. »Nichts, was du sagst, könnte jemals ungeschehen machen, was du getan hast und was ich in diesen letzten sechs Jahren zu ertragen hatte.«

Etwas wie Reue spiegelte sich auf seinem Gesicht, doch schnell trat auf seine Züge wieder der Ausdruck der Hartnäckigkeit, die sie einmal als so beruhigend empfunden hatte.

»Du wirst dir trotzdem anhören, was ich zu sagen habe.«

»Aber ja, natürlich werde ich das«, erwiderte sie spöttisch. »Am selben Tag, an dem die Highland-Clans sich Englands König beugen.«

Nicht einmal in ihren schlimmsten Albträumen konnte sie diesen Tag kommen sehen, und Caelis konnte es sich genauso wenig vorstellen, wie sie sehr wohl wusste.

Er runzelte die Stirn, als er verstand, was sie meinte. *»Mo toilichte«*, flüsterte er, als besäßen allein schon diese Worte die Macht, den Bruch zwischen ihnen zu kitten. »Es gab Dinge, die du nicht wusstest und damals auch nicht wissen *konntest*.«

»Ich bin ebenso wenig dein *Glück*, wie du *mein* Krieger bist.«

Wieder schüttelte sie den Kopf und versuchte wegzutreten. »Lass mich *bitte* gehen!«

Vielleicht war ihm klar, was es sie kostete, ihn zu bitten, oder vielleicht sah er auch nur ein, dass er sie lange genug gehalten hatte; jedenfalls nahm er seine Hände von ihrer Taille, um sie zurücktreten zu lassen.

»Was immer du auch bereden willst, wird warten müssen, bis die englische Lady mit unserem Laird gesprochen hat«, erklärte Niall in einem Ton, der keinen Widerspruch erlaubte.

Überraschenderweise erhob Caelis auch keinen, sondern nickte nur. »Ich werde dich zur Burg begleiten«, sagte er zu Shona.

Nialls diskreter Hinweis, dass ihr Gespräch von anderen mitgehört wurde, von denen viele gewiss die Ähnlichkeit zwischen Caelis und seinem Sohn bemerken würden, der ihm fast wie aus dem Gesicht geschnitten war, ließ Shona vor Scham erröten. Inzwischen müsste sie eigentlich schon daran gewöhnt sein, aber die Demütigung schmerzte doch noch immer sehr.

Caelis blickte stirnrunzelnd zu ihr herab. »Alles in Ordnung?«

Eine ehrliche Antwort darauf wäre ein Luxus, den Shona sich nicht leisten konnte. Deshalb nickte sie nur und gab Caelis zu verstehen, dass sie ihren Aufstieg zu der Burg beginnen sollten.

Niall war es, der allen auf dem schmalen Weg voranging, die kleine Hand ihres Sohnes noch immer fest in seiner großen. Shona, deren Glieder so müde und steif vom tagelangen Reiten waren, dass sie ihr fast die Mitarbeit verweigerten, schleppte sich hinter ihnen her.

Einmal stolperte sie sogar. Ihre Erschöpfung und dazu das traumähnliche Erlebnis, Caelis nach sechs Jahren und allem, was dazwischen passiert war, wiederzusehen, machten sie unsicher und ungeschickt.

Audrey nahm mit einem beruhigenden Lächeln ihre Hand, und Thomas bot ihr seinen Arm an.

Das ärgerliche Brummen hinter ihnen hätte den jungen Engländer dazu bewegen sollen, seinen Arm wieder sinken zu lassen. Shona lief dabei jedenfalls ein kalter Schauder über den Rücken.

Doch Thomas warf dem großen Krieger, der hinter ihnen Position bezogen hatte, nur einen bösen Blick über die Schulter zu. »Ich weiß, was Ihr seid, und Ihr habt Euer Anrecht auf sie verspielt. Ich werde meiner Freundin Hilfe anbieten, und wenn sie sie annehmen will, *wird* sie sie von mir bekommen.«

Wieder wurde Shona von einem schmerzlichen Gefühl der Demütigung ergriffen, als sie erkannte, dass ihren Freunden tatsächlich nicht entgangen war, dass *dieser* Mann der Vater ihres ältesten Kindes war … und nicht derjenige, den sie etwas mehr als fünf Jahre ihren Ehemann genannt hatte.

Merkwürdig fand sie Thomas' Wortwahl – dass er *»was* Ihr seid« statt *»wer* Ihr seid« zu Caelis gesagt hatte –, aber diesen Gedanken behielt sie für sich. Am liebsten würde sie die beschämende Wahrheit nicht einmal zur Kenntnis nehmen. Vielleicht hielt Thomas Caelis für ein ebensolches Ungeheuer wie den Sohn ihres verstorbenen Ehemannes. Shona hatte das jedenfalls sechs Jahre lang geglaubt – oder sich zumindest eingeredet, dass es so war.

Doch trotz ihrer Schwäche und der Scham über vergangene Unbedachtheiten war sie gerührt von Thomas' jugendlichem Eifer und seiner unerschütterlichen Treue.

»Danke, Thomas«, sagte sie und griff nach seinem Arm.

Aber schon war Caelis' Hand da, und sein Körper schob den jüngeren Mann genauso grob beiseite wie zuvor schon Niall. »Er wird es *dir* jedoch nicht danken, wenn ich ihn meines Anrechts wegen zum Duell herausfordern muss.«

Der arme Thomas wurde blass. Erneut wurde Shona von jäher Wut auf Caelis überkommen. »Du wirst nichts dergleichen tun! Du hast keinerlei Anrecht auf mich. Das hast du aufgegeben, als du mich vor sechs Jahren im Stich gelassen hast.«

»Es war deine Familie, die den Clan verlassen hat, nicht ich.«

Shona verhielt abrupt den Schritt, um wütend zu dem großen Krieger aufzublicken, wodurch sie die arme Audrey aber auch zum Stehenbleiben zwang. »*Versuch* nicht einmal, so zu tun, als wäre es andersherum gewesen! Ich habe mir deine Lügen einmal angehört, doch sie werden nie wieder mein Leben bestimmen!«

Caelis zuckte zusammen, als hätten ihre Worte ihn verletzt. Doch sie wusste, dass das unmöglich war. »Vertu dich nicht, Shona! Trotz meiner vergangenen Irrtümer werde ich diesen Jungen hier zum Duell fordern, wenn er noch einmal versucht, sich zwischen mich und meine Gefährtin zu drängen.«

Er sprach von ihr wie von einem Tier, und fast wünschte sie, sie wären es. Tiere verließen die von ihnen einmal erwählten Gefährten nicht, doch dieser sehr menschliche Mann hatte sie definitiv im Stich gelassen. Hätte Caelis auch nur das Geringste für sie empfunden, hätte er sie nicht vor ihrem eigenen Vater verleugnet.

Shona wurde die Kehle eng bei der Erinnerung daran, und sie konnte das Brennen von Tränen hinter ihren Augenlidern spüren. Doch sie war wild entschlossen, nicht zu weinen, und so blinzelte sie heftig und kämpfte verbissen gegen diesen Impuls an.

Caelis fluchte und sah regelrecht gequält aus ... wenn sie das nur glauben könnte!

Doch so dumm war sie nicht. »Ich bin nicht deine Gefährtin und auch nicht deine Frau. Ich bin nicht einmal deine einstige Verlobte.« Das Aufgebot war nie bestellt worden. »Ich bin *nichts*, aber auch gar nichts für dich.«

Ohne ein weiteres Wort zu sagen, griff er mit einer Hand nach ihrer und legte die andere um ihre Taille, alles viel zu sanft für einen Mann, der ständig andere bedrohte. Aber Shona war viel zu müde, um seine Hilfe noch weiter abzuwehren.

Er stützte sie und nahm ihr so viel von ihrem Gewicht ab, dass sie kaum noch wirklich ging, als sie ihren Weg fortsetzten.

Nach einigen schweigend zurückgelegten Schritten sagte er leise: »Darin irrst du dich gewaltig, Shona. Du bist nicht nur die Mutter meines Kindes, sondern du gehörst auch mir. Und mit der Zeit werde ich dich von dieser Tatsache schon noch überzeugen.«

»Ich werde nie wieder dir gehören!« Woher die Kraft oder der Wille zu schreien kamen, konnte sie nicht sagen, doch ihre Stimme brachte die ganze Verzweiflung und Überzeugung zum Ausdruck, die sie in diesem Moment empfand.

Selbst Marjory, die Hand in Hand mit Guaire ging, drehte sich zu ihrer Mutter um. »Warum schreist du den netten Mann so an, Mami?«

Den netten Mann? Hatte ihre Tochter den Verstand verloren? Ausgerechnet Marjory, die keine Fremden mochte, hatte beschlossen, dass Caelis *nett* war – der Mann, der sagte, er hätte ihren Vater umgebracht, wenn er nicht schon tot wäre?

Vielleicht war Shonas eigener Verstand ja doch nicht ganz so klar, wie sie es sich eingeredet hatte. Vielleicht war dies ja alles nur ein außerordentlich bizarrer Albtraum, aus dem sie bald erwachen würde?

Sie konnte es nur hoffen.

Kapitel Drei

Der geheiligte Bund fürs Leben hebt alle Ansprüche unter den Chrechten auf, einschließlich der des Rudelführers, der celi di *und der elterlichen Gewalt.*

– Geheiligtes Gesetz der Chrechten,
nach mündlicher Überlieferung

In Anbetracht der beeindruckenden Größe und Verteidigungskraft der Festungsanlage war die eigentliche Burg eher bescheiden. Hier war absolut nichts von dem Prunk zu sehen, den Shonas verstorbener Ehemann, der Baron von Heronshire, so geliebt hatte.

In dem Großen Saal ließ sich problemlos eine Versammlung vieler Clan-Mitglieder unterbringen, doch die seidenen Wandbehänge, die im Zuhause eines englischen Barons so gang und gäbe waren, um Reichtum anzuzeigen, fehlten hier. Auch keine unnötigen Möbelstücke zierten den weitläufigen Saal.

Die langen Tische und Bänke, die dem Laird und seinen Kriegern zum Essen dienten, waren aus einfachem Holz, schlicht und völlig ohne Schnitzereien; nicht einmal der Sessel des Burgherrn wies welche auf.

Dennoch konnte kein Zweifel bestehen, wo der Laird und seine Lady saßen, denn diese beiden Sessel waren die einzigen an den langen Tischen in dem Großen Saal, an denen sonst nur Bänke standen. Es gab noch eine andere Gruppe von Sesseln in der Nähe des Kamins, die mit hübschen Kissen in den Farben des Clans versehen waren. Shona war sich jedoch sicher, dass diese Kissen mehr der Bequemlichkeit wegen dort lagen, als um sie zur Schau zu stellen.

Die hübsche blonde Frau, die in einem dieser Sessel saß, hatte ein Pergament mit Zahlen vor sich liegen, das Guaire beim Eintreten ein Stirnrunzeln entlockte. »Ich dachte, wir würden diese Abrechnungen gemeinsam durchsehen, Lady Abigail.«

»Ich hatte gehofft, dir etwas Arbeit abzunehmen, Guaire.«

Der Mann setzte eine gequälte Miene auf, und Niall lachte. »Ihr wisst doch, Mylady, dass er es für nötig halten wird, sie trotzdem noch einmal selbst durchzugehen.«

Lady Abigail lächelte, und ihre hellbraunen Augen funkelten vor Übermut. »Meinst du?«

»Ihr ärgert mich aber auch zu gern, Mylady«, sagte Guaire leicht verstimmt.

»Das solltest du nicht tun, Mama«, meldete sich ein Junge zu Wort, der neben dem Laird saß. »Du bist doch immer *so enttäuscht* von mir, wenn ich Drost ärgere.«

»Aber nur, weil du noch nicht gelernt hast, es nicht so weit zu treiben, dass dein Bruder in Tränen ausbricht oder zur Gewalt greift, Brian«, sagte Abigail mit einem wohlklingenden Lachen.

Shona hatte Gerüchte gehört, dass die Gemahlin des Sinclair unter Taubheit litt, doch diese Frau schien ebenso gut zu hören wie jeder andere hier.

»Selbst wenn er das lernt, möchte ich nicht von ihm geärgert werden«, sagte der Junge, der Drost sein musste und auf der anderen Seite seines Vaters saß.

Brian schien sehr interessiert an dem Schwert zu sein, das sein Vater schärfte. Sein Bruder, der sein Zwilling sein musste, so ähnlich sah er ihm, bemalte sehr sorgfältig mit einem Stückchen Kohle eine Tontafel.

Eadan marschierte schnurstracks auf den Tisch zu und zeigte mit dem Finger auf sich selbst.

»Ich bin Eadan. Du bist Drost«, sagte er und deutete dann auf den Jungen, der seinem Vater gerade ein Tuch reichte, um das

Öl von der Schwertklinge abzuwischen. Dann zeigte er auf das andere Kind. »Und du bist Brian. Das hörte ich dich sagen.«

Ihr Sohn war so intelligent, dass Shona oft erstaunt darüber war, wie schnell er verstand, was um ihn herum vor sich ging.

Beide Jungen sahen mächtig beeindruckt aus. Doch dann bemerkte Drost sehr sachlich: »Du trägst gar keine Clan-Farben.«

»Und deine Kleider sind komisch«, fügte Brian entschieden hinzu.

Abigail holte hörbar Luft und schien eingreifen zu wollen, aber Eadan gab ihr keine Gelegenheit dazu.

»Es sind englische Kleider«, entgegnete er schulterzuckend.

Brian runzelte die Stirn. »Wir mögen keine Engländer.«

Diesmal sprang Abigail auf und fuhr ärgerlich zu ihrem Sohn herum. »*Ich* bin Engländerin!«

»Du *warst* Engländerin«, mischte sich nun auch der Laird ein, der bisher geschwiegen hatte. »Doch wie dem auch sei ...« Er fixierte seinen Sohn mit einem Blick, der Shona heute noch eingeschüchtert hätte und erst recht, als sie ein kleines Kind gewesen war. »Du weißt sehr gut, dass uns nicht *alle* Engländer verhasst sind.«

Abigails beleidigtes Gesicht veranlasste ihren Ehemann nur zu einem Schulterzucken, als wollte er damit ausdrücken, dass dies das Beste war, was sie sich von ihm erhoffen konnte. Es war anscheinend ein alter Streitpunkt zwischen ihnen.

»Meine Schwester und mich werdet ihr mögen«, erklärte Eadan mit vorgetäuschter Unerschrockenheit und zog Marjory an seine Seite.

Shona hätte ihn am liebsten an sich gezogen, um ihm die Furcht zu nehmen, als sie das Zittern in seiner Stimme hörte, und die kleine Marjory auch, die mit großen Augen und ihrem Daumen im Mund dabeistand.

Doch Shona wusste, dass sie auf ihrer Flucht in die Sicherheit vielleicht noch viel Schlimmeres zu erwarten hatten.

Die Highlander waren nun wirklich nicht bekannt für ihre freundliche Einstellung Engländern gegenüber.

Nach einem tiefen, kräftigenden Atemzug knickste sie vor dem Burgherrn und seiner Gemahlin. »Ich bin Lady Shona, die Witwe des zweiten Barons von Heronshire. Und dies sind meine Gesellschafterin und Freundin Audrey und ihr Bruder Thomas.«

Den Familiennamen ihrer Freunde ließ sie mit voller Absicht unerwähnt, da keiner der beiden sich zu einem Vater bekennen wollte, der sie als Dienstboten an Shonas verstorbenen Ehemann verkauft hatte, obwohl das bei seinem eigenen Reichtum völlig unnötig gewesen war.

Shona deutete auf ihre Kinder. »Mein Sohn hat sich ja schon selbst vorgestellt, und die Kleine hier ist meine Tochter Marjory.«

Sie straffte die Schultern und gab sich Mühe, ihre Ermüdung und Beklommenheit zu verbergen, war jedoch trotzdem nicht überrascht, als Caelis sie wieder an seine Seite zog.

Er hatte sie schon auf dem ganzen Weg zur Burg und in den Großen Saal nicht losgelassen. Und dann, offenbar fest entschlossen, den falschen Eindruck zu erwecken, hatte er es sogar geschafft, immer noch dicht neben ihr zu bleiben, als sie auf den Laird der Sinclairs zugegangen waren.

Bevor der Laird oder seine Gemahlin etwas erwidern konnten, sagte Niall mit weit mehr Überzeugung, als ihr Sohn hatte erkennen lassen, zu Eadan: »Natürlich werden sie dich mögen, mein Junge. Denn eigentlich bist du ja ein braver schottischer Bursche, nicht?«

Shona verübelte dem Highland-Krieger die mangelnden Manieren nicht, denn schließlich hatte er nur helfen wollen, ihr Kind zu beruhigen.

»Bin ich das?«, fragte Eadan.

Der Laird hatte ihren Sohn nachdenklich und interessiert gemustert, und jetzt glitt der Blick des Sinclair zu Caelis und dann wieder zu Eadan zurück. Der Ausdruck des Verstehens, der in seine Augen trat, war für Shona nicht zu übersehen.

Ein weiteres Mal spürte sie, wie ihr die Schamesröte ins Gesicht stieg. Sie hätte nie gedacht, dass sie Caelis je wieder gegenüberstehen würde, geschweige denn, dass ihre Vergangenheit jedem, der ihn in der Nähe seines Sohnes sah, so unaufhaltsam offenbart werden würde.

»Das bist du, so wie auch deine Mutter ein feines schottisches Mädchen ist«, antwortete Guaire anstelle von Niall.

Shona warf ihm einen dankbaren Blick zu, den er mit einem warmherzigen Lächeln erwiderte. Nichts Verurteilendes lag darin; nicht wie in den Blicken ihrer eigenen Eltern, bis ihre Mutter vor zwei Jahren ihren letzten Atemzug getan hatte und Shonas Vater ihr dann kürzlich erst gefolgt war.

Beide hatten Shona die Schande, die sie ihnen gemacht hatte, nie verziehen. Aber immerhin hatten sie ihre Unzufriedenheit mit ihr nicht an Eadan ausgelassen. Seine Großeltern waren gut zu ihm gewesen und hatten ihn geliebt.

Beide hatten allerdings auch deutlich zum Ausdruck gebracht, dass die Bereitschaft des Barons, Eadan als seinen eigenen Sohn aufzuziehen, ihrer Ansicht nach alle Unzulänglichkeiten ausglich, die er als Vater aufwies.

Eadan nickte, als klärte er etwas mit sich selbst, wie er es so häufig tat. »Gut, dann ist das in Ordnung. Ich bin Schotte, und wir können Freunde sein.«

»Du sprichst auch nicht wie die Engländer«, sagte Drost in der Sprache seiner Mutter, und wenn auch vielleicht nur, um zu beweisen, dass er wie Eadan in der Lage dazu war.

»Mama sagt, dass Marjory und ich die Sprache der Gälen und

der Angeln sprechen müssen. Mein Herr mochte das nicht, aber selbst wenn er Mum deswegen schlug, hörte sie nicht auf, in ihrer Sprache mit uns zu reden.«

Caelis knurrte erbost, und der Zorn, der von ihm ausging, durchströmte Shona wie ein Donnerschlag am Himmel. »Er hat dich geschlagen?«

»Das ist unwichtig.« Ihr Mann war nicht der schlimmste Ehemann gewesen, aber auch nicht der beste. Er hatte nur ein paar Mal die Hand gegen sie erhoben und war danach stets freundlicher gewesen. Auch wenn er sich nie entschuldigt hatte.

Aber er hatte ja auch nie gedacht, dass er im Unrecht sein könnte.

»Dann ist es gut, dass deine Mutter in die Highlands zurückgekehrt ist. Hier wird niemand sie schlagen dürfen«, sagte der Laird mit entschiedener und befehlsgewohnter Stimme.

»Und was ist mit mir?«, fragte Eadan stirnrunzelnd und mit einem beredten Blick zu seiner Schwester. »Darf mich hier jemand schlagen?«

»Der Baron hat dich ebenfalls geschlagen?«, fragte Niall in ruhigem Ton, doch mit einem eisigen Ausdruck in den Augen.

Eadan wandte den Blick ab. »Einmal, aber da hat Mama ihn angeschrien und gesagt, sie würde ihm im Schlaf den Bauch aufschlitzen, wenn er es noch mal täte. Ich habe das nur zufällig gehört. Sie dachten, ich schliefe auf dem Bauch, weil mein Rücken und mein Po zu wehtaten. Aber ich konnte nicht schlafen und weinte nur ganz leise.«

»Und er hat die Gerte nicht noch mal benutzt?«, wollte Guaire wissen.

Shona wünschte, die Erde möge sich unter ihr auftun und sie verschlingen. Wenn der Preis dafür, ihren Sohn in Sicherheit zu wissen, ihr Stolz war, würde sie ihn gern zahlen, was jedoch nicht bedeutete, dass es sie nicht schmerzte, ihre Seele Stück für Stück zu entblößen.

»Nein. Er hat ein bisschen herumgeschrien und gemeint, sie könnte nicht so mit ihm reden, doch er hat es nie wieder getan. Einmal hat er es mir angedroht. Als ich ihm dann aber sagte, mein richtiger Vater sei ein riesiger Krieger, und er würde kommen und ihn totschlagen, glaubte er mir.«

»Dein *richtiger* Vater?«, hakte Laird Sinclair behutsam nach.

Doch Eadan verstummte plötzlich und warf seiner Mutter einen beklommenen Blick zu.

Völlig ratlos, was sie sagen sollte, starrte sie ihn an. Sie hatte Eadan nie erzählt, dass Henry nicht sein Vater war, obwohl sie ein paar Mal versucht gewesen war, es doch zu tun.

Selbst Percival, Henrys abscheulicher Sohn, hatte nicht gewusst, dass Eadan kein Blutverwandter war. Vielleicht hatte er es erraten, als Eadan älter wurde und die einzige Ähnlichkeit zwischen ihm und dem Baron das dunkle Haar gewesen war, das auch der ältere Mann in jüngeren Jahren gehabt haben sollte.

Nun ließ Caelis sie endlich los.

Shona wollte nicht wahrhaben, dass sie dabei einen Stich des Verlustes empfand, aber im Moment fühlte sie sich noch verwundbarer als damals, als sie vor Jahren Schottland verlassen hatte, schwanger von einem Mann, der sie mit aller Entschiedenheit zurückgewiesen hatte.

Audrey trat vor, um einen Arm um Shonas Taille zu legen. »Alles wird gut werden, meine Liebe.«

Doch Shona schüttelte nur den Kopf. Wie könnte es das auch? Ihre größte Angst, auf die sie nicht einmal vorbereitet gewesen war, starrte ihr jetzt mit der Wildheit eines Raubtiers ins Auge.

In ihrer Verzweiflung, das Leben ihres Sohnes zu retten, riskierte sie jetzt, ihn an den Vater zu verlieren, der sogar die Möglichkeit seiner Empfängnis scharf von sich gewiesen und bestritten hatte.

Derselbe Mann, der sich jetzt vor *ihrem* Sohn auf ein Knie niederließ. »Niemand wird dir böse sein, wenn du die Wahrheit sagst, verstehst du das, Eadan?«

Der Junge nickte.

»Du sprachst von deinem *richtigen* Vater. Warum?«

»*Du* weißt es«, erwiderte Eadan in einem eindringlichen Flüstern, das jedoch alle mitbekamen.

Shona stockte der Atem, und ein kalter Schauder lief ihr über den Rücken. Ihr Sohn wusste, dass Caelis sein Vater war? Wie konnte das sein?

Nein, das war unmöglich. Nicht nur, dass Eadan geahnt haben könnte, dass Henry nicht sein Vater war, sondern auch, dass er irgendwie erraten hatte, dass Caelis es *war*, war eine unhaltbare Annahme, die Shona vollkommen verwirrte.

»Aye. Ich weiß es«, antwortete Caelis, ohne auch nur eine Spur der Ungläubigkeit, die Shona quälte, sondern mit einem Ausdruck des Staunens und liebevoller Zuneigung in den blauen Augen. »Und mein Herz ist hocherfreut darüber, aber es ist wichtig für mich, dass du mir sagst, wie du es erfahren hast.«

»Oh. Dann magst du mich? Du findest auch, dass ich ein feiner schottischer Junge bin?«

Caelis verkrampfte sich, als er den erstickten Laut hörte, der sich Shona entrang, doch er wandte sich von ihrem Sohn nicht ab. »Oh ja, das finde ich auch«, versicherte er dem Jungen in schon beinahe feierlichem Ton.

»Ich weiß, dass du einen kleinen Jungen willst. In den Träumen weinst du um mich und wünschst, ich wäre bei dir.«

»In welchen Träumen?«

»In den wahren Träumen. In denen, die wahr werden, meine ich.«

»Hast du noch andere *wahre* Träume?«, fragte Caelis.

In einer stummen Bitte, fortfahren zu dürfen, sah Eadan seine Mutter an.

Shona nickte ihm zu. Sie wusste von diesen »wahren Träumen«. Oder glaubte, davon zu wissen, obwohl er ihr bisher nur von einem oder zwei erzählt hatte. Und sie hatte sich stets gefragt, ob die Träume nicht mehr Wunschdenken und Fantasie seitens ihres Sohnes gewesen waren als irgendetwas anderes.

Seinen Traum von ihrer Tochter und dem Teich zum Beispiel hatte sie immer für zufällig, nicht für prophetisch gehalten.

Doch es sah ganz so aus, als hätte ihr Sohn ihr nicht alle seine Träume anvertraut. Vielleicht hatte er ihre anfänglichen Zweifel durchschaut und ihr deshalb nichts mehr erzählt?

»Ich träumte, mein Herr würde sterben, und so war es auch. Ich träumte, dass Marjory in den Teich fallen und sich den Kopf anschlagen würde. Mama hat sie gerettet, bevor sie ertrinkte.«

»Er*trank*«, berichtigte Shona ihn automatisch.

Eadan nickte und wiederholte gehorsam: »Ertrank.«

»Ach, du lieber Güte, er ist eine weitere Ciara! Wusstest du, dass Caelis von königlichem Geblüt ist?«, fragte Abigail ihren Gemahl.

Er antwortete nicht, doch mit einem verstohlenen Blick zu Shona nickte Abigail, als hätte ihr Gemahl ihr zugestimmt.

Shona hatte keine Ahnung, wer Ciara war oder was Abigail damit meinte, dass Caelis von königlichem Geblüt war. Zu jeder anderen Zeit hätte sie Antworten verlangt und nicht eher Ruhe gegeben, bis sie verstand, aber unter den gegebenen Umständen war sie ohnehin schon kaum noch in der Lage, Haltung zu bewahren.

Ihre Erschöpfung machte ihr schwer zu schaffen, und die Erwähnung der »Gaben« ihres Sohnes brachte zusätzliche Sorgen mit sich, die Shona im Moment einfach nicht in sich aufnehmen oder verstehen konnte.

»Ich habe wirklich von dir geträumt«, sagte Eadan zu Caelis. »Sehr oft. Besonders, nachdem wir das Baronat verlassen hatten. Ich wusste, dass wir dir hier begegnen würden.«

Shona verschlug es den Atem. Das war etwas, über das sie gern unterrichtet worden wäre. Aber hätte sie ihrem Sohn geglaubt oder seine Worte wieder nur für bloßes Wunschdenken gehalten? Sicher hätte sie sich diesmal gewundert, wie viel Wahres seine Träume beinhalteten.

»Es freut mich sehr, dass du von mir geträumt hast«, sagte Caelis zu seinem Sohn. »Und es freut mich sogar noch mehr, dass du hergekommen bist und wir wieder eine Familie sein können.«

Shonas Knie hätten unter ihr nachgegeben, wenn Audrey sie nicht gestützt hätte. Auch Shona hatte ihre Träume, doch es waren *nie* prophetische gewesen, und sie hatte immer zweifelsfrei gewusst, dass sie sich *niemals* als wahr erweisen würden.

Dass Caelis nun dort stand und redete, als wäre alles schon beschlossene Sache, ohne sie miteinzubeziehen ... das war zu viel für sie. Wieder einmal versuchte ein Mann, dem sie nicht vertrauen konnte, ihre Entscheidungen zu treffen. Wie sollte sie sich gegen ihn wehren? Immerhin hatte er das Gesetz und die Tradition auf seiner Seite.

Shona hatte das Gefühl, dass eine Flutwelle über ihr zusammenschlug und sie darin zu ertrinken drohte, als ihr das Atmen immer schwerer fiel.

»Du musst aber auch meine Schwester lieben.« Eadan hatte keine Probleme damit, eigene Ansprüche zu stellen. Es war nicht das erste Mal, dass Shona Ähnlichkeiten zwischen Vater und Sohn bemerkte. »Marjory ist genauso deine Tochter, wie ich dein Sohn bin. In meinen Träumen war es so.«

»Natürlich.«

Ihr Sohn akzeptierte Caelis' sofortiges Einverständnis mit einem beifälligen Nicken, doch Shona konnte nicht so optimistisch sein. Denn selbst wenn Caelis die Wahrheit sagte, wollte sie auf keinen Fall ihr Leben wieder mit dem des Mannes verbinden, der sie vor sechs Jahren so tief verletzt hatte.

Aber dann – so unglaublich es auch war – ließ Shonas überaus schüchterne Tochter, die sich schon beim ersten Anblick eines Fremden hinter den Röcken ihrer Mutter zu verstecken pflegte, die Hand ihres Bruders los und ging auf Caelis zu. Als sie vor ihm stand, streckte Marjory die Arme in die Höhe, als wollte sie von dem großen Krieger hochgehoben werden.

Und obwohl Caelis' ganze Aufmerksamkeit so auf Eadan konzentriert war, dass Shona kaum glauben konnte, dass er die Geste gesehen hatte, drehte er sich um und nahm das kleine Mädchen ohne das geringste Zögern auf den Arm.

Shona wurde plötzlich schwarz vor Augen, aber sie widerstand der Versuchung, der wohltuenden Dunkelheit der Ohnmacht nachzugeben.

Sie atmete noch tiefer ein, klammerte sich an Audrey und flehte sie im Stillen um Hilfe an.

Als wahre Freundin, die sie war, verstärkte Audrey ihren Griff um Shonas Taille und fragte Lady Abigail, ob sie nicht einen Kelch verdünnten Wein bekommen könnten.

Abigail riss sich vom Anblick von Shonas Kindern los, die einen Mann umschlungen hielten, dem sie an diesem Tag zum allerersten Mal begegnet waren.

Als sie Shona ansah, weiteten sich ihre Augen, und ein sorgenvoller Blick erschien darin. »Natürlich.«

Nun drehte sich auch Caelis um, als könnte er Shonas Verzweiflung spüren. Mit Marjory in den Armen stand er da und schaute Shona beunruhigt an.

Doch sie hob abwehrend die Hand und sagte mit schmalen Lippen: »Komm nicht näher!«

.Sein Gesichtsausdruck verhärtete sich. »Shona ...«

»Nein.« Erstaunlicherweise war es Thomas, der den Einwand erhob und seine Haltung so veränderte, dass sein Körper eine Barriere zwischen Shona und Caelis schuf. »Ihr habt das mit Eurer Handlungsweise erreicht. Ich weiß nicht, wie unsere Shona in die missliche Lage geriet, in der sie ist, doch Ihr habt ihr in der Vergangenheit großen Schaden zugefügt, ein heiliges Gesetz gebrochen und Eure eigene Natur entehrt. Der Junge, der neben Euch steht, ist der Beweis dafür.«

Unglaublicherweise bemühte Caelis sich nicht einmal, es abzustreiten. Er nickte sogar, mit einem Gesicht, das wie aus Stein gemeißelt war, und einer Qual in den enzianblauen Augen, die Shona nicht verstand und die sie auch nicht darin sehen wollte.

Auch Thomas' Gesicht war hart geworden. »Sie hat Euch gesagt, Ihr sollt Euch von ihr fernhalten. Und das werdet Ihr auch.«

»Dann seid Ihr also ihr Beschützer?«, fragte Caelis mit gefährlich leiser Stimme.

»Ich bin ihr *Freund.*«

»Ein besserer, als Ihr es je gewesen seid«, fügte Audrey hinzu. »Thomas und ich waren bei den wenigen Malen anwesend, als der Jähzorn des Barons seine Vernunft besiegte. Mein Bruder lehrte den Jungen, den Ihr als Euren eigenen beanspruchen wollt, zu reiten. Genau wie ich pflegte er Eadan und auch Marjory, wenn sie in ihrer frühen Kindheit Fieber hatten und weder der Baron noch sein Sohn, ja nicht einmal ihre hochnäsigen Dienstboten bereit waren, auch nur einen Finger zu rühren, um zu helfen.«

Caelis senkte den Kopf, doch dann hob er ihn wieder, um

Thomas' grimmigen Blick zu erwidern. »Ich stehe in Eurer Schuld.«

»Ja, aber in weit größerem Maße noch steht Ihr in Shonas Schuld.«

Caelis nickte und schaute sie wieder an. Die Sehnsucht, die sie in seinem Blick sah, musste eine Sinnestäuschung sein.

Schließlich war er es, der ihr gesagt hatte, dass Liebe zwischen ihnen keinerlei Bedeutung hatte. Dass die Heirat, die er ihr in jenen Nächten voller Leidenschaft versprochen hatte, nicht stattfinden würde.

Als wäre das jedoch nicht schon schlimm genug gewesen, hatte Caelis auch noch eine offizielle Erklärung abgegeben, dass er nicht die Absicht habe, sie zu heiraten, und hatte sowohl ihrer Mutter als auch ihrem Vater mitgeteilt, dass er nicht länger um sie werben würde.

Ihre Eltern hatten seine Zurückweisung ohne Kommentar oder Einspruch hingenommen und Shona gesagt, es sei das Beste so. Damals hatten sie noch nicht gewusst, dass sie ein Kind von ihm erwartete. Sie hatte es ja selbst noch nicht gewusst.

Shona hatte jedoch das Gefühl gehabt, dass es so sein könnte, und Caelis beiseitegenommen, um ihm ihre Sorgen anzuvertrauen. Er jedoch hatte mit aller Entschiedenheit bestritten, dass sie ein Kind von ihm empfangen haben *könnte.* Er war sogar so weit gegangen zu behaupten, es müsste der Bastard eines anderen Mannes sein, falls sie tatsächlich schwanger sein sollte.

Deprimiert von den Erinnerungen und außerstande, Caelis' Anblick auch nur eine Sekunde länger zu ertragen, wandte sie sich ab.

Er gab einen Laut von sich, der protestierend, aber auch bittend klang. Doch Shona ignorierte ihn ebenso, wie er ihre Bitten und die verzweifelten Beteuerungen ihrer Liebe vor sechs Jahren ignoriert hatte.

»Mama?« Eadans kleine Hand schob sich in ihre.

Sie blickte auf ihren Sohn herab, dessen Anblick stets ihr Herz erfreute, trotz der Erinnerungen, die sein Gesicht wachhielt. »Ja, mein Schatz?«

»Du bist traurig.«

»Nein.« Und das war nicht einmal gelogen.

Weil es sehr viel mehr war als nur Traurigkeit, was sie bedrückte. Pure Verzweiflung drohte sie zu übermannen, aber Shona wusste, dass sie stärker war als sie und ihr nicht erliegen würde.

»Ich kann es riechen«, erklärte Eadan.

Er sagte ständig solche Dinge.

Shona drückte seine Hand. »Mir geht es gut.«

»Du bist müde«, korrigierte Audrey sie. »Zu mitgenommen von Sorgen und der langen Reise für solche Unterhaltungen.«

Zum Glück brachte eine lächelnde junge Frau, die aussah wie die Prinzessin, als die Caelis Marjory bezeichnet hatte, in diesem Moment den Kelch mit verdünntem Wein.

»Trinkt! Das wird Euch guttun«, sagte sie mit beruhigend sanfter Stimme. »Ich bin Ciara, die älteste Tochter von Talorc und Abigail.«

Der Altersunterschied zwischen ihr und Abigail war nicht groß genug, als dass Ciara ihre leibliche Tochter sein könnte, aber Shona war zu höflich, um etwas dazu zu bemerken.

»Danke«, sagte sie nur, weil sie nicht die Kraft für weitere Artigkeiten hatte.

»Sehr gern geschehen. Mutter ist hocherfreut, eine Engländerin zu Besuch zu haben, die ihr Neuigkeiten aus ihrem früheren Heimatland erzählen kann.«

»Keine Neuigkeiten aus England sind in meinen Augen immer noch die besten«, hielt der Laird dagegen.

Ciara lachte. »Sieh dich vor, Vater, oder du wirst heute Nacht in einem Gästezimmer schlafen müssen, wie ich Mutter kenne. Und ich glaube nicht, dass es eins mit einem bequemen Bett sein wird.«

Erstaunlicherweise lachten alle, sogar der Burgherr selbst, statt Ciara die Bemerkung zu verübeln.

Das Wortgeplänkel ging weiter, doch Shona achtete nicht mehr darauf. Schlückchenweise trank sie den verdünnten Wein und war froh, dass sie nicht noch Audreys Hilfe brauchte, um den hölzernen Kelch an ihre Lippen zu bringen.

An irgendeinem Punkt hatten jedoch alle aufgehört zu reden und sahen sie gespannt an, was nur bedeuten konnte, dass jemand eine Frage gestellt hatte, auf die sie eine Antwort von ihr erwarteten.

»Pardon?« Shona schaute Abigail an, um von ihr zu hören, was ihr entgangen war.

Doch die Engländerin schüttelte nur stumm den Kopf.

»Weitere Gespräche werden warten müssen. Es ist unübersehbar, dass Lady Heronshire nun Ruhe braucht. Wenn Ihr Euren Kindern erlaubt, den meinen Gesellschaft zu leisten, bis das Abendessen aufgetragen wird, könnt Ihr Euch in Eurem Gästezimmer ausruhen, Mylady«, sagte Abigail mit ausgezeichneten Umgangsformen und in einem Englisch, dem man anhören konnte, dass es ihre Muttersprache war.

Shona hätte ihren Vorschlag nur zu gern vorbehaltlos angenommen, aber sie kannte diese Leute nicht, egal, was sie von ihnen zu wissen *glaubte*. Außerdem musste sie Caelis und seinen nur allzu offensichtlichen Wunsch bedenken, Eadan als seinen Sohn zu beanspruchen.

Konnte sie sich darauf verlassen, dass die Sinclairs ihn daran hindern würden, die Burg mit dem Jungen zu verlassen?

»Keine Angst, ich werde bei ihnen bleiben«, erbot sich Thomas. »Brian und Drost werden das Stäbchenspiel mögen, das ich Eadan im vergangenen Winter beigebracht habe.«

»Oh ja, wir mögen Spiele sehr«, stimmte Drost zu, so offensichtlich bemüht, die erwachsene Frau zu beruhigen, die mitten im Burgsaal seines Vaters zusammenzubrechen drohte, dass Shona hätte weinen können.

Stattdessen jedoch gelang es ihr, ein sehr gezwungenes Lächeln aufzusetzen. »Danke.«

»Und ich werde dich begleiten«, sagte Audrey, was wieder einmal ihre unerschütterliche Unterstützung und Fähigkeit bewies, sehr richtig zu erkennen, dass Shona am Ende ihrer Kräfte war.

Wenn sie geschlafen hatte, würde sie wieder stark sein, doch im Moment hatte Shona nichts mehr zu den für sie so überwältigenden Umständen beizutragen.

»Ich möchte Euer Wort darauf, dass Ihr Caelis nicht erlaubt, mir *meinen* Sohn zu nehmen«, sagte sie zu Niall und griff dabei auf ihren Instinkt zurück, weil es mit ihrer Vernunft derzeit nicht weit her war. »Unter Eurem und Thomas' Schutz werden Eadan und Marjory sicher sein.«

Thomas brachte ihr und ihren Kindern eine Loyalität entgegen, die in diesem Raum ihresgleichen suchte. Doch letztendlich war er noch ein unerfahrener Junge von nur neunzehn Jahren und kein ebenbürtiger Gegner für den hartgesottenen Krieger, zu dem Caelis geworden war.

»Das würde ich niemals tun«, behauptete Caelis und gab sich alle Mühe, es wie ein Versprechen klingen zu lassen.

Doch Shona war längst darüber hinaus, seinen Versprechungen zu trauen, und deshalb ignorierte sie seinen Einwand und gab Niall mit grimmiger Miene zu verstehen, dass er ihr *sein* Versprechen geben sollte.

Der Krieger mit der Narbe nickte. »Aye. Ihr habt mein Wort darauf.«

»Hoffen wir, dass es mehr Wert hat als beim letzten Mal, als mir ein Schotte ein Versprechen gab.«

Niall legte seine Faust über sein Herz und verneigte sich vor ihr. »Bei meiner Ehre und der meines Clans verbürge ich mich für die Sicherheit derer, die Euch am Herzen liegen.«

Ein kleines, aber aufrichtiges Lächeln huschte bei Nialls Versprechen über Shonas Lippen. Er versicherte ihr damit, auch Thomas zu beschützen, wofür sie ihm so dankbar war, dass ihr beinahe die Tränen kamen. Eine schwache und törichte Reaktion, das schon, doch sie war *wirklich* vollkommen erledigt.

Mit einem zustimmenden Nicken wandte sie sich ab, bevor ihr jemand ihre Gefühlsregungen ansehen konnte.

Eadan, Marjory, Thomas und Audrey waren die einzigen geliebten Menschen, die Shona auf der Welt geblieben waren. Sie würde nicht nur ihr Leben für sie geben, sondern sogar töten, um sie zu beschützen. Und das würde Percival, dieser Schurke und neue Baron von Heronshire, schon bald herausfinden, falls er die Dreistigkeit und Unvernunft besaß, sie und ihre Lieben bis in die schottischen Highlands zu verfolgen.

Kapitel Vier

Es gibt kein kälteres Bett als das ohne deine Gefährtin.

– Barr aus dem Donegal-Clan

Caelis sah seiner geheiligten Gefährtin nach, als sie den Großen Saal verließ. Sein Wolf heulte vor Verlangen, der zierlichen weiblichen Gestalt zu folgen, und Caelis' Körper kribbelte von dem Drang, sich zu verwandeln.

Doch wie er es so viele Male in den vergangenen sechs Jahren getan hatte, brachte Caelis auch dieses Mal das Tier in ihm zur Ruhe.

Seine schöne Gefährtin wollte nichts von ihm wissen.

Shonas Duft war schon früher immer der köstlichste überhaupt für ihn und seinen Wolf gewesen, obwohl sie dem Tier noch nie begegnet war. Ihr Duft nach Heidekraut und Sommerregen hatte ihn zu der Hütte ihrer Eltern getrieben, vor der er dann stundenlang in seiner Wolfsgestalt gesessen und ihn eingeatmet hatte.

Nun war es der beißende Geruch von Verbitterung, den Shona ausstrahlte, wenn er in ihrer Nähe war.

Ihre Abneigung war nicht leicht hinzunehmen, auch wenn er sie mit seiner Handlungsweise selbst verschuldet hatte.

Caelis hatte die letzten sechs Jahre überlebt, weil er Shonas Versprechen ewiger Liebe tief in seinem Inneren bewahrt hatte, wo niemand sie sehen, infrage stellen oder verurteilen konnte. Er hatte gewusst, dass er ihre Liebe nicht verdiente, nachdem er sie so grausam im Stich gelassen hatte, aber leider war ihm keine andere Wahl geblieben.

Sie wusste es nicht, doch er hatte die ganze Schuld auf sich genommen. Er hatte ihren Groll auf ihren Laird nicht noch vergrößern wollen und zu spät erkannt, was für ein großer Fehler das gewesen war. Nicht zuletzt auch, weil Shona ohne das geringste Zögern mit ihren Eltern fortgezogen war, als diese beschlossen hatten, den Clan zu verlassen.

Caelis hatte nie in Betracht gezogen, dass sie ihren Clan oder *ihn* verlassen könnte. Er hatte gedacht, er würde Zeit haben, seinen Rudelführer und Laird im Hinblick auf die Heirat umzustimmen und den Schmerz, den er Shona zugefügt hatte, wiedergutzumachen.

Tatsächlich hatte er sogar noch an ihre gemeinsame Zukunft geglaubt, als er ihr gesagt hatte, sie hätten keine. Dass ihr Vater den Clan verlassen würde, war eine unvorhergesehene Entwicklung gewesen. Die Tatsache, dass Shona mit ihm ging, hatte Caelis zutiefst erschüttert. Immerhin hatte sie ein Leben innerhalb ihres Clans und Freunde, wenn nicht sogar eine Familie dort.

Der Clan war ihre Familie. Das war es, was man sie von Kindheit an gelehrt hatte.

Und Caelis hatte geglaubt, ihre Liebe sei sogar noch stärker als der Wille seines Rudelführers.

Doch *heute* war keine Liebe mehr in ihren schönen grünen Augen, wenn sie sich auf Caelis richteten. Im schlimmsten Fall waren sie von schmerzlicher Wut erfüllt, im besten von einem solch heftigen Misstrauen, dass es ihm jedes Mal einen Stich ins Herz versetzte.

Nicht einmal der kleinste Anflug von Freude hatte sich in ihren smaragdgrünen Augen gezeigt, seit er sie auf dem Burghof zum ersten Mal gesehen hatte – so gar nichts von der Erleichterung oder dem Glück, die *er* bei dieser unerwarteten Begegnung verspürt hatte. Sie teilte nicht einmal seine Freude darüber, dass sie ein Kind zusammen hatten.

Shona würde seine Vaterschaft sogar leugnen, wenn sie konnte. Caelis hatte es in ihrem Blick gelesen. Andererseits jedoch sah der Junge ihm viel zu ähnlich, um für irgendein anderes Kind als das seine gehalten zu werden.

Caelis seufzte. Shona empfand nichts als Groll auf ihn, das spürte er.

Und obwohl er wohlverdient sein mochte, hasste Caelis ihn fast ebenso sehr, wie er jede Minute der Zeit hasste, die sie getrennt gewesen waren. Sechs lange Jahre hatte er sich nichts anderes gewünscht, als wieder mit ihr vereint zu sein. Und sie hatte diese ganze Zeit damit verbracht, ihn zu verachten.

Selbst als er seinem Laird geglaubt hatte, dass sie *nicht* seine wahre Seelenverwandte war, (und auch später, als Uven behauptet hatte, Shona sei tot, was Caelis irgendwann zwar bezweifelt, aber nie mit Sicherheit gewusst hatte), hatte er nie aufgehört, sich nach ihr zu sehnen.

Nicht ein Tag war in den sechs Jahren vergangen, an dem er nicht gewünscht hatte, die Gefährtin seines Herzens an seiner Seite zu haben.

Doch leider war nur allzu offensichtlich, dass sie lieber in Gegenwart einer kranken Ratte wäre als bei ihm.

Sie vertraute den zwei *englischen* Wölfen und sogar Niall mehr als ihm.

Weil sie befürchtete, dass er ihr ihren Sohn wegnehmen würde. Caelis' feierliches Versprechen, es nicht zu tun, hatte überhaupt keinen Eindruck auf sie gemacht. Für Shona waren seine Beteuerungen weniger wert als die von einem englischen König unterzeichneten Grenzverträge.

Dabei war Caelis nicht der Einzige, der ein Versprechen gebrochen hatte.

Sie hatte geschworen, niemals aufzuhören, ihn zu lieben, und immer die Seine zu bleiben.

Vielleicht hatte er keinen Grund oder kein Recht, von ihr zu erwarten, dieses Versprechen einzuhalten, aber sein Wolf und er teilten ein Gefühl des Verratenwordenseins, das sich nicht einfach abschütteln ließ.

Es war klar, dass Shona auch Caelis' Entschlossenheit nicht verstand, sie alle zu einer Familie zu machen.

Seine Verpflichtung seinen Leuten gegenüber würde sie noch eine Zeit lang daran hindern, zusammen zu sein. Doch nun, da er wusste, wo Shona sich aufhielt – und dass sie wirklich seine wahre Seelenverwandte war –, würde nichts mehr sie für immer trennen können.

Schon im ersten Jahr, nachdem Shona ihren Clan verlassen hatte, waren Caelis Zweifel an der Behauptung seines Lairds gekommen, nur er allein könnte die wahre Seelenverwandte eines Rudelmitglieds erkennen. Caelis' Wolf hatte nur noch schwer beherrscht werden können, nachdem Shona fortgegangen war, und nur Caelis' Einsatzbereitschaft für sein Rudel und sein Pflichtgefühl hatten ihn veranlasst, bei den MacLeods zu bleiben, statt ihr hinterherzueilen.

Aber damals hatte Caelis Uven, den Laird und Alphawolf der MacLeods, ja auch noch für einen großartigen Mann gehalten. Caelis hatte jedes Wort des Lairds für wahr gehalten, obwohl sie alle nichts als bösartige Lügen gewesen waren.

Es war schwer gewesen zuzugeben, dass er sich so sehr in dem anderen Mann getäuscht hatte, und viel einfacher, an sich selbst zu zweifeln, nachdem der Laird behauptet hatte, Shona sei gestorben.

Sein Wolf dagegen war nicht so leicht zu beeinflussen gewesen, auch wenn er sich dem (damals) mächtigeren Alpharüden fraglos untergeordnet hatte.

Trotzdem hatte das Tier sich nach der Frau gesehnt, die nicht mehr in ihrem Leben war. Diese Sehnsucht ließ nie nach, und der Wolf hatte die Berührung jedes anderen weiblichen Wesens abgelehnt, egal, wie hübsch die Faol waren, die Uven ihm vorgeführt hatte. Und obwohl Caelis eine Zeit lang geglaubt hatte, dass Shona tot war, hatte er nicht einmal versuchen wollen, mit einer anderen den Bund fürs Leben einzugehen.

Erst im letzten Jahr hatte Caelis begonnen, diese Lüge anzuzweifeln; inzwischen stellte er noch weitaus mehr an seinem Laird infrage als nur seine eindeutige Tendenz, ausschließlich Verpaarungen unter Chrechten zuzulassen.

Wegen dieses dummen, voreingenommenen Mannes hatte Caelis fünf Jahre des Lebens seines Sohnes versäumt. Selbst wenn die Pflicht ihm nicht gebot, zu dem Clan zurückzukehren und Uven die Führung streitig zu machen, würde schon allein das Wissen, was die Lügen des Mannes ihn persönlich gekostet hatten, die Kampfansage nötig machen.

»Netter Mann«, sagte Marjory schon zum zweiten Mal an diesem Tag und streichelte Caelis' Gesicht. »Nicht traurig sein.«

Er lächelte die Kleine an. »Es wird alles gut, *mo breagha*.«

Sie kicherte. »Ich bin nicht schön.«

»Du siehst genauso aus wie deine Mama.« Bis auf Marjorys Haar, das mehr wie eine Aureole aus feinen roten Babylöckchen war, während das ihrer Mutter ihr in langen Ringellocken auf den Rücken fiel. »Und glaub mir, du bist wirklich schön.«

»Meine Träume sagen mir, dass wir eine Familie sind«, bemerkte Eadan. »Aber ich glaube nicht, dass Mama das will.«

Mit Marjory in den Armen hockte Caelis sich vor Eadan hin und sah seinem Sohn in die blauen Augen, die seinen eigenen so ähnlich waren. »Dann werden wir sie wohl umstimmen müssen, mein Sohn, nicht wahr?«

Seine Stimme brach beinahe bei dem Wort *Sohn*, doch er war ein Krieger und würde keine solche Schwäche zeigen. Es war schlimm genug, dass er im Burghof ohnmächtig geworden war wie eine überempfindliche Hofdame.

»Wir können es versuchen«, erwiderte Eadan skeptisch. »Mama ändert ihre Meinung nicht so leicht.«

»Daran kann ich mich noch gut erinnern.« Obwohl der Eigensinn, zu dem sie neigte, sich bei ihm nicht so oft gezeigt hatte, war er ihm doch nur allzu oft in ihrer Beziehung zu anderen aufgefallen.

»Sie wollte nicht mit Percy zusammen sein. Deshalb sind wir weggelaufen. Ich mag Percy auch nicht.«

»Wer ist Percy?«, fragte Niall.

»Mein Nicht-Bruder.«

»Percival.« Shona hatte ihn erwähnt, erinnerte sich Caelis jetzt.

»Der neue Baron?«

Eadan nickte. »Er hat eine Frau, aber keine Kinder. Er wollte Mama zu seinem Bullen machen, damit sie ihm Kinder schenkte. Doch sie wollte nicht, dass er uns bekam.«

»*Buhle*. Er wollte sie zu seiner *Buhle* machen.« Percival hätte also Shona, seine einstige Stiefmutter, zu seiner Mätresse gemacht, mit allen dazugehörigen Pflichten, jedoch ohne ihr die Privilegien seiner Ehefrau zuzugestehen.

Es war ungeheuerlich und abscheulich, aber mehr erwartete Caelis auch nicht von einem englischen Baron – was er Abigail jedoch natürlich niemals sagen würde.

Wut erfüllte ihn, doch er bemühte sich nach Kräften, sich nichts davon anmerken zu lassen und die Kinder nicht zu erschrecken.

»In meinen Träumen verwandeln sich Männer manchmal in Wölfe, Frauen jedoch niemals in Bullen.«

Caelis korrigierte die Aussprache seines Sohnes diesmal nicht.

»Percy wird deine Mutter nicht zu seinem Bullen oder irgendetwas anderem machen.«

Eadan nickte zustimmend. »Das wird Mama auch gar nicht zulassen.«

»Und ich auch nicht.«

»Das ist gut, weil Mama nämlich gar nicht so groß ist, wie sie glaubt.«

Niall lachte. »Mir scheint sie groß genug zu sein.«

»Mama ist klein, aber stark«, erwiderte Eadan unbeirrt. »Und ich werde bald schon größer sein als sie, sagt sie immer.«

»Aye.« Caelis war so tief bewegt, dass seine Stimme zu versagen drohte.

Dieses Kind, das mit den gleichen enzianblauen und mandelförmigen Augen wie den seinen vor ihm stand, war *sein* Sohn, die Frucht der grenzenlosen Leidenschaft, die ihn mit seiner Seelenverwandten verbunden hatte.

Denn nur eine *wahre* Seelenverwandte konnte von einem Chrechten schwanger werden, wenn sie menschlich war.

All die Einwände seines früheren Lairds gegen die Verbindung zerschlugen sich angesichts dieser Tatsache. Shona hatte nicht nur ein Kind zur Welt gebracht, sondern auch der außergewöhnlich gute Geruchssinn seines Sohnes wies daraufhin, dass er die Verwandlung in Wolfsgestalt durchmachen würde, wenn er in das richtige Alter kam.

Caelis schauderte es bei dem Gedanken, was seinem Sohn passiert wäre, wenn er sich ohne ein Rudel zu seinem Schutz plötzlich verwandelt hätte. Aber andererseits hatte er ja ein Rudel.

Ein *englisches*.

Er blickte zu Thomas hinüber, der den Zwillingssöhnen des Sinclair das Stäbchenspiel beibrachte. Die kleine Tochter der

Burgherren schlief nachmittags um diese Zeit in einem der oberen Räume.

Caelis trug Marjory zu Thomas und den Kindern, die in der Nähe auf dem Fußboden des Großen Saals hockten. Als er das kleine Mädchen absetzte, griff sie sofort nach Eadans Hand. Ihr Bruder nahm sie, als wäre er es gewohnt, und führte sie zu den anderen Kindern.

Caelis ließ sich neben Thomas auf dem Boden nieder. »Bringt mir dieses Spiel bei«, verlangte er.

Der junge Wolf nickte nur und erklärte ihm die Regeln.

Sie hatten schon eine Weile gespielt, ja sogar die kleine Marjory dazu überredet mitzuspielen, als Caelis fragte: »Wie kam es eigentlich, dass Ihr und Eure Schwester zu solch engen Freunden meiner Gefährtin wurdet?«

»Es war ihr Vater, der ursprünglich an uns herantrat. Ich weiß nicht, wie er von unserer wahren Natur oder der unserer Mutter erfahren hatte, aber sein Verwalter war sich dessen sehr wohl bewusst und wollte uns in der Nähe, für den Fall, dass Eadan die Verwandlung durchmachte.«

»Und was ist mit Eurer eigenen Familie?«

»Mein Vater ist ein unbedeutender Baron, der nichts von uns wissen wollte, da wir nur Abkömmlinge seiner Buhle waren.«

»Weiß er, dass sie eine Chrechte ist?«

Thomas' junges Gesicht verzerrte sich vor Schmerz. »Nein. Er hat es nie gewusst, und jetzt ist sie nicht mehr.«

»Das tut mir leid.« Auch Caelis hatte seine Eltern verloren und erst kürzlich erfahren, dass sie ausgerechnet durch die Hand desselben Mannes gestorben waren, der sich so geschickt als Ersatzvater in Caelis' Leben geschlichen hatte.

Uven hatte den Lehrmeister und Ziehvater für Caelis gespielt, obwohl er sich des schändlichsten Verrates schuldig gemacht hatte – und es noch immer tat.

»Sie liebte uns, doch das Schicksal hatte mit ihrem Gefährten eine schlechte Wahl getroffen«, fuhr Thomas mit leiser Stimme fort, während er das Spiel der Kinder lenkte. »Unser Vater ist ein harter Mann, der keine Liebe in seinem Herzen hat für diejenigen, die er so gnadenlos benutzt.«

»Wie ist sie gestorben?«

»Am Fieber. Sie war wieder schwanger, aber vielleicht auch schon zu alt für eine weitere Schwangerschaft. Jedenfalls starben sie und das Kind. Das war vor fünf Jahren. Daraufhin gab Vater uns gegen einen Geldbetrag von dem Baron von Heronshire als Diener und Gesellschafterin in den Dienst seiner Gemahlin.«

»Die Sitten der Engländer sind mir völlig unverständlich«, warf Caelis angewidert ein.

»Es war Shonas Vater, der die Sache in die Wege leitete. Wie schon gesagt, er wollte uns in der Nähe haben für den Fall, dass sein Enkel die Verwandlung durchmachte.«

»Das wird er«, sagten Caelis und Talorc, der Laird der Sinclairs, wie aus einem Munde.

Die anderen waren im Großen Saal geblieben und sahen den Kindern beim Spielen zu. Sie saßen still an ihren Plätzen, doch Caelis hegte keinen Zweifel daran, dass Abigail und Talorc sich über ihre geistige Verbindung zwischen Gefährten miteinander unterhalten hatten.

Ciara nickte zustimmend. »Der Wolf ist schon recht stark in ihm.«

»Shona weiß noch nichts von der Existenz der Chrechten«, bemerkte Caelis.

»Oh, doch, das tut sie.« Thomas klang nicht erfreut darüber. »Es gab kein Rudel in der Nähe, doch unsere Mutter lehrte uns, dass wir unser Geheimnis nicht verraten durften, sofern keine dringende Notwendigkeit dazu bestand.«

»Paarung stellt eine solch dringende Notwendigkeit dar, falls ihr euch das fragt«, sagte Abigail schärfer, als sie für gewöhnlich sprach, und mit einem Blick zu ihrem Ehemann, in dem deutliche Kritik lag. Offenbar war dies seit Längerem ein strittiger Punkt zwischen ihnen.

»Aye. Aber wie Ihr nicht erkennen konntet, dass sie Eure wahre Seelengefährtin war, obwohl es offensichtlich ist, dass die körperlichen Bande der Liebe Euch schon vereinten …« Talorc ließ seine Kritik in ein vorwurfsvolles Schweigen übergehen.

»Mein Laird sagte, sie sei nicht meine Seelenverwandte, und ich glaubte ihr nicht, als sie mir von ihrem Verdacht erzählte, schwanger zu sein. Ich sprach mit Uven darüber, und er sagte, das sei nicht möglich. Er versicherte mir, dass Shona nicht meine wahre Seelengefährtin sein könnte; er als mein Alphawolf würde es wissen, wenn sie es wäre. Ich wusste, dass Ehen zwischen Menschen und Chrechten selten waren, dennoch hatte ich mir große Hoffnungen gemacht. Ich war sehr erbost darüber, sie gehen lassen zu müssen, aber ich konnte damals einfach nicht klar denken.«

Das Eingeständnis fiel Caelis nicht leicht.

Ciara runzelte die Stirn. »Sofern er nicht die hellseherische Gabe hat, kann ein Alphawolf ebenso wenig darauf hoffen, jemandes Seelengefährtin zu erkennen, wie jedes andere Rudelmitglied.«

»Heute weiß ich das.« Es wäre ein großer Vorteil gewesen, den wahren Sachverhalt schon vor sechs Jahren gekannt zu haben.

Es gab zu viele Dinge, die Uven von den MacLeods in seinem Bestreben, den Clan und das Rudel so vollkommen zu beherrschen, vor seinen Leuten verborgen hatte.

»Du hast einen Riesenfehler gemacht«, bemerkte Niall ohne Groll, aber auch ohne Mitgefühl.

»Ich weiß.« Doch Shona würde ihm verzeihen, wenn sie erst einmal verstand.

Die versöhnliche Natur seiner süßen Seelengefährtin war ebenso tief in ihr verwurzelt wie ihre Eigenwilligkeit.

Caelis wandte seine Aufmerksamkeit seinen Kindern zu, die er besser kennenlernen wollte, während die Frau, nach der es ihn und seinen Wolf so sehr verlangte, oben schlief.

Shona erwachte in den frühen Morgenstunden einer mondlosen Nacht; es war noch vollkommen dunkel.

Es war schrecklich lange her, seit sie so gut und tief geschlafen hatte, und dazu auch noch bequem in einem Bett, von dem sie sicher sein konnte, nicht darin gestört zu werden.

Sie konnte sich nicht erklären, wieso sie wusste, dass dieses Bett ein so sicherer Ort war, aber in diesem Moment, in dem ihr Geist noch nicht allzu wach war, wusste sie es einfach. Doch warum verspürte sie dann plötzlich diesen Drang aufzustehen?

Die nächste Frage, die ihr Verstand beim Erwachen stets heraufbeschwor, beantwortete die erste.

Das Gefühl, dass irgendetwas *nicht* in Ordnung war, riss sie vollends aus dem Reich zwischen Schlaf und Wachzustand, obwohl ihr Körper sich gern wieder dem wohltuenden Schlaf überlassen hätte.

Wo waren ihre Kinder? Shona erinnerte sich, zu einem dringend benötigten Erholungsschlaf das Gästezimmer der Sinclairs aufgesucht zu haben, doch das musste schon vor Stunden gewesen sein. Offenbar hatte sie das Abendessen und das Zubettgehen ihrer Kinder verpasst und bis tief in die Nacht hinein geschlafen. Obwohl Shona nicht sicher sein konnte, wie spät es war, ohne die Stellung der Sterne am Himmel zu sehen, fühlte sie sich doch so erfrischt, dass die Vermutung nahelag, dass sie den ganzen Nachmittag und einen Großteil der Nacht tief und fest geschlafen hatte.

Sie streckte die Hand nach dem Rand des Bettes aus – und

erkannte sogleich zwei Dinge. Das erste war, dass sie in der Mitte lag, und das zweite, dass Audrey sich nicht mehr in dem Zimmer aufhielt.

Letzteres beunruhigte sie fast genauso sehr, wie nicht zu wissen, wo ihre Kinder waren. Denn obwohl Audrey nicht dumm war, hatte sie mit ihren neunzehn Jahren doch noch eine weit weniger misstrauische Einstellung zur Welt als Shona.

Das machte sie angreifbar für diejenigen, die sie täuschen und benutzen könnten, so wie es Shona vor sechs Jahren widerfahren war.

Mit zunehmend nervösen Bewegungen tastete sie sich im Dunkeln durch den Raum. Auf einem Regal an der Wand neben dem Bett stießen ihre Finger an eine Kerze und einen Feuerstein zum Anzünden. Ein unerwarteter Luxus, den sie sich schnell zunutze machte und die Kerze anzündete.

Der Schein der einzelnen Kerze vertrieb die Finsternis, auch wenn die Zimmerecken weiterhin im Schatten lagen. Shona konnte eine dunkle Form ausmachen, von der sie annahm, dass es Kleidung war, die Audrey für sie aus dem kleinen Bündel der Habseligkeiten herausgenommen hatte, das sie vor der Flucht aus dem Heronshirer Baronat gepackt hatte. Erfreut griff Shona nach dem Stoff, musste dann aber feststellen, dass Audrey das grüne Samtkleid für sie herausgesucht hatte.

Während sie über die Albernheit ihrer Freundin den Kopf schüttelte, legte Shona das Kleid an, das, anders als das, in dem sie angekommen war, noch völlig frei von Staub und anderen Spuren ihrer Reise war. Es nahm kostbare Zeit in Anspruch, die Ärmel zu schließen, doch mit nichts als ihrem Hemd bekleidet durch die Burg zu laufen, kam natürlich nicht infrage.

Schon gar nicht nach den letzten Monaten im Baronat, wo ihre unschuldigsten Gesten als Einladungen aufgefasst worden waren, die nie in ihrer Absicht gelegen hatten.

Nervös, wie sie war, nahm Shona sich weder die Zeit, ihre Haare zu bürsten oder aufzustecken, noch machte sie sich auf die Suche nach ihren Schuhen.

Sie musste ihre Kinder finden und konnte nur hoffen, dass sie dabei nicht die ganze Burg aufwecken würde. Doch wenn es sein musste, würde sie auch davor nicht zurückschrecken.

Eilig stürmte sie aus dem Zimmer und fiel fast über Caelis, der direkt vor ihrer Tür saß und sich umsah, als versuchte er herauszufinden, von wo die Gefahr drohte. Und obwohl er auf dem Boden saß, war das Spiel seiner Muskeln an seinem kräftigen Körper nicht zu übersehen.

»Was tust du vor meinem Zimmer?«, fragte sie im Flüsterton und wünschte, sie hätte nichts Reizvolles an seiner äußeren Erscheinung wahrgenommen.

Wie auch die Leichtigkeit und Anmut, mit der er sich jetzt erhob und die zu vergessen sie so viel Mühe gekostet hatte.

»Und wieso läufst du schon in den frühen Morgenstunden hier herum?«, fragte er statt einer Antwort.

»Ich suche meine Kinder.«

»Sie schlafen in dem Zimmer neben deinem. Deine Beschützer sind auch dort und wachen über sie.« Caelis' mürrischer Tonfall ließ darauf schließen, dass er keineswegs so erfreut darüber war wie Shona.

Ihr Herz, das schon fast zum Zerspringen hart gepocht hatte, kehrte zu einem normaleren Rhythmus zurück. »Wo ist das Zimmer?«

Mit einer Kopfbewegung deutete er auf eine Tür zu ihrer Rechten.

Shona ging sofort darauf zu, doch Caelis' Arm schoss vor, und seine Finger schlossen sich um ihr Handgelenk. »Wo willst du hin?«

»Nach ihnen sehen.« Shona sprach langsam wie zu einem nicht sehr aufgeweckten Kind.

»Du wirst sie aus dem Schlaf reißen.«

Das war nicht ihre Absicht, aber im Moment auch nicht ihre größte Sorge. »Ich werde leise sein.«

»Eadan wird dich hören.« Die Gewissheit in Caelis' Ton konnte nur bedeuten, dass er irgendwie schon von dem ungewöhnlich scharfen Gehör ihres Sohnes wusste.

»Trotzdem werde ich nach ihnen sehen.«

»Warum? Ich habe dir doch gesagt, dass sie bei deinen Freunden schlafen. Traust du Thomas und Audrey nicht zu, auf die Kinder aufzupassen?«

»Natürlich tue ich das. Aber ich habe nur dein Wort darauf, dass Eadan und Marjory sich hinter dieser Tür befinden und friedlich schlafen.«

Caelis' Kopf fuhr zurück, als hätte sie ihn geohrfeigt, wie sie es vor sechs Jahren hatte tun wollen. Nur war sie damals trotz seines Verrats noch viel zu verliebt in ihn gewesen, um ihm wehzutun.

Heute würde sie nicht mehr zögern.

»Du vertraust mir nicht?« Caelis' Augen weiteten sich vor Schock.

Nun war sie es, die nicht glauben konnte, was sie hörte. »*Erwartest* du etwa von mir, dass ich dir Vertrauen schenke?«

»Natürlich.«

»Dann bist du ein noch größerer Narr, als ich es vor sechs Jahren war.«

»Ich habe dir gesagt, dass es Gründe gab für das, was damals zwischen uns geschah.« Er klang, als wollte er ihr diese Gründe in allen Einzelheiten auflisten. Doch sie war nicht bereit, ihm zuzuhören.

»Was *geschah*, war, dass du Versprechungen machtest, die nicht mehr Substanz besaßen als der Morgennebel.« Und alle Erklärungen dieser Welt konnten das nicht ändern.

»Jedes meiner Worte war mir ernst gemeint, als ich es sagte.«

Als würde das etwas wiedergutmachen! Sie entzog ihm ihren Arm. »Später jedoch nicht mehr.«

Denn da hatte er seine Versprechen gebrochen, was letztendlich dazu geführt hatte, dass sie die Frau eines alten Mannes geworden war, dessen Berührung sie fast in den Wahnsinn getrieben hatte. Wären ihre Kinder nicht gewesen, hätte sie die letzten Jahre bestimmt nicht überlebt.

Dessen war sie sich so gut wie sicher.

Shona wandte sich ab, um Eadan und Marjory zu suchen.

Und diesmal versuchte Caelis nicht wieder, sie aufzuhalten.

Als sie die Tür, die er ihr gezeigt hatte, öffnen wollte, gab sie jedoch nicht nach. Falls er wirklich die Wahrheit gesagt hatte, mussten Audrey oder Thomas das Türschloss von innen verriegelt haben. Shona war froh über die Sicherheitsvorkehrungen ihrer Freunde, dennoch würde sie nicht in ihr eigenes Zimmer zurückkehren, ohne sich überzeugt zu haben, dass ihre Kinder wohlauf waren.

Da sie wusste, dass die Geschwister einen noch leichteren Schlaf hatten als ihr Sohn, klopfte sie sehr leise an.

Nur ein paar Sekunden verstrichen, bevor die Tür sich öffnete und den Blick auf Thomas' verschlafene Gestalt freigab.

»Du möchtest die Kinder sehen«, sagte er in gedämpftem Ton.

Shona nickte, und Thomas trat zurück, um sie einzulassen.

Die mitgebrachte Kerze warf einen sanften Lichtschein in den Raum und auf das Bettzeug auf dem Boden, wo Thomas offenbar genächtigt hatte. Dahinter stand ein ähnliches Bett wie in Shonas Zimmer, nur war dieses ziemlich überfüllt: Audrey lag in der Mitte, Eadan und Marjory rechts und links von ihr.

Audreys Augen waren geöffnet, doch um die Kinder nicht zu stören, rührte sie sich nicht und lächelte Shona nur beruhigend zu. Eadan bewegte sich und gab einen leisen Laut von sich, aber er erwachte nicht, was nur wieder bewies, wie anstrengend die letzten Wochen für ihn gewesen sein mussten.

Auch Shona schwieg und warf Audrey nur einen fragenden Blick zu. Die blonde Frau nickte fast unmerklich, um ihr zu bestätigen, dass alles in bester Ordnung war.

Thomas klopfte Shona ermutigend auf die Schulter. »Morgen früh, wenn sie aufstehen, werden wir dich wecken, falls du dann noch schläfst«, flüsterte er dicht an ihrem Ohr.

Shona nickte und lächelte beide noch einmal dankbar an, bevor sie wieder auf den Gang hinaustrat. Caelis stand noch immer dort und warf Thomas einen unfreundlichen Blick zu, bevor Shona die Tür hinter sich zuzog.

Verärgert wandte sie sich dem Mann zu, den sie immer mehr als Strafe des Himmels zu betrachten begann. »Ich kann mir beim besten Willen nicht vorstellen, was du an Thomas auszusetzen hast, denn dieser Junge wird mit der Zeit zu einem guten, ehrenhaften Krieger heranwachsen. Also hör gefälligst auf, ihn immer so böse anzusehen!«

»Er ist bereits ein Mann.«

»Und gerade mal neunzehn Jahre alt.« Womit er zugegebenermaßen drei Jahre über dem allgemein anerkannten Eintritt in das Mannesalter lag. Und trotzdem war Thomas noch *so jung*. Trotz seiner eigenen gegensätzlichen Erfahrungen glaubte er noch an die Güte und angeborene Ehrenhaftigkeit der Menschen.

»Er ist fast noch ein Kind«, fügte Shona hinzu, obwohl sie wusste, dass Thomas nicht erfreut über diese Feststellung sein würde.

»Er ist zu vertraut mit dir.«

»Er ist mein Freund.«

»Das sagte er bereits«, versetzte Caelis ungerührt.

Kapitel Fünf

Die Chrechten sind stärker als die Menschen, doch sie sind ihnen nicht überlegen. Sie sind Brüder, wie die Faol Brüder der Paindeal und der Éan sind.

– Cahir-Lehren

Caelis' Tonfall ließ darauf schließen, dass er über ihre Freundschaft und Vertrautheit mit Thomas nicht glücklich war.

Shona zuckte im Geiste mit den Schultern. Caelis' Gefühle kümmerten sie wenig. »Es ist wahr.«

Für sie waren Audrey und Thomas die Geschwister, die ihre Eltern ihr nicht hatten schenken können. Shona hatte sie nie als Bedienstete betrachtet, was sie für ihren Ehemann und den Rest des Haushaltes gewesen waren.

»Flüstern dir all deine männlichen Freunde etwas ins Ohr, wie es ein Geliebter täte?«

»Sei nicht albern, Caelis! Thomas verhält sich ebenso wenig wie ein Geliebter wie … ein *Fisch*. Audrey und er sind meine allerbesten Freunde.« Und ihre einzigen wahren Freunde, wenn sie ehrlich sein sollte.

Shona hatte niemand anders als diesen beiden erlaubt, die Barrieren zu durchbrechen, die sie nach Caelis' Verrat und der daraus resultierenden Ablehnung ihrer Eltern um ihr Herz errichtet hatte. Shona war die Hilflosigkeit der Zwillinge angesichts der Tatsache, dass ihr Schicksal von einem gefühllosen Vater für sie entschieden worden war, sehr nahegegangen, weil das Los der Geschwister ihrem eigenen so ähnlich war.

Ihr Vater war nicht gefühllos gewesen, sondern nur überzeugt davon zu wissen, was das Beste für sie war, und sie zu der Ehe mit diesem Baron zu zwingen hatte ganz oben auf dieser Liste gestanden.

»Ich habe eine Ehrenschuld ihnen gegenüber zu begleichen, weil sie dich und die Kinder beschützt haben«, sagte Caelis plötzlich.

Er hatte eine solche Bemerkung schon einmal gemacht, nur ergab es für Shona jetzt genauso wenig Sinn wie vorher schon.

Sie dachte jedoch nicht daran, ihm diesen Gedanken auszureden. Wenn er sich Audrey und Thomas gegenüber irgendwie verpflichtet fühlte, würde er vielleicht eher geneigt sein, ihnen zu helfen, in Sicherheit zu gelangen, wenn auch nicht ihr selbst.

»Ich gehe wieder zu Bett.« Shona drehte sich um und trat auf ihre Zimmertür zu.

»Bist du noch müde?«, fragte er und hielt mit ihr Schritt.

»Nein.« Und das war sie auch wirklich nicht, aber sie hatte auch nicht vor, auf den Gängen der schlafenden Burg herumzuwandern.

»Dann könnten wir vielleicht miteinander reden?«, fügte Caelis hinzu und klang viel weniger fordernd, als sie es je zuvor bei ihm gehört hatte.

Shona blieb an ihrer Tür stehen und blickte zu dem einzigen männlichen Gesicht auf, das je Begehren in ihr ausgelöst hatte.

Selbst jetzt noch, nach allem, was geschehen war, spürte sie ein Flattern tief in ihrem Innern. Sie war so sicher gewesen, dass dieser Teil von ihr tot war, doch ein einziger Tag in Caelis' Gesellschaft hatte genügt, um ihr zu zeigen, dass dem nicht so war. Sie begehrte ihn noch genauso sehr wie früher, aber sie *wollte* ihn nicht mehr.

Sie zwang sich, ihre sinnlichen Empfindungen zu ignorieren, und entgegnete in ungläubigem Ton: »Du willst *mitten in der Nacht* eine Aussprache mit mir?«

»Aye.«

»Das ist ja wohl kaum ein angemessenes Benehmen.« Sie schüttelte den Kopf. Nicht, um die Bitte abzulehnen, aber aus Erstaunen über seine Dreistigkeit.

»Ich mache mir keine Gedanken über Schicklichkeit.«

»Das hast du nie getan.« Aber Shona hatte geglaubt, er wäre zumindest anständig genug, sein ungebührliches Verhalten von damals wiedergutzumachen.

Das war er jedoch nicht.

»Es gab eine Zeit, in der du über diese englischen Anstandsregeln gelacht hättest, hinter denen du dich jetzt verstecken willst.«

»Ich habe gelernt, warum anständiges Benehmen sinnvoll ist.« Als Schutz vor dem, was ihr mit ihm widerfahren war, zum Beispiel.

»Bitte, Shona, hör mich an!«

Wirklich? Sie war nicht geneigt, mit ihm zu reden, doch sie musste in Erfahrung bringen, was er zu tun gedachte, nachdem er nun wusste, dass er einen Sohn hatte. Hätte er Eadan verleugnet, wäre alles viel einfacher gewesen. Dann wäre sie wie geplant nach Balmoral Island weitergereist und hätte sich der Barmherzigkeit ihrer Verwandtschaft überantwortet – egal, wie unsicher auch das gewesen wäre.

Doch jetzt befürchtete Shona, ihren Sohn an seinen Vater zu verlieren. Zuvor war es ihre größte Angst gewesen, Eadan an Percivals üble Machenschaften zu verlieren, und diese Angst hatte sie zur Flucht aus England getrieben.

»Du wirst mir meinen Sohn nicht nehmen«, schwor sie, als sie die Tür zu ihrem Zimmer aufstieß.

»Das habe ich auch nicht vor.«

Noch auf der Schwelle drehte sie sich zu Caelis um, doch ohne ihn hereinzulassen. »Du hast mich schon einmal mit Worten verhöhnt, die deinen Taten nicht entsprachen – diesmal aber werde ich nicht so leicht zu täuschen sein.«

»Lass es mich dir erklären!«, sagte Caelis, und zu Shonas Erstaunen war es mehr eine Bitte als eine Forderung.

Diesen starken Krieger so reden zu hören, war so ungewöhnlich, dass Shona unwillkürlich nickte und zurücktrat, um ihn eintreten zu lassen.

An einer Wand des Schlafzimmers stand eine niedrige Truhe, auf der Shona sich so selbstverständlich niederließ, als gäbe es das Bett gar nicht, und hoffte, dass es auch von Caelis ignoriert werden würde.

Viel lieber wäre sie in den Großen Saal hinuntergegangen, doch dort würde irgendjemand ihre Schande mitbekommen, und das wäre ihr sogar noch peinlicher, als in einer kompromittierenden Situation mit Caelis ertappt zu werden.

»Ich finde es seltsam, dass du draußen vor meiner Tür geschlafen hast«, bemerkte sie, als er im Zimmer auf und ab ging. Hatte er ihr nicht eine große Erklärung angekündigt?

»Ich habe nicht geschlafen.«

»Und was hast du dort gemacht?«

»Dich beschützt.« Caelis blieb dicht vor ihr stehen. »Und gegen mein Verlangen angekämpft, zu dir hineinzugehen.«

Shona lachte fast. »Du willst mich glauben machen, dass du sechs Jahre, nachdem du mich eiskalt abgeschoben hast, noch so viel Leidenschaft für mich empfindest, dass sie dir nachts keine Ruhe gönnt und dich draußen vor meinem Zimmer Wache halten lässt?«

Das war ja lächerlich! Wenn er sie je so sehr begehrt hätte wie sie ihn, hätte er sie nie verstoßen.

»Aye.«

»So naiv bin ich nicht, Caelis.« Glaubte er, er müsste sie belügen, um an ihren Sohn heranzukommen?

Warum wollte er Eadan jetzt auf einmal, wo er vorher doch allein die Möglichkeit einer Schwangerschaft für ausgeschlossen erklärt hatte?

Ihre Gedanken wirbelten ihr im Kopf herum wie aufgeregte Schmetterlinge.

»Nur stur.« Caelis seufzte und fuhr sich mit der Hand über das Gesicht. »Ich kann mich nicht erinnern, dass du *bei mir* so unnachgiebig warst.«

Weil sie ihm hatte nachgeben *wollen*, und das war ihre eigene Schande, die sie zu ertragen hatte. Zumindest hatte er sie damals gut genug gekannt, um zu wissen, dass es in ihrer Natur lag, anderen gegenüber unbeugsam zu sein.

Als sie seine Worte keiner Antwort würdigte, seufzte er erneut und sah ziemlich verärgert aus. »Ich habe sechs Jahre ohne körperliche Befriedigung gelebt – während du einen anderen geheiratet hast.«

»Erstens habe ich überhaupt keinen Grund, dir das zu glauben. Und ich glaube dir auch nicht«, setzte sie zur Bekräftigung hinzu. »Zweitens kann man das, was zwischen mir und dem Baron stattfand, nicht als *befriedigend* bezeichnen.«

Nicht, wenn allein schon die Berührung des alten Mannes Shona eine Gänsehaut verursacht und er sie benutzt hatte wie die Hure, als die ihre eigene Mutter sie bezeichnet hatte, nachdem sie entdeckt hatte, dass Shona – ohne einen Verehrer und erst recht keinen Ehemann in Sicht – ein Kind erwartete.

»Ich will nichts darüber hören«, sagte Caelis nachdrücklich.

Shona hatte auch gar nicht die Absicht, ihm irgendetwas über ihr Leben zu erzählen, das er nicht unbedingt zu wissen brauchte. »Du kannst beruhigt sein, denn das wirst du ohnehin nicht.«

»Marjory ist seine Tochter.«

Shona nickte nur kurz zur Bestätigung.

»Und Eadan ist mein Sohn.«

Diesmal starrte Shona ihn nur an und weigerte sich, ihm zuzustimmen oder seiner Feststellung zu widersprechen.

»Du warst es, der mir sagte, wenn ich schwanger wäre, müsse ich es von einem anderen Mann sein.« Ihre Finger legten sich um den Rand der Truhe und umklammerten sie so fest, dass Shona in den Fingerspitzen ihren Herzschlag fühlen konnte. »Oder hast du das bereits vergessen?«

»Ich war so wütend darüber, dich gehen lassen zu müssen, dass ich diese Wut an dir ausließ.« Schuldgefühle spiegelten sich plötzlich auf Caelis' gut aussehendem Gesicht wider. »Was ich sagte, war jedoch nicht ernst gemeint. Aber ich hatte Anweisung, meinen Umgang mit dir einzustellen, und wusste, dass diese beleidigenden Worte dich anwidern würden, wie nichts anderes es könnte. Weil deine Treue und Entschlossenheit andernfalls nämlich zu stark gewesen wären, um nachzugeben.«

Shona wusste nicht, was er mit *Anweisung* meinte, seinen Umgang mit ihr einzustellen, obwohl sie es sich denken konnte, doch was seine Methoden anging, hatte Caelis recht gehabt. »Und deine Bemühungen waren ja auch außerordentlich erfolgreich. Ich wäre froh gewesen, dich für den Rest meines Lebens nie wiedersehen zu müssen.«

Oh, wie sehr sie wünschte, dass diese Behauptung wahr sein möge! Weil dieser Wunsch so stark war, kamen ihre Worte mit der ganzen Überzeugung über ihre Lippen, die ihrem Herzen fehlte.

Die Kerze gab nicht viel Licht ab, aber genug, um Caelis' markante Züge zu erhellen und den Schmerz zu offenbaren, der darauf erschien und sich in seinen blauen Augen festsetzte. »Was ich sehr bedaure.«

»Das glaube ich dir nicht.« Auch wenn sie wünschte, dass es wahr sein möge.

Wieder wirkte er überrascht ... ja, er schien sogar verletzt zu sein von ihrem mangelnden Vertrauen in ihn.

»Unser Laird verbot mir, dich zu meiner Frau zu machen.« Diesmal lag eine Aufrichtigkeit in seinem Ton, die sie nicht ignorieren konnte.

Doch vor allem im Hinblick auf die Handlungen seines früheren Clan-Chefs klangen seine Worte wahr. Uven war kein freundlicher oder gerechter Mann. Er hatte seine Günstlinge unter den Clan-Angehörigen, die mit seiner Unterstützung und Nachsicht rechnen konnten; alle anderen dagegen hatten sich für diese wenigen geschätzten Lieblinge anstrengen und aufopfern müssen.

Oft litt sogar Uvens eigene Tochter unter ihm – was Caelis jedoch nie geglaubt hatte. Obwohl er und Shona eine fast idyllische Zeit der Werbung gehabt hatten, bevor er sie verlassen hatte, war die wahre Natur ihres Lairds der einzige Punkt gewesen, in dem sie niemals einer Meinung gewesen waren.

Shonas mangelnde Loyalität, wie Caelis es nannte, pflegte ihren damals geliebten Krieger ungeheuer aufzuregen.

Weil er, ganz im Gegensatz zu ihrer eigenen Familie, nie die hässliche Seite des MacLeod kennengelernt hatte.

»Du bist einer seiner Favoriten«, erinnerte sie Caelis jetzt.

»Ich *war* es.«

Sie fragte nicht, was zwischen ihnen vorgefallen war, aber die bloße Tatsache, dass er sich lieber bei den Sinclairs statt bei ihrem früheren Clan aufhielt, sprach von einem großen Bruch zwischen dem Laird und seinem Vasall. Und Shona erinnerte sich noch sehr gut an die wahre Natur ihres einstigen Clan-Chefs. Nichts, was er tat, hätte sie noch überraschen können.

Doch einige Dinge waren unwahrscheinlicher als andere. »Du willst also, dass ich glaube, unser Laird hätte einem seiner Günstlinge eine Bitte abgeschlagen?«

»Er hielt uns nicht für ein gutes Paar und beharrte darauf, dass du nicht meine wahre Gefährtin warst.«

Da war es schon wieder, dieses Wort »Gefährtin«, als sprächen sie von Tieren, aber für Shona spielte es keine Rolle mehr, wie Caelis sich ausdrückte. »Gefährtin«, »Ehefrau« oder sogar »Geliebte« – keine dieser Bezeichnungen passte zu ihr in Zusammenhang mit Caelis. Sie gehörte nicht in sein Leben. Das hatte sie nie, egal, wie sehr sie einst gewünscht hatte, dass es anders wäre.

»Er dachte, ich wäre nicht gut genug für dich.« Sie hatte nie verstanden, warum der Laird eine solche Abneigung gegen einige seiner Clan-Mitglieder hegte, doch es war eine nicht zu leugnende Tatsache gewesen.

Er hatte Shonas Familie für nicht beachtenswert gehalten; ihren Vater als Seneschall zu ersetzen war nur einer der vielen Affronts gegen ihn und seine Familie gewesen.

Caelis widersprach ihrer Deutung der Ereignisse nicht.

Shona seufzte. »Und das ist deine großartige Erklärung?«

Caelis erschrak, seine Augen weiteten sich zunächst und verengten sich dann, als überraschte ihn ihre Reaktion. »Ich hatte keine andere Wahl, als mich von dir zu trennen.«

»Natürlich hattest du die! Du hättest den Clan verlassen können, als meine Eltern und ich es taten.«

»Uven hätte mich niemals gehen lassen.«

»Und trotzdem bist du hier.« Er lebte bei einem anderen Clan, trug jedoch nach wie vor die Farben des MacLeod.

Vielleicht war der Bruch zwischen Caelis und Uven gar nicht so groß, wie sie ursprünglich gedacht hatte. Oder es gab in Wahrheit gar kein Zerwürfnis, egal, was Caelis auch behauptete.

Die Niedergeschlagenheit, die sie bei diesen Gedanken befiel, war ihr unerklärlich, und deshalb ignorierte sie sie auch.

»Es ist kompliziert.« Und offensichtlich widerstrebte es ihm, ihr zu erklären, inwiefern.

»Du kannst mir die Einzelheiten gern ersparen.«

Wieder schien es so, als hätte sie ihn überrascht. »Früher warst du doch so neugierig.«

»Das Einzige, was ich von dir wissen will, Caelis – das *Einzige*, was mich überhaupt noch interessiert –, ist die Frage, ob du versuchen wirst, mir meinen Sohn zu nehmen.«

»Das werde ich nicht.«

Sich selbst zuliebe wollte Shona ihm glauben und über das Versprechen Erleichterung empfinden. Doch leider konnte sie seinen Versprechungen nicht vertrauen. Und sie bezweifelte auch, dass es so einfach sein könnte.

Mit Worten hatte Caelis seinen Sohn bereits für sich beansprucht. Jetzt noch davon abzuweichen würde seine Kriegerehre untergraben, was er mit Sicherheit weder ihr zuliebe noch für seinen Sohn riskieren würde.

»Dann hast du also nichts dagegen, dass wir nach Balmoral Island weiterreisen, sobald der Sinclair uns seine Erlaubnis dazu gibt?« Shona glaubte es nicht, doch irgendwie musste sie Caelis dazu bringen, seine Pläne preiszugeben.

»Warum nach Balmoral Island?«

»Weil ich dort Familie habe.«

»Das wusste ich nicht.«

Shona zuckte mit den Schultern. Was sie einander vor sechs Jahren erzählt hatten oder nicht, war heute nicht mehr von Belang.

»Wer ist es?«

»Meine Urgroßmutter stammte von der Insel. Ihre Schwester heiratete dort und hatte Kinder. Soweit ich hörte, leben noch einige aus dieser Generation und auch aus meiner eigenen auf der Insel.«

»Du weißt es aber nicht genau?«

»Viele Jahre hat es keinen direkten Kontakt zwischen den beiden Familienzweigen gegeben, doch ich bin mir sicher, dass meine Verwandten meine Kinder und mich in ihren Clan aufnehmen werden.« Zumindest hoffte sie das inständig.

Alles, was sie über den Clan ihrer Großmutter erfahren hatte, deutete darauf hin, dass diese Menschen großen Wert auf Familie und Loyalität legten. Auf einen Clan also, bei dem sie sich darauf verlassen konnte, dass er sie und ihre Kinder vor den Bestrebungen eines raffgierigen Engländers beschützen würden.

»Der Balmoral-Clan ist ein guter. Ich habe die letzten Jahre mit einer Elitetruppe ihrer Soldaten trainiert.«

Das erklärte zumindest, was er so weit entfernt vom Territorium der MacLeods tat. Auch wenn es nicht ganz zu der maßlosen Arroganz ihres früheren Lairds passte, dass er einen seiner Soldaten unter einem anderen Clan-Chef hatte trainieren lassen.

»Weswegen bist du dann hier?« Shona wusste, dass die Balmorals und Sinclairs Verbündete waren, und dass Caelis' auf dem Weg nach Süden auf der Burg haltmachte, war naheliegend, nur schien er hier eher so etwas wie ein Langzeitgast zu sein.

Denn das war nur zu offensichtlich.

»Um auch mit den Sinclairs zu trainieren.«

Es musste sich viel verändert zu haben, seit sie ihren Clan verlassen hatte. »Aha.«

Mit einer Geduld, die sie früher nicht an ihm gekannt hatte, wartete er auf ihre nächste Frage.

»Also hast du vor, zu den MacLeods zurückzukehren?«, fragte sie hoffnungsvoll.

Caelis' Gesichtsausdruck wurde sehr ernst. »Aye.«

»Doch du wirst mir meinen Sohn nicht nehmen.«

»Ich sagte dir ja schon, dass ich nicht die Absicht habe, Mutter und Kind zu trennen.«

»Aber?« Shona wusste, dass die Sache einen Haken hatte. Warum musste er also so tun, als wäre es nicht so?

»Ich kann nicht bei den Balmorals leben. Ich habe Verpflichtungen meinen eigenen Leuten gegenüber und muss zu den MacLeods zurückkehren.«

»Was hat das mit mir und meinen Kindern zu tun?«

»Mit *unseren* Kindern«, betonte er und zeigte damit endlich seine wahren Absichten. »Wenn ich nicht bei den Balmorals leben kann, können du und die Kinder es natürlich auch nicht.«

»Ich werde nicht zu den MacLeods zurückkehren.« Ihr früherer Laird war kein guter Mensch gewesen, egal, was Caelis vielleicht auch denken mochte.

»Nicht sofort. Doch sobald ich meine Pflicht erfüllt habe, wirst du mit den Kindern zu mir kommen.«

Shona stieß ein Lachen aus, das schon fast an Hysterie grenzte. Der Mann war vollkommen verrückt! »Du sprichst, als gäbe es Versprechungen zwischen uns, Absprachen oder Pläne, als Familie zusammenzuleben. Aber wir haben nichts dergleichen ausgemacht.«

Ihre Stimme wurde noch lauter und schriller, merkte Shona und zwang sich, tief ein- und auszuatmen, während sie die Panik, die sie zu überwältigen drohte, niederkämpfte.

»Wir *werden* die Zukunft haben, von der wir vor sechs Jahren geträumt haben.« Caelis ließ sich vor ihr auf die Knie nieder und nahm ihre Hände in die seinen. »Ich bin nicht länger gewillt, eines gewissenlosen Anführers wegen ohne meine wahre Gefährtin zu leben.«

»Ich verstehe nicht, was du mir sagen willst, Caelis.«

»Dass du zu mir gehörst. So einfach ist das.«

Das konnte er doch wohl nicht wirklich glauben?

»Oh nein, so einfach ist das nicht. Ich gehöre *keineswegs* zu dir«, widersprach sie, obwohl ihr Herz sie eine Lügnerin nannte. »Vielleicht war es vor all diesen Jahren so, aber heute nicht mehr. Und nie wieder.«

»›Nie‹ ist eine lange Zeit, Shona.«

»Und manchmal nicht lange genug.« Wenn es darum ginge, Percival, den neuen Baron von Heronshire, wiederzusehen, wäre *lange* viel zu kurz.

Das Gleiche dachte sie auch über Caelis, doch ihr Herz, das in einen tiefen Schlummer gefallen war, als sie Schottland damals verlassen hatte, regte sich allmählich wieder. Nur brachten diese Regungen leider nichts als Schmerz mit sich.

Und trotzdem war ein kleiner Teil von ihr froh und dankbar, innerlich nicht mehr völlig tot zu sein. Natürlich hatte sie für ihre Kinder Gefühle gehabt, aber in einem anderen Winkel ihres Herzens als dem, der in den letzten Jahren nur geschlafen hatte.

In einem Winkel, der ihr einst nicht nur das größte Glück, sondern auch das schlimmste Leid beschert hatte.

»Ich werde dich umstimmen«, versprach Caelis. »Weil es uns bestimmt ist, zusammen zu sein.«

»Das glaubte ich früher auch einmal.« Bis ins tiefste Innere war sie sich sicher gewesen, dass sie und dieser Mann eine wundervolle gemeinsame Zukunft vor sich hatten.

Eine solch innige, mit ihren Herzen und Körpern geschriebene Liebesgeschichte, dass die Kinder ihrer Enkel sie noch ihren Kindern erzählen würden. Ihren Glauben an die Zukunft zu verlieren hatte fast ebenso sehr geschmerzt, wie Caelis zu verlieren.

»Dann glaub wieder daran!«

»Nein.« Sie war durch diesen Mann und ihre eigenen Träume genug verletzt worden.

Weder ihm noch ihren Träumen würde sie je wieder Macht über ihr Herz einräumen.

Der Blick seiner unglaublich blauen Augen bohrte sich in ihren. »Bei einigen Dingen im Leben haben wir gar keine Wahl.«

»Du meinst, wie vor sechs Jahren?«, entgegnete sie mit gespielter Freundlichkeit.

Ein Ausdruck der Erleichterung (da er offenbar dachte, sie *verstünde* endlich) huschte über sein Gesicht. »Genau wie vor sechs Jahren.«

»Dann bist du ein sehr schwacher Mann, Caelis. Vor sechs Jahren hast du nämlich sehr wohl eine Wahl gehabt.«

»Ich sagte doch …«

»Dass unser Laird uns verbieten wollte, innerhalb des Clans zu heiraten«, unterbrach sie ihn. »Aber was bedeutet das? Doch nur, dass dir weit mehr an deinem Ansehen bei ihm lag als an irgendwelchen kleinen Gefühlen, die du mir vielleicht entgegenbrachtest. Du hast mich verleugnet. *Hast unseren Sohn verleugnet.* Und alles nur aufgrund der Behauptungen eines noch schlimmeren Despoten als dem Mann, vor dem ich derzeit auf der Flucht bin. Erzähl mir nicht, du hättest keine Wahl gehabt! Du hattest eine sehr reale Möglichkeit, dich zu entscheiden, Caelis, und genau das hast du auch getan!«

»Du verstehst das nicht.«

»Meinst du? Ich weiß nur eins: Wäre es vor sechs Jahren meine Wahl gewesen, hätte ich den Clan und meine Familie verlassen und wäre dir überallhin gefolgt, um mit dir zusammen sein zu können. Aber du wolltest ja nicht einmal mit mir zu einem anderen Clan gehen.«

»Weil ich es nicht konnte!« Seine Stimme war noch lauter als die ihre, doch das beeindruckte sie nicht.

»Dann sage ich es noch einmal: Du warst ein sehr schwacher,

unfähiger Mann, Caelis! Und ich hatte geglaubt, du wärst durch und durch ein Krieger.«

»Das bin ich auch. Wie kannst du es wagen, meinen Kampfgeist anzuzweifeln?«

»Wie kannst *du* es wagen zu behaupten, einen zu besitzen, obwohl du nie dafür gekämpft hast, mit mir zusammen sein zu können!«

Er sprang auf und blieb dicht vor ihr stehen. Der Zorn, den er ausstrahlte, war wie eine mit Händen zu greifende Kraft um sie herum.

Doch das imponierte Shona nicht.

»Ich dachte, Uven wollte nur das Beste für mich. Wie du schon sagtest, war ich einer seiner Favoriten. Er behauptete, als mein Clan-Führer könne er sehen, dass du nicht meine wahre Gefährtin wärst. Woher hätte ich denn wissen sollen, dass er log?«

»Du wolltest ihm glauben. Du wolltest glauben, dass einige im Clan wichtiger und anderen überlegen waren. Und du wolltest einer dieser *Überlegenen* sein.« Sie legte die ganze Verachtung, die sie empfand, in dieses eine Wort, um Caelis wissen zu lassen, für wie *wenig* überlegen sie einen Mann hielt, der imstande war, sie so fallen zu lassen, wie er es getan hatte.

Sein Gesicht verzerrte sich, als hielte er etwas von großer Wichtigkeit zurück. Schließlich sagte er: »Das war ich.«

»Ich würde ja sagen, ich bedauerte es, dass du deinen ach so hohen Rang verloren hast, doch das wäre gelogen. Je länger du in der Gunst dieses Mannes gestanden hättest, desto mehr von deiner Menschlichkeit hättest du für ihn aufgegeben.«

»Du ahnst nicht mal, wie wahr deine Worte sind«, erwiderte Caelis mit gedämpfter Stimme, doch da sein Gesicht im Schatten lag, ließ sein Ausdruck sich nicht deuten.

Sie hatte keine Antwort für ihn. Er hatte sich damals entschieden, auch wenn er behauptete, keine Wahl gehabt zu haben, und er hatte es sehr schlecht gemacht.

Nun setzte er sich auf die Kante ihres Bettes und würde dort seinen Duft hinterlassen, was Shona ihm jedoch nicht sagen wollte. Sie hatte schon immer sehr empfindlich auf seinen Körperduft reagiert und sich dadurch sogar an Caelis' Nähe erfreut, wenn er nicht bei ihr gewesen war.

Nun starrte er auf den Fußboden, als könnte er dort die Antworten finden, die er suchte. »Es gibt Dinge, die ich dir damals nicht gesagt habe. Dinge, die du heute aber wissen musst.«

»Das klingt ja sehr geheimnisvoll.«

Er nickte mit ernster Miene. »Es ist ein großes Geheimnis, das die wenigen Menschen, denen die Ehre zuteilwird, es zu erfahren, für sich behalten müssen, um nicht die Todesstrafe zu riskieren.«

»Du sagst *Menschen*, als hieltest du dich für etwas Besseres.« War dies wirklich der Mann, den sie einmal so geliebt hatte?

Sein Überlegenheitsgefühl und seine übersteigerte Eitelkeit könnten es vielleicht sogar mit Percivals aufnehmen.

»Nicht für etwas Besseres – das weiß ich jetzt –, aber auch nicht für dasselbe.« Caelis' Augen flehten um Verständnis.

Doch wieder einmal waren seine Worte in erster Linie verwirrend, statt etwas zu erklären.

»Wirst du eigentlich jemals zur Vernunft kommen?«, fragte Shona scharf. »Egal, was dein erlauchter Laird dich auch glauben machen wollte, du bist kein *höheres* Wesen.«

»Ich bin ein *Chrechte!*«, stieß Caelis verärgert hervor, bevor er aufsprang und sich abwandte, als ertrüge er ihre Sturheit nicht.

Tatsächlich? Falls er auch weiterhin versuchte, sie zu einer Familie zu vereinen, würde er schon sehr bald merken, dass sie zu noch weitaus größerer Sturheit fähig war.

Und diese ganze Chrechte-Geheimnistuerei? Daran war doch gar nichts so Geheimnisvolles. Alle im Clan wussten von der Gruppe von Kriegern, die sich für die Elite unter den Soldaten hielten.

Shona verdrehte die Augen. »Das habe ich vor sechs Jahren schon oft genug von dir und anderen gehört. Du hast deine Fähigkeiten als Krieger schon immer für etwas gehalten, das dich von anderen abgrenzte.«

Er drehte sich wieder zu ihr um, und sein Gesichtsausdruck wurde immer erstaunter, als sie weitersprach.

»Meine kämpferischen Fähigkeiten *sind* denen anderer Männer, ja sogar denen der Chrechten überlegen«, sagte er dann gekränkt.

»Und ich bin eine englische Aristokratin mit Anspruch auf einen Titel und wenig mehr. Weißt du, wie mich das von anderen unterschieden hat?«, versetzte sie. »Überhaupt nicht. Nicht das kleinste bisschen. Ich bin immer noch eine Mutter, Freundin und Frau, die weniger zu sagen hat als der Verwalter, der die Güter meines verstorbenen Ehemannes führte.«

»Du übergehst einfach alles, was du nicht hören willst«, warf er ihr mit wachsendem Ärger vor.

Auch Shona funkelte ihn böse an, da ihre Wut der seinen in nichts nachstand. »Wenn du willst, dass ich dir zuhöre, würde ich vorschlagen, dass du versuchst, etwas Vernünftiges von dir zu geben, doch ich höre nur schwachsinnige, anmaßende Dummheiten von dir!«

»Ich bin nicht dumm!«

»Na ja, ein Meister der Logik bist du auch nicht gerade.«

»Ich bin ein Gestaltwandler!« Nun brüllte er schon fast. »*Chrechte* bedeutet, dass ich meine Natur mit einem Tier teile. In meinem Fall ist es ein Wolf.«

Shona blieb fast das Herz stehen. Sie hatte ihn als dumm

bezeichnet, aber das war nicht ernst gemeint gewesen. Sie hatte nicht wirklich geglaubt, dass er seine Fähigkeit, vernünftig zu denken und zu handeln, verloren hatte.

Doch was er jetzt gerade gesagt hatte, ließ ihr vor Schreck das Blut in den Adern gefrieren. »Hör auf mit diesem Unsinn! Bitte zeig mir, dass du nicht wirklich den Verstand verloren hast, Caelis!«, bat sie ihn.

Er schüttelte jedoch nur den Kopf und legte mit einer blitzschnellen Bewegung sein Plaid ab, bevor Shona auch nur protestieren konnte. Caelis machte zwar keine Anstalten, näher zu kommen, doch sie sprang trotzdem von der Truhe auf und lief in einem großen Bogen an ihm vorbei zur Tür.

»Nein, Caelis. Ich gehe nicht mit dir ins Bett.«

»Doch, das wirst du, wenn auch nicht gerade jetzt.«

»Nein ...« Ihr Herz pochte so schmerzhaft hart in ihrer Brust, dass sie kaum noch Luft bekam.

Caelis hob den Kopf, schnupperte und richtete dann den Blick besorgt auf Shona. »Du hast nichts zu befürchten. Nicht einmal von mir.«

»Du hast mich mehr verletzt als alle anderen«, widersprach sie heftig. Denn was er sagte, war eine Lüge, die sie nicht so stehen lassen konnte.

»Lass mich dir zeigen, warum!«

Was erwartete er von ihr? Dass sie es ihm erlaubte? Sie wollte nur noch hinaus aus dem Zimmer, doch bevor sie die unverriegelte Tür aufreißen konnte, flammte ein helles Licht um Caelis auf.

Und dort, wo sie ihn gerade eben noch gesehen hatte, stand plötzlich ein großer, dunkler, fast schon schwarzer Wolf.

Kapitel Sechs

Man muss gewichtige Gründe haben, um einem Menschen die wahre Natur eines Chrechten zu offenbaren. Denn dieses Wissen achtlos zu verraten würde bedeuten, den sicheren Tod herauszufordern.

– mündlich überlieferte Chrechte-Lehre

Shona blinzelte verwirrt.

Vielleicht war *sie* es, die den Kontakt mit der Wirklichkeit verloren hatte, doch als sie die Augen wieder öffnete, war der Wolf noch da.

Furcht und Ungläubigkeit vermischten sich in ihr und drehten ihr den Magen um, und sie wich vorsichtig zur Wand zurück. Als ihre Schultern gegen die harte, unnachgiebige Barriere stießen, wimmerte sie ängstlich.

Der Wolf winselte und legte den Kopf zur Seite, als versuchte er, ihr zu sagen, dass sie von ihm nichts zu befürchten hatte.

»Caelis?«, fragte sie mit zitternder Stimme – und tadelte sich dann sofort dafür. »Nein, nein, er ist kein Wolf. Das kann nicht sein. Meine Augen täuschen mich.«

Das Tier setzte sich in Bewegung und kam durch das Zimmer auf sie zu.

Shonas ganzer Körper bebte vor Entsetzen, und ihre Verwirrung nahm noch zu. »Nein, bleib weg von mir!«

Der Wolf blieb stehen und stieß ein kurzes Bellen aus, das so sehr nach Caelis klang, wenn er ärgerlich auf sie war, dass ihr der Atem stockte.

»Caelis?«, wiederholte sie.

Der Wolf bewegte den Kopf auf und nieder.

»Aber wie? Das ist unmöglich.« Sie *wusste*, dass es unmöglich war.

So sehr ihre Augen sie auch täuschen mochten, Menschen verwandelten sich nicht in Wölfe!

Als praktisch veranlagte Frau glaubte Shona nicht an Feen, Magie oder dergleichen. Wie sollte sie also das, was ihre Augen ihr nun vorgaukelten, als Tatsache akzeptieren?

Der Wolf kam näher, beschnüffelte die Luft um sie herum, und ein erfreut klingendes Knurren kam aus seiner Brust.

»Nein . . . komm nicht näher!«

Wieder winselte der Wolf leise und trat zurück und dann wieder vor, als könnte er sich nicht helfen.

»Was hast du?«, fragte sie. »Was willst du?«

Er trat noch einen Schritt näher, und Shona erinnerte sich an das, was der Stallmeister ihres verstorbenen Mannes ihr über richtiges Verhalten Hunden gegenüber gesagt hatte.

Und so streckte sie vorsichtig einen zitternden Arm aus und hielt dem Wolf die Hand hin.

Das Tier beschnüffelte ihre Finger zuerst und leckte sie ihr dann.

»Oh.« Es war gar nicht so schlimm, obwohl es natürlich ein komisches Gefühl war, dass ein wildes Tier, das sie mit seinen Klauen und Zähnen zerreißen konnte, ihr mit seiner Schnauze so sanft die Hand liebkoste.

Der Wolf kam noch näher und drückte sich mit seinem Körper an sie, sodass Shona noch fester an die Wand gepresst wurde.

Sie starrte auf das Tier herab. »Ich gehe nirgendwohin. Du brauchst dich also nicht gleich auf mich draufzusetzen.«

Doch der Wolf beachtete ihre Worte nicht, sondern rieb sich an ihr und schmiegte seine große Schnauze an ihre Hand.

»Du bist ganz schön verschmust, nicht?« Sie konnte sich nicht entsinnen, die Hunde auf den Gütern ihres Mannes je so freundlich erlebt zu haben.

Doch dann fiel ihr wieder ein, dass dieser Wolf ja angeblich Caelis war und sie damit einen völlig anderen Grund hatte, seine Nähe zu meiden.

»Caelis, wenn du das wirklich bist in diesem Wolf, musst du zurücktreten.«

Er bellte protestierend, und sie hegte auch keinen Zweifel, dass es genau das gewesen war, als er auch noch an ihr hochsprang und ihr die Vorderpfoten auf die Schultern legte, um mit der Schnauze ihren Nacken liebkosen zu können.

Sie kicherte, worüber sie mindestens genauso verblüfft war wie über das Kitzeln in ihrem Nacken. Dann leckte er sie wieder und stieß ein Knurren dicht an ihrer Kehle aus, das sie eigentlich hätte erschrecken müssen. Aber so war es nicht.

Denn eins stand fest: Während sie den Mann Caelis noch immer fürchtete, weil er die Macht besaß, ihr wehzutun und ihr Glück zu zerstören, hatte sie keine Angst vor seinem Wolf.

Überhaupt keine.

»Du bist sehr niedlich so.«

Der Wolf schnaubte, als fände er den Gedanken äußerst lustig, und sie lächelte ihn unwillkürlich an.

Dann flammte wieder ein grelles Licht auf, und der Mann Caelis war wieder da, nackt und Shona viel zu nahe. »Dein Lächeln ist immer noch so schön und strahlend wie die Sonne.«

Doch ebendieses Lächeln schwand schneller von ihrem Gesicht, als das Wasser über die Kaskaden in ihren Lieblingssee hinunterstürzte.

Ein kleiner Schrei entrang sich ihr, aber sie drückte sich schnell eine Hand auf den Mund, um alle anderen Laute zu ersticken. Sie konnte es sich nicht erlauben, ihre Freunde oder ihre Kinder auf ihre Bedrängnis aufmerksam zu machen.

Caelis hatte sich in einen Wolf verwandelt. Er könnte es sehr gut aufs Neue tun. Und obwohl sie keinen Moment um ihre eigene Sicherheit gefürchtet hatte, könnten andere in seiner Gegenwart gefährdet sein. Besonders Thomas.

Sie stieß ihn von sich. »Geh!«

Zuerst rührte er sich nicht, doch sie versetzte ihm erneut einen Stoß gegen die Brust, sogar noch kräftiger als vorher.

Und tatsächlich stolperte er einen Schritt zurück. »Du hast Angst vor dem Wolf.«

»Nein. Aber ich will deinen nackten Körper nicht in meiner Nähe haben«, erklärte sie ohne weitere Begründung.

Caelis widersprach ihr nicht, sondern trat mit ausdrucksloser Miene schnell zurück. Die Intensität seines Blickes war jedoch geradezu beängstigend.

Shona schlang die Arme um sich. »Du musst dein Plaid wieder anlegen.«

Er lachte, doch es klang schroff, ja fast schon bitter, und dann wandte er sich ab. Aber nicht etwa, um seine Kleidung aufzuheben, sondern um sich auf dem Boden niederzulassen.

Dort kniete er einige Sekunden lang und atmete tief ein und aus.

»Hat es wehgetan?«, fragte Shona stockend. »Dich in einen Wolf zu verwandeln, meine ich?«

»Sprich nicht!«, stieß er mit rauer Stimme hervor.

Shona schloss den Mund und verstand schon wieder nichts. *Warum sollte sie nicht sprechen?*

»Meine Kontrolle über meinen Wolf ist gerade etwas heikel«, antwortete er, als hätte sie laut gesprochen.

»Ist das immer so, nachdem du die Gestalt gewechselt hast?«, fragte sie und bereute es augenblicklich, als ein animalisches Geräusch von seinen Lippen kam. Wollte der Wolf wieder seine tierische Gestalt annehmen?

Vielleicht mochte er es nicht, als Mensch zu leben.

Caelis' Muskeln traten wie unter einer enormen Anstrengung hervor. »Nein. Aber ich habe meine Gefährtin sechs lange Jahre nicht bei mir gehabt, und nun steht sie unwiderstehlich verführerisch in einem Schlafzimmer vor mir. Was glaubst du, was mein Wolf tun will?«

Also ging es hier um Sex? »Dann beherrsch dich, wie du es vor sechs Jahren nicht getan hast«, entgegnete sie prompt und nicht gerade freundlich.

Caelis sprang auf und wandte ihr seinen nackten Körper zu, alles in einer einzigen, geschmeidigen Bewegung.

Es war nicht zu übersehen, dass er wirklich sehr erregt war. Aber ob das etwas mit ihr oder seiner Verwandlung zu tun hatte oder ob es bei jeder anderen Frau in einer ähnlichen Situation genauso wäre, konnte sie nicht wissen.

»Du denkst, ich hätte mich vor sechs Jahren nicht beherrscht?«, fragte er mit grimmiger Miene und in barschem Ton.

»Ja«, erwiderte sie ebenso unfreundlich und fügte noch hinzu: »Ansonsten wäre ich ja kaum schwanger geworden.«

»Und das bereust du? *Kannst* du die Existenz unseres Sohnes bereuen?«

»Natürlich nicht.« Und wie unfair von ihm, ihr überhaupt diese Frage zu stellen! Nicht Caelis war es gewesen, der mit den Folgen einer außerehelichen Schwangerschaft hatte leben müssen. »Ich liebe meine Kinder von ganzem Herzen, aber unseren Sohn auf diese Weise zu bekommen war mit einem hohen Preis für mich verbunden, besonders da ich die Achtung meiner Eltern verlor, und das für den Rest ihres Lebens.«

»Sie waren dir böse?«

»Spar dir deine Scherze! Du weißt sehr gut, wie wütend sie gewesen sein mussten. Sie waren enttäuscht von mir und empört über die Schande, die ich über unsere Familie gebracht hatte. Meine Mutter nannte mich eine Hure und verzieh mir nie. Mein Vater auch nicht, obwohl er seine Kritik nicht ganz so lautstark äußerte.«

Ein Ausdruck des Entsetzens erschien auf Caelis' Zügen, doch was auch immer er empfinden mochte, hatte keine erkennbare Auswirkung auf seine körperliche Erregung. »Und dabei liebten sie dich so sehr.«

»Was meinen Verrat an ihnen nur noch schlimmer machte.«

»Du hast sie nicht verraten.«

»Oh, doch. Du weißt sehr gut, dass eine Frau sich ihre Unschuld für das Ehebett bewahren sollte.«

»Das ist nicht immer so.«

»Nein, aber du warst ja auch nicht dort, um die Dinge in Ordnung zu bringen, oder? Du und dein Laird, ihr hattet euer Urteil über mich gefällt und mich für unzulänglich als Gefährtin für das Tier befunden, richtig?«

»Nicht ich.«

»Dann eben nur der Laird, doch du hast mitgemacht.«

»Ja. Wie ich zu meiner eigenen Schande gestehen muss.«

»Du weißt nicht, was Schande ist, bis du von deinem Ehemann in der Hochzeitsnacht wie eine Straßenhure behandelt worden bist.«

Caelis sah aus, als würde ihm übel. »Es tut mir leid.«

Shona schaute ihn unverwandt an. Vier kleine Worte. Sie hätten gar nicht zählen dürfen – und zählten im Grunde wohl auch nicht –, doch in diesem Moment heilten sie die Wunden in ihrem Herzen, die noch immer bluteten.

»Es tut mir leid, dass ich dich verlassen habe, aber ich kann nicht bereuen, dir die Unschuld genommen zu haben. Ich begehrte dich schon von dem Moment an, als dein Körper zu dem einer erwachsenen Frau erblühte. Und ich habe ein ganzes Jahr gewartet, um dich zu der Meinen zu machen.« Und dann hatte er sie fortgeschickt. Und gehen lassen.

Erwartete er etwa für seine angebliche Zurückhaltung Beifall von ihr? »Du hättest für immer warten sollen, da du nicht die Absicht hattest, mich danach zu heiraten.«

»Es waren nicht meine Absichten, die an allem schuld waren.«

Sie könnte anfangen, das zu glauben. *Könnte*. »Nein, das war nur deine mangelnde Bereitschaft, deine Versprechungen einzuhalten«, spottete sie.

»Provozier mich nicht!«, warnte er sie mit einem Knurren, das sich genau wie das eines Wolfes anhörte.

»Oder was? Dann verlierst du die Beherrschung?« Herrgott noch mal, was tat sie hier? Wollte sie das Tier aus ihm hervorlocken?

Womöglich war es ja so.

»Ja!«, stieß er hervor und trat näher, wobei sein Glied sich wieder aufrichtete und zumindest von der Wahrhaftigkeit seiner Leidenschaften zeugte.

Auch wenn sie sich wieder einmal in Erinnerung rufen musste, dass nicht zu sagen war, ob er nach der Verwandlung nicht *jede* Frau begehren würde. Denn es war eine sehr ursprüngliche Reaktion, und es gab nichts Ursprünglicheres als Sex.

Er stand vor ihr, und das Tier in seinen Augen war so klar erkennbar, dass sie sich fragte, wie sie es jemals hatte übersehen können. »Mein Wolf würde dich nehmen, *mo toilichte.*«

»Dein Wolf und du seid derselbe, nicht?« Auf jeden Fall war es ihr so vorgekommen, als das Tier vor ihr gestanden hatte.

Weil der Wolf das Verständnis eines Menschen hatte erkennen lassen.

»Das sind wir, ja.«

»Dann willst *du* mich nehmen.«

»Aye.« Er schloss die Augen, legte den Kopf zurück und sprach in einem so kehligen Ton, dass es kaum mehr als ein Flüstern war. »Ich begehre dich wie keine andere.«

»Mich? Oder einfach nur den Körper irgendeiner Frau?«

Sein Kopf fuhr hoch, und als er seine blauen Augen aufriss, waren sie von wütendem Verlangen erfüllt. Das Geräusch, das aus seiner Kehle kam, war kein menschliches. Diese letzte Frage hatte ihm nicht gepasst. Er reagierte, als hätte Shona irgendein wesentliches Merkmal seiner Natur in den Schmutz gezogen. Oder vielleicht sogar noch etwas Tiefergehendes.

»*Dich*. Meine geheiligte Gefährtin. Ich habe dir gesagt, dass ich keine andere nehmen *kann*. Sechs Jahre lang ...« Er beendete den Satz nicht, aber seine Nackenmuskeln verkrampften sich.

Hatte er das gemeint, als er vorhin davon gesprochen hatte, oder nur, dass er in all dieser Zeit keine *Befriedigung* gefunden hatte? »Was willst du damit sagen?«

»Als Faol – oder Wolf-Gestaltwandler – *kann* ich nie wieder mit einer anderen zusammen sein, wenn ich schon einmal mit meiner Seelengefährtin intim war.«

»Erklär mir, warum du es nicht *kannst!*«

Ganz plötzlich schien irgendetwas in ihm nachzugeben, und er ergriff ihre Hand und presste sie an seine Erektion.

Shonas Finger schlossen sich wie von selbst darum und drückten zu, bevor ihr auch nur bewusst wurde, was sie tat.

Er gab ein Stöhnen von sich, das wie eine Mischung aus Qual und sinnlicher Ekstase klang. »*Das* ist es, was nicht geschieht.«

»Das?«, fragte sie und schloss ihre Hand noch fester um ihn – und dieses Mal mit voller Absicht.

»Ja. Keine andere Frau als meine wahre Gefährtin kann das bei mir bewirken. *Sechs Jahre* ...«, wiederholte er mit gequälter Stimme. Dann schloss er wieder die Augen und legte den Kopf zurück. »Nur du kannst diese unbändige Lust in mir erwecken, Shona.«

Das Bedürfnis, ihn auf eine Art und Weise zu berühren, die ihn in einen Abgrund erotischer Verzückung stürzen würde, wuchs mit jeder Sekunde, in der sie seine samtene Härte umfasste.

Sie *müsste* ihn loslassen, ihn von sich wegstoßen. Ihr Verstand bestand darauf. Doch wieder einmal gewann der Instinkt die Macht über die Vernunft, und Shonas Körper weigerte sich, die Befehle ihres Verstandes zu befolgen.

»Ich bin also deine geheiligte Gefährtin?«, fragte sie und versuchte zu verstehen, was das eigentlich bedeutete.

»Ja.«

»Warum?«

Caelis legte seine Hände um ihren Nacken, streichelte mit den Daumen die Unterseite ihres Kinns und beugte sich vor, um seine Stirn an ihre zu legen. »Das weiß nur die Vorsehung, aber diese geheiligte Verbindung ist ein Geschenk, das nur wenige Chrechten finden.«

»Wie konntest du dich dann so von mir abwenden?«

»Weil man mich von einer Lüge überzeugt hatte.« Der aufrichtige Schmerz in seiner Stimme war nicht zu überhören.

Doch davon konnte sie sich ihre Antwort nicht diktieren lassen. »Du hast dich von einer Lüge überzeugen *lassen*«, berichtigte sie ihn.

Der Laut, den er von sich gab, war der eines gequälten Tiers. »Aye.«

Shona nickte, und ihre Stirn bewegte sich an seiner. Sie hatte dieses Eingeständnis hören *müssen*. Selbst wenn er nicht die volle Verantwortung für ihre Trennung übernahm, musste Caelis sich doch zu seiner Rolle dabei bekennen.

Sie selbst würde sie jedenfalls nie vergessen.

»Indem du die Behauptung deines Lairds für bare Münze nahmst.« Sie würde diesen Mann nie wieder als *ihren* Laird bezeichnen. »Weil *er* behauptete, ich wäre nicht die Richtige für dich, warst du bereit, *mich* fallen zu lassen, in der Hoffnung, dass du eine andere geheiligte Gefährtin hattest.«

»Nein. Oder vielleicht doch.« Er hob den Kopf, um ihr in die Augen zu sehen, und so dicht, wie er vor ihr stand, konnte sie ihr Spiegelbild in seinen Pupillen sehen. »Irgendwie hatte ich wohl von ihm erwartet, dass er seinen Fehler einsehen würde.«

»Also glaubtest *du* tatsächlich, dass ich deine geheiligte Gefährtin war?«

»Nein, aber ich glaubte auch nicht, dass ich sie finden würde. Und Uven gab mir deutlich zu verstehen, dass er von mir erwartete, mit einer anderen Faol ein Kind zu zeugen, falls ich meine wahre Gefährtin nicht finden konnte. Ich hoffte, dass er diesbezüglich seine Meinung ändern würde.«

»Oder vielleicht dachtest du ja auch, du könntest eine andere Frau schwängern und sie dann verlassen?«, erwiderte Shona, deren eigener Schmerz noch zu groß war, um nachsichtig zu sein.

»Nein. Was auch immer du von mir denken magst, du musst mir glauben, dass ich dich niemals hätte gehen lassen, wenn ich mir gestattet hätte, auf die Möglichkeit zu hoffen, je ein Kind mit dir zu haben. Und es gab keine andere Frau, der ich meinen Samen gegeben hätte. Weder einer chrechtischen noch einer menschlichen.«

Konnte sie seine Worte als Wahrheit akzeptieren?

Keine Täuschung verdüsterte seine blauen Augen, sein Blick war klar und offen, auch wenn sie ein wenig dunkler waren vom Kerzenlicht. Andererseits jedoch hatte sie auch vor sechs Jahren keine Täuschung in ihnen gesehen …

»Du willst mir glauben, nicht?«

Das konnte Shona nicht bestreiten.

»Dann tu es!«, sagte er sanft, um sie umzustimmen, und zugleich auch fordernd.

Ein unbändiges sinnliches Verlangen, das absolut nichts mit ihrem Gespräch zu tun hatte, ergriff Besitz von Shona und entflammte sie, wie nicht einmal Caelis es je zuvor getan hatte. Es war fast so, als hätten die sechs Jahre der Trennung ihr körperliches Verlangen nach ihm nur noch gesteigert.

Dabei hätte es das genaue Gegenteil sein müssen. Nach so langer Zeit hätte selbst der letzte Funke Leidenschaft erloschen sein müssen.

Aber das Verlangen, das in ihr brannte, war heißer als die Sonne und verlangte nach Befriedigung.

»Du begehrst mich«, sagte er, und Staunen und eine unüberhörbare Freude schwangen in seiner Stimme mit.

»Ich ...«

»Streite es nicht ab!« Er hob schnuppernd den Kopf, und wieder kam ein animalisches Geräusch ganz tief aus seiner Kehle. »Ich kann es riechen, und ich schmecke es in der Luft.«

»Mit den Sinnen deines Wolfes ...« Plötzlich ergaben auch die ungewöhnlichen Fähigkeiten ihres Sohnes einen Sinn! »Eadan ...«

»Ja, er ist wie ich, aber er wird sich nicht eher verwandeln, bis er das Alter der Volljährigkeit erreicht hat.«

»Nein. Ich wollte wissen, ob mein Sohn mehr als menschlich ist«, sagte sie, obwohl ihr jetzt ein Bild nach dem anderen durch den Kopf schoss. All die Merkwürdigkeiten fielen ihr ein, die sie immer wieder weit von sich geschoben und verdrängt hatte.

Einfach nur, weil das, worauf sie hinwiesen, absolut keinen Sinn ergeben hatte.

Doch nun schien es nicht mehr von der Hand zu weisen zu sein, dass ihr Sohn seine Natur mit einem Wolf teilte.

»Wie denn, wo du doch gar nichts von unserer Existenz wusstest?«

»Er ist mein Sohn.«

»Und auch der meine.«

Shona wurde ganz übel bei dem Gedanken, was vielleicht geschehen wäre, wenn Eadan sich verwandelt hätte, ohne seine Mutter in der Nähe zu haben oder ohne von den Wölfen zu wissen. »Die Träume.«

Sie hatten ihren Sohn auf seine Bestimmung vorbereitet, als kein Elternteil da gewesen war, um es zu tun.

»Sie erzählten ihm von seiner wahren Natur.«

»Es ist unbegreiflich.«

»Ist es das wirklich?«

Nachdem sie Caelis' Verwandlung mit angesehen hatte? Nein, doch sie sprachen hier von seinem Sohn. »Er wird stärker sein.«

»Und schneller.«

»Sicherer.«

»Aye«, stimmte Caelis zu, obwohl er mehr als genug Menschen bei den Balmorals und Sinclairs begegnet war, die ebenfalls erstaunlich stark gewesen waren.

»Diese ... Anziehung zwischen uns ist also unseres Sohnes wegen.« Es musste so sein.

Wie könnte sie Caelis sonst so heiß begehren? Sie hatten sich ja nicht einmal geküsst.

»Nein. Es ist eher so, dass *er* durch diese geheiligte Verbindung zwischen uns existiert.«

Eine Verbindung, die wie etwas Lebendiges war. Für Shona zumindest fühlte es sich so an, als zöge Caelis' nackter Körper den ihren mit unaufhaltsamer Macht zu sich heran.

Fasziniert von dem Anblick seiner männlichen Begierde, seines harten Glieds, das vor Kraft pulsierte, bewegte ihre Hand sich wieder wie von selbst zu ihm hin. Sanft glitten ihre Finger über die samtene Haut, die ihre eigene erhitzte und Erinnerungen wachrief, die unendlich viel erfreulicher waren als die an ihr Ehebett.

»Es hat wehgetan, wenn mein Mann mich anfasste; jede Liebkosung brannte und verursachte mir eine Gänsehaut. War das vielleicht so, weil ich deine Gefährtin bin?« Shona blickte auf, weil sie die Wahrheit in Caelis' Augen sehen wollte.

Er erwiderte ihren Blick mit einem Gesichtsausdruck, der viel zu erfreut war für die Art ihrer Bemerkung. »Ich weiß es nicht. Wir hatten noch keine Paarungen zwischen Mensch und Wolf in unserem Clan, und ich weiß nur wenig über die Beziehung zwischen Abigail und Talorc.«

Shona zog ihre Hand von ihm zurück, entfernte sich einen Schritt und starrte Caelis schockiert an. »Der Sinclair ist ein Gestaltwandler wie du?«

»Ja.«

»Und Abigail …« Sie ließ sich Caelis' Worte noch einmal durch den Kopf gehen. »Sie ist ein Mensch wie ich?«

»Ja. Ihre Kinder sind der erste Beweis, den ich je gesehen habe, dass Menschen und Wölfe geheiligte Gefährten sein können.«

»Und Eadan ist ein weiterer Beweis dafür?«

»Er ist *der* Beweis für dich und mich.«

Shona nickte und erkannte zumindest das als Wahrheit an. Trotzdem seufzte sie und sagte: »Es gibt so viel, was ich immer noch nicht verstehe.«

Caelis legte seine großen, warmen Hände an ihr Gesicht und blickte mit einem solchen Verlangen zu ihr herab, dass kein Zweifel mehr daran bestehen konnte, dass alles, was auch immer ihren Körper bewegte, sich auch auf ihn auswirkte. »Später werde ich dir alle Fragen beantworten.«

»Ich …«

»Bitte, Shona, *mo toilichte.* Mach mir dieses Geschenk, und ich werde nie wieder zulassen, dass du es bereust.«

Die Worte waren denen, die er vor sechs Jahren schon gesagt hatte, so ähnlich, dass Shona fast ein bitteres Lachen ausgestoßen hätte.

Nur war die Sehnsucht nach seiner Berührung heute sogar noch stärker. Damals hatte sie es für fast unmöglich gehalten, ihm zu widerstehen … und letzten Endes seinem Drängen ja auch nachgegeben.

Und jetzt hatte sie nicht einmal mehr die geringste Chance oder Hoffnung, dem machtvollen Verlangen, das sie beherrschte, standhalten zu können.

Außerdem würde es jetzt leichter sein, weil sie ihn nicht mehr liebte. Er war nicht mehr der Mittelpunkt ihres Lebens, wie er es früher gewesen war. Ihn abzuweisen hätte das Einfachste der Welt sein müssen, doch Shona empfand es ganz und gar nicht so.

Alles in ihr wollte sich diesem Mann hingeben, obwohl er sich dieses Geschenks als unwürdig erwiesen hatte. Es musste also etwas damit zu tun haben, die Gefährtin eines Chrechten zu sein.

Würde ihr eigener Körper sie deswegen verraten?

Die Antwort schien ein Ja zu sein, als sie schwankend wie in Trance auf den großen Krieger zuging, der seine Natur mit einem Raubtier teilte.

Caelis senkte den Kopf und bedeckte beinahe ehrfürchtig ihren Mund mit seinem. Trotz der leidenschaftlichen Begierde, die zwischen ihnen tobte, war sein Kuss erstaunlich sanft. Nicht zaghaft, aber auch nicht fordernd.

Das Gefühl war einerseits so vertraut und andererseits so weit entfernt von dem, was Shona in ihrem derzeitigen Leben kannte, dass sie sich außerstande sah, den Kuss in irgendeiner Weise zu erwidern. Sie öffnete nicht die Lippen, um seiner Zunge Einlass zu gewähren, doch sie wies Caelis auch nicht zurück.

Wie gelähmt von widerstreitenden Emotionen, erlaubte sie ihm, sie zu küssen, weil seine Wünsche und Begierden nur allzu offensichtlich waren. Sie waren einzig auf sie gerichtet und bestanden darauf, dass sie sie auch als ihre eigenen körperlichen Bedürfnisse anerkannte.

Caelis zog sie an sich, umschlang sie mit seinen starken Armen und hob sie ein wenig an, um ihren Mund auf eine Höhe mit seinem zu bringen.

Shona erinnerte sich, dass er das früher auch getan hatte, um den beträchtlichen Größenunterschied zwischen ihnen auszugleichen. Auf diese Weise gab er ihr ein Gefühl der Geborgenheit und des Verwöhntwerdens, indem er seine Kraft benutzte, um sie zu beschützen und ihre Freude an ihren gemeinsamen Momenten zu erhöhen.

Ihr Ehemann hatte sich nie um Shonas Befindlichkeiten geschert; zum Glück jedoch waren seine sexuellen Bedürfnisse auch keine allzu große Belastung, sondern nur sehr unangenehm gewesen.

Henry hatte sie weder mit der Zärtlichkeit noch dem Respekt behandelt, den Caelis ihr erwies. Sie hatte gelernt, sogar dankbar für die glücklicherweise nur sehr sporadischen sexuellen Wünsche eines alten Mannes zu sein.

Caelis knurrte plötzlich und unterbrach den Kuss. »Du wirst nur an mich denken.«

Sie fragte nicht, woher er wusste, dass ihre Gedanken zu Henry gewandert waren. Das war auch unwichtig. Ihr lag ebenso wenig daran, an ihr Leben in England mit dem Baron zu denken, wie daran, dorthin zurückzukehren, um Percivals Wünsche zu erfüllen.

»Dann bring mich dazu!« Und falls diese Worte, die als Befehl gedacht waren, mehr wie eine Bitte klangen, wurde das weder von ihr noch Caelis kommentiert.

Mit einem weiteren sehr ursprünglichen, animalischen Geräusch küsste er sie wieder, und diesmal forderte er mit seiner Zunge unmissverständlich Einlass in die warme Höhle ihres Mundes. Und sie öffnete bereitwillig die Lippen und ließ ihn unglückliche Erinnerungen vertreiben und gute wieder auffrischen.

Er schmeckte, als hätte er mindestens einen großen Schluck *usquebagh* getrunken, bevor er seinen Wachdienst vor ihrer Tür begonnen hatte. Mit seinem eigenen natürlichen Geschmack vermischt, war es eine berauschende Verbindung.

Der Kuss stillte einen Hunger und entfachte einen anderen. Die Sehnsucht, von ihm berührt zu werden, die Shona so heftig ergriffen hatte, war nicht mehr ganz so drängend, auch wenn sie nicht verschwand, als das Bedürfnis nach der vollkommenen Vereinigung mit ihm zunehmend stärker wurde.

Caelis' Hände glitten über ihren Körper und zerrten an ihrem Kleid, als verärgerten ihn die englischen Kleidungsstücke.

Jetzt ganz und gar beherrscht von ihren Wünschen und Instinkten, half Shona ihm, sie ihr auszuziehen.

Beim ersten Kontakt seiner Hand mit ihrer nackten Haut keuchte sie auf. Viel zu lange hatte sie diese Bedürfnisse unterdrückt! Ihr Körper hatte sich während der ganzen Zeit ihrer Trennung nach ihm gesehnt, auch wenn es ihr erst jetzt bewusst wurde. Sie war sicher, dass es bis ans Ende ihrer Tage so geblieben wäre, selbst wenn sie ihn nie wiedergesehen hätte.

Keines anderen Mannes Berührung hätte sie befriedigt oder ihr auch nur annähernd gefallen.

Zumindest verstand sie jetzt, warum. Caelis hatte mit dieser Geschichte über Wölfe oder Gefährten dafür gesorgt.

Hände, die ihren Körper einmal besser gekannt hatten als alle anderen, erkundeten ihn von Neuem, und seine großen Finger waren so sanft, dass die Liebkosungen ihr Tränen der Freude in die Augen trieben.

Nur er konnte das bei ihr bewirken. Und sie ließ es zu. Zusammen fielen sie auf das Bett, Shonas Körper zitterte vor Verlangen, von ihm in Besitz genommen zu werden, und seine starken Kriegermuskeln waren von dem Bedürfnis angespannt, es zu tun.

Sie berührten einander wie Liebende, die nie voneinander getrennt gewesen waren, mit sicheren Händen und wissenden Zärtlichkeiten, die dazu dienten, noch größere Leidenschaften hervorzurufen. Für eine Weile widmete Caelis seine Aufmerksamkeit Shonas empfindsamen Brustspitzen und setzte eine Flut lustvoller Gefühle in ihr frei, die sie vor Wonne erschauern ließen.

Während auch ihre Finger streichelnd über Caelis' feste Muskeln und die Narben an seinem kampferprobten Körper glitten, schrie ihr Herz bei jeder ihrer Berührungen besitzergreifend: *Mein!* Sie wies diesen Aufschrei ihres Herzens nicht von sich und nahm ihn nicht bewusst zur Kenntnis, und sie versuchte auch nicht, ihrem drängenden Bedürfnis, Caelis zu berühren, Einhalt zu gebieten.

Oder gar, ihn aufzuhalten, als seine Hand zwischen ihre Schenkel glitt, um sie an ihrer empfindsamsten Stelle zu berühren, was ihre Erregung zu einem fast schon unerträglichen Begehren steigerte.

Als sie jedoch in prickelnder Erwartung einladend die Beine spreizte, glitt Caelis nicht in sie hinein.

Stattdessen schob er ihre Schenkel sanft wieder so weit zusammen, dass sein Glied, wenn er sein Becken an das ihre presste, sich an ihrer seidigen Feuchte rieb und so eingeschlossen zwischen ihren Beinen war, dass ein Eindringen unmöglich war. Es war eine Stellung, die nicht aufreizender hätte sein können für ihr empfindsames weibliches Geschlecht, das pulsierte von dem Verlangen, ganz und gar mit ihm vereint zu sein.

Mit einem erstickten Aufstöhnen bog sie sich ihm in hemmungsloser Leidenschaft entgegen.

Seine Küsse wurden unersättlich, seine Bewegungen hart und fordernd. Eine exquisite Spannung baute sich in Shona auf, die sich tief in ihrem Innersten zu bündeln schien, bis sie in einem Wirbel unzähliger Farben um sie herum explodierte.

Im selben Moment erreichte auch Caelis den Höhepunkt. Mit einem erstickten Aufschrei an ihren Lippen verströmte er sich auf ihrem Bauch und markierte sie mit seinem Duft.

Shona wusste nicht, wieso, spürte aber, dass sein Wolf sehr erfreut über diese Leistung war.

Das triumphierende Knurren in Caelis' Brust, als er mit einer Hand zwischen sie griff, um ihre Haut mit der cremigen Substanz einzureiben, war ein weiterer Hinweis darauf, wie zufrieden das Tier in ihm war.

»Ich kann nicht glauben, dass ich dir das erlaubt habe«, sagte sie mit mehr Erstaunen als Verärgerung.

»Es war unvermeidlich.«

Vielleicht war es das ja tatsächlich, falls all seine Behauptungen wirklich stimmten. Shona fühlte sich davon zwar nicht sonderlich getröstet, hatte aber auch nicht das Gefühl, sich selbst vollkommen untreu geworden zu sein.

Es war ein Anzeichen ihres ständigen inneren Konflikts mit diesem Mann, dass jedem ihrer Gefühle oder Gedanken ein gegensätzlicher entgegenzutreten schien.

Kapitel Sieben

Der Beweis für die Stärke eines Kriegers liegt in der Zufriedenheit seiner Gefährtin und Kinder.

– Mündliche Überlieferung der Éan

Caelis warf Shona einen Blick zu, der förmlich sprühte vor Zufriedenheit. »Du riechst wie ich.«

Seine Genugtuung darüber war mehr als nur ein bisschen ärgerlich. *Er* wurde nicht von Konflikten geplagt wie sie. Es war offensichtlich, dass für ihn alles ganz einfach war.

Doch das war nicht nur die typische Arroganz des Kriegers.

»Dein Wolf mag das.« Wieder verstand sie nicht, woher sie das wusste, doch sie zweifelte nicht daran, dass es so war.

»Aye, aber vertu dich nicht … der Mann ist genauso froh darüber, jeden Wolf innerhalb des Clans wissen zu lassen, dass du als die Meine gekennzeichnet bist.«

»Du meinst, dass die anderen das merken werden?« Der Gedanke trieb Shona die Röte ins Gesicht. *»Dass sie dich an mir riechen werden?«*

Was für ein äußerst irritierender, um nicht zu sagen peinlicher Gedanke! Wie viele Wölfe gab es hier? Wenn auch der Laird ein Gestaltwandler wie Caelis war, wie viele andere mochte es dann noch geben?

»Aye.«

»Und du klingst auch noch erfreut darüber!«

»Ich kann es nicht ändern. Du gehörst mir, Shona, und du hättest schon immer bei mir sein sollen. Ich habe viel zu lange ohne dich gelebt. Eine Zeit lang hielt ich dich sogar für tot.«

»Was? Warum?« Sie konnte sich nicht einmal vorstellen, wie

viel schlimmer die letzten Jahre gewesen wären, wenn sie geglaubt hätte, Caelis wäre tot.

»Was denkst du denn, warum?«, schnaubte er. »Weil unser großartiger Laird mir sagte, ein Wildschwein hätte dich getötet. Neben meinem Kummer litt ich auch noch unter großen Schuldgefühlen, bis ich einzusehen begann, dass es vielleicht nur eine weitere Lüge wie so viele andere war, die Uven mir schon aufgetischt hatte.«

»Er ist nicht *mein* Laird.«

»Nein, das ist er nicht.«

Shona war froh, dass sie sich darin einig waren, aber das genügte ihr noch nicht. »Ich bin inzwischen Engländerin.«

»Nein, das bist du nicht.«

»Oh, doch.« Egal, wie hartnäckig er sich auch sträuben mochte, es zuzugeben.

»Bist du nicht hier, weil du in Schottland ein Leben für dich und deine Kinder suchst?«

»Ja.«

»Weil du im Grunde deines Herzens ein feines schottisches Mädchen bist.« Sein Lächeln war unwiderstehlich.

Um keine Missverständnisse aufkommen zu lassen, fügte Shona jedoch schnell hinzu: »Aber ich werde nie wieder die Farben der MacLeods tragen.«

»Nicht jetzt. Später schon.«

»Niemals!«

»Niemals ist ...«

»Eine lange Zeit. Das sagtest du bereits.«

»Und das solltest du auch besser nicht vergessen.« Jetzt lächelte er wieder.

Shona antwortete jedoch mit einer gewissen Schärfe. »Und du solltest besser nicht vergessen, dass ich nicht so leicht herumzukriegen bin.«

Caelis warf nur einen vielsagenden Blick auf ihren nackten Körper.

»Das kann dein Wolf sich als Verdienst anrechnen, glaube ich.«

»Mein Wolf bin ich.«

»Der einzige Teil von dir, dem ich vielleicht vertrauen könnte.«

Caelis erschrak ein bisschen und blickte dann verblüfft auf sie herab. »Du vertraust dem Tier in mir?«

»Ja. Ich weiß nicht, warum, doch so ist es.«

»Aber mir – dem Mann – vertraust du nicht?«, fuhr er vorsichtig fort.

»Absolut nicht.« Shona unternahm keinen Versuch, die Wirkung ihrer Worte abzuschwächen. Schließlich hatte er sie auf schändlichste Weise verraten.

»Und trotzdem hast du dich von mir berühren lassen.«

»Wie ich schon sagte, das kannst du deinem Wolf zuschreiben. Sie hat etwas Magisches, diese Paarungsgeschichte, und mein Körper ist nicht mein eigener.«

Die Aura der Zufriedenheit, die ihn umgab, verblasste. »Das glaubst du wirklich?«

»Absolut.« Und er sollte besser gar nicht erst versuchen, es zu bestreiten. »Oder gib mir eine andere Erklärung dafür, warum ich ein so unkontrollierbares Verlangen nach der Berührung ausgerechnet jenes Mannes habe, der mich so gnadenlos verraten hat.«

Caelis blickte schockiert auf sie herab, als wüsste er nicht, wovon sie sprach. Doch die Wahrheit kannte er mit Sicherheit noch sehr viel besser als sie selbst. Immerhin hatte er sein Leben lang mit seinem Wolf gelebt, während sie von ihm gerade erst gehört hatte.

Schließlich öffnete er den Mund, aber bis auf ein sehr hässliches Wort kam nichts heraus.

Stirnrunzelnd blickte sie zu ihm auf. »Was ist?«

»Musst du das fragen, nachdem du mir gerade gesagt hast, dass du mir meine Handlungen noch immer so verbittert nachträgst? Dass du nur zugelassen hast, dass ich dich berührte, weil du gar nicht anders konntest?«

Was erwartete er denn? Dass sie ihm ihre Liebe beteuerte, wie sie es früher getan hatte? »Glaubst du, sinnliche Freuden könnten die Vergangenheit auslöschen?«

Sein Gesichtsausdruck besagte, dass er das tatsächlich annahm. Männer! Sie entwurzelten das Leben einer Frau, nahmen Veränderungen vor, über die sie keine Kontrolle hatte, und erwarteten am Ende auch noch ein Dankeschön dafür. Ihr Vater war genauso gewesen.

»Hast du deine Wut auf Uven und seine Lügen schon vergessen, nachdem wir nun wieder intim miteinander waren?«, fauchte sie und fragte sich, ob Caelis überhaupt *bereit* war zu verstehen.

»Nein! Jetzt bin ich noch wütender auf diesen Lügner, als ich es vorher war. Was wir gerade miteinander hatten, beweist nur, was er uns *beiden* gestohlen hat mit seinen Lügen. Er hat mir meine geheiligte Gefährtin und meinen Sohn genommen.«

Weil Caelis dem Mann erlaubt hatte, sie ihm zu nehmen. Das sagte Shona jedoch nicht, da sie ihren Standpunkt dazu ja schon vorher klargemacht hatte.

Stattdessen wiederholte sie: »Also hat die Lust den Schmerz nicht aufgehoben?«

Caelis seufzte und schüttelte den Kopf. »Du sagst ja auch, dass du mir nicht verzeihst.«

»Nein.« Obwohl sie vielleicht doch schon damit begann.

Sein Gesicht verdüsterte sich, und von seiner eben noch so unverhohlenen Befriedigung war kaum noch etwas wahrzunehmen. »Verstehe.«

Vielleicht tat er das ja wirklich. Womöglich erkannte er sogar, dass er sich nur mit der Zeit ihres Vertrauens als würdig erweisen könnte.

»Du bist sehr hart geworden, Shona.«

»Die Umstände zwangen mich dazu, auf Kräfte zurückzugreifen, von denen ich nicht einmal wusste, dass ich sie besaß.« Doch die Kraft, ihm zu widerstehen, gehörte ganz eindeutig nicht dazu.

Er nickte. »Warum hast du mich nicht benachrichtigen lassen, als du merktest, dass du tatsächlich schwanger warst?«

»Du scheinst zu glauben, ich hätte eine Möglichkeit dazu gehabt. Die hatte ich jedoch nicht, und selbst wenn es so gewesen wäre, hätte ich mich nicht an dich gewandt. Du hattest mir ja schon gesagt, dass du mein Kind als Bastard eines anderen betrachten würdest.«

»Das war nicht ernst gemeint, was du eigentlich hättest wissen müssen. Schließlich warst du noch unberührt, als wir uns das erste Mal geliebt haben.«

»Wie hätte ich wissen sollen, dass es dir nicht ernst gemeint war? Du sagtest das, *nachdem* du mich verlassen hattest; warum hätte ich also glauben sollen, du würdest mich noch wollen, wenn du von dem Kind wüsstest?«

»Ich bin kein Mann, der sein Kind im Stich ließe.«

»Rede dir ein, was immer du willst, aber du hattest es bereits im Stich gelassen.«

Er starrte sie an, und sein Gesichtsausdruck besagte deutlich, wie befremdlich er ihre Gedankengänge fand, doch dann erschien ein Ausdruck tiefer Traurigkeit auf seinen Zügen. »Du hast recht.«

Natürlich hatte sie recht. Aber warum schmerzte es dann so, seinen Kummer zu sehen?

Caelis wandte sich ab und schien das Bett verlassen zu wollen.

Und unwillkürlich streckte Shona die Hände nach ihm aus, um ihn zurückzuhalten. »Wo gehst du hin?«

»Zurück in den Großen Saal.« Er zog die breiten Schultern hoch. »Ich habe nicht das Recht, in deinem Bett zu sein.«

»Du bist bereits in meinem Bett.«

Er zuckte nur mit den Schultern, doch er stand nicht auf.

»Ich will nicht, dass du gehst.«

»Das kann nicht wahr sein.«

»Ist es aber.«

Er wandte den Kopf, um sie über die Schulter anzusehen. »Wegen meines Wolfs. Weil wir Gefährten sind.«

»Vielleicht. Zumindest würde ich es gern glauben, weil es mich stärker aussehen lässt. Doch das Einzige, was ich mit Sicherheit weiß, ist, dass ich bei dir den Frieden finde, den ich in diesen vergangenen sechs Jahren nicht gehabt habe.«

»Trotz all der Wut, die du noch auf mich hast?«, fragte er ungläubig.

Seine Reaktion war verständlich. Auch Shona fand ihre Wünsche und ihr Verhalten sehr verwirrend. »Beweise mir, dass du vertrauenswürdig bist!«

»Und wie?«

»Fang damit an, dass du mein Bett jetzt nicht verlässt, nachdem du bekommen hast, was du wolltest.«

»Du glaubst, ein Moment der Leidenschaft ist alles, was ich von dir will?«, hakte er fassungslos nach. »Ich habe sechs Jahre ohne dich ertragen. Wir könnten bis zum nächsten Neumond in diesem Bett bleiben, und ich hätte noch längst nicht alles bekommen, was ich von dir und deinem Körper will.«

Und plötzlich brandete das Verlangen wieder in wilden Wogen in ihm auf, die auf Shona übergriffen und unerklärlicherweise, doch keineswegs zu ihrer Überraschung, auch ihr eigenes Verlangen wieder auflodern ließen.

Diesmal war der Liebesakt nicht weniger leidenschaftlich als der letzte. Caelis' Körper bewegte sich sogar noch schneller, drängender an ihrem, obwohl er sich noch immer weigerte, sie völlig in Besitz zu nehmen. Und ein Teil von ihr war ihm dafür sogar dankbar.

Sie wollte keine weitere außereheliche Schwangerschaft. Die letzte war sie zu teuer zu stehen gekommen.

Auch wenn sie sie nie wirklich bereuen würde, wie sie Caelis auf sein Drängen hin gestanden hatte.

Als ihre Leidenschaft abebbte und in wohlige Ermattung überging, streckte Caelis sich neben ihr aus. »Erzähl mir von Percival und erkläre mir, warum er dich zu seiner Buhle machen wollte.«

»Dieser widerliche, verkommene Schuft! Es reicht ihm nicht, die Hälfte der Dienstmädchen und seine eigene arme Frau zu besteigen! Er wollte auch noch mich zu seiner Mätresse machen, wodurch meine Kinder von seinem Vater – Eadan war ja offiziell Henrys Sohn – Gefahr gelaufen wären, als uneheliche statt als eheliche betrachtet zu werden.«

»Werden diese Dinge in England so gehandhabt?«

»Die Frau seines eigenen Vaters zu seiner Buhle zu machen ist in England genauso wenig üblich oder akzeptabel wie hier in den Highlands.«

»Aber er hätte es trotzdem getan?«

»Er ist viel zu selbstherrlich, um sich Gedanken darüber zu machen, ob andere sein Verhalten billigen.« Shona knabberte an ihrer Unterlippe, während sie zu entscheiden versuchte, ob sie Caelis alles erzählen wollte. »Bist du wirklich fest entschlossen, Eadan als deinen Sohn anzuerkennen?«

»Aye. Und Marjory auch.«

Konnte sie darauf vertrauen, dass er ihren beiden Kindern ein Vater sein würde? Auch das würde die Zeit erst zeigen, aber

Shona wusste, dass sie den ersten Schritt nach vorn tun musste. Ob es ihr gefiel oder nicht. Und ob sie ihm vertraute oder nicht.

Deshalb holte sie tief Luft und ließ sie langsam wieder entweichen. »Percival hat bei mehr als einer Gelegenheit versucht, Eadan umzubringen. Natürlich hat er diese Absicht immer bestritten, doch die ›Unfälle‹ waren ganz und gar keine Unfälle. Percival wollte keinen Mitbewerber um das Baronat seines Vaters.«

»Aber als der älteste Sohn war er doch ohnehin der anerkannte Erbe.« Caelis klang verwirrt.

»Ja, doch falls Percival keine Nachkommen aufzuweisen hätte – und bisher ist das so, obwohl seine Ehe bereits länger andauert als die meine mit seinem Vater –, würde der König Eadans ältesten Sohn zum Erben des Titels benennen. Das würde Percivals Stolz aber nicht zulassen.«

»Er würde es vorziehen, wenn es gar keinen Erben für das Baronat gäbe?«

»Oh ja. In diesem Fall würde der König einen Erben benennen, der höchstwahrscheinlich aus der eigenen großen Verwandtschaft des Monarchen stammt.«

»Dieser Percival scheint ja ein sehr eitler, manipulativer Mann zu sein.«

»Das ist er – und auch ein sehr gewiefter und entschlossener.«

»Glaubst du, dass er dich bis hierher verfolgen würde?«

»Ich weiß es nicht.«

»Falls er es wagt hierherzukommen, bringe ich ihn um.«

»Er ist ein englischer Baron. Ihn zu töten würde als kriegerischer Akt betrachtet werden.« Nicht, dass sie diesen Mann auf der Welt vermissen würde.

»Sollte Englands König dumm genug sein, eines solchen Wurms wegen in den Krieg zu ziehen, verdient er die Verluste, die er durch uns erleiden wird.«

Shona schüttelte den Kopf. »Was für ein sturer Mann du bist!«
»Ja, in dieser Hinsicht passen wir sehr gut zusammen.«

Audrey drückte leise die Tür zu Shonas Zimmer auf und war beunruhigt, weil sie von innen nicht verriegelt war. Bisher hatten die Sinclairs sich als gastfreundlich erwiesen und würden ihnen wohl auch kaum etwas antun, doch sie waren eben nach wie vor ein Clan von Fremden.

Bis auf diesen Mann, der die Farben eines anderen Clans trug und ganz offensichtlich Eadans Vater war. Es bestand kein Zweifel daran, dass Shona *diesen* Mann irgendwann in der Vergangenheit einmal sehr gut gekannt hatte. Und obwohl es vielleicht nicht so sein sollte, hatte dieser Umstand Audrey doch zutiefst schockiert.

Sie hatte schon gewusst, dass der Baron nicht der Vater des ersten Kindes ihrer lieben Freundin war, aber sie wäre nie auf die Idee gekommen, dass der Vater des Jungen ein Highland-Krieger war.

Es zeugte von Audreys innerer Unrast, dass sie weder den maskulinen Duft des Highland-Chrechten noch den moschusartigen weiblicher Erregung wahrnahm, bis ihr Blick auf Shonas Bett fiel, in dem noch eine zweite Person lag – eine Person, die nicht dort hingehörte.

Der Wolf war wach und starrte sie aus unergründlichen dunklen Augen an. Die Art und Weise, wie er Audreys beste Freundin in den Armen hielt, war zu besitzergreifend, um einen Irrtum zu erlauben. Auch seine beschützerische Haltung war nur allzu offensichtlich.

»Wie …? Was?«, stammelte Audrey fassungslos.

In diesem Moment erwachte Shona und machte große Augen, als sie Audrey sah, doch dann weiteten sie sich vor Entsetzen, als sie sich ihrer Situation bewusst wurde. »Audrey! Ich … Es ist …«

Die Freundin schüttelte den Kopf. »Komm, wir gehen baden, bevor die anderen Burgbewohner erwachen und hier herumschnüffeln!«

Welche Erklärungen auch immer Shona abgeben wollte, konnte sie auch noch später vorbringen, wenn sie sich nicht mehr in einer so hoffnungslos kompromittierenden Situation befand.

Während Audrey das Herz wehtat vor Mitgefühl mit ihrer Freundin, suchte ihr Verstand nach Wegen, der Baronin beizustehen.

Shona nickte heftig, doch der Wolf zeigte stirnrunzelnd sein Missfallen.

Obwohl Audrey gehofft hatte, der Faol-Krieger würde abwarten, bevor er seinen Anspruch geltend machte, war sie nicht wirklich überrascht, dass er sich so schnell seinen Platz in Shonas Leben gesichert hatte.

Laut Audreys geliebter verstorbener Mutter war die Verbindung mit einer wahren Gefährtin so stark für einen Chrechten, dass sie unangreifbar war. Denn andernfalls, so hatte ihre Mutter gesagt, hätte sie sich niemals darauf eingelassen, die Buhle eines verheirateten Mannes zu werden.

Diese Stellung verstieß gegen die Lehren ihrer Rasse, oder jedenfalls hatte Audreys Mutter das immer betont. Leider hatte sie ihren Kindern nie genug davon erzählt. Sowohl Audrey als auch Thomas waren fast völlig unwissend, was die Sitten und Gebräuche ihres Volkes anging.

Der Grund für Audreys gegenwärtige Fassungslosigkeit lag allerdings darin, dass *Shona* diesen Mann … oder *überhaupt* einen Mann … in ihr Bett gelassen hatte. Als Mensch wurde sie schließlich nicht von den Instinkten eines Tieres, das ihre Natur teilte, zu ihrem Gefährten hingetrieben.

Oder zumindest war es das, was Audrey stets geglaubt hatte. Sie hatte nie bemerkt, dass ihr Vater eine besondere Schwäche für ihre Mutter gehegt oder ein übermäßiges Interesse an den Kindern gezeigt hatte, die seine englische Chrechte ihm geboren hatte.

»Das Badewasser kannst du in dein Zimmer bringen lassen«, sagte Caelis verstimmt zu Shona, ohne Audrey auch nur im Geringsten zu beachten.

»Nein«, widersprach sie jedoch augenblicklich, weil sie nicht einmal daran dachte, sich von dem hünenhaften Chrechten einschüchtern zu lassen. Sie würde Shonas Ruf auf jeden Fall beschützen, auch wenn die Baronin selbst im Moment nicht in der Lage dazu war. »Meine Herrin wird im See ein Bad nehmen.«

Dort konnte Shona zumindest den Geruch dieses Mannes abwaschen, auch wenn es eher unwahrscheinlich war, dass sie sich ganz davon würde befreien können.

Die Menschen würden von Shonas nächtlichem Besucher nichts bemerken, doch die Wölfe würden wissen, dass Caelis auf irgendeine Art und Weise seinen Anspruch auf sie geltend gemacht hatte.

Audrey schenkte Shona ein Lächeln, mit dem sie ihrer Freundin ihre unerschütterliche Unterstützung zu übermitteln versuchte. »Lady Abigail erzählte mir von einem See ganz in der Nähe, den die Frauen des Clans zum Baden benutzen.«

Ob sie den See auch finden würden, war ihre geringste Sorge, da die scharfen Sinne ihres Wolfs sie problemlos zu dem Wasser führen würden.

»Du wirst nicht außerhalb dieser Mauern baden, nur mit dieser Engländerin zu deinem Schutz«, erklärte Caelis.

Shona zuckte mit den Schultern und gab sich Mühe, ihr Unbehagen darüber zu verbergen, nackt wie am Tag ihrer Geburt aus ihrem Bett zu steigen. Und irgendwie wirkte sie dabei auch so souverän, dass Audrey hätte jubeln können vor Stolz auf sie. »Dann kannst du uns ja als unser Beschützer begleiten«, sagte Shona wie beiläufig zu Caelis.

Audrey runzelte die Stirn, weil sie nicht sicher war, ob das eine gute Idee war.

Der Krieger öffnete schon den Mund, um zu widersprechen, schloss ihn dann aber wieder, ohne etwas gesagt zu haben. Vielleicht merkte er, was für einen leichten Sieg er gerade über die eigensinnige Shona errungen hatte.

Audrey war nicht so nachgiebig. »Wir sind den ganzen Weg von England hergereist, ohne Euren Schutz zu brauchen. Eure Anwesenheit ist also wohl kaum erforderlich für unser morgendliches Bad im See der Sinclairs.«

»Wollt Ihr riskieren, Eure Herrin in Gefahr zu bringen?«, wandte Caelis sich zum ersten Mal direkt an Audrey.

»Es besteht keine Gefahr.«

»Dann seid Ihr sehr naiv, wenn Ihr das glaubt.«

Dergleichen war ihr schon so häufig vorgeworfen worden, dass sie nicht einmal mehr darüber lächeln konnte. »Ich bin keineswegs so naiv anzunehmen, dass *Ihr* nur das Beste für sie wollt.«

»Es steht Euch nicht zu, das zu beurteilen.«

»Glaubt Ihr?«

»Das reicht!« Shona hatte ihr Hemd und einen Morgenrock angezogen, den Lady Abigail ihr am Tag zuvor überlassen hatte.

Audrey war überrascht gewesen, dass Shona sich am Abend zuvor angekleidet hatte, statt ihn zu benutzen. Aber vielleicht hatte sie den Morgenrock nicht gesehen?

»Ich habe Caelis schon gesagt, dass er uns zu unserem Schutz begleiten kann, Audrey. Und das Gleiche erwarte ich auch von Thomas. Wenn ich eine andere Wahl gehabt hätte, hätte ich die Sorge um die Sicherheit meiner Kinder in den vergangenen zwei

Wochen nicht nur unserer kleinen Gruppe überlassen. Das weißt du.«

Da Audrey das nicht leugnen konnte, nickte sie ein wenig schuldbewusst. »Natürlich weiß ich das.«

Caelis zeigte mit einer gebieterischen Handbewegung auf die Tür. »Wartet draußen auf dem Gang auf uns!«

»Das werde ich nicht.« Er mochte Shonas Unbescholtenheit einen unwiderruflichen Schaden zugefügt haben, doch ihr Ruf oder ihre Tugend würden an diesem Morgen nicht noch mehr geschädigt werden.

»Sprich nicht so mit ihr!«, sagte Shona scharf. »Sie ist meine Freundin, nicht meine Bedienstete, und wenn du hoffst, uns Gesellschaft leisten zu können, wirst du Audrey mit dem gebührenden Respekt behandeln.«

Ein Schock nach dem anderen für den schlecht gelaunten Krieger, der jetzt jedoch immerhin ganz leicht den Kopf vor Audrey beugte. »Verzeiht meine Ausdrucksweise! Würdet Ihr bitte auf dem Gang warten?«

»Nein.«

Daraufhin funkelte er sie böse an.

Und Audrey verschränkte die Arme vor der Brust und bedachte ihn mit einem nicht minder zornigen Blick.

»Ich werde sie schon nicht verführen. Nicht schon wieder.« Der mutwillige Glanz in Caelis' Augen verriet, dass noch mehr dergleichen kam. »Oder zumindest nicht im Augenblick.«

Das laute Klatschen eines harten Schlags ertönte, und Caelis' zuckte zusammen. Überrascht schaute er Shona an. »Wofür war das denn?«

Ihre liebe, sanftmütige Shona, die so gar nicht zur Gewalttätigkeit neigte – das hatte Audrey jedenfalls immer gedacht, einmal abgesehen von ihrer einen fürchterlichen Drohung gegen den inzwischen verstorbenen Baron –, holte wieder aus und schlug Caelis die Faust ans Kinn. »Ich bin keine Dirne, über die du in dieser Weise reden kannst. Wenn deine Worte von gestern Abend wahr waren, bin ich etwas von weitaus größerer Bedeutung für dich. Mach also nicht den Fehler, die Privilegien, die ich dir wider besseres Wissen eingeräumt habe, zu unterschätzen. Das hast du schon einmal getan und fast mein Leben und das unseres Sohnes damit ruiniert. Ich werde das nicht noch einmal dulden, hörst du?«

»Ich glaube, sogar Sir Percival in England konnte dich klar und deutlich hören«, bemerkte Thomas von der Tür her. Neben ihm standen Marjory und Eadan und verfolgten die Geschehnisse mit großen Augen.

»Du hast den netten Mann gehauen, Mama. Aber Hauen gehört sich nicht, hast du gesagt«, tadelte die kleine Marjory ihre Mutter.

Bei anderer Gelegenheit hätte Audrey den Wortwechsel amüsant gefunden, doch im Moment bereitete es ihr Sorgen, was Shona darauf erwidern könnte.

Die Baronin, die eindeutig jenseits aller Vernunft und Vorsicht war, bedachte den Krieger mit einem giftigen Blick. »Er ist *kein* netter Mann, sondern ein aufgeblasener, geschwätziger, *unbrauchbarer* MacLeod'scher Soldat!«

Marjory und Eadan starrten ihre Mutter an, als wären ihr Schlangenköpfe gewachsen. Audrey konnte es ihnen nicht verdenken. Sie hatten ihre Mutter noch nie so aufgebracht gesehen.

Nicht einmal, als sie ihren Vater beerdigt hatte und um das Leben ihres Sohnes hatte fürchten müssen.

Caelis war die ganze Zeit nur leicht belustigt gewesen, selbst nach dem erstaunlich gut gezielten Schlag gegen sein Kinn, aber als Shona ihn *nutzlos* genannt hatte, war er zusammengezuckt, und sein Gesichtsausdruck hatte sich so verdüstert, dass er Audrey fast schon leidtat.

»Mama!«, protestierte Marjory, die ihre Fassung wiedergewann und gar nichts mehr von ihrer üblichen Schüchternheit zeigte.

Obwohl diese Seite ihrer Natur sich zugegebenermaßen nur selten zwischen Marjory und ihrer Mutter offenbarte, wusste das Kind mit Sicherheit, wie sehr die einstige Schottin sie vergötterte.

Shona fuhr zu Marjory herum. »Warum glaubst du eigentlich, dass er so nett ist?«, fragte sie mit unverhohlener Verwirrung.

Marjory zuckte mit den Schultern und entfernte sich von Thomas, um zu Caelis hinüberzugehen, der auf dem Bett saß, die untere Hälfte seines nackten Körpers nur mit dem Bettlaken bedeckt.

Das Kind nahm die große Hand des Kriegers in seine kleine. »Ich weiß nicht, Mama. *Aber er ist nett.* Nicht wie Percy. Du darfst ihn nicht hauen.«

Shona Augen waren feucht vor Tränen, doch sie schenkte ihrer Tochter ein Lächeln. »Freut mich, dass du ihn so nett findest. Vielleicht wird deine Mama das eines Tages auch tun.«

»Das musst du, Mama.« Die Verzweiflung in Eadans Ton tat weh. »Sonst können wir keine Familie sein.«

Shonas beklommener Gesichtsausdruck verriet, dass sie sich dieser Sache mit der »Familie« keineswegs so sicher war wie ihr Sohn.

Falls Caelis in dieser Sache nicht lockerließ, würde Shona wenig Einfluss darauf haben. Besonders, nachdem sie ihn wieder in ihr Bett gelassen hatte.

Auch Audrey schüttelte den Kopf über das Dilemma ihrer Freundin, weil sie keine Lösung dafür wusste. »Komm, wir werden alle im See baden gehen!«

»Müssen wir?«, fragten Eadan und Thomas wie aus einem Munde.

Audrey fühlte ein Lachen in sich aufsteigen. Ihr Bruder war manchmal noch so ein Kindskopf!

Shona antwortete mit einem entschiedenen »Ja«.

Caelis machte Anstalten, sich zu erheben, und Shona bewegte sich mit einem Tempo, das Audrey keinem menschlichen Wesen zugetraut hätte. »Was hast du vor?«, fuhr Shona ihn an.

»Euch zum See zu begleiten.«

»Du kannst nicht vor Audrey und den Kindern im Adamskostüm aus dem Bett steigen.« Wahrscheinlich hatte Shona Thomas unerwähnt gelassen, weil Sittsamkeit unter Kriegern etwas nahezu Unbekanntes war.

Besonders bei den Highlandern, von denen die barbarischer Veranlagten noch immer mit nichts anderem als der Kriegsbemalung auf ihren Körpern und Gesichtern in den Krieg zogen.

»Warum nicht? Du hast es doch auch getan«, gab er in einem nüchternen Tonfall zu bedenken, den Audrey ihm jedoch nicht einmal für eine Sekunde abnahm.

Er war nicht dumm, und wenn er noch so sehr vorgeben mochte, es zu sein.

»Das ist etwas anderes.«

»Aye, aber als ich deine Freundin bat zu gehen, wurdest du sehr böse.«

»Weil du sie nicht gebeten, sondern es ihr befohlen hattest.«

Er zuckte mit den Schultern, um zu verstehen zu geben, dass das für ihn ein und dasselbe war.

»Ich kann mich nicht erinnern, dass du so ein nervtötender Mann warst.«

»Das wundert mich nicht. Vor sechs Jahren hast du mich ja auch nicht für *schwach* und *unbrauchbar* gehalten.«

Kapitel Acht

Hör auf die Instinkte deines Tieres! Sie werden dich nicht irreführen wie die Worte eines raffinierten Mannes.

– Faol'sches Sprichwort

Diesmal war es Shona, die zusammenzuckte, aber Audrey war froh zu sehen, dass die Baronin sich für ihre frühere Bemerkung nicht entschuldigte.

Shona hob nur sein Plaid vom Fußboden auf, wo es am Abend zuvor gelandet war, und warf es Caelis zu. »Zieh dich anständig an!«

»Mum?«

»Ja, Eadan?«, erwiderte Shona.

»Glaubst du wirklich nicht, dass Papa ein netter Mann ist?«

Shona hörte damit auf, die im Raum verteilten Kleidungsstücke hektisch einzusammeln. Sie hatte es geschafft, ihr Hemd und den geborgten Morgenmantel anzuziehen, bevor Thomas und die Kinder erschienen waren, aber den Rest ihrer Kleidung, die sie erst nach dem Bad anziehen wollte, hielt sie in den Armen.

Für einen Moment sah sie ihren Sohn an und suchte offenbar nach einer Ausrede, um seine Frage nicht ehrlich beantworten zu müssen. »Es gab eine Zeit, in der ich dachte, er sei nett.«

»Aber jetzt nicht mehr?«, beharrte Eadan.

»Er hat sich in einer wichtigen Angelegenheit als ausgesprochen rücksichtslos erwiesen.«

Womit sie sich mit Sicherheit darauf bezieht, dass sie schwanger und allein in England endete, dachte Audrey.

»Manchmal muss ein Mann dem Wohl seiner Familie zuliebe

rücksichtslos sein«, sagte Eadan und zitierte mit diesen Worten seinen erst kürzlich verstorbenen Großvater.

Audrey wusste, dass Shona nicht zu viel von dieser Einstellung hielt, obwohl sie ihrem Vater nur selten widersprochen hatte.

»In diesem Fall ging es Caelis um sein eigenes Wohl und nicht das seiner Familie. *Wir* wurden im Stich gelassen und mussten uns allein durchschlagen«, sagte Shona.

Diese Ehrlichkeit überraschte Audrey nicht. Obwohl Shona ihre Kinder vor den Problemen der Welt um sie herum beschützte, so gut sie konnte, hatte sie es sich nie zur Gewohnheit gemacht, Eadan oder Marjory zu belügen.

Audrey konnte den in Caelis' Augen aufflackernden Triumph nicht verstehen, bis er bemerkte: »Du gibst also zu, dass ihr meine Familie seid.« Er befestigte den ledernen Gurt, der seinen Kilt an Ort und Stelle hielt.

Statt sich auf die Tatsache zu konzentrieren, dass Shona ihm so offensichtlich nicht vertraute, nahm er allein schon durch ihre Wortwahl den Sieg für sich in Anspruch. Audrey konnte jetzt verstehen, dass Shona in ihrem Umgang mit diesem raffinierten Faol sehr vorsichtig sein musste.

Sichtlich verärgert, wandte Shona sich von Caelis ab und ihrem Sohn zu. »Du hast ihn in vielen deiner Träume gesehen, sagtest du.«

»Ja, Mama.«

»Und was für eine Art von Mann war er in deinen Träumen?«

Das war die Shona, die Audrey kannte und bewunderte. Eine Frau, die ihre Kinder respektierte, auch wenn viele andere der Meinung waren, dass Kinder nur selten ernst genommen und ihre Meinung nie gehört werden sollte.

»Er ist in meinen Träumen ein guter Mann, Mama. Er passt auf uns auf und beschützt uns vor Percival und anderen bösen Männern, die uns etwas antun wollen.«

»Das freut mich zu hören.«

Eadan nickte. »Ich glaube, er ist traurig und bedauert etwas, was er früher einmal getan hat.«

Shonas Gesichtsausdruck verhärtete sich. »Das wird sich zeigen, Eadan.«

»Großvater hat das auch immer gesagt.«

»Ja, das hat er.« Kummer verdüsterte für einen Moment das Gesicht der Baronin. »Er war ein guter Mensch.«

Eadan nickte, antwortete aber nicht mehr. Er hatte seinen Großvater geliebt, doch selbst der kleine Junge hatte bemerkt, dass der alte Mann seine Enkelkinder viel besser behandelt hatte als seine einzige Tochter.

Seine Liebe zu Shona war in all der Zeit, die Audrey den starrköpfigen Schotten gekannt hatte, getrübt gewesen von seiner Enttäuschung über den Fehltritt der Tochter.

»Du hast deiner Mutter nichts von deinen Träumen erzählt«, sagte Audrey zu Eadan, um Mutter und Sohn von ihren traurigen Gedanken abzulenken.

Eadan zuckte mit den Schultern. »Weil sie nicht an sie geglaubt hat.«

»Das tut mir leid.« Shona warf einen Seitenblick auf den Krieger, der plötzlich schon fast unanständig nahe neben sie getreten war. »Inzwischen bin ich jedoch zu der Erkenntnis gelangt, dass viele Dinge, die ich für unmöglich hielt, tatsächlich wahr und möglich sind.«

Hatte Caelis Shona von seiner Faol-Natur erzählt? Audrey glaubte es eigentlich nicht, da sich in Shonas Verhältnis zu ihr und Thomas nichts geändert hatte und sie wie immer auf sie beide reagierte. Und würde der Wolf nicht außerdem auch warten, bis er sich der Loyalität der menschlichen Frau sicher war, bevor er riskierte, entdeckt zu werden?

Da Audrey und Thomas ohne Rudel aufgewachsen waren,

wussten sie nicht allzu viel über die Lebensart der Chrechten, doch in einem Punkt war ihre Mutter stets sehr unnachgiebig gewesen:

Über ihr Geheimnis zu sprechen hieße, alle ihre Brüder und sich selbst zu verraten.

Auf dem Weg zum See rief Eadan aufgeregt: »Seht mal, ein Adler!«

Caelis blickte zum Himmel auf. Seine Brauen zogen sich zusammen, und dann tat er etwas völlig Unerwartetes für einen so ernsten Krieger.

Er schrie den Adler an, als tadelte er ein unartiges Kind. »Scher dich fort!«

Sogar noch erstaunlicher war, dass der große Vogel wie in einer trotzigen Erwiderung kreischte. Dann schoss er vom Himmel herab, und sehr zu Marjorys und Eadans Entzücken streifte die Spitze einer seiner mächtigen Schwingen Audreys Oberkopf, bevor der edle Vogel sich wieder in den Himmel aufschwang.

Shonas Freundin sah regelrecht verdattert aus. »Was für ein schönes Tier!«

»Ha! Er wäre sicher erfreut darüber, dich das sagen zu hören«, schnaubte Caelis.

Shona konnte das Verhalten ihres Kriegers nicht verstehen.

Audrey konnte es anscheinend auch nicht, denn sie schüttelte den Kopf. »Sei nicht albern! Ein majestätischer Vogel wie dieser hat ja wohl keinen Grund, sich über meine Bewunderung zu freuen.«

»Du würdest dich wundern«, war Caelis' nächste schwer zu deutende Antwort.

Der Adler folgte ihnen zum Wasser und begann, über dem See zu kreisen.

»Nimm dich in Acht und starr nicht meine Gefährtin an!«, sagte Caelis laut.

Shona schüttelte den Kopf. »Er ist ein *Vogel*, Caelis. Viel mehr Sorgen bereitet mir die Frage, ob *du* uns den Rücken zukehren wirst oder nicht.«

Caelis öffnete den Mund, und sie *wusste*, dass er eine Bemerkung dazu machen wollte, schon alles gesehen zu haben, was es an ihr zu sehen gab.

Doch der warnende Blick, den sie ihm zuwarf, schien seine Wirkung nicht zu verfehlen, denn Caelis' Mund klappte wieder zu, und er kehrte ihr den Rücken zu, damit Audrey und sie die Kinder zurechtmachen und sich zum Baden ausziehen konnten.

»Ich bin zu alt, um mit den Frauen zu baden«, verkündete Eadan und trat ein paar Schritte zurück, um sich aus Shonas Reichweite zu entfernen.

Shona war entzückt; sie konnte es nicht ändern. Sie war eine liebende Mutter, und dieses Anzeichen dafür, dass ihr Sohn trotz all der Aufregungen in seinem Leben nach mehr Unabhängigkeit strebte, zauberte ein aufrichtiges Lächeln auf ihre Lippen.

»Er hat recht«, sagte Caelis und fügte noch hinzu, dass Eadan im richtigen Alter sei, um seine Ausbildung zum Krieger zu beginnen.

Über diese Tatsache war Shona *keineswegs* entzückt, aber ihr einstiger Geliebter beharrte auf seiner Meinung und wies Shona darauf hin, dass Marjory auch bereits das Nähen lernte, obwohl sie erst drei Jahre alt war.

Woher er das wissen konnte, war Shona ein Rätsel. Aber offensichtlich hatte er die Zeit genutzt, die sie am Tag zuvor verschlafen hatte, um die Kinder, mit denen er so unbedingt eine Familie gründen wollte, besser kennenzulernen.

»Das ist ein lächerlicher Vergleich«, widersprach Shona.

»Thomas hat sein Training erst mit zwölf begonnen«, fügte Audrey schnell hinzu.

»Und ich habe nie eine vollständige Ausbildung erhalten.« Thomas' Kummer über die nachlässige Art der Erziehung, die sein Vater ihm hatte angedeihen lassen, bevor er ihn und Audrey aus dem Haus geworfen hatte, war dem jungen Mann nur allzu deutlich anzumerken.

Vermutlich sah er Caelis deshalb mit Bewunderung und sogar ein bisschen neidisch an.

»Ihr habt richtig gehandelt, als Ihr meinem Sohn das Reiten beigebracht habt und ihn lehrtet, auf das kostbare Wissen achtzugeben, das seine Sinne ihm vermitteln.«

Thomas' Gesicht lief rot an vor Stolz, und aus seiner Bewunderung wurde regelrechte Heldenverehrung.

Es stand außer Frage, dass sowohl Eadan als auch Thomas ganz und gar bezaubert von Caelis waren.

Da auch Shona Caelis' Aufmerksamkeit Eadan gegenüber und die etwas schroffe Freundlichkeit, mit der er Thomas behandelte, ziemlich charmant fand, konnte sie sich ja wohl kaum darüber beklagen.

Sie gab also nach, was das getrennte Baden anging, ohne ein weiteres Wort darüber zu verlieren, half Marjory ins Wasser und spielte Schwimmspiele mit ihrer Tochter, um sie an die niedrigen Temperaturen zu gewöhnen.

Ihr Blick glitt zu den Männern, als Audrey die kleine Marjory übernahm, und so entging ihr nicht, wie Caelis Eadan auf seine Schultern hob. Es war ein Anblick, bei dem sich ihr das Herz zusammenkrampfte.

Der Baron war kein freundlicher oder aufgeschlossener Mensch gewesen und hatte keinerlei Interesse daran gehabt, Eadan oder Thomas irgendetwas zu lehren.

Während Shona über die großen Wendungen nachdachte, die

ihr Leben in weniger als einem Tag genommen hatte, tat sie ihr Bestes, um den Geruch der körperlichen Liebe von ihrer Haut zu entfernen, während Audrey Marjory das Haar wusch. Shona war sich gar nicht mehr so sicher, dass sie Caelis' Anrecht auf sie bestreiten wollte, aber sie hatte nun wirklich kein Interesse daran, dass ihre Aktivitäten der vergangenen Nacht auf der ganzen Burg bekannt wurden.

»Hier, nimm das!« Audrey reichte Shona das Stück Lavendelseife, das sie aus England mitgebracht hatten.

Shona nahm es und fragte sich, ob Audrey den Geruch, den ihr Liebesspiel in ihrem Schlafzimmer hinterlassen hatte, am Morgen schon bemerkt haben mochte. »Danke.«

Mehr sprachen die beiden Frauen nicht, während sie einander die Haare wuschen. Marjory spielte in dem flachen Wasser neben ihnen mit einer kleinen Ente, die Thomas für sie geschnitzt hatte.

Einmal stürzte sich der Adler wieder auf sie herab, und diesmal berührte er Audreys nackte Schulter mit der Spitze seines Flügels. Sie lachte und verscheuchte den Raubvogel so spielerisch, als handelte es sich um ein Kaninchen im Karottenbeet.

Caelis gab plötzlich ein Knurren von sich, das recht bedrohlich klang. Dabei hatte er sich nicht einmal umgedreht. Deswegen konnte Shona sich auch nicht erklären, wie er den kurzen Besuch des Adlers überhaupt bemerkt hatte. Aber sie verdrängte beide aus ihren Gedanken, als Audrey und sie die Seife und den Sand vom Grund des Sees abspülten, die sie benutzt hatten, um den Schmutz der Reise aus ihren Haaren zu entfernen.

»Ich war überrascht, Caelis heute Morgen in deinem Bett zu sehen«, bemerkte Audrey vorsichtig, als Shona und sie ihr Haar auswrangen. Ihr Ton lud zu Vertraulichkeiten ein, ohne auch nur ein Fünkchen Kritik zu enthalten.

Dennoch wurde Shona trotz der Kälte des Seewassers ganz heiß vor Scham. »Er stand Wache vor meiner Tür, als ich erwachte und mich auf die Suche nach den Kindern machte.«

Was jedoch nicht einmal annähernd erklärte, wie er in ihrem Bett gelandet war. Shona hatte dafür ja selbst keine Erklärung, genauso wenig wie für die Tatsache, dass sie gewollt hatte, dass er auch nach ihrem Liebesspiel noch bei ihr blieb.

»Ich hätte gestern Abend bei dir bleiben sollen, aber Marjory wollte mich nicht gehen lassen.« Audreys Stimme waren Bedauern und Selbstkritik anzuhören.

»Es ist nicht deine Aufgabe, meinen Anstand zu wahren«, erklärte Shona, obwohl es ihr äußerst unangenehm war, zugeben zu müssen, wie sehr sie ihren Ruf gefährdet hatte.

»Du bist eine anständige Frau«, sagte Audrey, als wüsste sie genau, was Shona dachte. »Was auch immer gestern Nacht geschehen ist, hat daran nichts geändert.«

»Du weißt aber auch, dass der Rest der Welt ganz anders denkt.«

»Der Rest der Welt kann dir gestohlen bleiben.« So sarkastisch hatte Shona ihre Freundin noch nie reden hören. »Du bist die Einzige, die Thomas und mich je so behandelt hat, als zählten wir etwas. Du vertraust uns deine Kinder an, aber genauso wichtig ist, dass du von unserem ersten Tag im Baronat an offen für eine Freundschaft mit uns warst.«

»Ich wusste, wie es ist, als Minderwertige behandelt zu werden.« Shonas Schwangerschaft hatte sie in den Augen ihrer Eltern genau zu dem gemacht.

Und ungeachtet dessen, wie anziehend ihr verstorbener Ehemann ihren weiblichen Körper fand, hatte er sich doch allein schon aufgrund seiner englischen Abstammung und der grundlegenden Unterschiede zwischen Mann und Frau für überlegen gehalten. Er hatte sie auch nie vergessen lassen, dass sie nicht als Jungfrau zu ihm gekommen war.

Einmal hatte sie ihn daran erinnert, dass sie erst gar nicht in sein Bett gekommen wäre, wenn sie noch unberührt gewesen wäre. Das hatte dazu geführt, dass er sie geschlagen hatte.

»Hast du Caelis nachgegeben, weil du glaubtest, keine andere Wahl zu haben?«, fragte Audrey mit gedämpfter Stimme und einem raschen Blick auf den breiten Rücken des Chrechte-Kriegers.

Shona wusste, dass ihre Freundin, die wie eine Schwester für sie war, nicht nach der Bindung zwischen wahren Gefährten fragte. Wie könnte sie das auch? Audrey wusste noch nichts von der seltsamen Welt, von der auch Shona erst in der Nacht zuvor erfahren hatte.

Nein, Audrey wollte wissen, ob Caelis sie zu etwas gezwungen hatte. Und Shona konnte verstehen, warum ihre Freundin sie so etwas fragte.

Doch was immer er auch sein mochte, der Mann, der sie vor Jahren zurückgewiesen und sie jetzt plötzlich mit aller Macht behalten wollte – ein Vergewaltiger war er nicht. »Nein.«

»Bist du sicher?« Audrey sah Shona sehr ernst und prüfend in die Augen.

»Absolut.« Shona wünschte fast, sie könnte Audreys Verdacht bestätigen, denn es war klar, dass sie sich keinen anderen Grund für Shonas unbedachtes Verhalten vorstellen konnte. »Er hat sich mir nicht aufgedrängt.«

Audrey seufzte, und Shona sah die Erleichterung in ihren Augen, auch wenn ihre Verwirrung offensichtlich noch nicht nachgelassen hatte. »Das freut mich.«

Shona warf einen raschen Blick zu ihrer Tochter, die jedoch noch immer mit ihrer Ente spielte und nichts von dem Gespräch der Erwachsenen mitbekam.

Dann hob Audrey ruckartig den Kopf und blickte zu den Männern hinüber, die mit dem Rücken zu den badenden Frauen standen. Shona folgte dem Blick ihrer Freundin und sah Caelis' seltsam starr gewordene Haltung und die Wut, die er ausstrahlte.

Hatte Thomas irgendetwas gesagt, was den Krieger beleidigt hatte?

Sie hatte ihren Freund für zu klug für so etwas gehalten. Aber auch Thomas schien schon nahezu entsetzt zu sein über irgendetwas, das erkannte sie, obwohl sie ihn nur im Profil sehen konnte.

Eadan spielte im Gebüsch, tat so, als jagte er, und beachtete sie alle nicht.

Zumindest hoffte Shona das. Bei all dem, was ihr Sohn hören konnte, was ihr bis jetzt immer unmöglich erschienen war, sollte er nicht auch noch gerade *dieses* Gespräch mithören.

Und dann begriff sie plötzlich. Caelis hatte Audreys Fragen gehört und war tödlich beleidigt. Aber eigentlich hätte er dann auch Shonas Antworten hören müssen. Wieso war er dann verärgert?

Hatte es seinen männlichen Stolz so sehr verletzt, dass Audrey auch nur gefragt hatte? Oder dachte er, Shona hätte es nicht nachdrücklich genug bestritten?

Was auch immer seine Gedankengänge waren, der Gestaltwandler würde sich damit abfinden müssen, dass sowohl Audrey als auch Thomas sehr fürsorglich Shona gegenüber waren. Wie auch sie ihnen gegenüber.

Sie waren ihre Familie, und wenn auch nicht von Geburt an.

Audrey wandte sich von Caelis ab und wieder Shona zu. »Ich verstehe nicht.« Auch jetzt lag keinerlei Kritik in ihrer Stimme; sie klang höchstens sehr verwundert.

Leider konnte Shona ihrer Freundin jedoch nicht helfen, etwas zu verstehen, das sie selbst so schwer verständlich fand. »Ich kann es nicht erklären.«

Außerdem würde ihre Freundin die Wahrheit vermutlich nicht akzeptabler finden als sie selbst.

»Er hat dich zutiefst verletzt und mit einem Kind allein gelassen.«

»Er wusste nichts davon.«

»Wie konnte das sein?«

»So schwierig ist das nicht.«

Audrey schien nicht überzeugt zu sein. »Du hast ihm deine Unschuld geschenkt.«

»Bist du dir da so sicher? Vielleicht war ich ja ein Flittchen, das mit allen möglichen Männern schlief«, erwiderte Shona und erinnerte sich an einige der grausameren Worte ihrer Mutter.

Audrey helles Auflachen wurde durch die stille Luft bis auf den See hinausgetragen. »Du bist genauso wenig ein Flittchen wie ich.«

»*Du* bist noch unschuldig.«

»Du auch. Du hast dir nichts zuschulden kommen lassen.«

»Oh nein, Audrey. Ich habe mich ihm damals hingegeben, obwohl wir noch nicht einmal verlobt waren.« Dummerweise hatte sie das für eine bloße Formalität gehalten und seinen Versprechungen von einer gemeinsamen Zukunft stets geglaubt.

»Du hast ihn geliebt.«

»Mehr, als ich je wieder *irgendeinen* Mann lieben werde.«

Audrey nickte. »Meine Mutter liebte meinen Vater auch, und es hat ihr nichts als Leid gebracht.«

»Dein Vater ist ein dummer, selbstsüchtiger Mann und viel zu eitel.« Jemand, der seine eigenen Kinder als Arbeitskräfte verkaufte, nur um sie nicht mehr um sich haben zu müssen, verdiente das Geschenk der Vaterschaft nicht.

Audreys Vater war ein unbedeutender Baron, doch gleichwohl ein Adliger mit ausgedehntem Landbesitz. Er hatte das Geld nicht gebraucht, das Henry ihm für das Vorrecht angeboten hatte, Audrey und Thomas als höherrangige Dienstboten in seinem Haushalt aufzunehmen.

Später, als Lachen und planschende Geräusche über den See drangen, in dem Caelis und Thomas mit Eadan spielten, dachte Shona, dass einige Männer vielleicht doch eine zweite Chance auf Vaterschaft erhalten sollten.

»Der Junge hatte schon seit einiger Zeit vor dem Tod deines Vaters nicht mehr so gelacht«, bemerkte Audrey, die Marjory das Haar flocht.

»Eadan war schon immer gern mit seinem Onkel Thomas zusammen.« Henry war sehr verärgert gewesen, als Shona Thomas und Audrey die Ehrentitel »Onkel« und »Tante« verliehen hatte.

Das Beharren des Barons darauf, dass sie lediglich Dienstboten waren, hatte Shona höchstens noch dazu angespornt, an diesen Namen festzuhalten.

Audrey schüttelte nur den Kopf.

»Na fein. Ich soll also zugeben, dass Eadan sichtlich glücklich mit seinem Vater ist?«

»Es nicht zuzugeben, würde es nicht weniger wahr machen.«

»Ich weiß.« Shona seufzte, als sie ihren Zopf am Ende zusammenband und ihn über ihre linke Brust fallen ließ.

Der locker geflochtene Zopf würde ihre Locken nicht völlig bändigen, aber zumindest ein wenig im Zaum halten. Henry hatte immer gesagt, ihr Haar sei ihre Schönheit, und darauf bestanden, dass sie es offen und nur mit einem schmalen goldenen Reif auf dem Kopf trug.

Das war zwar modisch, aber überhaupt nicht praktisch. Nicht, dass es den alten Mann gekümmert hätte, ob Marjorys Fäustchen sich in Shonas langem roten Haar verfingen oder ob die Enden unweigerlich mit Mehl bestäubt wurden, wenn Shona Brot backte.

Er hatte ihr gesagt, seine Köchin könne sich um die Bedürfnisse der Burgbewohner kümmern, doch er war ein Geizkragen gewesen, wenn es um etwas gegangen war, was von seinen Rittern oder Gästen nicht so leicht bemerkt werden konnte. Unter anderem hatte er sich geweigert, genügend Küchenhilfen einzustellen, um all die hungrigen Menschen beköstigen zu können, die innerhalb seiner Mauern lebten.

Natürlich war Shona eingesprungen, um zu helfen, zumal ihre eigene Mutter bis zu ihrem Tode die Köchin auf der Burg gewesen war.

»Du hast wieder diesen Gesichtsausdruck.«

»Und was für ein Ausdruck soll das sein?«, fragte Shona Audrey.

»Ein trauriger.«

Es wäre sinnlos, die Wahrheit zu bestreiten. »Ich dachte gerade an meine Mutter.«

»Sie war eine liebenswürdige Frau, aber nicht halb so lieb wie ihre Tochter.«

Ein netter Gedanke, dachte Shona, wenn auch nicht ganz wahr.

Vor Shonas Schmach hatte ihre Mutter ihr und den anderen Menschen um sie herum sehr viel Freundlichkeit entgegengebracht.

Doch der Verlust der Stellung ihres Ehemanns als Seneschall des MacLeod, ihr Umzug nach England (ein Land, das ihre Mutter gehasst hatte) und dann die Entdeckung, dass ihre Tochter ein uneheliches Kind erwartete – all das hatte einen hohen Tribut von der nicht mehr jungen Schottin gefordert.

Shona sagte jedoch nichts davon zu Audrey, weil ihr Leben vor England schon immer ein Thema gewesen war, über das sie nur äußerst ungern sprach. Und obwohl ihr Geheimnis nun gelüftet war, fiel es ihr dennoch schwer, diese Gewohnheit abzulegen.

Schließlich stiegen die Männer aus dem Wasser und zogen sich mit Eadan hinter ein Gebüsch zurück, um den Anstand den Frauen gegenüber zu wahren.

Der Junge kam in einem Kilt in den MacLeod'schen Farben aus dem Gebüsch zurück. Shona hatte keine Ahnung, wie Caelis an dieses Kleidungsstück in Kindergröße herangekommen war, aber es bereitete ihr keine Freude, ihren Sohn damit bekleidet zu sehen. Tatsächlich jagte ihr diese stumme Inanspruchnahme ihres Kindes sogar einen kalten Schauer der Furcht über den Rücken.

Denn mit diesem Plaid sah Eadan ganz und gar wie Caelis' Sohn aus, und absolut nichts an ihm wies darauf hin, dass eine englische Baronin seine Mutter war.

Sie öffnete schon den Mund, um zu protestieren, wurde jedoch von Marjory unterbrochen, die an dem Rock von Shonas schwerem, grünem Samtkleid zog. »Mama?«

»Ja, Liebes?«

»Ich will heute nicht weiterreiten.«

Audrey und Shona wechselten einen mitfühlenden Blick.

In Wahrheit hatte Shona keine Ahnung, was der Tag noch bringen mochte, doch sie konnte sich zumindest vorstellen, dass die Großzügigkeit des Lairds sich vielleicht auf eine weitere Übernachtung auf der Burg erstrecken würde. »Für heute bleiben wir noch hier.«

»Versprochen?«, fragte Marjory so hoffnungsvoll, dass Shona ein Erschrecken unterdrücken musste.

Ihre arme Tochter war der Abenteuer des Reisens müde. Und Eadan sicher auch. Die Kinder waren es nicht gewohnt, so viele Stunden nicht spielen zu können und dann auch noch Tag für Tag in einem Sattel still sitzen zu müssen.

Und obwohl es in den ersten beiden Nächten noch ein Abenteuer gewesen war, auf dem Boden und unter dem Sternenhimmel zu schlafen, hatte es seinen Reiz schon bald verloren, vor allem für die Kleinen. Aber Shona hatte keine andere Wahl gehabt, als ein äußerst strapaziöses Tempo vorzulegen.

Sie hatten so viel Abstand wie möglich zwischen sich und die Soldaten bringen müssen, die Percival ihnen möglicherweise hinterhergeschickt hatte.

»Glaubst du, wir können hier leben, Mama?«, fragte Marjory arglos.

»Tut mir leid, Schatz, aber unsere Verwandten sind auf Balmoral Island.«

»Bist du immer noch entschlossen, dorthin zu reisen?«, fragte Caelis tadelnd.

»Meine Pläne stehen noch nicht fest.« Und das war alles, was der große Krieger dazu von ihr hören würde. »Seid ihr bereit, zur Burg zurückzukehren?«

Offensichtlich waren sie das. Thomas trug wieder seine englische Kleidung, und auch Caelis hatte sein Plaid angelegt, aber aus dem Haar liefen ihm noch Rinnsale von Wasser über Brust und Rücken. Eadan, der sich auch nicht besser abgetrocknet hatte, stand zwischen den beiden Männern und sah wie eine Miniaturausgabe des Chrechte-Kriegers aus.

»Ich hätte nichts dagegen, noch ein Weilchen hierzubleiben«, sagte Thomas und klang genauso hoffnungsvoll wie die beiden Kinder. »Der Sinclair sagte, ich könnte mit den Chrechten, seinen Elitesoldaten, trainieren.«

Shona entging nicht, dass Thomas versuchte, die Chrechten als Elitesoldaten zu verharmlosen. Andere in ihrem früheren Clan hatten es ebenfalls getan, als sie bei ihnen gelebt hatte, doch nach der gestrigen Nacht wusste Shona sehr genau, was Chrechten waren.

Elitesoldaten mochten sie sein, aber im Grunde waren sie das nur, weil sie ihre Natur mit einem Tier teilten.

Shona sah Thomas an, den jungen Mann, der in ihrem Haus gelebt hatte, seit er noch ein schlaksiger, vierzehnjähriger Junge gewesen war. Sie selbst war nur einige Jahre älter gewesen, hatte sich jedoch um Jahrzehnte welterfahrener gefühlt als er.

Und dieser Junge sollte mit den Chrechten trainieren. Das konnte nur eins bedeuten.

»Du hast auch einen Wolf in dir«, flüsterte sie, kaum in der Lage, die Worte hervorzubringen.

Denn wenn Thomas, der Nenn-Onkel ihrer Kinder und für sie selbst fast wie ein Bruder, ein Gestaltwandler war, konnte das nur heißen, dass auch seine Zwillingsschwester und ihre beste Freundin Audrey die Gestalt wandeln konnte.

Und in all diesen Jahren hatte keiner von ihnen auch nur ein Wort darüber verlauten lassen!

Kapitel Neun

Eine Mutter, selbst eine von sanftestem Wesen, wird sich von dem Tier in ihr beherrschen lassen, wenn sie ihr Kind beschützt.

– Sabrine aus dem Clan der Donegal

»Wolf? Ich weiß nicht, was du meinst.« Thomas war ein so schlechter Lügner, dass Shona sich nur wundern konnte, wie es ihm gelungen war, sein Geheimnis und das seiner Schwester jahrelang zu bewahren.

»Hör auf mit deinen Lügen! Caelis hat es mir erzählt. Und mir seinen Wolf *gezeigt*«, betonte sie, um jeden Zweifel auszuschließen.

Thomas war schockiert. »Du hast ihn ihr gezeigt?«, fragte er den großen Krieger. »Aber du bist männlich, und es ist nicht Vollmond.«

»Wir erlangen die Kontrolle über unsere Verwandlung, sobald wir gewisse Handlungen vorgenommen haben«, erwiderte Caelis mit einem vielsagenden Blick zu den Kindern.

Shona hatte keine Ahnung, was er meinte, doch Thomas schien zu verstehen, denn er nickte und errötete dann heftig.

»Du bist ein weißer Wolf, nicht wahr?«, wollte Caelis wissen.

Thomas bejahte ein wenig unsicher.

Caelis sah Audrey an, die sehr viel bewusster nickte. »Dann müsstet ihr bereits die Kontrolle über die Verwandlung haben. So ist das bei eurem Wolf. Andere haben dieses Glück nicht.«

»Bei Vollmond kann ich sie verhindern«, sagte Thomas. »Mutter hat es uns gelehrt.«

»Wenn du die Verwandlung verhindern kannst, kannst du sie auch herbeiführen.«

»Wirklich?«, fragte Thomas, und seine Augen leuchteten auf vor Freude.

»Aye.«

»Kannst du mir zeigen, wie das geht?«

Caelis nickte.

Unter anderen Umständen hätte Shona über die unverhohlene Bewunderung gelächelt, mit der Thomas Caelis ansah. Aber im Moment waren ihre angeschlagenen Emotionen noch viel zu betäubt von diesem neuerlichen Vertrauensbruch.

»Wusstet ihr das von Eadan?«, fragte sie Audrey mit angespannter Stimme, obwohl sie sich seltsam distanziert fühlte, denn der Schmerz über diesen weiteren Verrat zerriss ihr das Herz.

Audrey sah aus, als würde sie jeden Moment in Tränen ausbrechen, und das genügte Shona schon als Antwort.

Die beiden waren nicht nur selbst Chrechten, sondern hatten auch gewusst, dass Eadan einer war.

Fünf Jahre hatten Audrey und Thomas Shonas beschämendes Geheimnis gekannt.

Ihnen war schon immer bewusst gewesen, dass ihr Ehemann nicht der Vater ihres Sohnes war, und trotzdem hatten sie ihr eigenes Geheimnis für sich behalten, ohne auch nur eine Andeutung zu machen.

Sie hatten die wahre Natur *ihres* Sohnes vor ihr verborgen. »Wie? Wie konntet ihr das wissen?«

Hatte es etwas damit zu tun, wie Eadan für sie roch? Er sagte immer wieder, er könne Traurigkeit oder eine Lüge riechen, wenn Shona versuchte, ihn vor der Wahrheit zu beschützen.

»Dein Vater ...«

»Mein Vater wusste es?«, unterbrach Shona sie tief gekränkt. »Aber wieso? Woher?« Anklagend wandte sie sich an Caelis. »Du hast es *ihm* gesagt und mir verschwiegen?«

»Nein. Ich weiß nicht, wie dein Vater hinter unser Geheimnis gekommen ist, ganz sicher jedoch nicht durch mich.«

Shona verstand nicht, warum Caelis so besorgt aussah – aber im Augenblick ergab ja auch so gut wie gar nichts mehr Sinn für sie. Die beiden Menschen, von denen sie so sicher gewesen war, dass sie sie niemals hintergehen würden, hatten fünf Jahre lang Heimlichkeiten vor ihr gehabt.

Eine bittere Erkenntnis nach der anderen stieg in ihr auf. Ihre liebsten und vertrautesten Freunde hatten zweifelsfrei bewiesen, dass sie *ihr* nicht vertrauten. Außerdem waren sie gar nicht so vertrauenswürdig. Sie hatten sie belogen und die Natur ihres eigenen Sohnes vor ihr verborgen.

Es war diese Tatsache, die am schwierigsten zu akzeptieren war. Oder fast.

Der Umstand, dass auch ihr Vater es gewusst hatte, war genauso niederschmetternd, doch nicht ganz so schwer zu verstehen. Er hatte immer wieder sein mangelndes Interesse an ihrem Glück bewiesen. Wie könnte sie sich da weiter vormachen, er hätte sie trotz ihrer unehelichen Schwangerschaft noch geliebt?

Er hatte von Caelis' Natur gewusst, auch wenn Shona sich nicht vorstellen konnte, woher und wie. Wenn sie Caelis glaubte, dass er ihrem Vater nichts von seiner Wolfsnatur erzählt hatte, musste er es auf irgendeine andere Weise herausgefunden haben.

Als früherer Seneschall des Clans war ihr Vater vermutlich in Geheimnisse eingeweiht gewesen, von denen andere nichts wussten. Wie er davon erfahren hatte, war jedoch zweitrangig. Im Augenblick zählte für Shona nur eines:

Ihr eigener Vater hatte von der Abstammung ihres Sohnes und deren Bedeutung gewusst, und er hatte sie nicht einmal für würdig erachtet, ebenfalls darüber informiert zu sein.

Hatte er geglaubt, sie verdiente, was er für sie in die Wege geleitet hatte – die Ehe mit einem Mann, der alt genug war, um ihr Großvater zu sein?

»Er wusste es …« Sie konnte kaum das Ausmaß des Verrats begreifen, der ihr ohnehin schon angeschlagenes Herz traktierte wie ein Schmiedehammer. »Wenn er von den Chrechten wusste, musste ihm auch klar gewesen sein, was meine Schwangerschaft bedeutete. Er wusste, dass ich deine wahre Gefährtin war, und trotzdem hat er mich zu der Heirat mit dem Baron gezwungen.«

Die Worte laut auszusprechen machte es nicht leichter, sie zu glauben oder zu ertragen.

»Dein Vater hat dich gezwungen, den Baron zu heiraten?«

»Glaubst du etwa, ich hätte *gewollt*, dass mich ein anderer Mann anfasst? Denkst du, ich hätte noch irgendeinen Mann über mein Leben bestimmen lassen wollen, nachdem du mich benutzt und fallen gelassen hattest?« Ihre Stimme wurde schrill vor Kummer und ihr Gälisch undeutlich.

Ein erstickter Laut entrang sich ihrem Sohn, und Shona spürte sofort Gewissensbisse. Sie hatte ihren Kindern gegenüber niemals vorgegeben, perfekt zu sein, aber sie hatte *immer* versucht, sie vor ihren eigenen Sorgen zu beschützen.

Es war ein weiterer Beweis dafür, welch hohen Tribut die letzten Wochen von ihr gefordert hatten, dass sie Eadan und Marjory hatte sehen lassen, wie aufgewühlt sie war. Sie trugen keine Schuld an dem Schmerz, den sie gerade zu ertragen hatte, und sie würde die Kinder nicht den Preis dafür bezahlen lassen, dass sie dumm genug gewesen war, wieder einmal den falschen Leuten ihr Vertrauen geschenkt zu haben.

Mit all ihrer Willenskraft verdrängte sie das Gefühl, verraten worden zu sein, und wandte sich mit einem schwachen Lächeln Eadan zu. »Es ist alles gut, mein Junge.«

»Hast du mich noch lieb, Mama?«

»Was? Aber natürlich hab ich dich noch lieb!« Und obwohl er sich mit seinen fünf Jahren schon zu alt dafür fühlte, nahm sie den Jungen in die Arme und drückte ihn an sich. »Ich liebe dich mehr als mein Leben, und so wird es immer sein, das verspreche ich dir.«

»Eines Tages werde ich ein Wolf sein«, flüsterte er an ihrer Schulter und schlang die kleinen Arme um ihren Nacken. »Meine Träume haben mir gezeigt, dass ich ein Wolf sein werde wie mein Papa.«

»Ich weiß.« Und tief im Innersten, wo die Wahrheit lag, wusste Shona, dass es so war. »Du wirst ein großartiger Wolf sein.«

Er lehnte sich zurück und blickte sie forschend an, als wollte er überprüfen, ob sie die Wahrheit sprach.

»Es stimmt, was ich sage. Kannst du das nicht riechen?« Trotz allem schaffte Shona es noch, ihn zu necken.

Eadan nickte, und sein unsicherer Gesichtsausdruck wich einem breiten Lächeln. »Du bist kein Wolf, Mama. Und Marjory ist auch keiner, aber das macht nichts. Wir werden euch beschützen, Papa, Thomas und ich.«

Shona konnte die erwachsenen Männer nicht ansehen, ohne sie wütend anzufahren, und konzentrierte sich deshalb ausschließlich auf ihren Sohn. »Danke, doch bis du älter bist, werde *ich* dich auch weiterhin beschützen. Einverstanden?«

»Ich werde bald schon älter sein.«

»Ja, das wirst du. Ganz bestimmt.«

»Shona.« Audreys Stimme klang besorgt und bittend.

Im Moment konnte und wollte Shona sich jedoch nicht mit der Illoyalität der Frau beschäftigen und beachtete Audrey nicht.

»Sollen wir zur Burg zurückgehen und sehen, was Lady Sinclair zum Frühstück für uns hat?«, fragte Shona ihre Kinder mit dem aufrichtigsten Lächeln, zu dem sie fähig war.

»Ich habe Hunger«, beklagte Marjory sich prompt.

»Dann müssen wir zusehen, dass du uns nicht verhungerst.« Caelis bückte sich, um die Kleine auf den Arm zu nehmen. »Lady Sinclairs Köchin backt sehr leckeres Schwarz- und Graubrot.«

»Haben sie auch Butter?«, fragte Marjory, während sie Caelis' Wange streichelte. »Ich mag Butter.«

»Oh ja, die haben sie.«

»Der Laird sorgt gut für seine Leute«, bemerkte Thomas mit erzwungener Ruhe, doch die Anspannung in seiner Stimme konnte er nicht kaschieren.

»Ja. Erstaunlich gut sogar. Und der Balmoral ist ein genauso guter Laird.«

Diese Nachricht konnte Shona im Augenblick nicht trösten.

»Und wie ist dein Clan?«, wollte Thomas wissen.

»Dem derzeitigen Laird liegt mehr daran, ein Heer aufzubauen, als daran, seine Leute zu ernähren«, erwiderte Caelis mit unüberhörbarer Verachtung.

»Dann ist also alles noch schlimmer geworden?«, fragte Shona, die beschloss, über etwas anderes nachzudenken als die neuesten Vertrauensbrüche in ihrem Leben.

Denn in einem konnte sie sich sicher sein: Wenn ihr Vater von den Chrechten gewusst hatte, dann zweifellos auch ihre Mutter.

»Leider ja. Es ist viel schlimmer als damals, als deine Familie sich auf MacLeod'schem Land ansiedelte. Es gibt nur noch wenige Menschen in dem Clan. Sie sind es, die sich abrackern, um die Farmen zu bewirtschaften, aber Uven erwartet sehr viel, gibt jedoch im Gegenzug so gut wie nichts zurück.«

»So war er schon immer.«

»Ja, nur habe ich es leider nicht gesehen.«

»So wie du auch nicht sehen wolltest, wie er seine Tochter

behandelte. Lebt sie eigentlich noch?« Es hatte Momente gegeben, in denen Shona befürchtet hatte, dass das Mädchen das aufbrausende Naturell seines Vaters nicht überleben würde.

»Ja. Sie konnte fliehen und kam hierher, um Zuflucht bei den Sinclairs zu suchen.«

»Wurde sie ihr gewährt?«

»Aye.«

»Natürlich. Sie ist ja auch eine Chrechte, nicht?«

»Nein. Uvens erste Frau, seine wahre Gefährtin, war menschlich.«

»Das bin ich auch.«

»Wenn ein Mensch und ein Chrechte den Lebensbund eingehen, haben die Kinder aus dieser Verbindung ebenso große Chancen, als vollwertige Menschen geboren zu werden wie auch als Chrechten.«

»Trotzdem. Wenn du das über Uvens erste Frau gewusst hast, wie konntest du ihm dann glauben, dass ich nicht deine wahre Gefährtin war?«

»Weil ich es erst später erfahren habe.«

Glaubte sie ihm? Shona wusste es nicht. Zu viele Lügen waren ihr aufgetischt worden und hatten sie wehrlos ihren Feinden gegenüber gemacht.

Shona nahm Eadans Hand und ging mit ihm zur Burg zurück. »Ich bin froh, dass Mairi einen Zufluchtsort gefunden hat. Vielleicht wird sie hier sogar wieder Freude finden.«

»Sie ist mit einem Chrechte-Heiler verheiratet. Im Moment sind sie auf Balmoral Island, wo sie sich von einer alten Seherin des Clans ausbilden lässt.«

»Mairi hat das Zweite Gesicht?« Shona hatte solche Fähigkeiten immer nur für einen Mythos gehalten.

Heute wusste sie jedoch, dass manche vermeintliche Mythen die Wahrheit waren.

»Das hat sie«, bestätigte Caelis.

»Wie Ciara«, fügte Thomas mit ungewohnter Schüchternheit hinzu. »Die Tochter des Sinclair-Lairds, die du gestern Abend kennengelernt hast.«

»Ich erinnere mich an sie.« Thomas gegenüber Höflichkeit zu wahren fiel Shona nicht leicht.

»Sie glaubt, dass auch Eadan diese Gabe hat.«

Shona drückte die Hand ihres Sohnes, um ihm zu verstehen zu geben, dass sie nicht mehr so wie früher an seinen Träumen zweifelte. »Dann wird sie ihm vielleicht helfen zu lernen, seine Gaben zu nutzen.«

Eadan strahlte Shona an, was sie für all ihre Mühen zu verstehen entschädigte. »Sie sagte mir, dass die Träume am stärksten sind, wenn sie mit etwas Wichtigem zu tun haben.«

»Wie mit deinem wahren Vater.«

»Mein Herr hätte meinen Wolf nicht akzeptiert«, stellte Eadan mit einer Weisheit fest, wie man sie einem fünfjährigen Jungen normalerweise nicht zugetraut hätte.

»Da hast du sicher recht.«

»Es tut weh, seine wahre Natur vor seinen Eltern verbergen zu müssen«, sagte Thomas mit gedämpfter Stimme.

Shona warf ihm einen Seitenblick zu und sah, wie bedrückt er die Schultern hängen ließ.

Sie konnte genauso wenig gegen die Worte tun, die ihr von den Lippen kamen, wie gegen ihre Zuneigung zu Freunden, die sie der Wahrheit als unwürdig erachtet hatten. »Es ist noch keine dreißig Minuten her, seit ich deiner Schwester sagte, dass dein Vater ein dummer, eitler Mensch ist, der euch beide nicht verdient.«

Thomas bewegte zustimmend den Kopf, aber er sagte nichts.

»Wir wissen nicht viel darüber, was es bedeutet, Chrechten zu sein. Wir wissen nur, dass wir unsere Wölfe um jeden Preis geheim halten müssen«, warf Audrey mit tief bewegter Stimme ein.

»Dann ist es gut, dass ihr in die Highlands kamt, wo es andere wie euch scheinbar in Hülle und Fülle gibt«, erwiderte Shona tonlos.

Nach einem weiteren seltsam besorgten Blick auf sie zuckte Caelis mit den Schultern. »Zwar nicht in Hülle und Fülle, aber es gibt tatsächlich Rudel in mehreren der Clans.«

»Uven hat viele Günstlinge.«

»Der Clan MacLeod ist eine Ausnahme. Die Oberhäupter dieses Clans haben sich seit Generationen auf den Bevölkerungszuwachs der Faol konzentriert, schon seit das erste Rudel ihrem Clan beitrat. Und Uven hat diese Aufgabe sogar noch ernster genommen als seine Vorgänger.«

»Warum?«, fragte Shona, obwohl sie an der Antwort gar nicht wirklich interessiert war.

Inzwischen hatten sie die Burg erreicht, und wegen des Lärms im Großen Saal hörte Shona Caelis' Erklärung nicht, falls er ihr überhaupt eine gegeben hatte.

Und sie konnte sich auch nicht dazu zwingen, echtes Interesse aufzubringen. Zu viele Gedanken und Gefühle rangen um Vorherrschaft in ihr, und ihre Unruhe war so groß, dass ihr das geschäftige Treiben in dem großen Raum schon beinahe friedlich im Vergleich dazu erschien.

Als sie den Blick über die langen, dicht besetzten Tische gleiten ließ, an denen Soldaten und andere Clan-Mitglieder ihr Frühstück einnahmen, hätte Shona nicht sagen können, wer Chrechte oder Mensch wie sie selbst war. Und es war ihr auch gleichgültig. Die Einzigen, die ihr etwas bedeutet *hatten* und von denen sie erwartet hätte, ihr diese seltsame neue Welt zu eröffnen, hatten ihr Wissen für sich behalten.

Sogar ihr eigener Sohn hatte durch seine Träume erfahren,

was er war. Bei ihm konnte sie noch verstehen, dass er sein Wissen zurückgehalten hatte, denn immerhin hatte sie ihm gegenüber klar erkennen lassen, dass sie nicht an seine Traumbilder glaubte. Und im Gegensatz zu seinem Vater besaß Eadan auch noch nicht die Fähigkeit, all das, was ihm offenbart wurde, zu durchschauen.

Ein Teil von ihr, dieser Funke Mutterliebe, der nie erlosch, war verblüfft über den Glauben ihres Sohnes an die Träume, und noch mehr erstaunte sie sein Vertrauen in sich selbst. Eadan besaß das Selbstvertrauen, das Shona an dem Tag verloren hatte, an dem Caelis sie verstoßen hatte.

Shona hatte nicht aufgehört, an das Gute in anderen zu glauben, doch das Vertrauen in sich selbst hatte sie an jenem Schicksalstag verloren. Seither konnte sie ihrem eigenen Urteil nicht mehr trauen und war sich ihres eigenen Wertes nicht länger sicher.

Sie wollte gern glauben, dass sie es nicht verdient hatte, benutzt und fallen gelassen zu werden, doch sogar ihre eigenen Eltern hatten klargestellt, wie sehr sie sich in ihren Augen entwürdigt hatte. Und ausgerechnet der Mensch, den sie mehr geliebt und dem sie mehr vertraut hatte als allen anderen, hatte sie aufs Schändlichste verraten und enttäuscht.

Wäre ihre Liebesgeschichte eine völlig andere gewesen, hätte Shona ihren eigenen Wert vielleicht nicht ganz so stark bezweifelt. Aber Caelis und sie waren in demselben Clan aufgewachsen.

Sie hatte sich in einem so jungen Alter in ihn verliebt, dass sie sich kaum noch an eine Zeit erinnern konnte, in der nicht allein schon sein Anblick ihr Herz hatte schneller schlagen lassen.

Doch er hatte diese erstaunliche Seite die ganze Zeit vor ihr verborgen. Und ihr Vater, der schon immer von der Existenz der Chrechten gewusst haben musste, ebenfalls.

Und nun auch noch die Entdeckung zu machen, dass Thomas und Audrey dieses Geheimnis in den letzten fünf Jahren genauso vor ihr verborgen hatten, tat so furchtbar weh, dass es Shona fast zerriss, denn sie hatte die beiden ins Herz geschlossen, als wären sie ihre eigenen Kinder.

All die Menschen in ihrem Leben, von denen sie geglaubt hatte, sie würden sie ihres Vertrauens für wert erachten, hatten sie für unzulänglich befunden.

Mit Ausnahme ihres Sohnes. Shona würde Eadan nie vorwerfen, dass er seine wahre Natur vor ihr verborgen hatte, die trotz seiner Träume rätselhaft für ihn, den fünfjährigen Jungen, sein musste.

Ihre Freunde dagegen waren Erwachsene, ihre Eltern hatten die Weisheit des Alters besessen, und Caelis war ihr Geliebter gewesen. Jung, das schon, doch kein Kind mehr.

Nicht einmal so jung, wie Thomas heute noch war.

Alle drei – Caelis, Audrey und Thomas – warfen ihr verstohlene Seitenblicke zu. Was sie von ihr erwarteten, wusste Shona nicht, und sie hatte ihnen auch nichts zu geben.

Keine schönen Worte, ja nicht einmal Verachtung. Sie hofften doch wohl nicht, dass sie ihnen verzieh?

Sie hatten alle zweifelsfrei bewiesen, dass Shonas Achtung ihnen weniger bedeutete als ihre eigenen Interessen, worin sie auch bestehen mochten.

Shona ignorierte die Blicke der anderen und Audreys und dann auch Caelis' Versuch, ihre Hand zu nehmen, und durchquerte den Großen Saal in einem Nebel von Schmerz.

Am Tisch des Lairds waren für sie alle Plätze frei gehalten worden, und zu diesen führte Caelis sie durch die Reihen der lärmenden Soldaten hindurch.

»Ist das die englische Lady?«, rief jemand. »Sie ist zu hübsch, um eine Sassenach zu sein.«

»Zieh ihr was in den Clanfarben an, und sie wird noch hübscher sein«, bemerkte ein anderer.

Normalerweise hätten solche Kommentare Shona tief erröten lassen oder vielleicht sogar zum Lachen gebracht; heute jedoch waren sie ihr gleichgültig.

Lautes Gelächter folgte. Als es abrupt abbrach, blickte sie zu Caelis hinüber, der ein Geräusch von sich gab, das tief aus seiner Brust kam und wie ein Knurren klang. Er stand in einer Haltung da, die nichts Gutes zu verheißen schien. »Shona gehört *mir*«, fauchte er die Männer an.

Ein Soldat, der ihr nahe genug war, um sie zu berühren, erblasste und fuhr zurück, um Abstand zwischen Shona und ihn zu bringen. Fast wäre er dabei sogar von der Bank gefallen.

»Du führst dich unmöglich auf!«, zischte sie Caelis an. »Hör auf damit!«

Und da war sie plötzlich, die Verlegenheit. Sie stieg Shona wie Feuer in die Wangen und brannte in ihren Augen.

»Ich gebe nur die Tatsachen bekannt.«

Musste sie es ihm wirklich erst erklären? »Du bringst mich in Verlegenheit.«

»Es beschämt dich, als meine Gefährtin anerkannt zu werden?«, fragte er, offenbar zutiefst gekränkt.

Am liebsten hätte sie ihn angeschrien und gefragt, mit welchem Recht *er* sich eigentlich angegriffen fühlte.

Doch sie wollte vermeiden, dass dieser Wortwechsel in einen öffentlichen Streit ausartete, denn es hätte alles nur noch schlimmer gemacht.

»Ich hasse es, im Mittelpunkt der Aufmerksamkeit zu stehen.« Falls ihm das als Erklärung nicht genügte, befürchtete sie, nicht mehr die nötige Kraft dazu zu haben, die Höflichkeit zu wahren. Sie würde sich vor allen Leuten vergessen.

In den mehr als fünf Jahren ihres Lebens als Baronin war ihr jedoch von ihrem Ehemann und auch von den Eltern eingeschärft worden, dass sie jederzeit die Schicklichkeit zu wahren hatte.

Das schottische Mädchen, das im südlichsten Teil der Highlands aufgewachsen war, hätte über die Kritik gelacht, die Shona in den letzten Jahren ertragen und die sie sich zu Herzen genommen hatte. Dieses Mädchen aus den Highlands, das sie einst gewesen war, hatte sich tief in Shonas Innerstes verkrochen, als ihre geliebten Eltern sie wegen ihrer unehelichen Schwangerschaft mit bitteren Vorwürfen überhäuft hatten.

Nach einem finsteren Blick auf die Soldaten, die ihr am nächsten saßen, wandte Caelis sich mit ebenso ärgerlicher Miene Shona zu, die jedoch sogleich ein wenig sanfter wurde, als sich seine faszinierend blauen Augen auf sie richteten. »Du bist meine Gefährtin.«

»Das habe ich nie bestritten.« Was mehr war, als er von sich behaupten konnte.

»Caelis!«, rief der Laird. »Komm mit den Deinen herüber! Ich bin hungrig, und Abigail hat gesagt, ich müsste mit dem Essen warten, bis meine Gäste Platz genommen haben.«

Lady Sinclair runzelte die Stirn. »Ich wusste gar nicht, wie viel Gebrüll ich verpasst hatte, als ich noch taub war. Manchmal wünsche ich mich schon fast wieder in jene Zeit zurück.«

»Das meinst du nicht ernst.« Der Laird nahm seiner Frau einen weinenden Säugling aus den Armen und drückte das Kind an sich. »Pst, meine Süße. Es ist alles gut. Die Stimme deines Vaters ist kein Grund zu weinen, nicht?«

»Das ist sie, wenn er sie in dieser Lautstärke benutzt«, bemerkte Lady Sinclair spitz.

Doch das Kind beruhigte sich und blickte, glucksend vor Vergnügen, zu seinem Vater auf.

Shona verstand nicht, warum Caelis sich nicht gleich setzte, als sie die erhöhte Tafel erreichten, aber dann bemerkte sie den hingerissenen Gesichtsausdruck ihres einstigen Geliebten.

Er betrachtete den Laird und das Baby mit so herzerschütternder Sehnsucht, dass diese trotz der bitteren Enttäuschung, die an ihr nagte, ihr Herz bewegte.

In diesem Moment bestand für Shona kein Zweifel mehr, dass dieser nach außen hin so harte Krieger Eadan immer lieben und behüten würde.

Sie erlaubte Caelis, sie zu einem Platz zu führen, der Lady Sinclair gegenüberlag, und wich auch nicht zurück, als er sich zu ihr vorbeugte. Wahrscheinlich wollte er nicht, dass die anderen mitbekamen, was er ihr zu sagen hatte.

»Ich habe Eadans und Marjorys frühe Kindheit verpasst, aber das wird mir bei unserem nächsten Kind nicht passieren«, flüsterte er ihr mit vor Rührung ungewöhnlich rauer Stimme zu.

Kapitel Zehn

Erfreut euch über die Gaben, die ihr durch die heiligen Steine erhalten habt, und betrachtet sie als Segen und nicht als ein Geburtsrecht.

– Cahir-Lehre

Caelis nahm seinen Platz auf der Bank neben Shona ein, setzte Eadan rechts neben sich und ließ die Plätze zu ihrer Linken für Audrey und Marjory frei. Thomas ging um den Tisch herum und setzte sich neben die Söhne des Lairds, Eadan gegenüber.

Shona, die momentan nicht in der Verfassung war, sich mit Caelis' fester Überzeugung zu beschäftigen, dass sie eine Familie sein würden, ignorierte ihn einfach nur. »Guten Morgen, Lady Sinclair. Eure Tochter ist entzückend.«

»Danke.« Die Burgherrin warf einen liebevollen Blick auf das Kind in den Armen ihres Mannes und ließ den gleichen Blick dann über alle ihre Kinder gleiten, einschließlich Ciara, die links neben ihr saß. »Ich kann mich wirklich sehr glücklich schätzen.«

»Das könnt Ihr in der Tat.«

Aus Lady Sinclairs Lächeln, das Shona antwortete, sprach reines, ungetrübtes Glück. »Habt Ihr gut geschlafen, Lady Heronshire?«

Shona, in deren tiefstem Herzen noch ein bisschen von dem schottischen Mädchen zurückgeblieben war, empfand die Anrede als zu steif und mochte sie zudem auch nicht. »Bitte nennt mich Shona.«

»Dann müsst Ihr Abigail zu mir sagen. Offen gestanden, ist dies eines der Dinge, die ich aus England am wenigsten vermisse, diese spießige Angewohnheit, praktisch jedermann mit ›Lord‹ und ›Lady‹ anzusprechen.«

»Euer Clan redet Euch aber auch mit ›Lady‹ an.«

»Ja, doch bei ihnen klingt es anders.«

Shona war verblüfft, dass sie in ihrer gegenwärtigen Verfassung solch banale Dinge amüsant finden konnte, doch sie musste sogar leise lachen über Abigails Bemerkung, die für sie nur allzu gut verständlich war.

Denn auch sie verglich das Leben in England oft mit dem in Schottland und war in den meisten Fällen zu einem ähnlichen Schluss gelangt: Dinge, die hier und dort zwar auf die gleiche Art getan wurden, hatten nicht die gleiche Auswirkung. Und egal, wie sehr sie sich ihren Kindern und Eltern zuliebe bemüht hatte, sich zu ändern, um in England einen Platz zu finden, hatte Shona doch nie das Gefühl gehabt, in dieses *ach so* zivilisierte Land im Süden zu gehören.

Sie war dort nicht glücklich gewesen, auch wenn sie ein gewisses Maß an Freude in der Mutterschaft gefunden hatte. Shona hatte ihr Möglichstes versucht, um sich mit ihrem Schicksal zufriedenzugeben, auch wenn ihr Herz nachts geweint hatte um das, was es nicht haben konnte.

Doch letztendlich hatte Shona sich in England nie so sicher oder daheim gefühlt wie während der Rückkehr in ihr Heimatland, obwohl sie auf der Flucht vor dem perfiden Percival gewesen war. »Ich glaube nicht, dass ich irgendetwas an England vermissen werde.«

»Dann wolltet Ihr Schottland eigentlich gar nicht verlassen?«

Shona zuckte mit den Schultern. »Meine Wünsche hatten keinen Einfluss auf die Entscheidungen meines Vaters.«

»Ich verstehe.« Der Ausdruck in Abigails Augen besagte, dass dies die Wahrheit war.

»Als ich selbst Mutter wurde, fiel es mir noch schwerer, die mangelnde Zuneigung meines Vaters zu mir zu verstehen«, gab Shona zu.

Caelis gab einen protestierenden Laut von sich, und auch Shonas Freunde taten es, aber sie beachtete sie alle nicht.

Abigails braune Augen trübten sich in aufrichtigem Mitgefühl und Verständnis. »Bei mir war es ähnlich.«

»Ich bezweifle sehr, dass Ihr einen ebenso folgenschweren Fehler begangen habt wie ich, der die Illusionen Eurer Eltern bezüglich Eures Wertes und Eurer Würde zerstörte«, erwiderte Shona leise.

»Da irrt Ihr Euch, Shona. Meine Mutter und mein Stiefvater hielten mich für völlig wertlos, weil ich nicht hören konnte.«

»Wie meint Ihr das? Ihr hört doch gut.« Zumindest schien es Shona so.

»Heute ja, damals jedoch nicht. Ich hatte als Kind ein schweres Fieber, das mir mein Gehör und damit auch die Achtung meiner Eltern nahm.«

»Aber das war doch nicht Eure Schuld!«

Abigail lächelte, was Shona wieder Hoffnung gab, dass der alte Schmerz irgendwann vielleicht auch sie loslassen würde. »Nein, das war es nicht, und trotzdem schämten sie sich meiner.«

»Das tut mir leid.« In diesem Moment empfand Shona eine Verwandtschaft zu Abigail, die tiefer ging als Blutsbande.

»Da all das mich jedoch zu Talorc und der Familie brachte, die ich heute mit ihm teile, kann ich meine Vergangenheit nicht bereuen.«

»Ihr seid eine starke Frau.«

»Das ist sie«, stimmte Talorc mit großem Stolz in der Stimme zu.

Shona ertappte sich dabei, wie sie ihn anlächelte.

Er erwiderte das Lächeln, das noch breiter wurde, als Caelis sich unruhig neben ihr bewegte.

Shona warf einen Blick nach rechts und sah den finsteren Ausdruck, der auf dem Gesicht des MacLeod'schen Soldaten erschienen war. Was in Herrgotts Namen mochte ihn wohl dieses Mal verärgert haben?

Da sie sich nicht einmal vorstellen konnte, was es war, entschied sie sich dafür, ihn wieder einmal zu ignorieren. Zu Abigail sagte sie, was für sie offensichtlich, aber immer noch verwirrend war. »Ihr seid also nicht mehr taub.«

»Wie durch ein Wunder.«

»Die Heiligen seien gepriesen.« Shona war froh, dass ihr eigener Schmerz sie wenigstens nicht völlig blind für die Gefühle anderer gemacht hatte. »Ich bin sehr froh, dass Ihr Euer Glück gefunden habt.«

»Ich eigne mich auch besser für das Leben hier, obwohl ich das nie geglaubt hätte, bevor ich hierhergeschickt wurde, um einen wildfremden Mann zu heiraten.«

Shona, die einige Erfahrung damit hatte, erschauderte. »Nicht alle durch Eltern arrangierte Ehen erweisen sich als angenehm.«

»Eine gute Ehe ist in der Tat ein Segen, egal, was dazu führte, ob Liebe oder Politik.«

Diese Lebensweisheit konnte Shona nicht bestreiten.

»Und selbst wenig erfreuliche Verbindungen haben ihre guten Seiten.« Abigail strich ihrer Tochter mit der Hand über das Haar.

Die kleine Marjory, die mit unbeirrbarer Entschlossenheit gegessen hatte, hörte auf zu kauen, um mit einem liebevollen Lächeln zu ihrer Mutter aufzublicken.

Shona lächelte zurück, und ein gewisses Maß an Frieden, der nichts mit den Erkenntnissen der letzten vierundzwanzig Stunden zu tun hatte, erfüllte ihr Herz ... und erinnerte sie an eine sehr wertvolle Lektion, die sie in den letzten sechs Jahren gelernt hatte: Das Leben musste nicht perfekt sein, um von

Momenten der Freude einen Anstrich von Schönheit zu erhalten.

Sie wurde noch mehr aus ihren eigenen Gedanken gerissen, als ein weiterer Krieger eintraf, der die Farben des Balmoral trug. Das lederne Wams, das er zu seinem Kilt trug, ließ ihn jedoch genauso barbarisch erscheinen wie Caelis mit seiner nackten Brust (oder zumindest nackt bis auf das kreuzweise darüber befestigte Plaid).

Der Balmoral trat zu nahe an Audrey heran, um der Schicklichkeit Genüge zu tun, doch die Menschen in den Highlands hielten sich ja auch nicht so sehr mit solchen *Kleinigkeiten* auf wie andere Clans oder die Engländer.

Normalerweise blieben genau diese Highland-Clans für sich. Die Tatsache, dass sowohl ein MacLeod'scher als auch ein Balmoral'scher Soldat unter den Sinclairs angetroffen werden konnte, kam für Shona überraschend.

Sie wusste wirklich nicht, was sie davon halten sollte.

»Komm, Vegar, setz dich zu uns!«, forderte Lady Abigail ihn herzlich auf. »Ich dachte, du wärst auf der Jagd.«

Also war der Balmoral'sche Soldat nicht nur ein willkommener, sondern auch ein erwarteter Gast.

Das sprach für die guten Beziehungen zwischen den Sinclairs und den Balmorals. Doch wieder konnte Shona sich nicht über diese für sie doch eigentlich positive Erkenntnis freuen. Und trotzdem müsste sie zumindest in Erwägung ziehen, diesen Vegar zu bitten, sie zu den Balmorals zu führen.

Doch ihre bisherigen Pläne waren erst einmal in die Ferne gerückt nach der unglaublichen Wende, die ihr Leben genommen hatte, seit sie und ihre Begleiter auf Niall und seine Krieger gestoßen waren.

»Ich war auch auf der Jagd. Und ich fand, wovon ich nicht einmal wusste, dass ich auf der Suche danach war«, war Vegars etwas kryptische Antwort, aber sein Ton war von Ehrfurcht und Zufriedenheit durchdrungen, und er warf Audrey einen derart glühenden Blick zu, dass Shona anstelle ihrer Freundin errötete.

Ob Audrey diese Bezeichnung noch verdiente oder nicht, war etwas, worüber Shona sich im Augenblick nicht den Kopf zerbrechen wollte.

Audrey starrte mit einem vollkommen faszinierten Gesichtsausdruck zu dem Neuankömmling auf.

Shona konnte kaum glauben, was geschah. Außerdem war diese Reaktion höchst ungewöhnlich für die unerfahrene Audrey.

Und natürlich konnte Shona auch nicht wissen, ob der Balmoral'sche Soldat nicht vielleicht die Angewohnheit hatte, alle Frauen so anzusehen.

Abigail räusperte sich, und ein Anflug von Belustigung erschien in ihren schönen Augen. »Vegar, diese junge Dame ist Audrey, eine Freundin von Lady Heronshire.«

»Hallo, meine Schöne!« Das leise, fast unmerkliche Knurren, das in Vegars Stimme mitschwang, war völlig unpassend, ebenso der eigenartige Besitzanspruch, der nicht zu überhören war.

Und da errötete Audrey schließlich doch noch, und ein bemerkenswert zartes Rosa überzog ihre sehr helle Haut. »Freut mich, Eure Bekanntschaft zu machen«, sagte sie in gestelztem Gälisch.

Audrey und Thomas hatten ihr Bestes getan, um Shonas Muttersprache zu erlernen, doch in kritischen Momenten griffen sie auf die englische Sprache zurück.

Vegar zuckte zurück, und im Bruchteil einer Sekunde wechselte sein Gesichtsausdruck von interessiert, ja fast hingerissen und ehrfürchtig, zu ausdruckslos und wie versteinert. »Ihr seid Engländerin.«

»Oh, Herrgott noch mal!« Abigails verärgerter Ausruf war so

laut, dass ihr Baby einen erschrockenen Laut ausstieß. »Hat dein Stamm nicht in weiß Gott wie vielen Generationen Geschäfte mit den Engländern gemacht? Habt ihr nicht schon genug Feinde unter den Fearghall? Müsst Ihr eine ganze Nation in Misskredit bringen?«

»Und wer bringt unsere süße Emma *jetzt* zum Weinen, Mylady?«, bemerkte Talorc belustigt.

»Ihr mögt die Engländer nicht?«, fragte Audrey Vegar, der allein schon bei ihrem englischen Akzent zusammenzuckte. Sie wiederholte die Frage in stockendem Gälisch und war dabei schon fast den Tränen nahe.

Vegar runzelte die Stirn. »Die Verräterischsten unter den Fearghall stammen aus England. Das ist allgemein bekannt.«

»Und hochinteressant, da uns nämlich niemand aus deinem Stamm von dieser Neuigkeit unterrichtet hat«, erklärte Talorc.

Nichts von dem, was die beiden Männer sagten, ergab einen Sinn für Shona, doch Audrey sah nicht im Mindesten verwirrt aus, sondern gekränkt. Ihre aschgrauen Augen verdüsterten sich, und ihr Mund zitterte, obwohl sie sich auf die Unterlippe biss, um es zu verbergen.

»Warum glaubst du das eigentlich?«, fuhr der Sinclair fort, der weder Audreys Kummer noch Vegars Ärger wahrzunehmen schien.

»Das ist ein Gespräch, das wir auf ein andermal verschieben sollten«, antwortete Vegar mit einem vielsagenden Blick durch den Großen Saal.

Also wussten wohl einige der Sinclairs genauso wenig von der wahren Natur der Chrechten wie Shona, als sie bei den MacLeods gelebt hatte.

»Talorc!«, sagte Abigail verärgert. Sie war nicht blind für den Kummer ihrer Landsmännin.

Shona ebenfalls nicht, sie verstand ihn nur nicht. Vegar war ein Fremder. Seine Meinung konnte doch wohl kaum von größerer Bedeutung für sie sein.

Oder sorgte sich Audrey, dass sie Vegars Einstellung wegen vielleicht keine Zuflucht innerhalb seines Clans finden würden? Shona konnte nicht glauben, dass die jüngere Frau sich dessen überhaupt so sicher gewesen war, nachdem sie Audrey schon vor Antritt ihrer Reise vor genau diesem Problem gewarnt hatte.

Vegar blickte auf Audrey herab und schüttelte sichtlich enttäuscht den Kopf. »Eine Engländerin.«

Mehr sagte er nicht, doch das genügte Audrey offensichtlich.

Ihre grauen Augen verdunkelten sich wie Sturmwolken, und sie blinzelte, um die Tränen zurückzudrängen. »Was für ein vollkommenes Desaster! Ich habe den Respekt meiner liebsten Freundin auf der Welt verloren, und mein Gefährte hasst mich, weil ich in einem anderen Land als seinem geboren wurde!«

Shona wusste nicht, was vorging, und doch berührte die Verzweiflung in Audreys Stimme sie zutiefst.

Bevor sie jedoch tröstend eine Hand nach ihr ausstrecken konnte, war Audrey schon aufgesprungen. »Sei unbesorgt, Vegar *aus den Highlands!* Ich will genauso wenig einen schmutzigen Wilden zum Gefährten, wie du eine Engländerin zur Gefährtin willst.«

Und damit fuhr sie auf dem Absatz herum und eilte aus dem Saal.

Shona verstand nicht, was gerade geschehen war, doch auch sie sprang auf und funkelte den Neuankömmling böse an. »Was für ein ungehobelter Klotz! Wie kannst du es wagen, meine Freundin derart aufzuregen?«

Vegar, der Audrey nachschaute wie ein Jäger, der sich seiner Beute beraubt sah, fuhr herum, um Shona wütend zu betrachten. »Das geht Euch nichts an, *Engländerin*.«

»Ich glaube, Ihr habt vergessen, dass auch *ich* Engländerin bin«, fuhr Abigail mit schneidender Stimme dazwischen, bevor Shona auch nur den Mund öffnen konnte, um zu antworten.

»Engländerin *war*«, warf Laird Sinclair ein. Doch dann richtete er einen wahrlich Furcht erregenden Blick auf Vegar. »Und wer meine Frau beleidigt, beleidigt auch mich.«

Vegar wurde blass bei dieser Warnung.

Dann stand Caelis plötzlich hinter Shona und nahm eine beschützende Haltung ein. »Entschuldige dich, Vegar!«

»Wofür?«

»Dafür, dass du deine Stimme gegen meine Gefährtin erhoben hast«, erwiderte Caelis in einem gefährlich ernsten Ton, der Shona kein bisschen gefiel.

Und dann kam ihr ein Gedanke, den sie nicht mehr ignorieren konnte. Alle hatten mit einem Wort um sich geworfen: *Gefährtin.*

Sie wusste, was Caelis meinte, wenn er sie so nannte. Er glaubte, dass sein Wolf ihre Nähe brauchte, um zufrieden zu sein.

Doch Audrey hatte auch Vegar *Gefährte* genannt. Meinte sie damit etwa das Gleiche?

Und wenn ja, wie konnte sie das derart schnell gewusst haben? Und *wenn* sie es schon im Moment ihrer Begegnung erkannt hatte, wie konnte Caelis dann behaupten, er habe es bei Shona nicht gewusst? Und wie sollte sie ihm das dann glauben?

Es war alles äußerst irritierend.

Sie wandte sich Caelis zu und dachte, dass sein drohender Gesichtsausdruck ihr sogar noch weniger gefiel als sein Ton, der Unheil und Gewalt versprach.

»Nimm es dir nicht so zu Herzen!«, riet sie ihm. »Ich bin nicht so schwach, dass ich über ein paar barsche Worte nicht hinwegkommen kann. Außerdem ist es für *mich* keine Beleidigung, Engländerin genannt zu werden«, sagte sie nicht nur Abigail zuliebe, sondern auch, weil es die Wahrheit war.

In den sechs Jahren ihres Lebens in dem südlicheren Land hatte sie die Erfahrung gemacht, dass es unter den Engländern ebenso gute und schlechte Menschen gab wie unter den Schotten. Und auch wenn es diesem Vegar vielleicht nicht bewusst war, galt dasselbe für die Chrechten.

Denn trotz der Fehler ihres verstorbenen Mannes würde sie ihm als Baron den Vorzug vor einem Laird wie Uven geben.

»Eine Frau mit Verstand«, stellte Abigail mit lauter Stimme fest.

Caelis ignorierte die Worte der Burgherrin ebenso wie zuvor Shonas. Er war noch immer viel zu sehr damit beschäftigt, den Balmoral'schen Soldaten anzustarren. »Entschuldige dich!«, verlangte er erneut.

»Sie wollte sich zwischen mich und meine Gefährtin stellen.«

Caelis war nicht im Mindesten berührt von Vegars Worten. »Wenn sie es tut, tue ich es auch.«

»Du bist mein Freund, seit wir im vergangenen Jahr zu Cahir ausgebildet wurden.«

»Und sie ist meine Gefährtin.«

»Wie diese Engländerin die meine ist.« Vegar sprach das Wort *Engländerin* schon mit ein bisschen weniger Verachtung aus als vorher.

Aber eben nur mit *ein bisschen* weniger.

»Du bist ein Chrechte«, stellte Shona fest, weil jetzt für sie kein Zweifel mehr daran bestand, was dieser Mann und Audrey gemeint hatten, als sie das Wort *Gefährte* benutzt hatten.

Der Balmoral'sche Chrechte würdigte sie keiner Antwort.

Caelis knurrte drohend.

»Ja, das bin ich«, stieß Vegar zwischen zusammengebissenen Zähnen hervor.

»Und aufgrund einer so kurzen Begegnung glaubst du zu wissen, dass Audrey deine Gefährtin ist?«

»Das ist sie. Ob sie aus England oder aus dem Flachland kommt – Audrey gehört zu mir.«

»Vielleicht hättest du zu diesem Schluss kommen sollen, bevor du diese reizende junge Frau mit deinen Beleidigungen fast zum Weinen gebracht hättest«, sagte Abigail in scharfem Ton.

»Dann erinnerst du dich also sogar an ihren Namen«, fügte Shona hinzu. Sie war empört über Vegars Reaktion auf die Begegnung mit einer Frau, von der er behauptete, sie sei seine Gefährtin.

Außerdem war Shona sich noch immer nicht ganz sicher, was das im Hinblick auf Caelis' Erklärungen in der Nacht zuvor bedeutete. Nach dem Rest des vergangenen Morgens zu urteilen, war es jedenfalls nichts Gutes.

Dann stand Thomas auf, mit einem Gesichtsausdruck, der sowohl Faszination als auch Besorgnis ausdrückte. Eine seltsame Mischung, dachte Shona, wenn man bedachte, dass seine Schwester der Gegenstand dieser Debatte war. »Shona, würdest du deine Kinder noch immer meiner Obhut anvertrauen?«

»Natürlich«, erwiderte sie, ohne nachzudenken, und runzelte dann die Stirn. Aber sie wollte die Worte nicht zurücknehmen.

Thomas und Audrey hatten ihr zwar nicht vertraut und sie durch ihre Lügen tief verletzt – doch würde sie ihm ihre Kinder anvertrauen? Ja.

Shona war überzeugt, dass er sein Leben hingeben würde, um Eadan und Marjory zu beschützen, aber das war etwas, womit sie sich erst später auseinandersetzen würde.

»Dann ändere deine Meinung jetzt nicht«, sagte Thomas, als könnte er Gedanken lesen. »Audrey und ich haben dir sehr wehgetan, und ich bitte dich nur um eine Chance, dir alles zu erklären.«

»Nicht hier!«, fuhr Talorc ihn an und bewies damit, dass er nicht halb so gleichgültig war, wie er sich gern gegeben hätte.

»Nein. Und auch nicht jetzt«, stimmte Thomas zu.

Der Laird akzeptierte sein Versprechen mit einem Nicken, denn ein Versprechen war es, und er gab es in einem viel ernsteren Ton, als Shona es von dem jungen Mann gewöhnt war. Nicht einmal während ihrer Flucht aus England war Thomas derart ernst gewesen.

»Ich nehme an, du hast einen Grund für die Frage, ob ich dir Eadan und Marjory anvertrauen würde?«

Thomas nickte energisch. »Ja, den habe ich. Audrey braucht dich jetzt, nachdem ihr Gefährte sie zurückgewiesen hat.«

»Ich habe sie nicht zurückgewiesen«, brummte Vegar.

»Für mich sah es aber so aus«, wandte Abigail scharf ein und runzelte zur Bekräftigung die Stirn.

Eins stand fest: Aus welchem Grund auch immer dieser junge Soldat in Lady Abigails Gunst gestanden hatte, durch sein Benehmen Audrey gegenüber war er in ihrer Achtung eindeutig gesunken.

Von einem mächtigen, barbarischen Krieger war er binnen weniger Momente zu einem in die Enge getriebenen Mann geworden. Sein Gesichtsausdruck war trotzig, doch Shona konnte die Sorge in seinen Augen sehen, die sich in seiner Aufregung von einem hellen Braun zu Grün verfärbten.

»Das war nicht meine Absicht.«

Thomas tat den größeren Mann mit einem Schulterzucken ab und suchte Shonas Blick. Auch seine Augen, die vom gleichen Aschgrau wie die seiner Schwester waren, hatten sich vor Unruhe verdunkelt. »Sie braucht dich, und wenn du zu ihr gingst, würde ich das als große Gefälligkeit betrachten – auch wenn ich eigentlich keine mehr von dir verdiene.«

»Es ist keine Gefälligkeit, eine Freundin zu beruhigen.«

Der Ausdruck der Erleichterung, der auf Thomas' Gesicht erschien, war für Shona schwer zu ertragen. Thomas wirkte noch so jung und gleichzeitig in diesem Moment so erwachsen und beschützend, dass ihr bei seinem Anblick ganz weh ums Herz wurde.

Sie hatte ihn vom Jungen zum Mann heranwachsen sehen, und trotz seiner Täuschungen, was seine wahre Natur anging, war sie mit ihm sehr zufrieden.

»Ich werde inzwischen auf Eadan und Marjory aufpassen«, sagte er, falls Shona noch irgendwelche Zweifel hegte, worauf er mit seiner anfänglichen Frage hinausgewollt hatte.

»Ich auch«, sagte Caelis, der noch verdrossener als zuvor wirkte.

Und wieder einmal konnte Shona sich nicht den Grund dafür erklären. Die Stimmungen dieses Mannes waren so wechselhaft wie das Frühlingswetter.

Shona nickte Thomas zu, schloss Caelis mit einem kurzen Blick mit ein und wandte sich dann ab, um sich mit einem Knicks von dem Laird und seiner Lady zu verabschieden.

»Ich werde nach euch beiden sehen, sobald ich Emma beruhigt habe.« Abigails offensichtliche Besorgnis erleichterte Shona mehr, als es am Tag zuvor der Fall gewesen wäre.

Als sie noch geglaubt hatte, Audrey besser zu kennen als jeder andere. Doch nun wusste Shona, dass Audreys Leben von Umständen bestimmt wurde, die für sie immer noch schwer zu glauben oder sogar nahezu unvorstellbar waren.

Vermutlich hatte Abigail mehr Erfahrung mit dieser Welt der Gefährten und Chrechten, da sie schließlich selbst mit einem verheiratet war.

Bevor Shona gehen konnte, schlossen Caelis' Finger sich jedoch wie eine Eisenfessel um ihr Handgelenk. »Entschuldige dich!«, sagte er mit einem drohenden Blick zu Vegar.

Der Krieger seufzte und neigte leicht den Kopf. »Ich wollte Euch nicht verärgern, Lady Heronshire.«

Wieder kam ein Knurren tief aus Caelis' Brust.

Shona seufzte, mittlerweile war sie über alle Maßen erbost. *»Was denn jetzt noch?«*

»Wie soll ich sie denn nennen? *Shona?*«, fragte Vegar Caelis.

»Aye.«

Shona schlug Caelis auf den Arm und zuckte zusammen, weil sie den Schlag in ihrer Hand wahrscheinlich deutlicher spürte als er in seinem muskelbepackten Unterarm. »Diese Erlaubnis kann nur ich erteilen.«

»Und ich werde nicht zulassen, dass du mit dem Namen dieses Bastards angesprochen wirst.«

»Ich kann dir versichern, dass der Baron von Heronshire von unbestreitbar legitimer Geburt war.«

»Du gehörtest ihm nicht.«

Ganz unversehens wurde Shona übel, als sie daran dachte, wie sehr sie dem alten Mann tatsächlich gehört hatte.

Abigail sog scharf den Atem ein, als wüsste sie Bescheid, und Caelis griff nach Shona, die sich jedoch schnell abwandte, um Vegar anzusehen.

Sie zwang sich, die Übelkeit zu verdrängen, um etwas sagen zu können.

»Ich verzeihe dir den kleinen Affront, aber glaub nur ja nicht, dass Audrey es dir genauso leicht machen wird! Sie hat in ihrer Vergangenheit nur allzu gut gelernt, wie schädlich die Aufmerksamkeit eines Mannes sein kann, wenn er sich der Frau überlegen fühlt, die die Natur ihm zur Gefährtin bestimmt hat.«

Shona kannte zwar nicht die ganze Lebensgeschichte von Audrey und Thomas, doch sie konnte davon ausgehen, dass ihre Mutter und nicht der Baron eine Chrechte gewesen war. Denn wenn Shona sich einer Sache völlig sicher war, dann war es die, dass kein chrechtischer Mann freiwillig seine Kinder abgeben würde, die ihre Gestalt wandeln konnten. Und er würde es schon gar nicht tun, um einem menschlichen Herrn zu dienen.

Da Audreys und Thomas' Mutter zu der Zeit, als die beiden in Dienst gegeben worden waren, schon nicht mehr lebte, musste sie es gewesen sein, die ihre Natur mit einem Wolf geteilt hatte. Die Entscheidung, seine Kinder gleichsam in die Sklaverei zu verkaufen, war ganz allein die ihres Vaters gewesen.

Eines Vaters, der sich zweifellos genauso stark zu seiner Gefährtin hingezogen gefühlt hatte wie Shona zu Caelis, die Frau aber mit wenig Interesse und sogar noch weniger Respekt behandelt hatte.

Thomas zog scharf den Atem ein, als schockierte ihn Shonas Verständnis. Vielleicht *verdiente* er es ja auch, so überrascht sein. Er und seine Schwester waren alles andere als geübte Lügner, und dennoch hatten sie es geschafft, ihr Geheimnis fünf Jahre lang vor Shona zu verbergen.

Sie mussten sie ja für eine Närrin erster Güte halten.

»Wie hat mein Vater gemerkt, dass ihr Gestaltwandler seid?«

»Er sagte, er hätte es daran erkannt, wie wir uns bewegten«, erwiderte Thomas. »Er wusste es gleich beim ersten Mal, als er uns sah.«

Was für ein seltsamer Gedanke, dass ihr Vater so geschickt darin gewesen war, die tierähnliche Anmut der Chrechten zu erkennen, während er gleichzeitig so blind gegenüber dem Unglück seiner eigenen Tochter gewesen war!

Kapitel Elf

Die Geheimnisse der Chrechten müssen bewahrt werden, bis der Tag kommt, an dem alle Völker der Erde als ein einziges und gleichgestelltes Volk in den Augen aller anderen gelten werden.

– Worte der *celi di*

Shona verzichtete darauf anzuklopfen, bevor sie die Tür zu dem Zimmer aufstieß, in dem sie Audrey in der Nacht zuvor mit ihren Kindern angetroffen hatte.

Ihre Freundin stand völlig reglos da und starrte ins Leere. Audreys Gesichtsausdruck war düster und niedergeschlagen; ihre Augen waren feucht, und Tränenspuren zeigten sich auf ihren blassen Wangen, doch sie weinte nicht. Oder jedenfalls nicht im Augenblick.

Shona seufzte, und ihr eigener Ärger und Schmerz rückten in den Hintergrund, während sie die jüngere Frau betrachtete. »Er ist ein Narr.«

Audrey erschrak, als hätte sie nicht bemerkt, dass Shona hereingekommen war.

Das war sehr ungewöhnlich für sie, und Shona kannte jetzt auch den Grund dafür. Ihre englische Freundin teilte ihre Natur mit einem Wolf und hatte daher auch ein viel schärferes Gehör als sie selbst.

»Bist du wirklich so bestürzt über die Ansicht eines Mannes, den du gerade erst kennengelernt hast?«, fragte Shona, als Audrey weiterhin mit abgewandtem Kopf dastand und schwieg.

Doch nun fuhr die junge Frau so abrupt zu ihr herum, dass ihr langes blondes Haar nur so flog. »Er ist nicht der Einzige, dessen Respekt ich heute Morgen verloren habe.«

Shona seufzte, nicht sicher, ob sie bereit war, sich auf dieses unerfreuliche Thema einzulassen. »Du hast nicht seinen Respekt verloren. Er war nur überrascht, dass du Engländerin bist, mehr nicht. Außerdem bereut er seine Dummheit schon.«

»Und was ist mit deinem Respekt?« Audreys aschgraue Augen waren flehentlich auf sie gerichtet. »Shona ... du bist die Schwester, die meine Mutter mir nicht schenken konnte.«

»Das habe ich in diesen letzten fünf Jahren auch gedacht.« Und das war die reine Wahrheit, was die Täuschung durch ihre Freundin noch viel schwerer zu ertragen machte.

»Und jetzt?«, fragte Audrey mit einer Stimme, die vor Bewegung zitterte.

»Du hast die Wahrheit über dich selbst – und die Wahrheit über die Natur meines Sohnes – in all diesen Jahren vor mir verborgen.«

»Wir konnten uns nicht sicher sein, dass Eadan verwandlungsfähig war. Mutter erklärte mir, dass nicht alle Kinder eines gemischten Paares eine Chrechte-Natur haben. Sie war nicht einmal sicher, ob Thomas und ich uns in einen Wolf verwandeln würden. Sie starb in dem Glauben, dass Thomas völlig menschlich war.«

»Wie kann das sein?«

»Weil meine erste Verwandlung sich ein ganzes Jahr vor Thomas' vollzog.«

»Wann war das?«

»Mit dem Einsetzen meiner ersten Menstruation. Sie begann schon früh, und beim ersten Vollmond danach verwandelte ich mich in einen Wolf. Ich war erst zwölf Jahre alt.«

»Und deine Mutter starb nur ein Jahr später.«

»Ja. Sie hat Thomas' Verwandlung nicht mehr miterlebt.« Audrey tat einen tiefen, unsicheren Atemzug, und Shona sah, dass ihre Augen umwölkt waren von einem alten Schmerz, den sie nur allzu gut verstand. Ihre Freunde hatten beide Eltern verloren. »Ich habe immer geglaubt, dass es der Kummer über ihren Tod war, der seine erste Verwandlung in einen Wolf herbeiführte.«

»Und euer Vater wusste nichts von eurer Natur oder der eurer Mutter?«

»Nicht einmal Thomas wusste von meiner wahren Natur – oder was Mutter gewesen war. Nicht bis zu seiner ersten Verwandlung. Ich verlor ihn fast in jener Nacht. Er hatte keine Ahnung, was mit ihm geschah.« Bei der Erinnerung an das durchlebte Entsetzen umwölkte sich Audreys Blick.

»Das ist ja furchtbar. Warum hat deine Mutter ihm nicht die Wahrheit gesagt? Oder du?«

»Weil wir damit gegen das Chrechte-Gesetz verstoßen hätten. Man hat uns gelehrt, dass die Bewahrung unseres Geheimnisses das Allerwichtigste für einen Chrechten ist. Nichts anderes geht darüber. Weder die Loyalität der eigenen Familie gegenüber noch die gegenüber einer Freundin.« Audreys Miene flehte um Verständnis.

Doch Shona wusste nicht, ob sie es aufbringen konnte. »Aber er war ihr Sohn!« Und Audreys Zwillingsbruder, auch wenn Shona diese offensichtliche Tatsache nicht erwähnte.

»Und ich war ihre Tochter. Ich hatte keine Ahnung, was es bedeutete, eine Chrechte zu sein; ich hatte nicht einmal das Wort gehört, bevor meine Wolfsnatur mich überkam. Und glaub mir, meine erste Verwandlung war nichts, woran ich mich erinnern möchte. Ich dachte, ich würde von Dämonen heimgesucht.«

Shona fehlten die Worte. Wie konnte eine Mutter ihren Kindern etwas so Elementares verschweigen und sie dadurch in so furchtbare Bedrängnis bringen? Und wie konnte sie dieselben Kinder lehren, nichts anderes zu tun? Das war gemein und niederträchtig, fand Shona.

»Zumindest wusste Mutter, wann sie mit meiner ersten Verwandlung rechnen konnte. Sie sorgte dafür, dass sie in meiner Nähe war, als der nächste Vollmond nahte. Ich dagegen glaubte, dass mein Bruder sich nie verwandeln würde, und deswegen passte ich auch nicht auf ihn auf, als es geschah. Es war grauenhaft für ihn. Thomas wusste genauso wenig, was mit ihm geschah, wie ich es gewusst hatte, doch es war niemand bei ihm, um ihn zu beruhigen und ihm zu erklären, dass dieser Vorgang ganz natürlich war. Er glaubte, er hätte vor Kummer den Verstand verloren, und hatte schreckliche Angst davor, dass er vielleicht jemanden töten würde. Hätte er gewusst, wie er es erreichen könnte, hätte er sich noch in dieser Nacht das Leben genommen.«

»Euer Geheimnis zu bewahren ist eine Sache, aber was du mir erzählst, ist ungeheuerlich! Wie konnte deine Mutter so etwas für akzeptabel halten?«, begehrte Shona auf.

»Es war nicht Mutters Schuld, sondern meine, und ich habe meinen Bruder in jener Nacht im Stich gelassen.«

»Du warst erst dreizehn Jahre alt!«

»Was hat das Alter damit zu tun?«

»Alles.« Bei Gott und allen Heiligen! Shona wollte ihren Groll auf eine Frau aufrechterhalten, deren Furcht vor Entdeckung schon zu so viel Schmerz bei ihr selbst geführt hatte.

Audrey stieß gequält den Atem aus. »Ich wollte es dir schon so oft sagen.«

»Und warum hast du es nicht getan?«

»Ich musste Mutter immer und immer wieder versprechen, dass ich das Geheimnis unserer Natur niemals preisgeben würde. Zu der Zeit, als ich dir begegnete, war die Überzeugung, um jeden Preis die Wahrheit zu verbergen, schon viel zu tief in mir verwurzelt.«

»Der Preis wäre fast das Leben deines Bruders gewesen. Ich kann nicht glauben, dass deine Mutter das riskieren wollte.«

»Ich auch nicht, aber sie war äußerst unnachgiebig. Sie verließ ihr Rudel, um meinem Vater zu folgen. Das Rudel hatte sie deswegen ausgestoßen, doch sie sagte, sie würden kommen und sie holen – und uns genauso, falls wir die Wahrheit über die Chrechten jemals preisgäben. Sie würden uns ohne Zögern töten, falls wir sie hintergingen, warnte sie.«

Für Shona bestand kein Zweifel daran, dass Audreys Mutter ihre unheilvollen Warnungen selbst geglaubt hatte, da sie diesen unerschütterlichen Glauben an ihre Tochter weitergegeben hatte. Das verriet sich in Audreys Ton und ihrer Haltung, als sie die Drohung wiederholte.

»Glaubst du immer noch, dass dir Gefahr von diesem Rudel droht?«

»Ich weiß es nicht. Mutter hat mir nur sehr wenig erzählt. Ich sehe aus wie sie; was ist, wenn jemand aus ihrem früheren Rudel mich sieht und mich erkennt? Sie dachte, sie würden Thomas und mich eher töten, als *Mischlinge*, wie wir es für sie sind, am Leben zu lassen. Mutters Furcht vor ihnen war sehr groß.«

»Wo ist ihr Rudel?« Dieselben Worte lagen auch Shona auf der Zunge, aber ausgesprochen hatte sie sie nicht.

Es war Vegar, der die Frage stellte.

Er war mit grimmiger Miene in der Tür erschienen, dicht gefolgt von Caelis, dessen blaue Augen Shonas suchten. Sie weigerte sich jedoch, den Blick des Mannes zu erwidern, der so entschlossen war, sie für sich zu beanspruchen. Sie wollte Zusicherungen, dass er sich nicht wie Audreys Mutter verhalten hätte, und befürchtete, dass sie sie nicht erhalten würde.

»Ich weiß es nicht.« Auch Audrey vermied es, Vegar anzusehen, und hielt den Blick in einer Art und Weise auf den Fußboden gerichtet, die Shona sehr zu schaffen machte. »Meine Mutter kam von einer Festung an der nordöstlichen Grenze. Aber sie hat sehr wenig über ihre Vergangenheit gesprochen.«

Vegars Miene verfinsterte sich. »Es gibt ein Rudel in dieser Gegend, das ausschließlich aus Fearghall und ihren Gefährtinnen besteht.«

»Was sind Fearghall?«, fragte Shona, als sie ihre Freundin kreidebleich werden sah.

»Ein Geheimbund von Chrechten, der es sich zum Ziel gesetzt hat, alle Chrechten außer den Faol zu vernichten.«

Shona wusste, dass *Faol* ein altes Wort für Wolf war. »Soll das etwa heißen, dass nicht alle Chrechten Wölfe sind?«

»Einige sind Vögel. Adler, Raben und Falken«, sagte Caelis, der die Tür schloss, damit sie ungestört waren.

»Man nennt uns Éan«, setzte Vegar hinzu, ohne den Blick auch nur vorübergehend von Audreys gesenktem Kopf zu nehmen.

»Du kannst kein Éan sein«, flüsterte Audrey. »Die Éan wollen die Faol vernichten.«

»Deine Mutter war eine Fearghall.« Vegars Ton war nicht mehr anklagend wie vorhin im Großen Saal, als er sie »Engländerin« genannt hatte, sondern eher so, als erklärten seine Worte Audreys.

Doch Shona war nach wie vor verwirrt. Hatte Vegar nicht gesagt, dass die Fearghall die Chrechten, die keine Wolfsnatur besaßen, vernichten wollten und nicht umgekehrt?

»Frauen sind keine Fearghall.« Wieder sprach Audrey, ohne irgendeinen von ihnen anzusehen. »Wenn Mutter gewusst hätte, dass Thomas ein Gestaltwandler sein würde, hätte sie ihn zu ihren Leuten zurückgeschickt. Das hat sie mir einmal gesagt. *Er* hätte zu einem Fearghall gemacht werden können. Aber sie sagte, das Rudel würde ihn vielleicht dennoch töten, weil er einen menschlichen Vater hatte. Sie hätte ihn jedoch trotzdem hingeschickt und das Beste gehofft«, sagte Audrey leise, als gestünde sie ein beschämendes Geheimnis ein.

Beschämend war es, doch nichts davon war Audreys Schuld. Es war nur so, dass die Mutter, die sie und Thomas vergöttert hatten, völlig anders war als die Frau, die Shona stets geschildert worden war.

»Eure Mutter wusste nicht, dass Thomas verwandlungsfähig war?«, fragte Caelis.

»Nein.«

»Offenbar durchlebte er erst nach ihrem Tod seine erste Verwandlung«, warf Shona schnell ein, als ihre Freundin nichts mehr hinzufügte.

Caelis nickte, als ergäbe das einen Sinn für ihn.

»Und deine Mutter war vermutlich sehr bestürzt darüber, dass du die Gestaltwandlerin warst und nicht sein Bruder«, sagte Vegar sichtlich angewidert.

Nun hob Audrey endlich doch den Kopf. »Ja.«

»Die Fearghall haben eine sehr verquere Denkweise.«

»Meine Mutter hat mich geliebt«, beteuerte Audrey, aber sie klang bei diesen Worten nicht mehr ganz so überzeugt wie früher.

»Das hat sie ganz bestimmt getan, doch ihr war von frühester Kindheit an schon beigebracht worden, dass sie weniger wert war, weil sie als Frau zur Welt gekommen war.« Caelis klang, als wüsste er, wovon er sprach. »Sie müssen sie gemieden haben, als sie ihrem Gefährten folgte, weil er menschlich war. Die Fearghall sind sehr stark innerhalb ihres Rudels und halten es für die Pflicht eines jeden Wolfs, sich ausschließlich mit Faol fortzupflanzen.«

Das erklärte zweifelsohne Uvens Handlungsweise und vielleicht sogar Caelis' Bereitschaft, Shona zu verstoßen. Auch wenn sie nun die Gründe verstand, schmerzte ihr Herz noch immer von dem alten Verrat.

Vegar rieb sich das Gesicht und gab dabei einen Laut von sich, der Abscheu, aber auch Enttäuschung verriet.

Caelis warf ihm einen spöttischen Blick zu. »Du vergisst es manchmal, nicht?«

»Was vergisst er?«, fragte Audrey leise.

»Dass ich auch einmal ein Fearghall war.«

»Wirklich?«, fragte Shona, alles andere als glücklich über Caelis' Eingeständnis, obwohl sie schon so etwas vermutet hatte.

Sie wusste nicht genug über diesen Geheimbund, um jetzt schon alles verstehen zu können, doch was sie bisher darüber herausgefunden hatte, warf kein gutes Licht auf diese Fearghall.

Caelis hatte einmal gesagt, dass diejenigen, die sich so nannten, geglaubt hätten, andere von ihrer Art verdienten nicht zu leben. Nicht einmal in ihren zornigsten Momenten hätte Shona Caelis jedoch je für so erbärmlich unwissend und voreingenommen gehalten.

»Jetzt bist du enttäuscht von mir«, sagte er zu ihr.

Da sie keinen Grund sah, es zu leugnen, nickte sie. »Vegar meinte, er wüsste von einem Rudel, das ausschließlich aus Fearghall besteht.« Und deren Gefährtinnen. Diese Unterscheidung zu wiederholen, hielt sie im Moment jedoch für überflüssig. »Was bedeuten würde, dass längst nicht alle Rudel wie die Fearghall sind.«

»Das ist richtig.«

»Also hast du dich aus freien Stücken dafür entschieden, dich Uvens verquerer Einstellung anzupassen!«

»Nicht nur Uvens wegen. Er glaubt, was man ihn gelehrt hatte, wie schon andere Generationen vor ihm.«

»Aber Ihr irrt Euch, wenn Ihr denkt, Caelis sei die Möglichkeit gegeben worden, den Lebensstil der Fearghall *nicht* zu übernehmen«, wandte Vegar ein. »Denn hätte er ihre Lehren abgelehnt, wäre er getötet worden wie andere Chrechten vor und nach ihm.«

Eine kalte Hand schien nach Shonas Herz zu greifen. »Du sagtest doch …«

»Die MacLeods sind wie dieses englische Rudel, in dem Audrey aufwuchs. Die Männer sind Fearghall, die Frauen Chrechten, die ihnen zur Fortpflanzung dienen und sie unterstützen sollen, selbst auf die Gefahr hin, verstoßen zu werden oder noch viel Schlimmeres zu erleiden. Audreys Mutter hatte großes Glück, dass sie nicht von ihrem früheren Rudel getötet wurde, weil sie es verlassen hatte.«

Audrey schnappte entsetzt nach Luft.

Shona nickte verstehend und wandte sich an Caelis. »Und du hast dich von ihnen losgesagt.«

»Ja«, sagte er, nicht stolz, doch sehr entschieden.

»Das freut mich.«

Caelis nickte.

»In Anbetracht all dessen verstehe ich jetzt auch, warum du so leicht zu überzeugen warst, mich wegzuschicken«, sinnierte Shona.

»Ich habe dich nicht weggeschickt.«

»Es lief auf das Gleiche hinaus.«

»Aber das war nicht meine Absicht.«

»Oh, dann hattest du also vor, bei dem Clan zu bleiben und eine andere MacLeod zu heiraten?«, fragte sie. Eifersucht flammte in ihr auf.

»Nein.«

»Also meintest du, ich sollte allein bleiben?«

»Warum nicht? Das war ich doch auch.« Er klang wie ein streitlustiges Kind.

»Aus freien Stücken.«

Diesmal war es Caelis, dem ein gereizter Laut entfuhr. »Ja, aus *freien* Stücken.«

»Endlich gibst du es mal zu!«

»War es das, was du brauchtest? Oder muss erst mein Blut vergossen werden, um deinen Ärger auf mich zu besänftigen?«, fuhr er auf.

»Ich bin kein Gott, der Blutopfer verlangen kann.«

»Dann weiß ich wirklich nicht, was du sonst noch von mir willst.«

Das war nicht schwer zu beantworten. »Dein Eingeständnis, dass der Weg, den du einschlugst, deine eigene Entscheidung war.«

»Ich habe meinen Fehler bereits zugegeben.«

Was gar nicht leicht für ihn gewesen war. Doch Shona genügte das noch nicht.

»Du bist nicht nur getäuscht worden. Du warst auch offen und empfänglich für die Täuschung, weil du dich mir überlegen fühltest.«

Caelis nickte mit grimmiger Miene, die keinen Zweifel daran ließ, dass dieses Eingeständnis ihm ebenso unangenehm war wie das zuvor.

Bedeutete das, dass er keine so inakzeptablen Ansichten mehr hegte? Shona konnte es nur hoffen. »Deine Fähigkeit, dich in einen Wolf zu verwandeln, ist etwas Magisches, so viel steht fest, aber es macht weder dich noch Uven zu Göttern unter den Menschen.«

»Ich habe nie gesagt, das täte es.« Scham und Verbitterung waren ihm deutlich anzumerken.

Gesagt hatte er es nie, das stimmte, doch er hatte es *geglaubt*. Und vielleicht könnte Shona es ihm verzeihen, wenn er es heute nicht mehr glaubte, aber sie würde nicht so tun, als hätte es diesen dunklen Punkt in seiner Denkweise nie gegeben.

Audrey sah Shona an. »Bei meiner Mutter war es so«, sagte sie mit einem entschuldigenden Blick zu Shona. »Sie fühlte sich ihrem Gefährten genauso überlegen, wie auch er sich selbst mehr Wert zumaß als ihr. Mutter bezeichnete seine Ehefrau und die Kinder aus seiner rechtmäßigen Ehe als ›erbärmlich‹. Als ich noch klein war, glaubte ich, darin zeigten sich ihre Eifersucht und ihr Schmerz darüber, dass sie nur seine Buhle war, doch sobald ich von unserer wahren Natur erfuhr, wurde mir klar, dass sie allen Ernstes annahm, sie seien ihr nicht ebenbürtig.«

Anscheinend hatten die Überzeugungen ihrer Mutter Audrey wirklich wehgetan.

»Aber du hast solche Vorurteile nie erkennen lassen«, sagte Shona beschwichtigend.

»Du warst viel zu gut, um weniger wert sein zu können als ich. Ich liebte meine Halbschwester und meine Halbbrüder, und sie hatten auch mich und Thomas gern. Ich *wusste*, dass meine Mutter sich irren musste. Ihr Rudel hatte sie verstoßen, weil sie ihrem Gefährten gefolgt war, aber *du* hast mich wie eine liebe Freundin aufgenommen, obwohl alle anderen in eurem Haushalt nicht mehr als eine Bedienstete in mir sahen.«

»Ich hatte ja auch kaum Freunde unter den Engländern«, scherzte Shona, um Audrey ein wenig aufzuheitern.

Es schien auch zu helfen, denn die blonde Frau lächelte.

»Ich habe erkannt, wie falsch meine Gesinnung war«, stieß Caelis hervor, auf *dessen* Zügen sich nirgendwo ein Lächeln zeigte. »Uven ist unaufrichtig in seinem Denken. Er respektiert die alten Bräuche nicht, obwohl er behauptet, nach ihnen zu leben.« Caelis' angespannte Miene und sein Ton verrieten, wie schmerzlich es für ihn gewesen sein musste, dermaßen getäuscht worden zu sein. Vegar beobachtete ihn mit einem Mitgefühl, das Shona überraschte, und Audrey mit einer Faszination, die weit weniger erstaunlich war.

»Uven ist ein Schurke, in jeder Hinsicht«, sagte Shona aus vollster Überzeugung.

Caelis nickte, und von der beschützenden Haltung, die er seinem früheren Laird gegenüber immer eingenommen hatte, war absolut nichts mehr zu spüren.

»Aber du hast recht. Ich hatte mich von ihm beeinflussen lassen, und indem ich glaubte, was er sagte … habe ich meine wahre Gefährtin verraten und ein geheiligtes Chrechte-Gesetz gebrochen, genau wie Thomas es mir vorwarf. Und wie auch Uven es getan hat.«

Shona erinnerte sich nur schwach daran, dass Thomas eine solche Bemerkung gemacht hatte, nachdem er erkannt hatte, wer Caelis war. Sie konnte sehen, dass dieses Eingeständnis von größter Wichtigkeit für Caelis war, während es auf sie selbst kaum Auswirkungen hatte.

»Nach dem Eingeständnis deiner irrigen Denkweise hättest du dir weitere Erklärungen sparen können. Im Moment interessieren mich eure Chrechte-Gesetze nämlich herzlich wenig.«

»Aber hätte ich …«

»Nein.« Shona hob abwehrend die Hand. »Ich will jetzt erst mal nichts mehr hören von dieser Welt, die mir so lange verheimlicht wurde. Ich habe Wichtigeres zu bedenken.«

Später würden sie noch vieles zu besprechen haben. Doch nicht gerade jetzt.

Caelis runzelte die Stirn, und der Schock in seinen blauen Augen war nicht zu übersehen. »Wie was?«

Als könnte es nichts Wichtigeres als Chrechte-Gesetze geben! Shona musste ihre ganze hart errungene Geduld aufbieten, um nicht mit den Zähnen zu knirschen.

Dieses verd… Chrechte-Gesetz hatte die Menschen, die sie in ihrem Leben am meisten geliebt hatte, dazu veranlasst, sie zu hintergehen. Da war es ja wohl verständlich, dass sie es, anders als Caelis, nicht als enorme Quelle der Weisheit und Erkenntnis ansah.

»Wie Freundschaft«, erwiderte sie ohne Scham. »Meine liebe Freundin und ich haben einiges zu besprechen, das die Anwesenheit zweier arroganter Krieger nicht erfordert.«

»Ihr werft uns hinaus?«, fragte Vegar, der sogar noch überraschter wirkte als Caelis.

»So ist es«, sagte Shona mit einem Nicken und einem sehr beredten Blick zur Tür.

»Aber ich muss mit meiner Gefährtin sprechen.«

»Ich bin nicht deine Gefährtin. Noch nicht«, fügte Audrey hinzu, als Vegar sich anschickte zu protestieren. »Vielleicht werde ich es auch nie sein.«

»Ihr könnt nicht ...«

»Was ich kann und was nicht, geht dich Barbar nichts an.«

Caelis, der es anscheinend sehr erheiternd fand, dass seinem Freund der Marsch geblasen wurde, grinste. Krieger! Wer konnte sie verstehen?

Shona zeigte auf die Tür und bedachte beide Männer mit gleichermaßen feindseligen Blicken. »Geht!«

»Aber ...«

Das war Vegar.

Audreys Arm fuhr in die Höhe, und trotz ihrer zierlichen Gestalt zeigte sich ihre Kraft, als sie die Schultern straffte. Auch sie wies zur Tür. »Sofort! Wir möchten ungestört sein.«

Caelis verschränkte die Arme und lehnte sich an das Türblatt. »Sei vernünftig!«, befahl er, obwohl er es selbst nicht war. »Wir haben viel zu regeln und nicht viel Zeit dazu.«

Auch Shona verschränkte nun die Arme vor der Brust, was die langen Ärmel ihres Kleides zum Rascheln brachte. »Das kann schon sein. Ich habe nur dein Wort darauf, was die Dringlichkeit angeht, doch eines sag ich dir: Ich *werde* mit meiner lieben Freundin sprechen, bevor du und ich *unser* Gespräch führen. Sie ist im Gegensatz zu dir in diesen letzten fünf Jahren bei mir gewesen. Da kannst du uns also zumindest einen ungestörten Moment gönnen.«

Sie dachte, Caelis würde weitere Einwände erheben, doch das tat er nicht, und sein Gesichtsausdruck wechselte so rasch von ärgerlich zu traurig, zu entschlossen und zu stoisch, dass die Emotionen fast zu schnell ineinander übergingen, um sie auseinanderzuhalten.

Schließlich verzog der hünenhafte Krieger das Gesicht und nickte, bevor er sich ohne ein weiteres Wort der Tür zuwandte.

Vegar öffnete den Mund, als wollte er der Entscheidung seines Freundes widersprechen.

Doch Caelis stieß den Balmoral'schen Soldaten ziemlich unsanft mit der Schulter an und brachte ihn mit einem entschiedenen Kopfschütteln zum Schweigen.

Als Audrey ihn mit einem bösen Blick bedachte, lenkte Vegar ein. »Na schön. Dann gehen wir eben. Es wird ohnehin Zeit für unsere Fechtübungen.«

Shona und Audrey reagierten nicht auf sein Gehabe. Laut Abigail hatten die Männer für diesen Morgen nämlich keine Fechtübungen geplant, sondern auf die Jagd gehen wollen.

Im Moment war das Shona jedoch vollkommen gleichgültig. Sie brauchte einfach nur ein bisschen Ruhe vor den beiden grimmigen Kriegern und ihren Ansprüchen.

Caelis und Vegar verließen ohne weitere Einwände das Zimmer. Der Blick, den Caelis Shona beim Hinausgehen zuwarf, ließ allerdings vermuten, dass er hoffte, sie würde es sich noch anders überlegen und ihn auffordern zu bleiben.

Doch diesen Wunsch erfüllte sie ihm nicht.

Kapitel Zwölf

Die Faol wurden nicht erschaffen, um allein zu sein. Seine Natur mit einem Wolf zu teilen verstärkt das Bedürfnis nach Gesellschaft.

– Mündliche Überlieferung der Faol

Sobald die Männer gegangen waren, wandte Shona sich Audrey zu.

Die Engländerin war damit beschäftigt, das Zimmer in Ordnung zu bringen, Thomas' Bettzeug zusammenzurollen und es unter das Bett zu schieben. »Findest du es nicht auch erstaunlich, dass dieser schottische Laird richtige Betten in seinen Gästezimmern hat?«, bemerkte sie.

»Ja, das ist wirklich ungewöhnlich«, stimmte Shona zu, die es auch nicht eiliger hatte als Audrey, zur Sache zu kommen. »Vielleicht ist es der Einfluss seiner englischen Gemahlin?«

»Möglich. Obwohl sogar in England nur die Wohlhabendsten richtige Gästezimmer haben.«

»Die Zimmer hier sind aber auch verhältnismäßig einfach eingerichtet.«

Wie das Mobiliar im Großen Saal war auch das der Schlafzimmer schlicht und zweckmäßig. Es war gut möglich, dass der Laird und seine Gemahlin wider Erwarten viel häufiger Gäste hatten, als es auf den meisten Highland-Burgen üblich war. Audreys Erstaunen darüber, dass diese Zimmer auch noch möbliert waren, war jedoch durchaus verständlich.

»Auch die Burg selbst ist eindrucksvoller, als ich es von einer Burganlage in den Highlands erwartet hätte«, fügte Audrey hinzu.

»Das finde ich auch.«

Plötzlich verzog sich Audreys Gesicht, und Tränen stiegen ihr in die Augen. »Wird es jetzt immer so sein? Zwischen uns, meine ich? So gekünstelt und gestelzt?«

»Gütiger Himmel, das wollen wir doch nicht hoffen!«

Audrey lachte mit Tränen in den Augen. »Ich wollte dich wirklich nicht verletzen, Shona. Oder hintergehen.«

»Aber hättest du mich über die Natur meines eigenen Sohnes aufgeklärt?«

»Ehrlich gesagt, hatte ich gehofft, mehr Chrechten zu entdecken und sie um Rat zu bitten, weil ich davon ausging, dass die Sichtweise meiner Mutter veraltet war.«

»Warum hast du nicht schon in England die Leute deiner Art um Rat gebeten?« Wenn die einzigen Chrechten, die sie dort gekannt hatte, allerdings dem einstigen Rudel ihrer Mutter angehörten, war es wahrscheinlich sogar besser, dass Audrey es gelassen hatte.

»Die Chrechten leben vor allem in den Highlands, oder jedenfalls sagte meine Mutter das. Ihr kleines Rudel war schon Generationen zuvor nach Süden gezogen, doch frag mich nicht, warum. Vielleicht wegen der Fearghall unter ihnen.«

»Was willst du damit sagen?«

»Ich bin mir nicht sicher.« Wieder verzog Audrey gequält das Gesicht, aber Shona wusste, dass es dieses Mal nicht ihretwegen war. »Ich weiß so wenig über unsere Art, Shona. Mir war nicht einmal bewusst, dass nicht alle Chrechten wie meine Mutter denken, bis wir hierherkamen.«

»Deine Welt ist dir ebenso entrissen worden wie mir die meine«, bemerkte Shona nachdenklich.

»So ist es, ja. Doch ich bin froh darüber. Ich wollte schon immer andere meiner Art kennenlernen … und meinen wahren Gefährten finden.« Bei den letzten Worten konnte Audrey sich nicht mehr beherrschen und brach in Tränen aus.

Shona konnte es nicht länger mit ansehen und nahm ihre Freundin in die Arme. »Na komm, es ist noch nicht alles verloren. Er will doch offensichtlich …« Sie unterbrach sich, als sie merkte, dass ihr die Worte fehlten.

»*Sich mit mir paaren* ist der richtige Begriff, aber das werde ich nicht tun, wenn er mich für wertlos hält, nur weil ich in England geboren bin.« Audreys Gesichtsausdruck wurde geradezu rebellisch. »Das wäre dann genau das Gleiche wie bei diesen Fearghall.«

»Das stimmt.«

»Und er kann nichts anderes behaupten.« Der kämpferische Glanz in Audreys Augen war sogar recht amüsant.

Was Shona sie jedoch bestimmt nicht wissen lassen würde. »Nein, das kann er nicht.«

»Er hat gesagt, er sei ein Éan«, bemerkte Audrey in ehrfurchtsvollem Ton.

»Und was bedeutet das?«

»Dass er sich in einen Vogel verwandeln kann.«

Shona erinnerte sich wieder, so etwas gehört zu haben. »In was für eine Art von Vogel?«

»Ich weiß nicht …« Audreys unterbrach sich kurz, und dann flammte Gewissheit in ihren Augen auf. »Der Adler heute Morgen! Das war *er*. Sein Tier zumindest hat mich seine Anerkennung spüren lassen.«

»Er hat dich nackt gesehen!«, rief Shona erschrocken und nicht sicher, was sie von einer Welt halten sollte, in der Tiere nicht das waren, was sie zu sein schienen. Sie zog Audrey zu sich heran, bis beide auf dem Rand des Bettes saßen. »Caelis sagte, es gäbe nur wenige Chrechten, doch ich habe das Gefühl, als wären sie überall um mich herum.«

Audrey stieß ein kleines, leises Lachen aus, das jedoch eindeutig belustigt war. »Das kann ich gut verstehen. Aber denk mal nach … in der Burg deines Ehemannes und den benachbarten gab es niemanden von unserer Art.«

»Wie konntest du das wissen?«

»Weil wir sie gerochen hätten.«

»Also *kannst* du es merken?«

»Ja. Der Geruch des Tieres ist sehr unaufdringlich, doch er ist da. Mutter behauptete, dass einige der stärksten Chrechten ihren Duft sogar kaschieren können.«

Was für eine faszinierende Annahme! »Ich habe mich schon gefragt, ob ihr einander erkennen könnt.«

Audrey nickte, aber dann trat Verwirrung in ihre grauen Augen. »Du hast zu Caelis gesagt, du wolltest nicht über die Chrechten sprechen.«

»Ja, in Wahrheit wollte ich jedoch nur ein bisschen Ruhe vor diesen großen, schlecht gelaunten Kriegern. Und eine Gelegenheit, mich mit dir auszusprechen und die Probleme zwischen uns beiden zu bereinigen.«

»Wirklich?«, fragte die blonde Engländerin hoffnungsvoll.

»Ja. Du bist für mich wie eine Schwester. Außerdem will ich tatsächlich nicht über die Gesetze reden, von denen Caelis sprach. Denn immerhin hat er sich damals erstaunlich schnell darüber hinweggesetzt.«

»Was ungeheuer schwer für ihn gewesen sein muss … Um zu tun, was er getan hat, muss er wirklich überzeugt gewesen sein, dass du *nicht* seine wahre und geheiligte Gefährtin warst.« Audrey biss sich auf die Lippe und sah Shona ungewöhnlich ernst und besorgt an.

»Unser Laird hatte ihn belogen«, fuhr Shona fort. »Uven machte Caelis glauben, er als sein Rudelführer könnte erkennen, ob ich Caelis' geheiligte Gefährtin war – und das wäre ich *nicht*, behauptete dieser verlogene Schuft.«

»Wahrscheinlich hätte ich meinem Leitwolf auch geglaubt,

wenn er so etwas gesagt hätte.« Audrey runzelte die Stirn. »Ich habe zwar nie einen gehabt, aber auch ich verspüre diesen instinktiven Drang zur Unterwerfung, obwohl er in meiner menschlichen Natur längst nicht so ausgeprägt ist wie in meiner tierischen.«

»Männer meinen, alle Frauen verfügten über diesen Instinkt.«

»Nur dumme Männer können so etwas denken.«

»Es ist eine Lehre, die von der Kirche verbreitet wird.«

»Sag das nur ja nicht Pater John, aber ich glaube nicht, dass die Kirche immer recht hat.«

Shona kicherte und merkte, dass ihr Kummer ein wenig nachließ. »Du musst dir deswegen bestimmt keine Sorgen machen. Bei Pater John halte ich es für äußerst unwahrscheinlich, dass er je in den wilden Norden Schottlands reisen würde.«

Denn abgesehen von seiner Altersschwäche war der behäbige und sehr gutmütige Geistliche rund wie ein Felsbrocken und doppelt so schwer.

»Weißt du, früher ließ er Thomas und mich am heiligen Sakrament der Kommunion teilhaben. Heimlich natürlich nur.«

»Ich habe nie verstanden, warum ihr nicht *während* der Messe zur Kommunion gegangen seid wie alle anderen«, entgegnete Shona, der ohnehin sehr viele Gebräuche der Engländer unverständlich waren.

»Weil wir *außerehelich* geborene Kinder waren und viele Leute, einschließlich des Barons, uns für unwürdig hielten, die Sakramente zu empfangen.«

Shona schüttelte nur den Kopf und verzichtete sogar auf einen Kommentar zu der Verbohrtheit ihres verstorbenen Ehemannes. Audrey wusste inzwischen, dass Shona in so vielen Dingen anderer Meinung als dieser Mann gewesen war, dass es unmöglich wäre, sie alle aufzuzählen.

»Sind wir noch Schwestern im Herzen?«, fragte Audrey leise,

und ihre Stimme verriet eine herzzerreißende Verletzlichkeit.

Shona konnte diese Frage nur auf eine Art beantworten. Und trotz ihrer schmerzlichen Ernüchterung über Audreys und Thomas' Täuschungen *wollte* sie sie auch nicht anders beantworten. »Ja, das sind wir.«

»Danke.« Audrey drückte ihre Hand so fest, dass sie Shona wehtat, doch sie zog sie nicht zurück.

»Familienangehörige können einander verletzen und trotzdem noch eine Familie sein.«

»Wie deine Eltern?«

»Ja. Sie haben mich nicht verstoßen, obwohl ich sie mit meinem beschämenden Verhalten zutiefst verletzt hatte.«

Audrey schüttelte den Kopf. »Ich meinte nicht, ob *sie* dich noch wollten, sondern ob *du* noch etwas mit ihnen zu tun haben wolltest.«

»Aber natürlich wollte ich das. Sie waren doch meine Eltern.«

»Die dich weitaus mehr verletzt haben als du sie.«

»Ich bin mir sicher, dass sie das nicht so sahen.«

»Dann hätten sie blind sein müssen.«

»Nein. Ich glaube, sie sahen mein wahres Ich und waren enttäuscht. Schließlich hatten sie versucht, mich besser zu erziehen.« Ihre Mutter hatte das oft genug gesagt.

Und während Shona mit dem Baron verheiratet gewesen war, hatte sie gedacht, dass ihre Mutter vielleicht unrecht hatte und ihr Fehltritt als junge Frau nur eine Abweichung vom rechten Weg gewesen war.

Auf jeden Fall hatte sie nie den Drang nach der körperlichen Vereinigung mit dem Baron verspürt, wie es bei Caelis gewesen war. Doch das an sich hatte ihr schon Schuldgefühle eingeflößt.

Sie war gezwungen gewesen, das Bett mit ihrem Ehemann zu teilen, aber sie hatte jeden einzelnen Moment davon gehasst.

»Was willst du damit sagen?«, fragte Audrey. »Du bist eine Frau, die in jeder Hinsicht Bewunderung verdient.«

Shona lachte, doch es klang so dumpf, wie sich der Schmerz in ihrem Herzen anfühlte.

»Ich habe Caelis' Drängen nachgegeben, als wir nicht einmal verlobt waren, und gestern Nacht ...« Shona schüttelte nur den Kopf, weil ihre Enttäuschung über sich selbst zu groß war, um fortzufahren.

»Er ist dein wahrer Gefährte. Vergiss das nicht.«

»Aus chrechtischer Sicht betrachtet, mag das viel bedeuten, aber ich bin ein Mensch, Audrey.«

»Ja, das schon, doch ...« Die Freundin warf Shona einen prüfenden Blick zu. »Fühltest du dich irgendwie dazu gezwungen?«

»Ja. Ich weiß allerdings nicht, ob das etwas mit Caelis' Wolf zu tun hatte, wie ich es ihm gegenüber behauptete, oder ob es einfach nur Gefühle waren, die ich schon seit Langem überwunden zu haben glaubte.«

»Spielt das denn eine Rolle?«

»Nur für mich.«

»Was ich meinte, ist ... du wirst ihn doch jetzt heiraten, oder nicht?«

»Das weiß ich noch nicht.«

»Dir bleibt ja gar nichts anderes übrig ... oder?« Audrey sah Shona an und wandte dann den Blick errötend ab. »Ich will damit nur sagen, dass du wieder schwanger sein könntest.«

»Wenn Chrechten wirklich so selten sind, wie Caelis sagte, kann es nicht so leicht sein, ein Kind zu zeugen, nicht einmal zwischen wahren Gefährten.« Angesichts dessen war Eadan in der Tat ein Wunder.

»Oh, da hast du sicher recht, dennoch …«

»Außerdem haben wir es gestern Nacht nicht *wirklich* getan. Caelis bestand darauf, sich zurückzuhalten«, gab Shona zu, der dieses Thema ebenso wenig behagte wie ihrer Freundin.

Doch anders als vor sechs Jahren konnte sie jetzt zumindest mit einer anderen Frau darüber sprechen. Ihrer Mutter hätte Shona sich niemals anvertraut.

»Dann begegnet er dir also mit Respekt?«, sagte Audrey zweifelnd.

»Ich bin mir nicht ganz sicher, ob es Respekt mir gegenüber war oder vielmehr der Versuch, mir meine Zustimmung zu unserer Heirat zu entlocken.«

»Aber wie sollte er das gerade durch Zurückhaltung erreichen?«, fragte Audrey mit der ganzen Unschuld einer Frau, die noch nie geküsst worden war.

Shona spürte, wie ihr die Röte ins Gesicht stieg. »Ich weiß nicht, was deine Mutter dir über den Liebesakt gesagt hat, doch er kann sehr lustvoll und beglückend für eine Frau sein.«

Zu lustvoll für Shona, wenn man ihrer Mutter hatte glauben wollen.

»Ist das wahr?«

»Oh ja.«

»Meine Mutter sprach immer nur in den Begriffen ihrer Wölfin darüber … Zum Beispiel sagte sie, dass ihr Tier nicht ohne seinen Gefährten leben könnte, egal, wie hoch der Preis für ihren Stolz auch war.«

»Oh. Das klingt ja furchtbar.«

Audrey zuckte mit den Schultern. »Sie erschien mir nie besonders unglücklich, aber ich war ja auch noch eine sehr junge Frau, als sie bei der Geburt eines weiteren Kindes meines Vaters starb.«

»Wenn man bedenkt, was für ein Leben sie bei ihren eigenen

Leuten gehabt haben musste, war es vielleicht gar nicht mal so tragisch, wie sie sagte, ihr Rudel für ihren Gefährten zu verlassen.«

»Aber sie hasste es, ohne Rudel zu leben. Das hat sie mir sehr oft gesagt, und auch, wie sehr sie es bedauerte, dass ich keine andere Wahl hatte, als in ihre Fußstapfen zu treten.«

»Ich bin mir sicher, dass es auch Vorteile hatte. Als ich Schottland verließ, vermisste ich meinen Clan ebenfalls sehr. Man fühlt sich sicherer in einer Familie, selbst wenn es nicht mal Blutsverwandte sind, doch das Leben dort hat auch seine Schattenseiten. Und unter den MacLeods waren sie wesentlich größer als die Vorteile für ein bloßes menschliches Geschöpf wie mich.«

Damals hatte Shona geglaubt, das läge nur daran, dass sie nicht zu Uvens innerem Kreis gehörte. Aber *dass* sie nicht dazugehörte, hatte letztlich völlig andere Gründe, als sie je hätte vermuten können.

»Was glaubst du, was die Zukunft für uns bereithalten mag?« Audrey warf einen sehnsüchtigen Blick zur Tür.

»Das weiß ich nicht – doch was immer sie auch bringen mag, wir werden uns allem gemeinsam als Familie stellen.«

Audrey drückte Shonas Hand. »Als Familie.«

»Deine Gefährtin ist eine bemerkenswerte Frau«, sagte Vegar und holte zu einem mächtigen Schwerthieb aus.

Caelis wich rechtzeitig zur Seite aus, um den Hieb noch abzuwehren, und brach die Richtung des gegnerischen Schwertes mit einem harten Abwärtsschlag. »Sie war schon immer eigensinnig, doch heute hat sie auch noch etwas Hartes an sich.«

»Unter den Éan konnte eine Frau sich nie den Luxus erlauben, zu weich zu sein, und wenn sie noch so sanftmütig von ihrer Natur her war.«

Dem hatte Caelis nichts entgegenzusetzen. Das Leben im Wald, wo die Éan sich vor den Faol versteckten, die entschlossen waren, ihre Spezies zu vernichten, hatte die Éan zu einem Volk von beeindruckender Stärke und Tapferkeit gemacht.

»Es wäre leichter, Zukunftspläne zu schmieden, wenn sie noch die gleiche versöhnliche Natur hätte wie vor ihrem Weggang aus den Highlands.«

»Das Leben verändert uns. So wie es dich zum Besseren verändert hat«, sagte Vegar ohne weitere Erklärung und mit einem jähen Ausfall mit seinem Schwert.

Caelis wich vor der Attacke zurück. »Nicht rechtzeitig genug.«

»Wenn du schon als junger Mann Vernunft angenommen hättest, wärst du heute bloß ein weiterer toter Chrechte, der es gewagt hatte, die Lehren deines Clan-Chefs anzuzweifeln. Doch nun wirst du es sein, der seine Macht über die MacLeods zerstört.«

»Ich glaube nicht, dass es Shona kümmert, ob der Clan MacLeod von Uvens Tyrannei befreit wird.«

»Kannst du ihr das verübeln?«, versetzte Vegar.

»Oh ja. Wir waren immerhin ihr Clan.«

»Den sie verließ.«

»Genau. Um einen anderen Mann zu heiraten.«

»Dann frage ich noch einmal: Kannst du ihr das verübeln?«

Und da begriff Caelis, dass die Fragen seines Freundes tiefgründiger waren, als er vermutet hatte. Dass eine tiefere Bedeutung dahintersteckte, von der er nicht sicher war, wie er darauf reagieren sollte. Es war weder vernünftig noch gerechtfertigt, aber Caelis war regelrecht eifersüchtig auf den Mann, der *seine* Gefährtin fünf Jahre lang als seine Ehefrau bezeichnet und Caelis' Sohn als seinen eigenen ausgeben hatte.

Er wusste zwar, dass seine eigene Handlungsweise zu den

Umständen geführt hatte, die ihm so zuwider waren, doch das machte sie nicht leichter zu ertragen.

Tatsächlich war es sogar so, dass ihm noch immer übel wurde bei dem Gedanken, dass sein Handeln sie letztendlich zur Ehe mit diesem anderen Mann gezwungen hatte.

Und schlimmer noch war, dass diese Ehe kein Idyll für Shona gewesen war. Das hatte sie sehr deutlich zum Ausdruck gebracht.

Die Vorstellung, sie könnte die Zuwendungen eines anderen Mannes genossen haben, war deprimierend genug. Doch zu *wissen*, dass dies eine verhasste Pflicht gewesen war, die sie hatte erdulden müssen, machte Caelis noch viel mehr zu schaffen.

Die Breitseite von Vegars Schwert prallte gegen Caelis' Schultern und schreckte ihn aus seinen Gedanken auf. Er taumelte vorwärts, gewann sein Gleichgewicht zurück und fuhr zu seinem breit grinsenden Freund herum.

»Das war ein Glückstreffer.«

»Glück hatte nichts damit zu tun. Deine Unaufmerksamkeit dagegen …« Vegar beendete den Satz nicht und zog nur spöttisch die breiten Schultern hoch.

»Ich habe viel zu bedenken.«

Sie setzten ihre Fechtübungen fort.

»Was wohl mehr mit deiner Gefährtin zu tun haben dürfte als mit der Herausforderung, der du dich bald stellen musst.«

Das konnte Caelis nicht bestreiten, obwohl er sein Bestes tat, um sich auf ihr Scheingefecht zu konzentrieren.

»Meine Schuldgefühle sind genauso groß wie meine Eifersucht«, gestand Caelis seinem Cahir-Kameraden mit unerwarteter Offenheit.

Doch dann verriet ihm ein scharfer Schmerz an seinem Arm, dass sein Freund einen Treffer erzielt hatte. Beide Männer sprangen fluchend zurück.

Caelis wischte das dünne Rinnsal Blut ab, das aus der oberflächlichen Schnittwunde drang. »Gut, dass wir jetzt nicht bei den anderen auf dem Trainingsplatz sind.«

Sie befanden sich auf dem leeren zweiten Übungsplatz, der etwas entfernt von der Burg und dem anderen Bereich lag, der für das Kampftraining der Sinclair'schen Soldaten benutzt wurde.

»Sie würden uns das nie vergessen lassen«, stimmte Vegar ihm zu.

Und erst da bemerkte Caelis etwas, das ihm nur seiner eigenen inneren Unruhe wegen entgangen war. Es wäre nie zu der Verletzung gekommen, wenn nicht auch Vegar von Gedanken an Gefährtinnen abgelenkt gewesen wäre.

»Wir sind *beide* unkonzentriert.«

»Meinst du?«, entgegnete Vegar spöttisch und versuchte gar nicht erst, es abzustreiten.

»Sie wird dir nicht so leicht verzeihen.«

Vegar schüttelte verdrossen den Kopf. »Welche der beiden? Deine Gefährtin, die die Engländerin beschützt wie eine Bärenmutter, oder meine, bei der es mir gelungen ist, sie auf fast schon unverzeihliche Weise zu beleidigen?«

»Beide, würde ich sagen.« Caelis griff mit einem raschen Vorstoß an und schlug Vegar das Schwert so mühelos aus der Hand, dass es nicht einmal als ein Sieg betrachtet werden konnte.

Diesmal war Vegars Fluch noch einfallsreicher und obszöner, als er zur Seite rollte und aufsprang, um wieder eine Fechtstellung einzunehmen. »Als ausgebildeter Beschützer der Éan und jetzt auch noch Cahir werde ich mich durchsetzen, Caelis.«

Sie hatten im Geheimen miteinander trainiert, diese Gruppe von Elitekriegern, die sich schon Jahrhunderte zuvor formiert hatte, um den Fearghall gegenübertreten zu können. Die letzten verbliebenen Cahir lebten heute unter den Balmorals und waren eifrig damit beschäftigt, Krieger aus Clans auszubilden, die entschlossen waren, gegen die abscheulichen Bestrebungen der Fearghall vorzugehen, die es zum Ziel hatten, alle Chrechten außer den Faol aus der Welt zu schaffen.

»Ich glaube nicht, dass deine kämpferischen Fähigkeiten dir beim Umwerben einer Frau viel nützen werden«, bemerkte Caelis.

»Meine Ausbildung hat mich Geduld gelehrt, Beharrlichkeit und die Fähigkeit, trotz einer Verletzung weiterzukämpfen.«

So gesehen ... »Vielleicht sollte ich mich dann auch mehr auf meine kriegerische Ausbildung verlassen.«

»Du hast Shona schon mit deinem Duft markiert. Sie wird dich jetzt nicht mehr abweisen.«

»Sie ist keine Chrechte.«

»Sind die Menschen, die unter den Éan lebten, denn so anders als die aus den Clans?«, fragte Vegar.

Der Adler hatte mit seinen Brüdern tief im Wald gelebt, bis ihr Prinz sie vor einem Jahr dazu gebracht hatte, sich den Clans anzuschließen, die es sich zur Aufgabe gemacht hatten, die Bruderschaft der Chrechten und all ihrer Rassen wiederherzustellen. Die Menschen, die unter den Éan lebten, wurden viel mehr als Mitglieder ihres Stammes anerkannt, als die Rudel der Faol ihre eigenen Clans je angenommen hatten.

Alle Menschen, die unter den Éan lebten, hatten Kenntnis von ihren Chrechte-Naturen, während in den Clans nur einige wenige Vertraute von den Tiergestalten wussten, die die Chrechten unter ihnen annehmen konnten.

Caelis verstand jedoch nicht, wieso das ihre menschlichen Brüder in diesem Fall so anders machte. »Was willst du damit sagen?«

»Wenn eine menschliche Frau einem Mann gestattet, sich *Freiheiten* herauszunehmen, wie sie es nennen, ist sie verpflichtet, ihn zu heiraten. Gilt für Clan-Frauen denn etwa nicht die gleiche Regel?«

»Nicht, wenn die besagte Frau so stur und eigenwillig ist wie meine Gefährtin.«

»Der Junge am Tisch ... er roch wie du.«

»Er ist mein Sohn.« Das sagen zu können erfüllte Caelis mit großer Freude und Genugtuung, die der Kummer über die verlorene Zeit mit seinem Jungen jedoch fast augenblicklich wieder dämpfte.

»Und wie kam es dazu?«

Caelis erzählte Vegar die Geschichte, während sie ihr Training fortsetzten, obwohl keiner der beiden Männer sich an diesem Tag von seiner besten Seite zeigte, was Kontrolle oder Konzentration anging.

»Dein Alphawolf hat dir die Unwahrheit über deine wahre Gefährtin gesagt?« Vegars Ton war die Empörung über eine solche Ungeheuerlichkeit deutlich anzuhören.

»Aye.« Caelis nahm Anlauf zu einem Sprung, der in einem Vorwärtssalto endete. Als er wieder auf die Beine kam, lag die Spitze seines Schwertes an Vegars Oberschenkelschlagader. »Das Einzige, was Uven interessiert, ist die Vergrößerung seines Rudels.«

Vegar trat Caelis' Arm weg und sprang aus der Reichweite des gut geschärften Schwertes. »Nach einer Paarung mit deiner wahren Gefährtin könntest du ohnehin keine andere Frau mehr schwängern, egal, was dein Alphawolf dir auch befahl.«

Die Tatsache, dass ein Chrechte keine sexuellen Beziehungen mehr zu anderen haben konnte, sobald eine geheiligte Paarung vollzogen worden war, war einer der Gründe, warum wahre Bindungen so hoch geachtet und geschätzt waren.

»Ich hatte ihm verschwiegen, dass Shona und ich uns schon geliebt hatten. Uven war ganz besonders streng in dieser Hinsicht, und ich wollte ihn nicht enttäuschen«, gab Caelis erbittert zu.

»Weil er sich in der Rolle deines Ersatzvaters gefiel.«

»Sehr zu meinem Nachteil, aye.«

Vegar brummte zustimmend, als er gerade noch verhindern konnte, durch Caelis' ausgestreckten Fuß auf seinem Allerwertesten zu landen. »Du hast sie also weggeschickt, ohne zu wissen, dass sie ein Kind von dir erwartete?«

»Ich habe sie nicht weggeschickt.« Caelis verstand nicht, warum er die Leute immer wieder daran erinnern musste.

Diesmal war es Vegar, der nahe genug an ihn herankam, um ihn zu Fall zu bringen. »Weil du dachtest, dein Alphawolf würde seine Meinung mit der Zeit noch ändern.«

»Genau.« Na also! Der andere Cahir hatte gleich verstanden, was Shona absolut nicht akzeptieren wollte.

Vielleicht musste man ja ein Krieger sein, um so strategisch zu denken.

»Aber er ist ein Fearghall. Er hätte nie seine Meinung geändert und geduldet, dass du eine menschliche Gefährtin nahmst.« Vegars Worte verdeutlichten Caelis, wie arrogant sein Denken gewesen war.

Shona glaubte auch nicht, dass Uven sich eines Besseren besonnen hätte, und erwartete offenbar von Caelis, er hätte genauso klug sein müssen.

Was er jedoch leider nicht gewesen war.

»Das ist mir zu spät bewusst geworden.« Zu seiner Schande musste Caelis gestehen, dass er nicht auf seine innere Stimme gehört hatte, was Uvens Lügen über seine Gefährtin anging, bis verschiedene andere Angelegenheiten seinen bedingungslosen Glauben an den Laird gezwungenermaßen erschüttert hatten.

»Wird sie dir verzeihen?«

»Ich weiß es nicht.« Caelis hoffte es, doch sicher konnte er sich nicht sein.

»Weiß sie von deinen Plänen?«

»Ich habe davon gesprochen, ohne ins Detail zu gehen. Sie weiß eigentlich nur, dass ich zu den MacLeods zurückkehren will.«

Ihre Schwerter klirrten in rhythmischen Schlägen, als sie einander in ein Gefecht verwickelten, das keiner leicht beenden oder gewinnen konnte. Sie schwitzten vor Anstrengung, doch ihrer beider Fähigkeiten erschienen auch weiterhin in einem wenig schmeichelhaften Licht.

»Und?«, fragte Vegar nach einem besonders lauten Zusammenprall der Schwerter.

»Shona will nie wieder zu dem Clan zurückzukehren, in dem wir geboren wurden.«

»Du meinst, sie will hier bei den Sinclairs bleiben?« Vegars Schock darüber führte zu einer ungeschickten Bewegung, und diesmal war er es, der sich das Blut von einer kleinen Schnittwunde abwischte.

»Shona hat Verwandte unter den Balmorals.«

Caelis nutzte Vegars Überraschung für einen unerwarteten Ausfall, bei dem er jedoch darauf achtete, seinen Freund nicht zu verletzen.

»Wirst du sie gehen lassen?«

»Habe ich denn eine andere Wahl?«

»Die gleiche, die du vor sechs Jahren hattest.«

Caelis hielt nun vollständig in der Bewegung inne und senkte sein Schwert, als die Worte seines Freundes sein Kriegerherz erreichten. »Mein Clan oder meine Gefährtin, meinst du?«

Vegar schüttelte entschieden den Kopf, und sein Gesichtsausdruck wies nicht einmal einen Anflug von Mitgefühl, sondern nur eine gehörige Portion Empörung auf. »Aufgeben oder kämpfen um die Frau, die das Schicksal dir bestimmt hat.«

Kapitel Dreizehn

Die Natur des Chrechten ist geradlinig.

– Talorc, Clan-Chef der Sinclairs

Caelis war kein willensschwacher Feigling, der nicht kämpfen wollte, doch als er den Mund öffnete, um es zu sagen, blieben ihm die Worte in der Kehle stecken. Weil er sich vor sechs Jahren *tatsächlich* geweigert hatte, um Shona zu kämpfen.

Er hatte seine geheiligte Gefährtin ihrem Schicksal überlassen, sodass sie ganz auf sich allein gestellt gewesen war, als sie sein Kind unter dem Herzen trug. Er hatte so unbedingt Uvens Anerkennung erlangen wollen, dass er sich über seine Gefühle für Shona hinweggesetzt und getan hatte, was der Laird befahl – sie zu verstoßen und sich voll und ganz von ihr zu distanzieren.

Sechs Jahre zuvor hatte Caelis sich in die Enge getrieben gefühlt, war hin- und hergerissen gewesen zwischen seiner Pflicht dem Rudel und Rudelführer gegenüber und der Frau, die er zu seiner Gefährtin hatte machen wollen.

Auch jetzt fühlte er sich wieder hin- und hergerissen. Wie konnte er um Shona kämpfen, wenn das bedeutete, sie entweder zu zwingen, zu einem Clan zurückzukehren, den sie so offensichtlich hasste, oder von seinen eigenen Verpflichtungen und den Versprechungen zurückzutreten, die er den Cahir gegeben hatte?

»Was zum Teufel macht ihr hier?«, blaffte der Sinclair ihn und Vegar an, als er zu ihnen herüberkam.

»Fechtübungen«, antwortete Vegar im gleichen schroffen Ton.

Die Éan erkannten kein anderes Alphatier als ihren Prinzen

an und mussten sich erst noch an die Vorstellung gewöhnen, unter der Autorität eines Lairds innerhalb der Clans zu leben.

Aber sie hatten sich ja auch erst kürzlich den Clans angeschlossen, nachdem sie in den letzten Jahrhunderten in den Wäldern versteckt und unter der Herrschaft ihrer königlichen Familie gelebt hatten. Die Faol dagegen hatten ihre eigene königliche Familie – oder den größten Teil von ihr – durch MacAlpins Verrat verloren.

Nach Caelis' Auffassung war ein Alphawolf jedoch gar nicht so viel anders als ein Prinz.

Und in der Zwischenzeit hatten sie erfahren, dass einige ihrer Leute doch noch das königliche Blut der Faol in den Adern hatten.

»Wenn zwei *ausgebildete* Krieger trainieren, vergießen sie kein Blut.« Talorcs Augen blitzten vor Ärger und Missbilligung.

Caelis hätte fast etwas Bissiges darauf erwidert, doch der Laird hatte ja recht. Es gab keine Rechtfertigung für seine und Vegars Unvorsichtigkeit.

Vegar machte ein finsteres Gesicht und heftete seinen Blick auf irgendeinen Punkt in der Ferne. »Die Sache mit den Gefährtinnen ist gar nicht so einfach. Kein Wunder, dass mein Stamm Verbindungen einzugehen begann, ohne nach den wahren Gefährten oder Gefährtinnen zu suchen.«

»Ihr Éan hattet in euren abgelegenen Verstecken auch kaum Möglichkeiten. Doch nun, da ihr innerhalb der Clans lebt, werden viele eurer Leute ihre Gefährtinnen finden, so Gott will«, sagte Talorc.

Die Aussicht schien Vegar allerdings nicht besonders aufzuheitern, was Caelis ihm auch nicht verdenken konnte. Er selbst wollte zwar weder Shona noch seine Kinder aufgeben, doch er war auch nicht gerade erfreut über die Komplikationen, die ihre Verbindung in sein Leben brachte.

Talorc seufzte und lächelte dann mit unerwartetem Verständnis. »Abigail habe ich ganz schön hinterherjagen müssen.«

»Aber war ihr denn nicht von ihrem König befohlen worden, Euch zu heiraten?« Caelis verstand nicht ganz, wieso der Laird ihr dann noch hatte hinterherjagen müssen.

»Ja, doch ein Chrechte will das Herz seiner wahren Gefährtin und nicht nur Treueversprechen.«

»Mir würden die Versprechen schon genügen«, sagte Caelis.

Er hatte Shonas Herz einmal besessen, doch heute war er überzeugt, dass es nicht mehr zu haben war. Weil dieses Herz heute von einer Wand aus undurchdringlichem Dornengestrüpp umgeben war ...

»Denkst du.«

»Ein Krieger braucht keine emotionalen Verwicklungen.« Vegar klang sehr sicher für einen Mann, der durch die Entdeckung seiner Gefährtin so leicht abzulenken war.

»›Ein Krieger kämpft am besten, wenn er etwas sehr Wertvolles hat, für das es sich zu kämpfen lohnt‹«, zitierte Talorc eine alte Faol-Weisheit.

»Das bezieht sich auf unseren Stamm oder unser Rudel. Ein Chrechte ist nicht dafür geschaffen, allein zu leben.«

»Du zitierst damit zwar eine weitere Chrechte-Lehre, doch du verstehst sie nicht.« Talorc zog nun ebenfalls sein Schwert und nahm eine Angriffsstellung ein. »Komm und kämpf mit mir, dann werde ich sehen, ob du dein Blut in deinen Adern behalten kannst!«

Vegar und Caelis nahmen beide gegnerische Haltungen zu Talorc ein. Kurz darauf war wieder das metallische Klirren aneinanderschlagender Schwerter zu hören, dieses Mal sogar noch häufiger und in einem kontrollierteren Rhythmus als zuvor.

»Warum sagtet Ihr, ich verstünde Eure Lehren nicht?«, wollte Vegar wissen, während er gegen den Laird vorrückte.

Talorc behielt seine Abwehrhaltung bei, ohne bei Vegars Vorstoß Boden zu verlieren. »Weil die erste Sorge eines Kriegers nicht sein Stamm oder sein Rudel ist.«

Vegar hielt mitten in der Bewegung inne und war wie erstarrt vor Schock. »Das lehrt Ihr doch nicht etwa Eure Krieger?«

»Aber ja.« Talorc schwang in einem großen Bogen seine Klinge und ließ sie auf Vegars Schwert hinuntersausen, das ihm aus der Hand gerissen wurde und wie ein Zweig über den Boden hüpfte. »Geheiligte Verbindungen heben sogar unsere Verpflichtungen dem Rudel gegenüber auf.«

»Aber …«

»Ein Chrechte kann ohne ein Rudel überleben – doch nur in Elend und Kummer ohne seine geheiligte Gefährtin.«

Caelis nickte zustimmend, ohne vorher nachzudenken. Er verspürte jedoch das Bedürfnis, darauf hinzuweisen, dass Liebe nicht unerlässlich war zwischen Gefährten.

»Nein, aber sie macht das Leben zu einer Freude, wenn sie da ist.«

»Ihr hört Euch an wie eine Frau«, warf Caelis Talorc vor.

Und dann verbrachte er die nächsten fünfzehn Minuten damit, einen Krieger zu bekämpfen, der ihn auf dem Schlachtfeld sehr wohl schlagen könnte, falls sie je ernsthaft gegeneinander antreten müssten, selbst in seiner durch den geheiligten Stein gewonnenen neuen Form. Denn der *conriocht* war auch Talorc zuteilgeworden, und er war ein beeindruckender Kämpfer.

Ciaras Verbindung zu dem *Faolchú Chridhe* hatte sich als wahrer Segen für die Faol erwiesen, besonders für diejenigen, die sich dem Kampf gegen die Fearghall verschrieben hatten.

Caelis saß auf den Eingangsstufen der Burg, reinigte sein Schwert und überlegte gerade, ob er noch einmal zum See zurückgehen sollte, um sich das Blut, den Schweiß und den Schmutz des Kampfes abzuwaschen, als Eadan auf ihn zugelaufen kam.

Mit vor Aufregung glänzenden Augen rief der Junge: »Papa!«

Caelis' Herz zog sich zusammen, als er seinen Sohn anlächelte. »Was machst du hier?«

»Wir gehen Insekten suchen.« Und schon setzte der Junge zu einer wortreichen Erklärung an, welche Arten von Insekten wo zu finden waren.

Der aufgeregte Wortschwall, der aus ihm hervorsprudelte, brach jäh ab, als Eadans Blick auf die Schnittwunde an Caelis' Arm fiel. »Du bist verletzt, Papa!«

Caelis schüttelte den Kopf. »Das ist nichts weiter.«

Eadan drehte sich zu seiner Mutter um, die mit Audrey und der kleinen Marjory ein paar Schritte hinter ihm geblieben war. »Mami, Papa *blutet!*«

Shonas schöne grüne Augen verdunkelten sich vor Sorge, als sie näher trat. »Wie ist das passiert?«

Vielleicht war ja doch noch nicht alles verloren. Sie hatte mit dem gleichen Verlangen wie vor sechs Jahren auf seine Zärtlichkeiten reagiert und ließ zumindest eine gewisse Sorge um sein Wohl erkennen.

»Beim Training.« Caelis hätte lieber nicht geantwortet, aber er war kein Kind mehr, das sich taub stellen konnte für das, was es nicht hören wollte.

Shonas Verwirrung zeigte sich nur allzu deutlich auf ihrem hübschen Gesicht. »Ich dachte, ihr dürftet beim Training niemanden verletzen?«

»Es kommt dennoch vor.«

»Doch das sollte es nicht.« Der kleine Eadan blickte mit besorgter Miene auf. »Das hat Thomas mir gesagt.«

»Und Thomas hat ganz recht. Wer war dein Trainingspartner, der dich so zugerichtet hat?«, wollte Shona wissen.

»Vegar.«

Shona stemmte empört die Hände in die Hüften. »Und diesen Mann bezeichnest du als ›Freund‹?«

»Es war nicht seine Absicht.«

»Wie könnte es das nicht gewesen sein? Schließlich war es seine Hand, die das Schwert geführt hat, oder nicht?«

Trotz Caelis' Beschämung über ihre bescheidene Vorstellung auf dem Trainingsplatz zwang er sich zu einem Lächeln. »Aye.«

»Also?« Shona tippte ungeduldig mit der Schuhspitze auf die gestampfte Erde vor der Burg.

»Vegar ist auch nicht unverletzt davongekommen«, erwiderte Caelis und dachte, das würde die kleine Furie besänftigen.

»Vegar ist verletzt?«, mischte sich nun auch Audrey ein, und ihre Stimme wurde mit jedem Wort ein wenig schriller. »Ist es eine schwerwiegende Verletzung?«

Caelis schnaubte ungläubig. »Wohl kaum. Es geht ihm gut; er hat nur eine winzige Schnittwunde wie meine.«

»Wo ist er?«, fragte Audrey, nicht im Mindesten beruhigt.

Sie drehte sich um und blickte zum Trainingsplatz hinüber, als würde der Krieger auf wundersame Weise dort erscheinen.

Caelis war nicht sicher, ob er der aufgeregten Engländerin erzählen sollte, dass Vegar in den Großen Saal gegangen war, um sein Schwert zu reinigen und Pläne für weiterführendes Cahir-Training unter den Sinclairs zu erörtern.

»Wo ist wer?«, ertönte Vegars Stimme hinter Caelis. »Dein Bruder ist im Großen Saal und redet mit dem Sinclair.«

Caelis warf einen Blick über die Schulter. »Die junge Dame ist besorgt um dich.«

Vegar lächelte selbstgefällig. »Ist sie das?« Doch dann verdüsterte sich sein Gesicht. »Sie versucht doch nicht, mir aus dem Weg zu gehen, oder?«

Ohne ihr Geplänkel zu beachten, fuhr Audrey herum und kam mit schnellen Schritten auf sie zu. »Lass mich sehen!«

»Was willst du denn sehen?«, fragte Vegar und sah zum ersten Mal, seit Caelis ihn kannte, seltsam weggetreten aus.

Er machte keinen Versuch, die Hände der blonden Engländerin abzuwehren, als sie seine Arme hin und her drehte und sich dann seine Beine besah, bis sie die kleine Schnittwunde an seinem Oberschenkel entdeckte.

Sie errötete heiß, als ihr bewusst wurde, wo ihr Gefährte verletzt worden war, aber sie schreckte nicht zurück. »Das muss behandelt werden.«

»Ich wollte gerade ein Bad im See nehmen«, antwortete Vegar.

»Und das wirst *du* auch tun«, befahl Shona Caelis.

Er zuckte mit den Schultern. »Wenn du dann zufrieden bist. Es ist nichts, worüber man sich Sorgen machen muss.« Es gefiel ihm jedoch, dass sie so besorgt um ihn war.

»Wir werden die Wunde trotzdem gründlich reinigen und mit Hamamelis behandeln.«

»Wir?«, wiederholte er.

Shona verdrehte die Augen. »Glaubst du, ich würde dich deiner eigenen Fürsorge überlassen? Du warst ja nicht mal vorsichtig genug, um gar nicht erst verletzt zu werden. Deshalb kann ich mich auch nicht darauf verlassen, dass du dich sorgfältig verarztest. Es würde die Kinder nur unnötig beunruhigen.«

Eadan hockte vor einem großen Stein, den er umgedreht hatte, und stocherte mit einem Zweig zwischen den Insekten herum, die er darunter entdeckt hatte. Die kleine Marjory lief einem Schmetterling hinterher. Caelis hatte nicht den Eindruck, dass die Kinder besonders beunruhigt wegen seiner kleinen Wunde waren.

Trotzdem widersprach er nicht. »Gut, dann gehen wir zum See hinunter.«

»Ich hole das Hamamelis«, sagte Audrey entschieden und lächelte dann auf das kleine Mädchen herab, das bei dem Versuch, nach dem flatternden Insekt zu greifen, auf seinem Hinterteil gelandet war. »Möchtest du mit mir kommen, Schätzchen?«

Marjory schüttelte den Kopf, sah Caelis schüchtern an und hob die Arme. »Ich will zu Papa.«

Er griff nach ihr und nahm sie trotz Shonas Einwänden, er sei zu schmutzig, auf die Arme.

»Sie ist ein Kind, kein Seidenkleid. Sie kann sich waschen.«

Marjory kicherte, als er sie am Bauch kitzelte. »Ist es nicht so, Kleines?«

Sie nickte strahlend.

Auch Eadan lächelte und strengte sich sichtlich an, den sehnsüchtigen Ausdruck auf seinen Zügen zu verbergen, der Caelis jedoch nicht entging. Wortlos streckte er seinem Sohn eine Hand hin.

Der Junge ergriff sie, und Caelis zog seinen Sohn in die Höhe und schwang ihn herum, damit er sich auf seine breiten Schultern setzen konnte. Eadans Freudenschrei versetzte Caelis einen Stich ins Herz. Wie viel er schon von seiner Kindheit versäumt hatte!

Diese Wunde würde ihn sehr viel länger quälen als die von Vegars Schwertspitze, dessen war sich Caelis sicher.

Was für einen hohen Preis er für sein falsches Denken gezahlt hatte!

Shona beendete die Behandlung von Caelis' Schnittwunde mit dem Odermennig, den Abigail Audrey noch zusätzlich zu dem gewünschten Hamamelis mitgegeben hatte. »So, das müsste verhindern, dass das Gewebe anschwillt.«

»Es ist kaum mehr als ein Kratzer«, sagte er mit plötzlich rauer

Stimme, weil Shonas Nähe seinen Wolf und seine Triebe ansprach.

Am liebsten wäre er mit ihr in den Wald gegangen, um sie voll und ganz für sich zu beanspruchen. Dann würde sie endlich zugeben, dass es ihre Bestimmung war, eine Familie zu sein.

Weil nur er sie berühren und ihr Vergnügen schenken konnte.

Shona stockte der Atem, als wüsste sie, was er dachte. Und vielleicht war es ja auch so. Seine Erektion unter dem Kilt ließ diesen jedenfalls deutlich genug von seinem Körper abstehen.

Shona atmete tief ein, als wäre sie der Wolf und Caelis' Duft zöge sie an. »Selbst die kleinste Verletzung kann krank machen.«

»Ich bin ein Chrechte«, entgegnete er und strich ihr sanft über die Wange. »Wir werden nur selten krank.«

Ein solch wohliger Schauer durchrieselte sie, dass sie sich zusammennehmen musste, um ihr Gesicht nicht an seine Hand zu schmiegen. »Muss ich dich schon wieder daran erinnern, dass du kein Gott bist, Caelis? Wenn Chrechten nie erkranken würden, wären alle noch am Leben seit den ersten, die auf Erden wandelten.«

»Wir sind eben gewalttätig.« Und triebhaft.

Er begehrte sie so sehr, dass er die Zähne zusammenbeißen musste, bis sie schmerzten.

»Aye, zweifelsohne. Dein Volk hat in Kriegen sicherlich sehr große Verluste erlitten, aber es bleibt die Tatsache ...«

»Dass niemand ewig lebt, obwohl wir dazu neigen, länger zu leben als andere. Und unsere Gefährten mit uns.«

»Auch menschliche Gefährten?«

»Das weiß ich nicht, doch du wirst bestimmt bemerkt haben, dass Abigail nicht die Alterserscheinungen einer Frau in ihren Jahren aufweist.«

»Sie ist ja auch nicht alt!«

»Älter, als ihre Erscheinung vermuten lässt.«

Shona machte ein nachdenkliches Gesicht. »Ich frage mich, warum das wohl so ist.«

Caelis zuckte mit den Schultern. Er war nur froh, dass es so war. Waren die letzten sechs Jahre nicht schon schwierig genug gewesen? Er wollte nicht einmal daran denken, wie das Alter ohne seine Gefährtin an seiner Seite sein könnte.

Andererseits konnte er sich auch jetzt noch nicht sicher sein, ob Shona nicht noch immer vorhatte, ohne ihn zu leben. Trotz der gestrigen Nacht.

Denn da hatte sie alles auf seinen Wolf und ihre Reaktion auf Caelis' animalische Natur geschoben.

Und das Leben in den Highlands war unsicher genug, selbst für die Chrechten. Darin hatte Shona völlig recht.

»Es gibt einige, die länger leben als andere, jahrzehntelang sogar. Sind sie alle Chrechten?«

»Aye, zum größten Teil.« Ihm fiel kein einziger Mensch ein, der bis ins hohe Alter unter den MacLeods gelebt hatte, was jedoch wohl in erster Linie mit Uvens Einstellung zu Menschen zu tun hatte.

Shona lehnte sich auf dem Gras zurück und stützte sich auf die Ellbogen, während sie ihre Aufmerksamkeit teils ihm, teils ihren Kindern widmete, die unter Audreys und Vegars Aufsicht noch immer Käfer in der Nähe des flachen Wassers suchten. Shonas Haltung betonte ihre schönen Brüste, sodass es Caelis große Überwindung kostete, ihre vermutlich völlig unbewusste Einladung nicht anzunehmen.

Nun strich sie sich die Röcke glatt, deren grüner Samt nach englischen Maßstäben zweifellos beeindruckend war, aber nicht das war, was Caelis an ihr bevorzugte. Natürlich würde er sie am liebsten nackt sehen. Da das jedoch nicht möglich war, würde er ein richtiges schottisches Plaid an ihr vorziehen.

Sie warf ihm einen langen Blick von der Seite zu, und er konnte sehen, wie ihre Hände sich in dem schweren Samt ihres Rockes verkrampften »Du sagtest, wir hätten nicht viel Zeit, um wichtige Angelegenheiten zu besprechen.«

Hier war er, der Moment der Wahrheit. »Die haben wir auch wirklich nicht.«

»Warum?«

»Caelis!« Einer der jüngeren Sinclair'schen Soldaten kam herbeigerannt. »Vegar! Ihr müsst sofort zur Burg zurück.«

Caelis sprang auf und bückte sich dann schnell wieder, um auch Shona hochzuziehen.

»Was ist los?«, fragte sie, als sie gegen ihn prallte, da sie nicht mit seiner Reaktion gerechnet hatte.

Das Gefühl ihres Körpers an seinem brachte ihn in Konflikt mit der dringenden Notwendigkeit, Talorcs Befehl zu befolgen, und einem völlig anderen, aber nicht minder drängenden Bedürfnis. »Du hast es gehört. Der Laird hat uns in die Burg zurückbefohlen.«

Shona schien keine solchen Konflikte mit sich auszutragen. »Warum denn nur?«

»Weil MacLeod'sche Soldaten auf Sinclair'schem Land gesichtet wurden«, antwortete der junge Soldat hilfsbereit und mit einem Lächeln für Shona, das Caelis in Versuchung führte, ihm die Zähne auszuschlagen.

»Was? Warum?« Shona versteifte sich. »Sind sie nicht willkommen hier?«

»Ganz und gar nicht.« Caelis zog Shona mit und nahm unterwegs noch Eadan auf den Arm. »Ich habe dir doch erzählt, dass die Tochter des MacLeod letztes Jahr hier Zuflucht suchte.«

Vegar trug schon die kleine Marjory und hatte seine freie Hand um Audreys Taille gelegt, um sie mit sich zur Burg zurückzuziehen.

»Aber sie lebt doch bei den Balmorals.«

»Und diese MacLeod'schen Soldaten könnten ebenso gut auf dem Weg nach Balmoral Island sein.« Nicht, dass sie die Insel je erreichen würden.

Sie hatten unerlaubt Sinclair'sches Territorium betreten, obwohl ihr Laird dem Clan die Feindschaft erklärt hatte. Die Krieger würden selbstverständlich aufgehalten werden, aber Shona und ihrer Familie zu erlauben, außerhalb der Burgmauern zu bleiben, war dennoch ausgeschlossen.

»Warum müssen wir uns so abhetzen?«, fragte Audrey außer Atem. »Sind sie denn nicht schon von Weitem erspäht worden, so wie es auch bei uns der Fall war, als wir ankamen?«

»Wir wissen nicht, wie weit entfernt der Feind ist, und wir können auch nicht sicher sein, dass die Sinclair'schen Wachen alle bemerkt haben, die unsere Grenzen überquerten.« Vegar drückte Marjory fester an sich und beschleunigte seine Schritte sogar noch.

Audrey stolperte und fiel beinahe hin. Nicht einmal jetzt verlangsamte Vegar sein Tempo, sondern packte sie nur mit dem Unterarm um die Taille, hob sie auf und trug sie wie die kleine Marjory. Der einzige Unterschied war, dass er die Frau mit dem Gesicht von sich abgewandt hielt und ihr fester kleiner Po sich gegen seine Hüfte presste.

Audreys empörter Ausruf endete in einem erstickten *Umpff*, als Vegar auch sie in eine sicherere Haltung brachte.

Caelis blickte auf Shona herab, und sie funkelte ihn an. »Denk nicht mal daran!«

Er verkniff sich ein Grinsen, unternahm jedoch keinen Versuch, sie aufzuheben.

Audrey hörte nicht auf, sich zu beklagen, doch soweit Caelis sehen konnte, ignorierte sein Adler-Freund die wütenden Forderungen der Faol, herabgelassen zu werden.

»Vegar ist ein starker Krieger«, sagte Eadan bewundernd. »Audrey ist viel größer als ich.«

»Aye, das ist sie. Und auch lauter«, antwortete Caelis, als besagte Frau einen erbosten Schrei ausstieß.

Shona schnaubte verächtlich. »Du hast ja keine Ahnung, wie laut sie werden kann, doch dein barbarischer Freund wird es schon bald merken, wenn er nicht aufpasst.«

Caelis' Lachen über ihre Warnung hätte Shona verärgern müssen, doch stattdessen merkte sie, dass sie sogar fast gelächelt hätte.

Der Mann war einfach unerträglich arrogant! Doch warum fiel es ihr dann so schwer, ärgerlich auf ihn zu bleiben?

Vielleicht lag es ja auch nur daran, wie entzückt ihr Sohn in das Lachen seines Vaters einstimmte.

Ohne jede Vorwarnung setzte Vegar Audrey und Marjory plötzlich ab und zog mit einer einzigen fließenden Bewegung sein Schwert.

Auch Caelis ließ Shonas Handgelenk los und riss sein Schwert aus der Scheide auf seinem Rücken. »Stellt euch zwischen uns!«

»Was ist denn?«, fragte Shona, obwohl sie ohne Zögern seine Anweisung befolgte.

»Es gibt Ärger.«

Instinktiv nahmen die Frauen die Kinder zwischen sich, zückten beide einen kleinen Dolch und blickten sich dann wachsam um, um sich jeder nur möglichen Gefahr zu stellen. Shona wären niemals Zweifel daran gekommen, dass sich ihnen wirklich etwas Gefährliches näherte. Wenn der Mann, der seine Natur mit einem Wolf teilte, sagte, dass es so war, und sein Freund, der sich als Adler in die Luft aufschwingen konnte, ihm darin zustimmte, konnte für sie kein Zweifel daran bestehen.

Der Sinclair'sche Soldat blieb stehen und drehte sich zu ihnen um. »Was macht Ihr? Wir müssen den Befehl des Lairds befolgen.«

»Aber vorher müssen wir ein Problem aus der Welt schaffen«, antwortete Caelis, dessen scharfer Blick auf die Baumlinie zu ihrer Linken geheftet war.

Die Augen des jungen Soldaten weiteten sich, und er blickte sich um, als erwartete er, jeden Moment einen gefährlichen Angreifer hinter einem Fels hervorspringen zu sehen. Auch er schien mehr als willens, dem großen Krieger jedes Wort zu glauben.

Audrey stöhnte auf, und Shona verrenkte sich den Hals, um zu sehen, was ihre Freundin so erschreckt hatte.

Sechs riesige Wölfe kamen böse knurrend aus allen Richtungen auf sie zu!

»Das sind wohl noch mehr Brüder von dir, nehme ich an?«, fragte Shona, stolz, dass ihre Stimme trotz der Angst, die sie empfand, nicht zitterte.

»Die sind keine Brüder von mir«, fauchte Caelis. »Nicht mehr.«

Vegar spuckte aus. »Und auch nicht von mir.«

Die Augen weit aufgerissen vor Furcht, begann der junge Soldat zu beten. Seine Muskeln waren schon bereit zur Flucht. Oder vielleicht hatte er auch vor, an der Seite der Chrechte-Krieger zu kämpfen. Auch er hatte seinen Dolch gezückt, aber seine Angst war viel augenfälliger als Shonas.

»Stell dich zwischen uns!«, befahl Caelis dem jungen Mann. »Du wirst die Frauen beschützen, falls einer dieser Wölfe an Vegar oder mir vorbeikommt.«

Shona glaubte nicht, dass der offensichtlich unerfahrene Soldat ihnen viel nützen würde, doch sie sagte nichts. Caelis gab dem Mann die Möglichkeit, sich in eine etwas sicherere Position zu bringen, die auch nicht seinen Stolz verletzen würde.

Oder jedenfalls nicht allzu sehr.

»Kann er nicht loslaufen und Hilfe holen?«, fragte Audrey, deren Stimme so heftig zitterte, dass Shona wütend wurde.

Die letzten Monate waren schwierig genug gewesen für die junge Engländerin, ob sie nun selbst eine Faol war oder nicht.

»Das würde er niemals schaffen. Vorher würden sie ihn in Stücke reißen«, knurrte Vegar.

Caelis nickte, ohne den Blick von den Wölfen abzuwenden. »Er ist kein Chrechte.«

Vermutlich galt diese Erklärung Shona, da er sich denken konnte, dass Audrey das bereits bemerkt haben würde. Ihre Freundin musste wirklich wie von Sinnen vor Angst sein, sonst hätte sie den Vorschlag kaum gemacht, da sie die Fähigkeiten von Wölfen besser als die meisten kannte.

Auch der Sinclair'sche Soldat begann zu zittern angesichts der Vorstellung, von Wölfen in Stücke gerissen zu werden, als er schnell zu den Frauen hinüberlief. Shona konnte es ihm nicht verdenken.

Und ihr Respekt vor ihm wuchs sogar noch, als er ihr und Audrey half, eine Art dreieckiger Barriere um die Kinder zu errichten, mit gezücktem Dolch in der Hand und noch mehr Gebeten auf den Lippen.

Shona war erstaunt, dass die Kinder so still blieben. Als sie kurz zu ihnen hinunterblickte, schwoll ihr das Herz vor Stolz.

Eadan hatte den Arm um seine Schwester gelegt und beruhigte die kleine Marjory. »Alles wird gut, Margie. Papa wird uns beschützen.«

Dann begann er, ihr etwas vorzusingen, und seine süße, helle Kleinjungenstimme brach Shona fast das Herz. Wie unglaublich glücklich sie sich schätzen konnte, solch großartige Kinder zu haben!

Als sie wieder aufblickte und sich umsah, bemerkte sie, dass die Wölfe – alle sechs – näher gekommen waren.

Doch so Furcht erregend sie sowohl von ihrer Größe als auch von ihrer Anzahl her erschienen, weigerte sie sich zu glauben, dass Caelis und Vegar in dem bevorstehenden Kampf nicht siegen würden.

Als die Tiere nur noch ein paar Meter entfernt waren, nahm der größte Wolf direkt vor ihren Augen seine menschliche Gestalt an. Der grimmige Ausdruck auf seinem Gesicht war genauso bösartig, wie der seines Wolfes es gewesen war. »Für deine Schandtaten gegen die Fearghall wird Caelis, der Verräter, heute sterben – und mit ihm all seine Begleiter.«

Caelis blieb völlig ungerührt; kein Anzeichen von Furcht oder Ärger über die Beleidigung war seinen Gesichtszügen anzusehen oder seiner Stimme anzuhören. »Die Fearghall täuschen sich, Maon. Wir Chrechten sollten Brüder sein, ganz gleich von welcher Rasse wir sind.«

Maon schnaubte. »Nur die Faol sind stark genug, um zu überleben.«

»Dann erklär mir doch, warum mein Volk seit so vielen Generationen existiert! Und das trotz der abscheulichsten Bemühungen der Fearghall, uns auszulöschen.« Vegar war sichtlich wütend, doch wie bei Caelis war auch bei ihm nicht das kleinste Anzeichen von Einschüchterung zu erkennen.

»Dreckiger Éan!«, fauchte der große – und *splitternackte* – Krieger.

»Ich bin ein Chrechte-Krieger mit wahrem Ehrgefühl. Und das ist etwas, was dein Laird nicht kennt. Er hat Caelis seine geheiligte Gefährtin vorenthalten.«

Der MacLeod'sche Chrechte grinste. »Sagst *du*.«

»Sage *ich!*« Shona legte ihre ganze Wut auf diese Schurken, die ihre Kinder und Audrey so verängstigten, in ihren Ton. »Weil ich seine wahre Gefährtin *bin* und mein Sohn der Beweis dafür ist.«

»Du hast einer *menschlichen Frau* von uns erzählt?«, fuhr Maon Caelis angewidert an. »Dann wird sie sterben müssen.«

»Das sagtest du bereits«, erinnerte Shona ihn im gleichen Tonfall.

Audrey stieß sie unauffällig an. »Bring sie nicht gegen uns auf.«

»Warum denn nicht? Sie haben doch so oder so schon vor, uns anzugreifen, oder etwa nicht?«

»Ich weiß nicht, warum sie es tun sollten«, erwiderte Audrey und sah dann Maon an. »Die Tochter eures Lairds ist nicht bei uns.«

Entweder hatte Audrey die gegen Caelis vorgebrachte Anklage in ihrer Aufregung schon vergessen, oder sie ignorierte sie bewusst.

»Wir sind nicht dieses *Weibsstücks* wegen hier. Sie hat keinen Wolf und ist damit wertlos für das Rudel. Ganz im Gegensatz zu dir«, sagte er zu Audrey. »*Dich* werden wir als Zuchtweibchen für das Rudel mitnehmen.«

Vegar gab einen Laut von sich, bei dem es Shona kalt über den Rücken lief.

Maon tat jedoch so, als hätte er es nicht gehört. »Uven erhielt die Nachricht, dass zwei seiner Soldaten, die hierhergeschickt wurden, zwar leben, aber nicht mehr loyal ihm gegenüber sind.«

»Ich trage immer noch die Farben des Clans.« In keiner Weise eingeschüchtert von der Anklage des anderen Mannes, stand Caelis nach wie vor in kühner, stolzer Haltung da.

»Du hast kein Anrecht mehr darauf!«

»Ich habe mehr Anrecht darauf als Uven, und das werdet ihr schon sehr bald merken.«

»Wenn du tot bist, werde ich dein Plaid in Fetzen reißen und es auf deiner Leiche verbrennen.«

Das klang schon sehr nach einem Mann, der von Uven ausgebildet worden war. Shona verkniff sich jedoch eine entsprechende Bemerkung.

Das Summen ihres Sohnes war Shona ein kleiner Trost und ließ sie hoffen, dass zumindest ihre Tochter den beängstigenden Wortwechsel nicht hören konnte. Eadan mit seinem hervorragenden Gehör musste ihn mitbekommen haben.

Und trotzdem blieb er stark und tapfer.

Shona wurde die Brust ganz eng vor Mutterliebe und Stolz.

»Bin *ich* so wertvoll, dass Uven sechs seiner stärksten Krieger herschickt, um seine absurde Gerechtigkeit zu üben?«, spottete Caelis.

»Ein Krieger muss keine Ehre besitzen, um ein beeindruckender Feind zu sein.«

»Caelis hat mehr Ehre in sich als du«, fauchte Shona. »Er bedroht keine Unschuldigen und Kinder.«

»Er hat auch dich mit seiner Schuld beschmutzt. Mach also den Verräter für dein Schicksal verantwortlich!«

»Du klingst wie Uven, der auch keine Verantwortung für seine üblen Taten übernimmt.«

Maons Augen verdunkelten sich von etwas, das Zweifel hätten sein können, doch bevor Shona sich sicher sein konnte, verwandelte er sich in seinen Wolf zurück.

Und urplötzlich, ohne ein für Shona erkennbares Zeichen, gingen alle sechs Wölfe zum Angriff über.

Kapitel Vierzehn

Nichts Gutes wird dabei herauskommen, wenn Chrechten gegen Chrechten kämpfen, aber die menschliche Natur muss beschwichtigt werden.

– Uraltes, auf die erste *celi di* zurückzuführendes Sprichwort

Der Kampf war blutig, doch Vegar und Caelis waren grandiose Krieger und stießen die riesigen Wölfe mit einer Hand weg, während sie mit der anderen ihre Klinge auf die Angreifer hinuntersausen ließen. Dabei fügten sie ihnen blutende, aber keine allzu tiefen Wunden zu. Es war klar, dass Caelis und Vegar sich sogar alle Mühe gaben, die Wölfe nicht zu töten, die MacLeods dagegen jedoch keine solchen Skrupel hatten.

Einer schaffte es, Caelis an der Brust eine tiefe Kratzwunde zuzufügen, während drei andere gleichzeitig über Vegar herfielen und ihn unter sich begruben.

Audrey schrie, und das Entsetzen, das sie ergriff, zeugte von der tiefen Verbundenheit, die sich schon zwischen ihr und dem Adler-Gestaltwandler entwickelte.

Einer der Wölfe fuhr mit seinen Krallen über Vegars Schenkel, bis er blutete.

Audrey riss sich von ihrem Verteidigungsposten los und rannte auf das Gewimmel von Wölfen und Kriegern zu. Wütend stach sie mit ihrem Dolch nach einem der Tiere. Mit gefletschten Zähnen fuhr es zu ihr herum und holte mit seinen scharfen Krallen nach ihr aus, worauf sie zurücktaumelte und erst jetzt das Blut bemerkte, das ihr an Schulter und Arm zerrissenes Kleid durchtränkte.

Nur ein Zentimeter höher, und der Wolf hätte ihre Schlagader durchtrennt, und Shonas beste Freundin wäre verblutet, ob Chrechte oder nicht.

Eine Mischung aus wilder Wut und Entsetzen ergriff Besitz von ihr, doch im Gegensatz zu Audrey rührte Shona sich nicht von ihrem Posten als Beschützerin ihrer Kinder. Weil sie es nicht konnte.

Ein einziger Hieb mit den tödlich scharfen Krallen einer dieser Wölfe, und ihre Kinder wären tot.

Doch das würde sie nicht zulassen – nur über ihre Leiche.

Audrey verwandelte sich urplötzlich in ihre Wölfin, die ein wunderschönes weißes Tier war, aber nur halb so groß wie die Rüden, die versuchten, sie zu töten.

Das Kleid fiel von ihr ab, und trotz des Größenunterschiedes zwischen ihnen stürzte sie sich von Neuem auf den Wolf, und diesmal griff sie ihn mit Zähnen und mit Krallen an.

Vegar schoss plötzlich aus dem Gewimmel von Wölfen hoch, und ein lauter, wilder Kampfruf ertönte. Ein Wolf wurde durch die Luft geschleudert, ein zweiter rollte in die andere Richtung. Vegars Schwert sauste herab und bohrte sich in das Herz des Wolfes, der immer noch mit Audrey kämpfte. Dieser sehr viel größere und offenbar auch viel erfahrenere MacLeod'sche Wolf hätte sie in Sekundenschnelle töten können, doch seltsamerweise hatte er es nicht getan.

Shona konnte sich das nicht erklären.

Trotz des Kampfgetümmels um sie herum schob Vegar Audrey behutsam weg. »Danke für deine Hilfe, aber geh jetzt zu deiner Freundin zurück.«

In diesem Moment stieg dieser etwas ungehobelte Mann um einiges in Shonas Achtung.

Audrey, die Wölfin, trabte gehorsam zurück, und das Blut auf ihrem schönen weißen Fell war der Beweis dafür, dass ihre Wunden trotz ihrer Verwandlung nicht sofort verheilt waren. Warum das so war, war allerdings eine Frage, die Shona sich für einen späteren Zeitpunkt würde aufheben müssen. Es war jedoch immerhin schon offensichtlich, dass Audreys Verletzungen nicht mehr ganz so heftig bluteten wie zuvor.

Noch immer in Wolfsgestalt, nahm Audrey wieder ihre Position als Beschützerin der Kinder ein.

Mit einem todbringenden Glitzern in den Augen für alle, die es wagen mochten, sich seiner Gefährtin noch einmal zu nähern, hatte Vegar sich schon wieder in den Kampf gestürzt. Die beiden Wölfe, die er vorher weggeschleudert hatte, kämpften jetzt um ihr Leben, statt zu versuchen, ihm das seine zu nehmen.

Caelis hatte mit den anderen dreien gerungen, doch mit seinem offensichtlichen Bestreben, sie nicht zu töten, tat er sich keinen Gefallen. Er hatte überall am Körper Kratzer und kleinere Bisswunden, aber bisher noch keine schwerwiegenden Verletzungen. Shonas Herz machte vor Freude einen Sprung, als sie es sah, und trotzdem versuchte sie sich immer noch einzureden, dass sie nur deshalb so erleichtert war, weil er zwischen ihren Kindern und den Wölfen stand, die sie bedrohten.

Während zwei der Tiere Caelis beschäftigt hielten, kam das dritte mit gefletschten Zähnen auf Shona zugerannt.

Im selben Moment, in dem der Wolf sie erreichte, trat der junge Sinclair'sche Soldat vor sie und musste einen ersten Biss in seinen Unterarm hinnehmen. Er kämpfte tapfer mit dem Wolf, doch Shona konnte sehen, dass er dieser mächtigen Bestie nicht lange gewachsen sein würde.

Deshalb hielt sie ihren Dolch bereit. Ihre Kinder konnte sie nicht wegschicken, das wusste sie, so groß die Versuchung, es zu tun, auch war.

Es war jedoch völlig ausgeschlossen, dass sie auf ihren kurzen Beinen den viel schnelleren der Wölfe, die es auf sie abgesehen hatten, entkommen könnten. Eadan und Marjory waren inzwischen sehr still geworden. Ihre Augen groß vor Schock, kauerten sie fest aneinandergeklammert neben Audrey.

Sie hätten zutiefst verängstigt sein müssen, doch eigentlich wirkten sie eher wie betäubt und schienen überhaupt keine Angst vor der Frau zu haben, die zu einem weißen Wolf geworden war.

Aber Shonas Sohn hatte ja auch schon Gott weiß wie lange derlei Dinge im Traum gesehen.

Audrey trat noch näher zu den Kindern heran und beugte sich beschützend über sie. Auch sie fletschte die Zähne und stieß knurrende Laute aus, die jenen, die sie oft aus Wut über den Baron von sich gegeben hatte, verdächtig ähnlich waren.

Das warf ein ganz neues Licht auf ihre früheren, sehr häufigen Bemerkungen, sie sei wütend genug auf den Mann, um ihm die Augen auszukratzen.

Shona veränderte ihre Haltung, um sich in das Getümmel zwischen dem Wolf und dem Soldaten zu stürzen, der so tapfer versuchte, sie zu beschützen.

Doch dann zerriss ein unheimliches Gebrüll die Luft, und eine Sekunde später wurde der mit dem jungen Soldaten kämpfende Wolf von ihm weggeschleudert und landete etwa fünfzehn Meter weiter vollkommen zerschmettert auf dem Boden. Das mächtige … *Wesen*, das ihm den Nacken gebrochen und den riesigen Wolf dann von sich geschleudert hatte, als wöge er nicht mehr als ein Wollknäuel, kam schnuppernd auf Shona zu, die jetzt sehen konnte, dass es dieselben enzianblauen Augen wie Caelis hatte.

Und merkte, dass diese Kreatur – *halb Mann, halb Wolf* – ihr früherer Geliebter war.

Sie konnte fast nicht glauben, was sie sah. Dieses Wesen war ganz anders als der Wolf, den Caelis ihr gezeigt hatte, und trotzdem konnte kein Zweifel daran bestehen, dass sie ein und derselbe waren.

Der Schock, der sie ergriff, trieb ihr den Atem aus der Lunge und brachte ihr Herz zum Rasen.

Über zwei Meter groß und doppelt so breitschultrig wie selbst der größte Krieger ... wie Caelis als Mann, nur dass sein Gesicht und Körper behaart und seine Gesichtszüge eine Kreuzung zwischen denen eines Wolfes und Mannes waren. Seine Hände hatten fünf Finger wie die eines Menschen, aber jeder endete in einer dolchähnlichen Kralle. Bei seinen Füßen war es ebenso: fünf Zehen mit zugespitzten, scharfen Nägeln, die Mensch oder Tier mit brutaler Effizienz zerreißen könnten.

Er hielt sich aufrecht wie ein Mann, und Rumpf, Arme und Beine waren etwa so geformt wie in seiner menschlichen Gestalt, nur größer. Sehr viel größer.

Die langen Reißzähne, die zum Vorschein kamen, als er einen der Wölfe anknurrte, der auf dem Bauch auf ihn zugekrochen kam, waren wie die seines wölfischen Gegenstücks, doch seine Schnauze stand nur wenig vor, und hier war der Mann hinter dem Tier zu sehen, wenn man genau hinschaute.

Und natürlich schaute Shona hin.

Sie wollte sogar die Hand ausstrecken und ihn berühren. Unbedingt.

Dieses wundersame Geschöpf war der Vater ihres Sohnes. Ihrer *Kinder*, wenn sie seiner Behauptung Glauben schenken durfte, dass er auch Marjory anerkennen würde.

Der junge Soldat neben ihr bekreuzigte sich schnell mit seinem unverletzten Arm, bevor er ihn stützend unter den anderen legte, ihn an seine Brust drückte und inbrünstig ein Ave-Maria zu murmeln begann.

Die Wölfe hatten ihren Angriff aufgegeben, und drei der vier noch lebenden Chrechten näherten sich Caelis bäuchlings und in hündischer Ergebenheit. Der letzte – vielleicht Maon, dachte Shona – stand in einiger Entfernung, mit gesträubten Nackenhaaren und einem leisen Knurren, das sowohl furchtsam als auch drohend klang.

Caelis beachtete sie jedoch alle nicht, als er ganz dicht an Shona herantrat. Er berührte sie nicht, doch sie konnte sein Verlangen spüren, es zu tun.

Und so nahm sie eine seiner großen Hände in die ihren, hob sie an ihr Gesicht und drückte die mit Krallen versehenen Finger vorsichtig an ihre Wange.

Die mächtige Gestalt vor ihr erstarrte förmlich und atmete kaum noch ein und aus. »Gefährtin?«

Die gutturale Stimme war nicht ganz menschlich, aber das Wort war zu verstehen. Was er von ihr wissen wollte, war es jedoch nicht.

Da Shona keine Ahnung hatte, was er brauchte, gab sie ihm, was sie sich wünschte. Sie stellte sich auf die Zehenspitzen und streckte die Hand nach dem feinen Haar aus, das sein Gesicht bedeckte. Es fühlte sich weich an, das Kinn darunter jedoch stark und fest.

Dann ließ sie die Finger von seinem Nacken zu seiner breiten, muskulösen Brust hinuntergleiten, die mit dem gleichen kurzen, braunen Haar bedeckt war. »Was für ein prachtvolles Monstrum du doch bist!«

»Monstrum?«, fragte er mit dieser gutturalen Stimme.

»Ein prachtvolles, sagte ich.«

»Du fürchtest dich nicht?«

»Ich habe nichts zu befürchten.«

Ein bösartiges Knurren in der Nähe ließ ihn aufhorchen.

»Er fordert dich heraus«, sagte Vegar.

Caelis nickte, ohne den Blick jedoch von Shona abzuwenden.

Sie trat zurück. »Du hast etwas zu erledigen.«

Noch immer beachtete er Maon nicht, sondern blickte auf Marjory und Eadan herab.

Ihr Sohn schaute mit Ehrfurcht und einem so glückstrahlenden Lächeln zu ihm auf, dass Shona sich nicht sicher sein konnte, ob sie den Grund dafür verstand. Und auch Marjory sah völlig unbesorgt aus.

Als spürte ihre kleine Tochter, dass diese hünenhafte Gestalt ihr Verbündeter war und diese Empfindung sie beruhigte.

Caelis ließ sich auf ein Knie nieder, und Shona musste sich zusammennehmen, um nicht laut zu lachen. Dachte er etwa, das machte ihn weniger einschüchternd? Er überragte Shona immer noch um einiges, von den Kindern ganz zu schweigen.

Doch Marjory schien es nicht zu stören. Sie ließ ihren Bruder los und ging ohne eine Spur von Schüchternheit auf Caelis zu.

Der Sinclair'sche Soldat wollte ihr nacheilen, um sie zurückzuhalten, aber ein Knurren von Caelis veranlasste ihn, schnell wieder umzukehren. Sein Mut zeigte sich jedoch erneut darin, dass er nicht weiterging, sondern in der Nähe blieb.

»Er weiß nicht, dass du nett bist«, erklärte Marjory und betrachtete den Soldaten stirnrunzelnd.

»Ich bin nicht immer nett, Prinzessin.« Caelis' kehliger Ton ließ die Worte ein bisschen abgehackt klingen, doch Marjory schien keine Schwierigkeiten zu haben, sie zu verstehen.

»Zu mir bist du aber nett.«

»Immer«, schwor er.

Sie nickte, steckte den Daumen in den Mund und griff nach einem von Caelis' kleinen Fingern. Als sie ihre Hand darum legte, warf er Shona einen erfreuten Blick zu.

Es war ein sehr sonderbarer Ausdruck auf einem so Furcht erregenden Gesicht, das konnte man nicht anders sagen.

Nun kam auch Eadan näher. »Ich werde eines Tages so wie du sein, Papa.«

Shonas Kopf fuhr zu Caelis herum. »Ist das wahr?«

»Ich weiß es nicht.«

»Ich schon«, sagte Eadan, als er neben seinen Vater trat, um auf dessen gebeugtes Knie zu klettern. »In meinen Träumen war es so.«

»Dann wird es auch so kommen.«

»Ich muss den *celi di* der Paindeal retten«, stellte Eadan in ganz normalem Tonfall fest.

»*Was* musst du?«, fragte Shona mit schwacher Stimme.

Eadan lächelte sie von seinem erhöhten Platz, der ihn fast auf eine Höhe mit seiner erwachsenen Mutter brachte, beruhigend an. »Noch lange nicht, Mami. Mach dir keine Sorgen.«

Sie nickte, unerklärlich froh darüber, dass ihr Sohn erst fünf Jahre alt war. Was immer das Schicksal für ihn vorgesehen haben mochte, noch hatte sie Jahre Zeit, um ihn als ihren kleinen Jungen lieb zu haben und mit ihm zu leben.

Das bösartige Knurren hatte nicht aufgehört, während Caelis sich mit den Kindern beschäftigt hatte, und wurde jetzt noch lauter und herausfordernder.

Caelis hob beide Kinder auf und drehte sich mit ihnen zu dem einzigen noch aufsässigen Wolf herum.

»Kusch!«, blaffte er ihn in unverkennbarem Befehlston an.

Doch Maon schüttelte den großen Wolfskopf, seine Nackenhaare sträubten sich noch mehr, und er bleckte drohend die Zähne.

Dieser dumme Chrechte starrte Caelis trotzig an, bis Shonas Wolf-Mann ein unheimliches Geheul ausstieß. Die anderen Wölfe, einschließlich Audrey, jaulten auf, aber der große drehte sich nur um und rannte weg.

Caelis setzte die Kinder ab und befahl Vegar, auf sie aufzupassen.

»Aye«, sagte der Éan, ohne seinem Freund den herrischen Ton zu verübeln.

Nun wandte Caelis sich den drei in der Nähe hockenden

Wölfen zu und zeigte auf den Boden. »Platz und liegen bleiben.«

Keiner hob auch nur fragend den Kopf, sondern alle ließen sich gehorsam auf dem Boden nieder ... und *blieben, wo sie waren*.

Caelis machte sich an die Verfolgung des fliehenden Chrechten und rannte schneller, als Shona es je bei einem Menschen oder Tier gesehen hatte. Trotz des Vorsprungs, den Maon gewonnen hatte, holte Caelis ihn problemlos ein, packte den großen, rotbraunen Wolf am Genick und schüttelte das Tier.

Maons Körper erschlaffte, und Caelis trug ihn zu den anderen zurück, wo die restlichen drei Wölfe noch immer in ihrer unterwürfigen Haltung lagen.

Caelis warf Maon auf den Boden und befahl ihm und den anderen Wölfen, sich zu verwandeln.

Alle vier nahmen augenblicklich ihre menschliche Gestalt an. Für Shona war es ein magisches Schauspiel, obwohl es nicht das erste Mal war, dass sie einer Verwandlung beiwohnte.

Sie erkannte zwei der Krieger, von denen einer in ihrem Alter und der andere jünger war. Maon, ihr selbst ernannter Anführer, war drei oder vier Jahre jünger. Es dauerte einen Moment, bis sie den Jüngling, den sie vor sechs Jahren gekannt hatte, in dem zornigen Mann wiedererkannte, der er geworden war.

Ein Furcht erregender Krieger, der Männer befehligte, die sowohl älter als auch jünger als er selbst waren. Nur einer dieser Männer kam ihr wie ein völlig Fremder vor.

Auch er sah jünger aus, doch von Caelis wusste Shona, dass Aussehen täuschen konnte.

Alle starrten Caelis mehr oder minder respektvoll an – sogar Maon, dessen Respekt allerdings gedämpft war von seiner grenzenlosen Wut.

»Du bist ein *conriocht*. Das ist unmöglich«, knurrte Maon mit nur mühsam gezügeltem Trotz.

Vegar zog spöttisch die Augenbrauen hoch. »Und trotzdem steht er hier.«

»Es gibt keinen heiligen Stein mehr für die Wölfe. Die Éan haben unseren *Faolchú Chridhe* gestohlen.« Maon warf Vegar einen hasserfüllten Blick zu, der seine ganze Empörung über die Lage deutlich machte. »Und du bist auch noch der Freund dieses Kerls.«

Caelis versetzte dem Mann einen Schlag mit dem Handrücken, der ihn einige Schritte zurückwarf. »Er ist mein Freund, und ich kann dir nur raten, das nicht zu vergessen.«

»Wartet, bis Uven von alldem hört! Er wird einen Weg finden, dich aufzuhalten. Ich hätte es tun können, wenn diese Narren sich nicht unterworfen hätten.« Maon bedachte seine Chrechte-Kameraden mit einem bösen Blick.

»Er ist ein *conriocht*, ein von dem *Faolchú Chridhe*, unserem eigenen heiligen Stein, erwählter Beschützer und Anführer der Faol«, sagte der ältere Mann, den Shona erkannt hatte. Soweit sie sich erinnern konnte, nannte er sich Sean.

»Wenn er erwählt wurde, dann zu dem Zweck, den Fearghall zu Diensten zu sein, doch stattdessen lebt er hier unter den Sinclairs und den Éan. Er ist eine Schande.«

Diesmal versetzte Caelis dem unbelehrbaren Narren einen Tritt, und sein wütendes Aufbrüllen gab sogar Shona zu denken. Nicht, weil sie ihn fürchtete, aber er war nun mal eine äußerst eindrucksvolle Kreatur. Und zweifelsfrei sehr aufgebracht.

»Was ist ein *conriocht?*«, fragte Audrey mit unsicherer Stimme.

Shona hatte nicht einmal bemerkt, dass ihre Freundin sich in ihre menschliche Gestalt zurückverwandelt hatte.

»Es ist ein sehr alter Begriff für Werwolf ... also ein Wesen, das Mensch und Wolf zugleich ist«, sagte Vegar, dessen stämmiger Körper Audreys nackten vor den Blicken aller anderen verdeckte.

Interessant. Shona musste an Caelis' Verhaltensweise am Morgen und Audreys Reaktion darauf, von Vegar in seiner Adlergestalt nackt im See gesehen zu werden, denken. Sie nahm an, dass die Chrechten sich über Nacktheit weniger Gedanken machten als ihre menschlichen Gegenstücke.

Audrey schlüpfte wieder in ihr Kleid und sprach ein wenig undeutlich mit dem dünnen weißen Stoff über ihrem Kopf. Auch sie schien beunruhigt und fasziniert zugleich zu sein von Caelis' wildem Äußeren. »Von solch einem … Wesen habe ich noch nie etwas gehört.«

»Ich habe gestern auch zum ersten Mal von …« Wie hatte Caelis sich genannt? Ah ja. »Gestaltwandlern gehört.«

»Aber keiner hat drei Gestalten«, wandte Audrey ein.

»Das stimmt nicht«, sagte Vegar. »Chrechten von Eltern zweier verschiedener Rassen können sich manchmal in zwei Tiere verwandeln, sowohl in einen Wolf als auch in einen Vogel. Das ist selten, doch es kommt vor.«

»Wirklich?« Shonas blonde Freundin hatte es endlich geschafft, das Kleid überzuziehen.

So dünn und durchsichtig, wie es war, trug es jedoch kaum etwas zu einer sittsamen Erscheinung bei.

Vegar schien auch nicht besonders angetan von dem Kleidungsstück zu sein, das kaum etwas verhüllte, und funkelte drohend einen der MacLeod'schen Chrechten an, dessen Blick von Caelis zu Audrey geglitten war.

Er nickte jedoch auf Audreys Frage und tat sein Bestes, ihre Wunden zu verbinden, als sie endlich richtig in ihr Kleid gefunden hatte.

Caelis richtete sich zu seiner vollen Größe von über zwei

Metern auf, mit der er alle überragte. »Ich bin ein *conriocht* und mache Gebrauch von meinem Recht als Rudelführer der MacLeods. Folgt mir!«

Sean und die beiden anderen MacLeod'schen Soldaten, die sich schon in Wolfsgestalt ergeben hatten, ließen sich sofort auf ein Knie fallen, drückten ihre rechte Faust ans Herz und verbeugten sich vor Caelis.

Maon blieb in unverändert trotziger Haltung stehen, bewahrte aber einigen Abstand zu Caelis.

»Oder was?«, fragte Maon in feindseligem Ton.

»Oder du stirbst. Meine *conriocht*-Natur wird nur preisgegeben, wenn ich es will. Einem anderen erlaube ich es nicht.«

Shona wollte protestieren. Nicht gegen die Tötung dieses abscheulichen Mannes, denn Maon hätte Caelis – und auch sie – ohne jeden Skrupel umgebracht. Schlimmer noch, er hätte sogar ihre Kinder getötet oder sie entführt.

Nein, wogegen sie aufbegehren wollte, war, dass dieser Maon am Leben blieb. »Wie könntest du seinem Treueschwur Glauben schenken, Caelis? Oder auch nur dem der anderen?«

Was war die Unterwerfung eines Wolfes schon wert, wenn in seiner Brust das betrügerische Herz eines Mannes schlug?

Caelis sah sie mit seinen enzianblauen Augen an, die das einzig Vertraute in seinem *conriocht*-Gesicht waren. »Ich kann eine Lüge riechen«, sagte er.

»Du hast sie auch nicht gerochen, als sie kamen. Sie hatten ihren Geruch getarnt«, gab Audrey zu bedenken, und ihrer Stimme war deutlich die Bewunderung für eine derartige Leistung anzuhören.

»In meiner menschlichen Gestalt nehme ich einen getarnten Geruch vielleicht auch nicht wahr. Aber in meiner Wolfsgestalt passiert das nie. Und einen *conriocht können* sie gar nicht belügen oder ihren Geruch vor ihm verbergen.«

»Blödsinn!«, rief Maon, der jedoch trotz seines Widerspruchs beeindruckt aussah. »Niemand kann uns riechen, wenn wir es nicht wollen.«

Caelis ignorierte ihn und sah Shona an. »Du wirst mir vertrauen müssen.«

Er wollte, dass sie an ihn glaubte, auch wenn ihr Vertrauen in ihn ihr sechs Jahre zuvor unsäglichen Kummer gebracht hatte.

»Das Leben meiner Kinder liegt in deinen Händen.«

»*Unserer* Kinder.« Sein grimmiger Tonfall duldete keinen Widerspruch.

Und sie erhob auch keinen.

»Dann gefährde sie auch nicht.«

»Du willst, dass ich ihnen allen erbarmungslos das Leben nehme?«

Sie wandte sich schnell ab, bevor Worte über ihre Lippen kommen konnten, die sie mehr verdammen würden als die MacLeod'schen Wölfe. Aber wann hatte irgendjemand einmal Erbarmen mit *ihr* gehabt?

Caelis nicht. Ihre Eltern nicht. Und der Baron schon gar nicht, der ihren Körper benutzt hatte, wann immer es ihn danach verlangt hatte, obwohl er gewusst hatte, wie sehr es ihr widerstrebte. Und auch der jetzige Baron würde sich ohne Gewissensbisse nehmen, was er wollte, falls sie sich noch einmal in seine Reichweite begab.

»Du bist stärker als wir alle.« Die Stimme gehörte Caelis, doch er hatte die Worte nicht laut ausgesprochen.

Shona hatte sie in ihrem Kopf gehört.

Die Angst, die sie weder während noch nach all den seltsamen Offenbarungen der vergangenen Tage ergriffen hatte, erhob sich jetzt vor ihr wie ein Gespenst. Sie konnte viel ertragen, doch was würde aus ihren Kindern werden, wenn sie den Verstand verlor?

Eine sehr große, behaarte Hand legte sich auf ihre Schulter. »Das ist die Verbindung zwischen Gefährten.«

»Was? Was ist die Verbindung zwischen Gefährten?«, fragte Audrey.

»Er … ich … nein …« Shona schüttelte den Kopf, außerstande, auch nur eine unglaubliche Erfahrung mehr zu akzeptieren, und schon gar keine, die so überaus intim war und in ihre Privatsphäre eingriff.

Denn wenn Caelis Zugang zu ihren Gedanken hatte, war ihm auch vor sechs Jahren schon ganz genau bewusst gewesen, wie sehr er sie verletzt hatte. Und trotzdem hatte er sie verstoßen.

Er hatte ihre Verzweiflung gekannt, ihre Hoffnungen, ihre Ängste, und er hatte sie trotz allem gnadenlos zurückgewiesen.

»Nein«, fuhr er sie mit einem so gequälten Gesicht an, dass Shona gar nichts mehr verstand. »Ich lese nicht deine Gedanken.«

»Du tust es aber jetzt gerade.«

Er schüttelte den Kopf, und ein Laut, der anders klang als alle, die sie je gehört hatte, kam aus seinem Mund.

Sie blickte sich um, weil sie sich einen schrecklichen Moment lang fragte, ob irgendetwas von alldem real war. Oder erlebte sie gerade irgendeinen verrückten Traum?

Was unmöglich war, geschah auch nicht. Sie hatte dies alles geglaubt, weil sie es mit eigenen Augen *gesehen* hatte. Aber was, wenn nun alles, was sie gesehen hatte, nur fiebrige Bilder eines für die Wirklichkeit verlorenen Verstandes waren? Ja, sie *musste* verrückt sein. Vielleicht erklärte das ja alles – so wie diese neue Welt, die viel zu magisch war für das normale, alltägliche Leben, das sie führte.

Sie hätte nie gedacht, dass sie Caelis einmal wiedersehen würde. Er hatte sie nicht mehr gewollt. Wie konnte sie da glauben, dass er wirklich hier war und nicht nur mit ihr und Eadan, sondern auch mit dem Kind eines anderen Mannes eine Familie gründen wollte?

Nein, das ging über jegliche Vorstellungskraft hinaus.

Aber sie *hatte* es sich eingebildet. So musste es sein.

»Ich träume. Du bist überhaupt nicht hier.« Sie konnte es nicht ändern, dass ihre Worte sich wie eine Anklage anhörten.

Ihr fantastischer Krieger hatte sie dazu gebracht zu glauben.

»Ach, hör auf damit, Mädchen! Ich bin hier, und du bist hier. Es ist kein Traum.«

»Aber ...«

Er schüttelte den großen Kopf, und in seinen enzianblauen Augen lag eine Zärtlichkeit, die sie seit über sechs Jahren nicht mehr gesehen hatte. »Du träumst nicht, Shona.«

»Du ...«

Eine behaarte Hand legte sich mit der Sanftheit eines Schmetterlings an ihre Lippen. »Pst ...«

Kapitel Fünfzehn

Die Fähigkeit geheiligter Gefährten, sich über eine geistige Verbindung zu verständigen, ist eines der größten Geschenke der Ehe.

– Abigail, Gemahlin des Sinclair

Shonas Augen wurden feucht, obwohl sie nicht verstand, warum. Sie müsste doch wohl darüber hinaus sein, bei jeder kleinen Belastung in Tränen auszubrechen?

Caelis ließ die Hand zu ihrer Wange hinaufgleiten, doch sie war so groß, dass sie auch einen Teil ihrer Schläfe und ihres Nackens bedeckte. »Du bist mein, und ich werde nicht zulassen, dass dir wehgetan wird.«

Vegar lachte. »Du bist definitiv seine Gefährtin. Denn wäre es nicht so, hätte er seinen *conriocht* niemals so schnell preisgegeben.«

»Aber …« Sie blickte zu Caelis' faszinierend blauen Augen auf. »Ich habe deine Stimme in meinem Kopf gehört. Und du weißt, dass es so war.«

»Aye.«

»Das ist nicht normal.«

»Ich stehe als *conriocht* vor dir. Als ›normal‹ kann man dein Leben nicht mehr bezeichnen, falls es das überhaupt je war.«

»Aber …«

»Du bist mein«, wiederholte er. Und wieder hörte sie es nur in ihrem Kopf.

Shona entzog sich ihm, weil ihr seine Berührung gerade jetzt zu viel war. Sie hatte einfach viel zu große Angst vor einer Verbundenheit von einem solchen Ausmaß, dass man sich sehr wohl darin verlieren könnte. »Kannst du meine Gedanken hören?«

»Nur, wenn sie an mich gerichtet sind.«

»Aber das waren sie nicht. Und trotzdem wusstest du, was ich dachte.«

Er zuckte mit den Schultern. »Ich verstehe es nicht, doch für mich war es so, als wäre jeder deiner Gedanken eine Anschuldigung gegen mich.«

»Ich wollte sagen, was ich dachte, habe dann aber darauf verzichtet.«

Er nickte, als wäre das die Erklärung. Shona wusste nicht, ob es so war, aber falls es diese geistige Verbindung zwischen wahren Gefährten tatsächlich gab, würde sie sehr viel vorsichtiger sein müssen mit dem, was sie in seiner Anwesenheit dachte.

»Was sollen wir denn nun mit den MacLeods tun?«, fragte Vegar.

»Wir nehmen sie zur Burg mit.«

»Und dann?«, erkundigte sich Audrey, bevor auch Shona diese Frage stellen konnte.

»Dann lassen wir Gnade walten und geben ihnen die Möglichkeit zur Unterwerfung, wie es das alte Chrechte-Gesetz vorschreibt.«

»Sie hätten uns gegenüber keine Gnade walten lassen.« Und wenn Chrechte-Gesetze so milde waren, warum waren dann so viele seiner Art im Krieg gestorben, wie er behauptet hatte?

Natürlich lagen auch zwei tote Wölfe auf der Lichtung. Männer, die nie wieder zu ihren Familien heimkehren würden. Männer, die sie vermutlich irgendwann gekannt hatte, wie Shona urplötzlich bewusst wurde.

Bei dem Gedanken daran wurde ihr ganz flau im Magen, obwohl sie sich immer noch Sorgen machte, dass es ihre Kinder gefährden könnte, die anderen am Leben zu lassen.

»Mami, Papa wird's schon richtig machen«, sagte Eadan.

Shona blickte zu ihrem Sohn herab und versuchte zu lächeln. Der besorgte Blick des Jungen verriet jedoch, dass es ihr offenbar nicht gelungen war.

»Diesen Männern wurde beigebracht, die ehrenhaften alten Gebräuche zu missachten.« Caelis blickte bedauernd zu ihrem Sohn herab. »Wie auch mir einmal. Aber dann lernte ich einen neuen Weg. Vielleicht können diese Männer das ja auch.«

Audrey erwiderte nichts, und Shona hatte nichts hinzuzufügen. Caelis meinte, sie sei stark – stark genug, um gegen das Bedürfnis, keine Gnade walten zu lassen, anzugehen.

Und vielleicht hatte er ja recht.

Im Moment konnte sie jedoch nur froh sein, dass nicht sie diese Entscheidung treffen musste.

»Wir werden uns in den Wald zurückziehen. Vegar, du gehst derweil zur Burg und holst noch einige der Sinclair'schen Soldaten.«

»Und Tücher zum Zudecken der Männer. Sie sind nackt«, gab Audrey zu bedenken, als hätte das bisher noch niemand sonst bemerkt.

Sie besaß also nach wie vor die Sittsamkeit, die Shona immer für eine so tief verwurzelte Eigenschaft der jüngeren Frau gehalten hatte. Sie hatte einfach nur ... was? Hingenommen, dass Vegar sie nackt sah, weil sie Gefährten waren?

Was diese Sache mit den Gefährten anging, war für Shona noch sehr viel zu klären.

»Nimm die Kinder mit!«, bat sie Vegar. »Bitte!«

»Nein, Mama. Wir wollen bei dir und Papa bleiben«, widersprach Eadan sofort und griff mit dem ersten Anzeichen wahrer Furcht, das Shona in dieser ganzen Zeit bei ihm gesehen hatte, nach seinem Vater.

Caelis hob den Jungen ohne Zögern auf und sagte mit leiser

Stimme etwas, das Eadan mit einem erleichterten Lächeln und zustimmenden Nicken beantwortete.

Marjory steckte den Daumen in den Mund und klammerte sich mit ihrer freien Hand an das Bein des *conriocht*. Caelis' legte ihr in einer ebenso sanften wie beschützenden Geste die Pranke auf den Kopf. Keines der Kinder wirkte besonders aufgeregt über das, was sie mit angesehen hatten, aber beide wollten sich offenbar auf keinen Fall von ihrem Retter trennen.

Und angesichts der Tatsache, dass Eadan die Machenschaften seines Stiefbruders nur knapp überlebt hatte und Marjory zwei Wochen mit ihrer Mutter und Freunden auf der Flucht gewesen war, war es gut möglich, dass sie diesen Tag als weniger aufregend empfanden, als er es für Shona war.

»Der große Hund passt auf«, sagte Marjory, ohne den Daumen aus dem Mund zu nehmen.

Shona konnte sich ein Lachen nicht verkneifen, und sie war froh zu sehen, dass auch Caelis lachte. Es war zwar ein eigenartiges, mehr gutturales Geräusch, das aus seiner Kehle kam, doch seine Augen glitzerten vor Belustigung. Er war keinesfalls gekränkt darüber, als Hund bezeichnet zu werden.

Eadan runzelte die Stirn. »Er ist kein Hund, Margie, sondern unser Papa.«

Marjory sah nicht sonderlich beeindruckt von dem Tadel ihres Bruders aus.

Caelis' Gesichtsausdruck verlor jede Spur von Heiterkeit, als er sich an die MacLeod'schen Chrechten wandte. »Wir werden in den Wald gehen und die anderen Soldaten dort erwarten.«

»Wozu? Ihr werdet uns doch sowieso umbringen.« Das war natürlich Maon.

Erstaunlicherweise lachte Caelis wieder. »Erdreiste dich nicht, für die anderen Faol zu sprechen. Sie haben schon einen Kniefall vor mir gemacht. Sie brauchen nichts anderes mehr zu tun, als ihren Treueschwur zu leisten. Du bist nicht mehr ihr Anführer, und du warst auch nie ihr Alphawolf. Wie du wurden sie belogen, aber sie erkennen die Wahrheit, wenn sie sie sehen.«

Daraufhin hielt Maon den Mund.

Auf Vegars Beharren stimmte Audrey zu, mit ihm zur Burg zurückzukehren. Er würde dafür sorgen, dass ihre Verletzungen sofort behandelt wurden. Der Sinclair'sche Soldat, dessen noch so junge, unverdorbene Gesichtszüge schmerzverzerrt waren, ging mit ihnen, und so hörte das inständige Beten endlich auf.

Caelis legte seine schwere Hand auf die Schulter des Soldaten, und Shonas Respekt vor dem jungen Mann wuchs sogar noch mehr, als er bei der Berührung kaum zusammenzuckte. »Sag dem Sinclair, Vegar, dass ich tief in der Schuld dieses tapferen, ehrenhaften Mannes stehe und ihm zu großem Dank verpflichtet bin!«

Der Soldat sah schockiert zu dem riesigen *conriocht* auf.

Caelis erwiderte den Blick und nickte. »Du hast dich zwischen meine Gefährtin und die Gefahr gestellt. Das ist eine Schuld, die niemals vollständig beglichen werden kann.«

»Lehrt mich, die Wölfe zu bekämpfen!«, sagte der junge Soldat.

»Warum?«

»Um meinen Laird und unseren Clan besser verteidigen zu können.«

»Mit der Zeit wirst du mit den Chrechten trainieren, wie alle seine Soldaten es tun.«

»Das ist nicht dasselbe. Wir kennen ihre wahren Naturen nicht, wenn wir mit ihnen trainieren.«

»Glaubst du, du könntest lernen, einen Chrechte-Krieger in seiner Tiergestalt im Kampf zu besiegen?«

»Wenn Ihr es mich lehrt, dann schon.«

»Du hast den Mut dazu. Ich werde dich ausbilden.«

»Das könnt Ihr nicht tun!«, rief Maon empört.

Caelis fuhr herum und starrte den Mann zornig an. »Fordere mich nicht heraus!«, sagte er und ballte die Hände zu Fäusten. »Ich bin am Ende meiner Geduld mit dir.«

Maon wurde still, obwohl sein Gesichtsausdruck verkniffen und rebellisch blieb.

Shona konnte nicht umhin, die unbeugsame Entschlossenheit des Mannes zu bewundern, auch wenn er uneinsichtiger als ihr Stiefsohn Percival und sein Vater zusammen waren.

Sie ergriff Audreys Hand und führte sie auf den Wald zu. Shona war einerseits überrascht und andererseits auch wieder nicht, als die anderen ihr folgten und Caelis mit Eadan auf dem Arm die Nachhut bildete.

Trotz der Unterwürfigkeit der Männer hielt Shona Marjory lieber von den MacLeods entfernt, die bereit gewesen waren, sie alle umzubringen.

Ihr Kopf war zu erfüllt von ihren eigenen Gedanken, um Caelis zuzuhören, als er in dieser seltsam gutturalen Stimme zu den Männern sprach, die er einmal seine Freunde genannt hatte. Sie bekam nur am Rande mit, dass er über Dinge sprach wie das heilige Chrechte-Gesetz, die Fearghall und etwas, das er als »Cahir«, bezeichnete.

Die drei Männer, die sich Caelis schon in ihrer Wolfsgestalt unterworfen hatten, hörten sehr viel aufmerksamer zu als Shona. Nur Maon erhob Einwände und wurde sogar beleidigend, und trotzdem gewann Shona den Eindruck, dass er glauben *wollte*, was er hörte.

Und da schob sie ihre eigenen Sorgen beiseite und konzentrierte sich auch auf Caelis' Ausführungen.

»Eine Zeit wird kommen – die wir selbst nicht mehr erleben werden, aber unsere Kindeskinder schon –, in der eine furchtbare Seuche über unsere Völker kommen wird. Eine so schwere und sich schnell verbreitende Krankheit, dass sie ganze Rudel auslöschen wird, als hätte es sie nie gegeben. Ohne unseren heiligen Stein und die Hilfe von Heilern werden wir Chrechten alle an dieser Krankheit sterben.«

Maon runzelte die Stirn. »Wir haben Heiler unter den Faol.«

»Nicht genug. Wir werden auch die Éan und die Paindeal brauchen.«

»Die Paindeal!«, spottete Maon. »Sie sind eine Legende, weiter nichts.«

»Das ist es, was die meisten Clans auch von den Éan glaubten, bevor sie die Wahrheit erfuhren«, sagte Caelis.

»Wie meinst du das?«, konnte Shona nicht umhin zu fragen.

»Bis vor einem Jahr lebten die Éan noch wie Gespenster in einem einsamen, sehr entlegenen Wald.«

»Warum?«

»Der Fearghall wegen«, antwortete Maon, doch er klang nicht so stolz darauf, wie sie es erwartet hätte.

»Sind sie denn jetzt, innerhalb der Clans, nicht sicher?«

»Die Éan sind erst sicher, wenn die Fearghall zu existieren aufhören.«

»Das wird nie geschehen«, höhnte Maon.

»Bist du davon überzeugt?«, gab Caelis herausfordernd zurück.

»Er hat recht.« Shona ging vorsichtig um die Chrechten herum, damit sie und Marjory auf Caelis' anderer Seite sitzen konnten. »Solange es Hass unter den Menschen gibt, wird es auch Leute wie die Fearghall geben.«

Caelis stimmte ihr widerwillig zu. »Aber wir werden unser Bestes tun, um sie unter den Chrechten zu entlarven. Und wir werden denjenigen, die man nur Lügen lehrte, helfen, die Wahrheit zu erkennen.«

Das war ein lobenswertes Ziel, doch Shona glaubte nicht, dass *alle* Fearghall nur fehlgeleitet waren. Uven war dafür ein vortreffliches Beispiel.

Dieser Mann bezog viel zu viel Genugtuung aus dem Glauben, er sei anderen überlegen. Selbst wenn er völlig menschlich wäre, wäre er ein fürchterlicher Laird gewesen.

»Die Paindeal verschwanden, bevor die Éan unseren heiligen Stein stahlen und der Bund der Fearghall gegründet wurde, um ihn zu suchen und ihn den Faol zurückzugeben.«

»Die Fearghall verbringen zu viel Zeit mit der Jagd auf Éan, um den *Faolchú Chridhe* zu suchen.«

»Die Éan haben ihn zerstört.« Doch selbst Maon klang nicht überzeugt von seinem eigenen Argument.

Andererseits jedoch, wie Maon gesagt hatte, konnte Caelis kein *conriocht* sein ohne diesen Stein. Deshalb war seine bloße Existenz schon der Beweis dafür, dass der heilige Stein noch existierte und für die Faol tatsächlich verfügbar war.

»Sowohl die Paindeal als auch der *Faolchú Chridhe* existieren.« Caelis' Ton ließ keinen Zweifel daran, dass er glaubte, was er sagte. »Genau wie die Éan.«

»Aber wir haben immer gewusst, dass es die Éan gibt.«

»Und die Éan – wie auch einige der Faol – haben die Paindeal nie vergessen.«

»Ja, und? Sollen wir deshalb einem Mythos nachjagen?«, fragte Maon scharf.

»Ja, und die Paindeal finden, wenn wir unsere Kindeskinder retten wollen.«

»Ihr sagtet, Uven hätte Euch von Eurer wahren Gefährtin ferngehalten?«, fragte Sean.

Maon starrte grimmig auf den Waldboden herab. »Er sagt, Ihr wärt bloß zu stur gewesen, um Eure Pflicht unserem Volk gegenüber zu erfüllen.«

»Wie könnte ich, ein Chrechte-Mann, diese Pflicht erfüllen, nachdem ich mich gepaart und den heiligen Bund geschlossen hätte?«

»Das könntet Ihr nicht«, sagte einer der anderen Männer. »Und das wusste Uven.«

Dem Tonfall des Mannes nach zu urteilen, war das eine wohlbekannte Tatsache unter den Chrechten.

Dieser Beweis dafür, dass Caelis Shona nicht belogen hatte, als er sagte, er habe die letzten sechs Jahre in völliger Enthaltsamkeit gelebt, war etwas, was sie jetzt beiseiteschob, um später darüber nachzudenken.

»Deswegen befahl er mir, mich nicht mit Shona einzulassen, doch es war bereits zu spät.« Caelis legte einen Arm um ihre Schultern.

»Ihr habt ihn belogen«, sagte Sean in einem Ton, den Shona nicht verstand.

Es war fast so, als bewunderte er Caelis dafür.

»Aye. Und er hat von dieser Täuschung nie etwas erfahren.«

»Das ist unmöglich«, erklärte Maon entschieden. »Unser Rudelführer könnte Eure Täuschung riechen, und wenn Ihr sie noch so gut zu tarnen versuchtet.«

»Er ist nicht mehr euer Rudelführer.«

Und nun verstand Shona Caelis' Absichten und seinen Drang, zu dem Clan der MacLeods zurückzukehren, allmählich. Er wollte nicht nur dorthin zurück, um Rache an einem Laird zu nehmen, der gelogen und die Bedürfnisse seiner Leute missachtet hatte. Caelis wollte andere vor dem gleichen Schicksal bewahren und die MacLeods mit der Stärke, dem Mut und der Selbstlosigkeit anführen, die Uven hätte zeigen sollen.

»Das behauptet Ihr.« Maons Tonfall war noch immer trotzig, doch seine Überzeugung schien mit jedem seiner Worte nachzulassen.

Shona empfand fast Mitleid mit dem Mann … Bis ihr wieder einfiel, dass er gedroht hatte, ihre Kinder zu ermorden.

»Glaubst du wirklich, dass Uven meine Herausforderung überleben wird?«, fragte Caelis mit einer Gelassenheit, die Shona nicht nachempfinden konnte.

»Euren eigenen Worten zufolge werdet Ihr *uns* am Leben lassen.«

»Uven ist heimtückischer. Er hat den Tod verdient, wenn er ihn ereilt.« Jetzt war keine Spur von Gnade mehr in Caelis' Ton.

Anscheinend erstreckte sich das chrechtische Gebot der Barmherzigkeit nicht auf despotische Alphawölfe.

»Weil er Euch Eure Gefährtin vorenthalten hat?«, fragte Maon.

»Weil er Gefährten und Gefährtinnen getötet und sie einander nicht nur vorenthalten hat. Weil er Éan, Menschen und Faol willkürlich und vorsätzlich ermordet hat, wann immer sie ihm in die Quere kamen. Meine eigenen Eltern waren Opfer seiner Heimtücke, und er wagte es auch noch, sich als Ersatzvater in mein Leben zu drängen. Weil er lügt und Lügen als Wahrheit lehrt, obwohl er weiß, dass es nur Lügen sind.«

Shona glaubte nicht, dass die anderen den Schmerz in der rauen Stimme des *conriocht* wahrnahmen, doch ihr griff er ans Herz. Sie wollte kein Mitleid mit ihm haben, wollte diesen Schmerz nicht nachempfinden.

Nur konnte sie es nicht verhindern.

»Uven glaubt an das, was er die anderen lehrt«, behauptete Sean.

Maon wurde blass und sah plötzlich so aus, als würde er sein Frühstück gleich von sich geben.

»Nein. Er kennt die Wahrheit. Wir sind nur so stark wie unser schwächstes Glied. Und ohne unseren heiligen Stein waren die Faol jahrhundertelang das schwächste Glied in der Familie der Chrechten.«

Maon schüttelte den Kopf. »Nein.«

»Doch.«

Diesmal widersprach Maon nicht wieder, doch sein Gesicht verdüsterte sich und nahm einen grüblerischen Ausdruck an. Falls er sich seine Starrköpfigkeit eingestand, und wenn auch nur im Stillen, war er gewiss nicht glücklich darüber.

Ist dies das Verhalten, das von Chrechte-Männern erwartet wird, fragte Shona sich. Die meiste Zeit über griesgrämig und schlecht gelaunt zu sein? Shona musste über diesen gar nicht mal so absurden Gedanken lachen.

Caelis blickte mit Sorge und einer Sehnsucht, die sie nicht verstand, zu ihr herab. »Was findest du so lustig?«

»Die Natur der Chrechten.«

»Ihr meint unsere Wölfe?«, fragte Sean erstaunt.

»Ich meine die Tatsache, dass ihr alle viel zu mürrisch wirkt, oder zumindest doch die Männer.« Audrey war keineswegs so übellaunig.

Caelis zuckte mit den breiten Schultern. »Wir teilen unsere Natur mit einem Wolf.«

»Und du nicht nur mit einem Wolf.« Und auch davon hatte er ihr nichts gesagt. Schon wieder ein Geheimnis, das man nicht mit ihr geteilt hatte.

Auch jetzt schien er ihre Gedanken lesen zu können. »Und trotzdem fürchtest du dich nicht vor mir.«

»Nein. Weil du noch immer Caelis bist.«

»Ich dachte, ich würde dir Angst machen.«

Also hatte er ihr deshalb dieses wundersame Wesen nicht gezeigt. Aus Furcht vor ihrer Reaktion? Sie konnte sich nicht vorstellen, dass dieses magische Geschöpf solche Bedenken hatte.

Oder vielleicht konnte er es ihr nur nicht so einfach zeigen wie den Wolf. »Kannst du dich ganz willkürlich in einen *conriocht* verwandeln?«

»Ja, aber das Zurückverwandeln ist nicht ganz so leicht.«

»Warum nicht?«

»Ich weiß es nicht. Doch einer der Gründe könnte sein, dass es bei der Erschaffung unserer Rasse ursprünglich so war, dass ein *conriocht* immer in dieser Gestalt verbleiben sollte, um unsere Leute besser zu beschützen.«

»Könntest du dich jetzt zurückverwandeln?«, wollte Shona wissen.

»Nicht, solange noch Gefahr besteht.«

»Wir haben uns Euch unterworfen«, warf Sean ein. »Wir würden Eurer Gefährtin oder Eurem Kind nichts antun.«

»Nicht nur Eadan, auch Marjory ist mein Kind«, brummte Caelis.

Sean nickte rasch. »Wie es sein sollte.«

Maon gab ein höhnisches Geräusch von sich.

»Bist du anderer Meinung?«, fragte Shona, bereit, ihre Kinder sogar gegen einen Mann zu verteidigen, der sich in einen Wolf verwandeln konnte.

Doch sein Tier war nichts im Vergleich zu dem, das ihr Treue geschworen hatte. Und genau wie bei Caelis' Wolf fiel es Shona nur allzu leicht, auch seinem *conriocht* zu vertrauen, auch wenn sie sich noch nicht dazu überwinden konnte, dem Mann zu trauen.

»Den Fearghall wird beigebracht, dass die Menschheit keinen Wert besitzt«, sagte Maon. »Ein menschliches Kind würde von einem Chrechte-Krieger nicht beansprucht werden.«

»Uvens eigene Tochter war menschlich«, sagte Caelis.

»War?«, fragte Sean.

Caelis warf dem anderen Chrechten einen abschätzenden Blick zu. »Dank ihres Éan'schen Gefährten und unseres heiligen Steines ist sie jetzt verwandlungsfähig.«

»Wie könnte ihr Gefährte sich der Macht unseres Steins bedient haben?«, fragte der Krieger, den Shona noch nicht kannte.

»Das hat er nicht getan.«

»Wieso also *dank ihm?*«, wollte Maon wissen und klang ausnahmsweise einmal mehr neugierig als feindselig.

»Er rettete ihr das Leben, nachdem ihr Vater und Ualraig – der Schuft, den ihr Vater zu ihrem Gefährten bestimmt hatte – sie brutal verprügelt und als vermeintlich tot zurückgelassen hatten.«

Shona bemerkte, dass keiner der Männer von den Neuigkeiten überrascht zu sein schien, aber alle so aussahen, als wäre ihnen nicht ganz wohl dabei.

»Ist er es, der Ualraig getötet hat?«, fragte Maon.

»Seid ihr sicher, dass Ualraig tot ist und kein Deserteur wie ich?«, warf Caelis ein.

»Von unseren Kriegern war nur noch Asche übrig, aber wir kennen den Unterschied zwischen menschlicher Asche und Schmutz.«

»Aye, Laith hat ihn getötet.«

»Ualraig war der mächtigste von Uvens Soldaten.«

»Nein, das war er nicht.«

»Ihr habt ihn im Training oft geschlagen, und doch hat Uven Euch nie zu seinem Stellvertreter befördert«, bemerkte Maon, auch diesmal ohne offenkundige Verärgerung.

»Weil ich keine andere Chrechte zur Gefährtin nehmen wollte, und schon gar nicht die arme Tochter dieses Mannes.«

»Ihr konntet es auch gar nicht.«

»Das wusste er aber nicht.«

»Er hätte Euch umgebracht, wenn er es gewusst hätte.« Kein Zweifel prägte Maons Stimme oder die Gesichter der anderen drei.

Shona erschauderte. Diese Welt war neu für sie, und es gab viele Dinge darin, die sie noch immer nicht verstand, aber auch sie war sich ganz sicher, dass Uven ihren *Gefährten* getötet hätte, wenn der Laird von ihrer und Caelis' Verbindung gewusst hätte.

»Er kann meinen Papa nicht töten«, sagte Eadan entschieden.

»Nein, das kann er nicht, und die Vergangenheit spielt keine Rolle mehr«, stimmte Caelis dem Jungen zu.

Shona war regelrecht schockiert, als Maon nickte.

»Bist du jetzt Uvens neuer Stellvertreter?«, fragte Caelis ihn.

»Nein.«

»Warum nicht?«, konnte Shona nicht umhin nachzuhaken. Oft ließ sie sich von ihrer Neugierde leiten, obwohl sie es besser gelassen hätte.

»Weil ich mich weigerte, seine Tochter zu verfolgen und zurückzuholen.«

»Was?« Sogar Caelis' nicht ganz menschlich klingende Stimme verriet seinen Schock.

»Er war seiner menschlichen Tochter kein guter Vater.«

»Aber meine Kinder hättest du getötet«, sagte Shona mehr verwirrt als ärgerlich.

Und zog ihre eigenen Worte schon in Zweifel, bevor sie noch ganz ausgesprochen waren.

»Chrechten töten keine Kinder.«

»Du sagtest aber ...«

»Wovon ich glaubte, es würde meinen Gegner emotional schwächen.«

»Oh.«

»Jon hat die Frau schließlich auch nicht getötet.«

»Die Frau? Meinst du Audrey?«

»Er hätte es jedoch gekonnt.« Zumindest hatte Shona das in dem Moment gedacht.

»Aye.«

»Doch Vegar wollte das Risiko nicht eingehen.«

»Ein Mann beschützt seine Gefährtin.« Maons Schulterzucken hätte ein gleichmütiges sein können, wenn der Kummer nicht gewesen wäre, den er ausstrahlte.

Und plötzlich erinnerte sich Shona an etwas aus ihrem alten Clan. »Jon war dein jüngerer Bruder«, sagte sie zu Maon.

»Aye. Zu jung, um bei diesem Auftrag dabei zu sein.«

»Und trotzdem hat Uven ihn mitgeschickt. Und du verteidigst diesen Mann auch noch!« Shona konnte das beim besten Willen nicht verstehen.

»Uven war mein Alphawolf. Es stand mir nicht zu, seine Befehle infrage zu stellen.«

»Du sagtest: *war?*«

Maon sah Caelis an und wandte den Blick dann rasch wieder ab.

»Für einen ehrenhaften Chrechten ist alles Leben wertvoll. Ein Alphawolf, der Loyalität verdient, lässt allen, die ihm Treue und Gefolgschaft schwören, seinen Schutz und seine Fürsorge zuteilwerden.« Caelis' Stimme klang kehlig, doch Shona hatte ihn nie *humanere* Worte äußern hören.

»Mitglieder unseres Clans hungern, während Uven sich mit unserer Jagdbeute den Bauch vollschlägt.«

Caelis' einzige Antwort auf diese Behauptung war ein Knurren.

Maon sah ihn an. »Um *conriocht* zu sein, muss der Stein Euch dessen würdig befinden.«

»Der Schöpfers des Steins, ja. Der Stein selbst ist nur eine Möglichkeit für uns, eine Verbindung zu unserem Schöpfer herzustellen.«

»Doch früher wart Ihr ein Fearghall.«

»Aber ich nahm die Wahrheit an, als ich sie erfuhr.«

Maon nickte. »Den Clan zu übernehmen wird nicht einfach sein. Einige werden sterben müssen.«

»Weniger, als wenn der Clan in den Händen eines skrupellosen Mannes bliebe.«

»Das ist es, wovon du vorhin sprachst, nicht wahr?«, fragte

Shona Caelis, doch in ihrem Herzen war sie bereits sicher, dass es so war.

»Aye.«

»Papa ist der Alphawolf«, sagte Eadan stolz.

»Da bist du dir ganz sicher, Junge, nicht?« Sean lächelte den Kleinen an.

Caelis knurrte wieder, aber diesmal verstand Shona nicht, warum.

Sean erschrak, doch das Lächeln wich nicht von seinem Gesicht. »Ich habe Euren Alpha-Status nicht infrage gestellt, *conriocht*.«

Plötzlich saß Shona mit ihren beiden Kindern allein auf dem Boden, weil ihr Gefährte zähnefletschend aufgesprungen war und sie nun alle überragte. »Ich habe euch gewarnt, dass ich eine Lüge riechen kann!«

Auch Sean sprang auf und verwandelte sich von einer Sekunde zur anderen in seinen Wolf. Er griff Caelis jedoch nicht an, sondern rannte in die andere Richtung davon, so schnell er konnte.

Caelis blickte ihm nach, und Shona sah, wie sein ganzer Körper sich anspannte von dem Drang, ihm nachzujagen.

»Schnapp ihn dir!«, ermutigte sie ihn.

»Nein.«.

Er wollte sie und die Kinder nicht schutzlos zurücklassen.

»Die Sinclair'schen Soldaten werden bald hier sein, und dann werde ich den Kerl verfolgen.«

Plötzlich schoss ein anderer Wolf an ihr vorbei, den Shona als Maon erkannte. Sie hatte gedacht, er käme zur Vernunft, doch andererseits hatte sie ja auch gedacht, Sean sei schon vollkommen auf ihrer Seite.

Ein wütendes Bellen ertönte aus dem Wald, gefolgt von dem Knacken zerbrechender Äste, und dann waren ein Knurren, Winseln und schließlich ein Aufjaulen zu hören, das jedoch schlagartig verstummte.

Kurz darauf kam Maon zu ihnen zurück, mit bluttriefender Schnauze und noch immer stark gesträubtem Nackenfell.

Caelis ging in die Hocke und begrüßte den Wolf mit einem sanften Tätscheln seiner viel zu großen Hände, einem leisen Knurren und anderen Lauten, die nichts anderes als Lob und Dank ausdrücken konnten. Auch wenn Shona sich nicht einbildete, die *Wolfssprache zu* verstehen.

Dann richtete sich Caelis auf. »Dort unten ist ein Bach. Geh und wasch dir das Blut ab!«

Der Wolf gehorchte, und Shona unterdrückte ihren Einwand, dass Maon bisher noch keinen Treueschwur geleistet hatte. Sean hatte es so gut wie getan, wenn auch ohne große Überzeugung.

Caelis wandte sich nun an die übrigen beiden Wölfe. »Das Chrechte-Gesetz besagt, dass meine Gefährtin und Familie stets an erster Stelle stehen. Schwört mir jetzt Treue und Gefolgschaft oder fordert mich heraus!«

Der Mann, dem Shona vorher noch nie begegnet war, stand auf. »Ich gehöre nicht zu dem Clan MacLeod.«

»Und trotzdem tust du, was sein Laird dir sagt.«

»Mir wurde von meinem Alphawolf befohlen, die anderen bei dieser Suche zu unterstützen.«

»Um mich zu vernichten.«

»Und den anderen, den Uven für einen Deserteur hält.«

»Wir sollten euch zurückholen«, sagte der andere MacLeod'sche Chrechte.

»Zu welchem Zweck?« Shona wusste nicht, was sie davon halten sollte.

»Um ein Exempel an Eurem Gefährten und dem anderen zu statuieren.«

Sie runzelte die Stirn. »Dem *anderen*? Warum nennt ihr ihn nicht bei seinem Namen?«

Hielt dieser Mann sich für zu gut, um den Namen eines anderen auszusprechen, den er als Deserteur betrachtete?

»Wir wissen nicht, welcher von den Kriegern noch lebt.«

»Oh.«

Caelis nannte ihnen natürlich nicht den Namen seines Kameraden, sondern starrte die beiden Männer nur finster an. »Entscheidet euch!«

»Ich kann den Treueeid nicht leisten«, sagte der Krieger, der nicht zum MacLeod'schen Clan gehörte, und hob bittend die Hand, als Caelis drohend knurrte. »Ich bin schon von Geburt an als Fearghall aufgezogen worden. Und jetzt verlangt Ihr, dass ich meine Brüder und meinen Vater im Stich lasse.«

»Er ist der Leitwolf«, erriet Shona.

Der Mann sah sehr verblüfft aus. Also hatte ihr Gespür sie nicht getrogen.

Sie verdrehte die Augen. »Ich bin ein Mensch und eine Frau, aber keineswegs ein Dummkopf.«

»Ich gebe Euch mein Wort darauf, dass Ihr, Eure Gefährtin und Eure Familie keinen Schaden durch mich oder auf meine Veranlassung hin erleiden werdet.« Der Mann legte die Faust über sein Herz und verneigte sich vor Caelis. »Ihr seid ein *conriocht*, gesegnet mit allem, was uns heilig ist.«

Caelis nickte. »Ich akzeptiere deine Worte, doch du wirst trotzdem nicht auf freien Fuß gesetzt.«

»Und du?«, wandte Caelis sich dann an den anderen Soldaten.

Der Mann ließ sich auf die Knie fallen, verneigte sich vor Caelis und legte seinen Schwur in einer Sprache ab, die Shonas Vater einmal als *die alte Sprache* bezeichnet hatte. Damals hatte sie gedacht, es sei das alte Gälisch, doch heute wusste sie es besser.

Es war zweifellos die ursprüngliche Sprache ihres Volkes.

Caelis entspannte sich ein wenig und antwortete mit ein paar scharfen Worten, die sie nicht verstand.

Dann wandte er sich ihr zu. »Es besteht nun keine Gefahr mehr.«

Shona fragte nicht, ob er sich dessen sicher war – nicht, nachdem er Seans wahre Einstellung gesehen hatte, obwohl der Mann sich nach außen hin als Freund gegeben hatte.

»Was geschieht jetzt mit ihnen?«, fragte sie.

»Sie werden von mir ausgebildet.«

Ohne jede Überraschung beobachtete Caelis, wie der grimmig dreinblickende Sinclair auf sie zukam. Obwohl Shona und sogar die anderen Wölfe nichts davon bemerkt zu haben schienen, war Caelis sich schon seit einigen Minuten der Soldaten bewusst, die durch den Wald in ihre Richtung kamen.

Sein *conriocht* hatte auch das Nahen des Alphawolfs gespürt, obgleich Talorc sich mit größter List und Geschicklichkeit heranpirschte.

Caelis wandte sich an den Laird. »Ihr habt alles gehört?«

»Aye.« Eine steile Falte stand zwischen Talorcs Brauen. »Du bist ein *conriocht*.«

»Warum lasst Ihr das wie eine Anschuldigung klingen?« Hätte Shonas hitziger Blick jetzt Caelis gegolten, wäre sogar er zusammengefahren. »Er hat uns das Leben gerettet.«

»Er hat seine dritte Gestalt Faol und Menschen offenbart, die nichts von der Rückkehr der Beschützer unserer Rasse wussten«, antwortete Talorc schroff.

Maon kam vom Bach zurück, wo er gebadet und sich wieder in einen Mann verwandelt hatte. »Ich hatte mich zuerst verwandelt.«

Der Zorn des Sinclair beunruhigte Caelis keineswegs, auch wenn Maons Aufrichtigkeit und Bereitschaft, diesen Zorn auf sich zu lenken, ihm Respekt abverlangte. Doch nichts hätte Caelis davon abhalten können, seine Furcht erregendste Gestalt anzunehmen, wenn seine Gefährtin und Kinder in Gefahr waren. Das hätte Talorc eigentlich wissen müssen.

Caelis verbannte den Ärger des anderen Alphawolfs aus seinem Kopf und konzentrierte sich darauf, seine menschliche Gestalt zurückzuerlangen, da seine Familie sich nun nicht mehr in unmittelbarer Gefahr befand. Hitze durchflutete seinen Körper, und die Luft um ihn herum verdichtete sich auf eine Art und Weise, wie es bei der Verwandlung in oder aus seinem Wolf nie der Fall war.

Einen Augenblick später war seine Erscheinung wieder die eines Mannes, aber er schwankte ein wenig, und Shona lief zu ihm und reichte ihm ihren Arm, um ihn zu stützen.

Er machte nicht den Fehler, über die Geste zu lächeln oder Shonas Hilfe abzulehnen. Sie war nur halb so breit wie er – selbst in seiner menschlichen Gestalt – und mehr als einen Kopf kleiner, und trotzdem stützte er sich ganz leicht auf ihre Schulter. Ihre Willenskraft machte mehr als wieder wett, was ihr an Körpergröße fehlen mochte. Wäre sie als Éan geboren worden, wäre sie zweifellos zu einer ihrer Wächterinnen geworden, wie es die Prinzessin Sabrine vor ihrer Heirat mit dem Laird der Donegals gewesen war.

Shona führte ihn zu einem Baum. »Lehn dich hier an!«

Caelis stolperte voran und war froh, als er den soliden Stamm in seinem Rücken spürte.

Er wurde immer von Schwindel erfasst, wenn er sich von seinem *conriocht* zurückverwandelte … und hungrig. So hungrig, dass er jetzt ein ganzes Wildschwein vertilgen könnte.

Talorc warf ihm einen mitfühlenden Blick zu, den jedoch mit Sicherheit kein anderer sah – und falls doch, würden sie ihn nicht verstehen.

Denn sowohl Talorc als auch der Alphawolf der Balmorals waren durch den heiligen Stein der Faol zu Beschützern ihres Volkes erwählt worden.

Nicht alle Mitglieder des Rates der Chrechten waren sich dieser Tatsache bewusst, was nur wieder bewies, dass trotz ihrer Bemühungen, als ein einziges Volk zu leben, das Vertrauen zwischen ihnen allen noch lange nicht gesichert war.

Bislang gab es nur eine vollständige Offenlegung zwischen den Lairds der Sinclairs, Balmorals und Donegals. Alle anderen im Rat kannten nur die notwendigsten Fakten über die Rückkehr der Éan zu den Clans.

Keiner von ihnen wusste von Prinz Eiriks Drachengestalt oder der Rückkehr des *Faolchú Chridhe* zu den Faol.

Ciara, die neu ernannte *celi di* der Faol, folgte den Ratschlägen einer uralten *celi di*, die sie ihr durch Visionen zuteilwerden ließ. Und sie beharrte darauf, dass noch nicht der richtige Moment gekommen war, um die Rückkehr des heiligen Steines öffentlich zu machen.

Anders als die Éan, die in jeder Generation nur einen Beschützer hatten, konnten die Faol viele haben.

Im Moment hatten sie drei.

Der Prinz der Éan war ein Furcht erregendes Geschöpf in seiner Drachengestalt und mehr als fähig, es mit einem ganzen Rudel *conriocht* aufzunehmen.

Daher war es gut, dass sie alle Verbündete waren.

Und wenn es nach Caelis ginge, würde sich auch der Clan der MacLeods dieser Gruppe anschließen und sich der Autorität des Chrechte-Rates unterwerfen, wie es auch die anderen taten.

Soweit sich ein Highlander überhaupt einem anderen unterwarf.

Das Wichtigste war jedoch, dass die MacLeod'schen Faol in den wahren Gebräuchen der Chrechte unterwiesen werden würden. Wie Caelis würden nun auch seine Brüder lernen, dass es nichts Ehrenhaftes war, Éan zu töten, nur weil sie sich nicht in Wölfe, sondern in Vögel verwandelten.

Viele Faol würden sich der Einsicht widersetzen, dass sie anderen Chrechten oder Menschen *nicht* überlegen waren, aber Caelis glaubte an seine Mit-Wölfe.

Einige würden wie Sean sein, doch weitaus mehr würden ihre Denkweise ändern, so wie sie auch ihre Gestalt veränderten.

»Alles in Ordnung?«, fragte Shona ihn in sorgenvollem Ton.

Caelis, der sich insgeheim erlaubte, ihre besorgte Haltung zu genießen, nickte und lehnte sich noch schwerer an den Baum. »Aye.«

»Er wird hungrig sein«, teilte der Sinclair ihr mit einem wissenden Blick zu Caelis mit.

»Der Verwandlung wegen?«, fragte sie ihn.

»Aye.« Und da meldete sich auch schon sein Magen mit einem deutlich vernehmbaren Grollen. »Das ist immer so, wenn ich mich vom *conriocht* in einen Mann zurückverwandele.«

»Dann sollten wir zur Burg zurückkehren«, sagte sie und blickte Talorc erwartungsvoll an.

Der Laird schüttelte den Kopf und lächelte. »Ich habe das Gefühl, dass Ihr bald genauso herrisch sein werdet wie Abigail.«

»Eure Frau Gemahlin macht einen sehr liebenswürdigen Eindruck auf mich.«

»Oh ja. Wenn sie will, kann sie überaus charmant und reizend sein.« Der Stolz in Talorcs Stimme war nicht zu überhören.

»Frauen müssen stark sein in dieser Welt, wenn wir nicht von den Plänen der Männer erdrückt werden wollen.«

Zu Caelis' Überraschung brummte der Laird zustimmend, da selbst er Shonas Worte nicht bestreiten konnte. Sie hatte den Preis für Uvens Machenschaften und dann auch noch für die Pläne ihres eigenen Vaters bezahlt. Ob Letzterer nun geglaubt hatte, in Shonas Interesse zu handeln oder nicht – beide hatten ihr jedenfalls sehr viel Kummer bereitet.

Auf dem Rückweg zur Burg holten die Männer Caelis' Schwert und Kilt und nahmen auch die toten Wölfe mit. Die Sinclair'schen Soldaten hüllten ihre sterblichen Überreste in Plaids mit den MacLeod'schen Farben ein, wie es sich gehörte. Heute Nacht bei Mondaufgang würde für sie alle ein gemeinsamer Scheiterhaufen angezündet werden.

Seans Kadaver wurde zur Strafe für seinen Verrat als Futter für die Aasfresser im Wald zurückgelassen.

Audrey beobachtete den Mann, den Laird Sinclair soeben zu ihrem Ehemann erklärt hatte, bevor er Vegar gestattete, sie nach oben zu begleiten. Alles war sehr schnell gegangen, was allerdings unter Wölfen nichts Besonderes war.

Die Faol hatten Verständnis für die Urinstinkte ihrer Natur und kämpften nicht gegen die gewichtigsten wie die der Paarung an.

Außerdem zog Audrey die Bezeichnung »Ehefrau« jederzeit der einer *Buhle* vor.

Vegar kam von der Tür zurück, nachdem er dort den Riegel vorgeschoben hatte. Abigail war schon vor einiger Zeit gegangen und hatte Ciara dann mit einem Tee aus Heilkräutern hinaufgeschickt, den Vegar jedoch unbedingt hatte probieren wollen, bevor er ihn an Audrey weitergab.

Zum Glück schien die Adoptivtochter des Lairds und *celi di* der Faol über Vegars Vorsichtsmaßnahmen nicht gekränkt gewesen zu sein.

»Sie hat nicht versucht, mich zu vergiften.«

Vegars Brauen zogen sich verwirrt zusammen. »Das habe ich auch nie behauptet.«

»Trotzdem wolltest du unbedingt den Tee probieren, bevor du mir erlaubt hast, ihn zu trinken.«

»Ich wollte nur sichergehen, dass er nicht zu heiß war.«

»Oh.« Das war ja richtig … süß von ihm.

Obwohl *süß* eigentlich kein Wort war, das sie mit ihrem Gefährten in Verbindung brachte.

»Du bist gar nicht so, wie ich nach unserer ersten Begegnung erwartet hatte.«

Vegar verzog das Gesicht. »Und das ist wohl etwas Gutes, schätze ich.«

Audrey ertappte sich bei einem Lächeln. »Ja, ich denke schon.«

»Ich bin kein schlechter Mensch«, sagte er pikiert.

Gott, Männer konnten ja so empfindlich sein! Auch ihr Bruder war viel schneller beleidigt als Shona oder Audrey.

Da sie es im Moment jedoch für besser hielt zu schweigen, trank Audrey einen Schluck von dem mit Honig gesüßten Tee, der wie eine Mischung aus Baldrianwurzel und Kamille schmeckte. Mit seiner Hilfe würde sie bald eingeschlafen sein.

Sie fragte sich nur, ob Vegar wohl bewusst war, was der Tee bewirken sollte.

Offensichtlich nicht.

Er beobachtete sie mit seinen haselnussbraunen Augen, die sich verdunkelten von einem Gefühl, das Audrey noch nie bei einem Mann gesehen hatte. Und dieses sinnliche Begehren sah sie auch jetzt nicht gern. Sie umfasste den heißen Becher Tee mit beiden Händen, gar nicht sicher, wie Vegar reagieren würde, wenn er von der Wirkung dieses Kräutertees erfuhr.

Kapitel Sechzehn

Es gibt kein größeres Geschenk, als von seiner Gefährtin akzeptiert zu werden.

– Niall von den Sinclairs

»Du hättest den Alphawolf beinahe herausgefordert«, bemerkte Audrey, die Vegars unvernünftiges Verhalten zu verstehen versuchte. Außerdem wollte sie sich von ihren seltsamen Gedanken ablenken.

Sein Beharren darauf, sie selbst zu pflegen, hatte zu einem *Fast*-Zusammenstoß mit dem Laird und einer *sehr* überstürzten Heirat geführt.

»Du bist *meine* Gefährtin, die *ich* beschützen und pflegen muss.«

Darin konnte Audrey ihm nicht widersprechen. Denn obwohl Lady Sinclair ihnen zu Vegars Zimmer gefolgt war und darauf bestanden hatte, Audreys Verletzungen zu behandeln, hatte er den größten Teil der eigentlichen Pflege übernommen.

»Ist das so üblich unter den Éan?«

»Gefährten kümmern sich umeinander, egal, welcher Rasse der Chrechten sie angehören.«

»Mein Vater hat meine Mutter nie gepflegt.«

Vegar winkte ab. »Er ist Engländer und menschlich.«

»Trotzdem war er ihr Gefährte.« Und obwohl es ungewöhnlich genug war für einen Menschen, sich mit einer Chrechte zusammenzutun, war die Verbindung zwischen ihnen, wenn es dazu kam, genauso machtvoll wie die zwischen zwei Faol.

»Kein guter, so wie es sich für mich anhört.«

»Er hatte eine Ehefrau«, gestand Audrey beschämt, obwohl sie einige ihrer eigenen Vorstellungen über die Ehe überdachte.

Sie brachte Sinneslust und ein starkes Fortpflanzungsbedürfnis mit sich, doch die zärtlichen Berührungen und der liebevolle Umgang zwischen dem Laird und seiner Gemahlin, die sie mit angesehen hatte, waren nicht zwangsläufig das Ergebnis der Ehe. Es waren Gefühle wie wahre Liebe, die ein solches Verhalten hervorriefen.

Würde sie mit Vegar die gleichen Gefühle erleben?

»Und diese Frau war nicht deine Mutter.«

»Nein, nicht meine Mutter.«

Vegar schüttelte den Kopf. *»Engländer.«*

»Das ist genauso wenig ein Schimpfwort, wie *Éan* eines ist, und sollte nicht in diesem Ton gesagt werden. Was immer du dir anderes wünschen magst, deine Gefährtin und jetzt auch Ehefrau ist nun mal eine Engländerin.«

Vegar seufzte. »Ich bitte um Entschuldigung.«

»Was?«

»Du hast es gehört.«

»Komisch, aber du wirkst so gar nicht wie ein Mann, der seine Fehler so leicht eingesteht.«

»Das bin ich auch nicht.«

»Dann müsste ich mich also geehrt fühlen?«

»Du bist meine Gefährtin.«

»Und das verschafft mir besondere Privilegien?«

»Aye.«

»Ich bin trotzdem noch Engländerin.«

»Du bist eine Chrechte.«

»Und ein Bastard.«

»Nicht du, sondern dein Vater ist der Bastard.«

»*Seine* Eltern waren verheiratet.«

»Sein Verhalten deiner Mutter und der Frau gegenüber, die seinen Namen trägt, macht ihn dazu.«

»Das dachte ich auch immer«, gab Audrey zu. »Seine Ehefrau war gar nicht unfreundlich und behandelte Thomas und mich besser, als es unser Vater tat.«

»Sie ist eine Frau mit Charakter.«

»Meine Mutter fand das nicht.«

»Was nicht anders zu erwarten war.«

Audrey ertappte sich dabei, dass sie über etwas lächelte, was ihr vorher immer Kummer bereitet hatte. »Vielleicht ja. Und selbst wenn sie seine Ehefrau gewesen wäre, hätte mein Vater wahrscheinlich keine Ahnung gehabt, wie man die Beschwerden anderer behandelt, und am allerwenigsten die meiner Mutter.«

Vegar zuckte mit den Schultern. »Krieger werden auch dazu ausgebildet, Verletzungen zu behandeln. Sie fügen sie nicht nur zu.«

»Tatsächlich?« Davon hatte Audrey unter den Rittern des Barons noch nie etwas gehört.

Was allerdings nicht hieß, dass es tatsächlich auch so sein musste. Doch sogar Thomas' Ausbildung hatte ihr Vater nie sehr ernst genommen, und sie war fast völlig eingestellt worden, nachdem er sie in die Dienste des Barons von Heronshire gegeben hatte.

Shonas Ehemann hatte nur dafür gesorgt, dass Thomas zumindest die Grundkenntnisse beherrschte, um die Baronin und die Kinder beschützen zu können.

»Aye.«

»Glaubst du, dass es eine Highlander-Tradition ist?«

Wieder zog er gleichmütig eine Schulter hoch, als kümmerte es ihn nicht, was andere Männer außer jenen, die er selbst trainierte, taten. Und wahrscheinlich war es ihm tatsächlich gleichgültig.

Im Gegensatz zu ihr schien Vegar kein Mann zu sein, der allzu viel auf die Meinungen oder anerkannten Praktiken anderer gab.

Als er nun seine Tunika hochzog und sie seinen nackten Oberkörper sah, verschlug es ihr den Atem. Er war für sie der Inbegriff der Schönheit und Vollkommenheit – alles, was eine Frau sich von einem Ehemann und Gefährten nur wünschen konnte.

Er war stark und gut gebaut, doch es waren die Anzeichen seines erst kürzlich ausgetragenen Kampfes, die die stärkste Reaktion bei ihr auslösten. »Du warst so darauf bedacht, meine Wunden zu behandeln, dass du deine eigenen völlig außer Acht gelassen hast.«

»Dann kannst du sie ja jetzt für mich versorgen.« Er streifte nun auch den Kilt ab und kam auf das Bett zu. Die körperliche Erregung, die sein hartes Glied verriet, war beunruhigend, aber Audrey nickte trotzdem, weil Vegars Gesundheit wichtiger war als ihre Verlegenheit und Sorge.

In einer Hand die Felldecke, um ihre Blöße zu bedecken, setzte sie sich auf und griff nach dem feuchten Tuch in der Schüssel mit dem Hamamelis-Wasser, die Abigail ihnen dagelassen hatte.

Er setzte sich dicht genug neben sie auf die Bettkante, um es ihr leicht zu machen, an die meisten der kleinen Schnittverletzungen und Kratzer heranzukommen, die er bei dem Kampf davongetragen hatte. »Du hast ein weiches Herz, Audrey.«

»Weil ich deine Wunden versorgen will? Du hast meine auch behandelt«, erinnerte sie ihn. Und er hatte seine eigenen dazu noch völlig ignoriert.

Wieder war sie gerührt von der Anteilnahme, die sich trotz

seiner manchmal abschreckenden Taten und Worte in seiner jetzigen Handlungsweise zeigte.

»Weil du zugelassen hast, dass der Laird uns zu Mann und Frau erklärte, statt mir zu erlauben, ihn zum Duell zu fordern.«

»Jetzt bist du unvernünftig.«

»*Vernunft* spielt kaum eine Rolle, wenn man seine Gefährtin beschützen will.«

»Wenn du meinst.« Sie streckte die Hand aus und begann, mit dem feuchten Tuch das getrocknete Blut um eine seiner größeren Schnittwunden abzutupfen. »Zum Glück muss keine der Wunden genäht werden.«

»Ich bin ein Chrechte. Sie werden schnell heilen.«

»Das weiß ich, aber ich bin trotzdem froh darüber.«

»Bist du das?«

»Aber ja, natürlich.«

»Warum?«

Audrey verstand die Frage nicht. »Weil ich nicht will, dass du leidest.«

»Siehst du? Du hast ein weiches Herz.«

»Es ist etwas ganz Normales, Mitgefühl mit anderen zu haben.« Oder sah er das etwa nicht so?

»Du bist eine Faol, während ich ein Éan bin.«

»Du bist mein Gefährte. Außerdem bin ich nicht meine Mutter. Was immer sie auch glaubte, ich kann nicht akzeptieren, dass andere weniger wert sein sollen, nur weil sie sich in eine andere Tierart verwandeln oder sich überhaupt nicht verwandeln.«

»Ihr seid wie Schwestern, du und Shona, obwohl ihr nicht mal Blutsverwandte seid.«

»Im Herzen sind wir Schwestern, ja.«

»Es ist ungewöhnlich unter den Faol, einem Menschen so nahezustehen.«

»Vielleicht hätte ich das auch geglaubt, bevor ich herkam,

doch jetzt bin ich mir sicher, dass die Fearghall Ausnahmen unter unseresgleichen sind.«

»Zum größten Teil ja, aber lass dich nicht täuschen, meine schöne Gefährtin, denn es gibt auch viele Chrechten unter den Éan und Faol, die sich den Menschen überlegen fühlen. Es sind nicht nur die Fearghall, die glauben, dass die Faol die stärksten der Chrechten und anderen daher überlegen sind. Und mach dir auch keine Illusionen über meine Leute! Viele Éan glauben, wir sollten für uns bleiben, weil wir etwas Besseres sind der Gaben wegen, die wir außer der Verwandlungsfähigkeit durch unseren heiligen Stein erhalten haben.«

»Was für Gaben sind das?«

»Jedem Éan werden während der Zeremonie seiner ersten Verwandlung mystische Fähigkeiten verliehen.«

»Und wir Faol haben keine Zeremonie für unsere erste Verwandlung?« Es war mehr eine Frage als eine Feststellung, weil sie sich nicht sicher war.

»Die Faol haben viele ihrer Zeremonien im Laufe der Jahrhunderte aufgegeben, doch die Éan waren schon immer die Rasse mit mehr mystischen Fähigkeiten.«

»Weswegen einige von euch sich für besser als die Faol halten?«

»Genau.«

»Und viele Engländer halten sich für besser als die Schotten.« Dieses unberechtigte Überlegenheitsgefühl schien ein universelles Problem der Menschheit zu sein.

Ein zweifelnder Blick erschien in Vegars braunen Augen. »Und du nicht?«

»Es gibt genug andere Dinge, die meinen Kopf und meine Zeit beschäftigen, um sie auch noch mit der Frage zu vergeuden, ob ich in irgendeiner Weise besser bin als andere.«

»Selbst einem Barbaren gegenüber?«

Audrey errötete. »Das habe ich nur aus Wut gesagt.«

Vegar nickte.

»Du glaubst mir?«

»Wir sind Chrechten. Ich könnte eine Lüge riechen.«

Oh. Natürlich. Es würde bestimmt nicht leicht sein, sich daran zu gewöhnen, mit anderen ihrer Art als nur ihrem Bruder zusammen zu sein.

Weil es unter anderem bedeutete, dass auch sie es riechen würde, falls Vegar sie belog. »Bist du nicht mehr enttäuscht, mit einer Engländerin verheiratet zu sein?«

»Nein.« Nur Wahrheit und Aufrichtigkeit lagen in seinem Duft und Ton.

Seltsamerweise brannten Tränen in Audreys Augen, und sie blinzelte, um sie zurückzudrängen. »Das ist gut.«

Er lächelte, was sein gut aussehendes Gesicht noch anziehender machte.

»Du bist ein sehr reizvoller Mann.« Hatte sie das wirklich laut gesagt?

Vielleicht war ja noch etwas anderes außer Baldrianwurzel und Kamille in ihrem Tee gewesen ...

Sein Lächeln wurde noch breiter. »Schön, dass du so denkst.«

»Bilde dir bloß nichts darauf ein!«

»Deiner eigenen Aussage nach habe ich allen Grund dazu.«

»Du nervtötender Krieger!«

Sie schickte sich an, das Tuch auszuspülen und auszuwringen, was ihr mit nur einer Hand jedoch schwerfiel.

Deshalb nahm Vegar ihr die Arbeit ab und gab ihr das Tuch zurück, als er damit fertig war. »Deine Berührung, selbst in so unschuldiger Weise, ruft eine starke Reaktion in mir hervor.«

Audreys Blick glitt zu seiner wirklich sehr beeindruckenden Erektion. »Das habe ich schon bemerkt.«

Er lachte. »Ich weiß. Schließlich gibst du dir alle Mühe, nicht dorthin zu schauen.«

»Wir sind verheiratet, aber kein Liebespaar.«

Er hielt inne, und sein Gesicht nahm einen schon fast beängstigenden Ausdruck an. »Das ist wahr.«

»Ich würde es vorziehen, auf gewisse ... Aktivitäten zu verzichten, bis wir den Bund des Lebens geschlossen haben.« Die Worte sprudelten so schnell aus ihr hervor, dass sich die letzten schon fast zu einem einzigen verbanden.

»Warum?« Hatte er sie überhaupt verstanden?

»Weder mein Bruder noch meine beste Freundin waren anwesend, um unsere Gelübde zu bezeugen.« Auch wenn sie nur wenige gesprochen hatten. »Ich möchte beide an meiner Seite haben, wenn ich meine chrechtischen Ehegelübde ablege.«

Vegar erwiderte nichts, und so beschäftigte sie sich damit, den Rest seiner Wunden zu versorgen.

»Sieh mich an!«, befahl er, als sie fertig war und das Tuch wieder in die Schüssel fallen ließ. Inzwischen klang er wieder bedrohlich und sah auch so aus. »Zweifelst du an der Gültigkeit unserer Heirat, weil sie nicht vor einem Priester stattfand?«

»Nein, das nicht, aber beim nächsten Mal verlange ich den Segen eines Priesters.« Was diesen Punkt anging, war sie zu keinem Kompromiss bereit.

»Aye.«

Audrey nickte.

Erstaunlicherweise entspannte er sich. »Warum willst du dann mit dem Vollzug der Ehe warten?«

Sie schüttelte nur den Kopf und wich seinem Blick aus.

»Audrey.«

Sie biss sich angesichts seines gebieterischen Tons auf die Lippe, gehorchte aber dennoch nicht. »Du wirst meinen Wunsch doch wohl verstehen können.«

Er stieß ein Lachen aus, das fast wie ein Bellen klang. »Ich glaube, meine süße Gefährtin, dass du es bist, die *meine* Wünsche nicht versteht.«

Damit lag er gar nicht mal so falsch. Audrey war noch völlig unschuldig und unerfahren. Shonas Behauptung, der Liebesakt könne überaus beglückend sein für eine Frau, war alles an Aufklärung, was sie erhalten hatte.

»Ich möchte warten«, wiederholte sie.

»Gefährtin!« Vegars Tonfall ließ keinen Zweifel daran, dass er dieses Mal Gehorsam erwartete.

Doch er würde schon noch lernen, dass es ihm nicht immer gute Dienste leisten würde, diesen Ton anzuschlagen. Ein andermal.

Audrey hob den Kopf und sah ihrem Gefährten in die Augen.

Sie waren völlig frei von dem Ärger oder der Enttäuschung, die sie erwartet hatte. »Du erholst dich noch von deinen Verletzungen, Gefährtin. Da würde ich doch wohl nicht ausgerechnet diesen Moment wählen, um die Ehe zu vollziehen.«

»Oh.« Das war wirklich … ausgesprochen rücksichtsvoll von ihm. »Danke, Vegar.«

»Dank mir nicht dafür, dass ich mich dir gegenüber anständig verhalte. Denn obwohl es viele Unterschiede zwischen uns gibt, kannst du das zumindest stets von mir erwarten.«

»Oh.« Seine Worte waren nicht so beruhigend wie der unerwartet freundliche Gesichtsausdruck. »Darf ich noch etwas erwarten?«

»Und was wäre das?« Er schien tatsächlich nicht zu wissen, wovon sie sprach.

Es war ein bisschen entmutigend, doch Audrey zwang sich fortzufahren. »Glaubst du an Liebe zwischen Gefährten?«

»Ich glaube, dass sie vorkommt, ja.« Er klang jedoch noch immer nicht so, als verstünde er.

Und so blieb ihr gar nichts anderes übrig, als geradeheraus zu fragen: »Kannst du dir vorstellen, dass du mich vielleicht einmal lieben wirst?«

»Wirst du *mich* lieben?«, antwortete er mit einer Gegenfrage.

Sie runzelte die Stirn und wollte zuerst lügen, doch nach seiner Rücksichtnahme und seinem Verständnis fühlte sie sich verpflichtet, ihm die Wahrheit zu sagen. Außerdem würde er ja eine Lüge riechen, dieser arrogante, wenig mitteilsame Krieger.

Er wartete mit schmalen Augen und seltsam angespannt, was Audrey nicht verstehen konnte.

Und so atmete sie tief aus und sagte ihm die Wahrheit. »Ja, ich glaube, das werde ich.«

»Du klingst jedoch nicht glücklich darüber.«

»Um ganz ehrlich zu sein, bin ich es auch nicht.« Sie hatte das Leid einer Frau gesehen, die einen Gefährten liebte, der keine erkennbaren tieferen Gefühle für sie gehegt hatte.

»Ist das so, weil ich ein Éan bin?«

»Es ist so, weil du ein harter Mann bist und ich nicht glaube, dass es dir leichtfallen wird zu lieben.« Falls er überhaupt dazu in der Lage war.

»Heute Morgen hätte ich dir noch zugestimmt.«

»Und irgendetwas hat in dieser kurzen Zeit deine Meinung geändert?«

»Aye, das könnte man so sagen.«

»Was?«, fragte sie perplex.

»Dich mit einem anderen Wolf kämpfen zu sehen, um mich zu beschützen.«

»Wie kann das sein?« Sie war nicht einmal in Bestform gewesen.

»Weil du dabei hättest sterben können.«

Das stimmte allerdings.

»Ich kann gar nicht richtig kämpfen.« Tatsächlich hatte sie auch nur sehr wenig Schaden angerichtet. Wenn sie an diese nervenaufreibenden Minuten zurückdachte, war es ein Wunder, dass sie sie überhaupt überlebt hatte.

»Du hast mit deinem Herzen gekämpft. Das ist manchmal wichtiger als Training.«

»Aber *du* hast ihn getötet«, sagte sie, obwohl sie nie bereuen würde, dass der tödliche Schlag von ihm und nicht von ihr gekommen war.

Audrey glaubte nicht, dass es ihr gefiele, einen Mann getötet zu haben, ob er nun in seiner tierischen oder seiner menschlichen Gestalt gewesen war, als er starb.

»Aye.« Vegar klang müde und bedrückt.

Audrey hatte erwartet, dass er erfreut oder doch zumindest stolz auf seine Leistung war. Es war jedoch offensichtlich, dass er den Tod des anderen Chrechten bedauerte.

»Du wolltest es nicht tun.«

»Zu viele Chrechten sind bereits im Kampf gestorben.«

»Das liegt in unserer Natur.«

»In unserer *menschlichen* Natur vielleicht.«

Ihre Lippen verzogen sich zu einem kleinen Lächeln über die Bemerkung, die er, wie sie wusste, nur halb im Scherz gemacht hatte. »Es wird auch nicht leicht, die Fearghall zu bekämpfen.«

»Da hast du recht, obwohl die Éan und Cahir es schon seit Jahrhunderten getan haben.«

»Doch jetzt ist es anders, oder?« Der Beitritt der Éan zu den Clans veränderte die Dinge.

Und die Machenschaften des MacLeod'schen Lairds waren ebenfalls sehr besorgniserregend.

»Es muss sein.«

»Ja.«

»Dein Bruder wird sich den Cahir anschließen.«

»Wie kannst du dir so sicher sein?« Ein schrecklicher Gedanke kam ihr. »Du wirst ihn doch nicht dazu zwingen?«

»Nein. Sein Herz ist wie deines. Er strebt nach Gerechtigkeit und Wahrheit. Die Cahir werden gut daran tun, ihn in ihren Reihen aufzunehmen. Und Thomas wird finden, was er anstrebt.«

»Du kennst ihn nicht.«

Der harte Zug um Vegars Kinn und Mund besagte, dass er anderer Meinung war.

Aber wie könnte er etwas anderes behaupten? »Du bist wirklich *sehr, sehr* arrogant, nicht wahr?«

»Ich bin ein Krieger der Cahir.«

»Und das bedeutet, dass du immer recht hast?«

»Das macht mich bewusster als andere unserer Art.«

»Du willst mich glauben machen, dass du mit deiner Ausbildung schon nach einer einzigen Begegnung den Charakter eines Mannes erkennen kannst?«

»Wir sind Cahir.«

»Das sagtest du bereits.«

Er lächelte nur über ihre Spöttelei, statt ärgerlich zu werden. »Chrechten haben viele Gaben, die, wenn sie gut geschult sind, mühelos mit Täuschung und Illusionen aufräumen können.«

»Hm.«

»Du klingst nicht überzeugt.«

»Und du dir viel zu sicher.«

»Ich behaupte nicht, dass alle Cahir, und schon gar nicht alle Chrechten, die Natur eines Mannes gleich durchschauen können, wenn sie ihm begegnen. Aber *ich* kann es.«

»Wieso?«

»Weil unsere heiligen Steine uns viele Gaben verleihen.«

»Also …?« Würde sie den Rest ihres Lebens mit dem Versuch verbringen, die rätselhaften Worte dieses nervtötenden Mannes zu verstehen?

»Also ist eine meiner Gaben, einem Mann ins Herz blicken zu können.«

»Was bedeutet das genau?«

»Dass sogar seine am tiefsten verborgenen Neigungen für mich so durchsichtig sind wie ein See in der stillen Morgenluft.«

»Du kannst Gedanken lesen?«

»Gedanken nicht, aber Charakter.«

Gott, wie verwirrend das alles war!

»Na, das erklärt es dann ja«, scherzte sie, weil ihrer Meinung nach überhaupt nichts wirklich erklärt worden war.

»Aye.«

»Du verstehst nicht, was ich meine.«

»Und was ist es dann?«

»Du warst so schnell bereit, mich zu verurteilen, als du von meinem Geburtsland hörtest.«

»Das war ein Fehler.«

»Ja, aber ein verständlicher.«

»Es freut mich, dass du so denkst.«

Audrey nickte. »Wenn ich ein Mann gewesen wäre, hättest du in mein Herz hineinschauen können. Da ich jedoch eine Frau bin, musstest du zuerst wohl Zeit mit mir verbringen.«

Sie kicherte über seinen entrüsteten Gesichtsausdruck, doch ihr Lachen ging in ein Gähnen über, als der Tee nun seine Wirkung entfaltete.

»Es wird bestimmt noch lustig mit dir werden, meine Audrey aus England.«

»Ich denke nicht mehr, dass ich aus England bin. Ich habe kein Zuhause mehr, zu dem ich zurückkehren könnte.« Nicht, wenn sie Shona in Sicherheit wissen wollte.

»Dein Zuhause bin jetzt ich.«

Wie schön das klang!

Wieder gähnte sie und versuchte zu lächeln. »Nach der Chrechte-Zeremonie wirst du es sein.«

Diesmal widersprach er nicht, was Audrey als kleinen Sieg verbuchte.

Vegar half ihr, es sich zwischen den Felldecken bequem zu machen, und streckte sich dann auf beruhigende Art und Weise neben ihr aus, als sie trotz der frühen Stunde in tiefen Schlaf hinüberglitt.

Als sie zur Burg zurückkehrten, wurden Maon und der andere Faol, der den Treueschwur geleistet hatte, zu einer intensiven Schulung gebracht. Dort würden sie einer Ausbildung in wahrhaft ehrenhaften Chrechte-Sitten unterzogen werden, die auch Caelis selbst durchlaufen hatte, bevor er nach Balmoral Island gegangen war, um dort mit den Cahir zu trainieren.

Der Krieger, der kein MacLeod war, wurde erst einmal zum Gefangenenturm gebracht. Er hatte sich noch nicht dazu äußern wollen, welchem Clan er angehörte, und der Sinclair hatte ihn so lange zum Gefangenen erklärt, bis seine Herkunft und Loyalität geklärt werden konnten.

Anders als vor einem Jahr noch war Caelis nicht mehr schockiert darüber, dass der Sinclair die Übeltäter nicht einfach tötete. Damals hatte Talorc auch nicht Caelis' Tod befohlen.

Heute war Caelis allerdings noch viel beeindruckter von der Klugheit und Charakterstärke des Sinclair'schen Lairds. Wie Talorc ihn gelehrt und der Balmoral später bekräftigt hatte, war es leicht zu töten, doch bei Weitem nicht so einfach, einen Mann zu überzeugen, einen anderen Weg einzuschlagen.

Shona bestand darauf, dass Caelis und die Kinder etwas aßen, obwohl sie selbst nichts von der Mahlzeit anrührte, die Abigail ihnen vorgesetzt hatte.

»Wie geht es Audrey?«, fragte sie die Burgherrin, während Marjory und Eadan es sich schmecken ließen.

Es war klar, dass Shona lieber bei ihrer Freundin wäre, um sich selbst um deren Wohl zu kümmern, doch wie immer stellte sie die Bedürfnisse ihrer Kinder allem anderen voran.

Dass sie dadurch auch bei Caelis blieb, kam ihm natürlich sehr gelegen.

»Audrey geht es gut. Ihre Verletzungen werden schnell verheilen«, versicherte Abigail. »Im Moment erholt sie sich mit Vegar in dessen Zimmer.«

»Aber ...« Shona brach ab, ganz offenbar nicht sicher, wie sie fortfahren sollte. Nach einem schuldbewussten Blick zu Caelis biss sie sich dann nur auf die Lippe und nickte. *Was hatte das denn zu bedeuten?*

Aber dann verstand er. Shona war bestürzt darüber, dass ihre Freundin sich in einer kompromittierenden Situation mit einem Mann befand, glaubte jedoch, nicht das Recht zu haben, etwas dazu zu sagen, nachdem Audrey sie am Morgen mit Caelis überrascht hatte.

»Wann findet die feierliche Zeremonie statt?«, fragte Caelis Abigail.

»Heute Abend.«

»Was für eine Zeremonie?«, wollte Shona wissen. »Das soll doch wohl nicht heißen, dass Audrey und Vegar heute Abend *heiraten* werden?« Shonas grüne Augen richteten sich flehend auf Abigail. »Sie sind sich doch gerade erst begegnet!«

Abigail biss sich auf die Lippe und blickte Caelis an, als stellte sie ihm eine Frage.

Nur hatte er leider keine Ahnung, was sie von ihm hören wollte.

Nach ein paar angespannten Sekunden stieß Abigail einen frustrierten Seufzer aus und warf Caelis einen ärgerlichen Blick zu, bevor sie Shona ein unsicheres Lächeln schenkte. »Talorc nahm ihnen die Ehegelübde ab, bevor er Audrey mit Vegar hinaufgehen ließ.«

»Aber ...« Shona sah aus, als verstünde sie gar nichts mehr, und schien in sich zusammenzusacken. »Was ist das denn für eine Zeremonie, von der ihr sprecht?«

Caelis streckte eine Hand aus und streichelte Shonas Wange. Im Grunde wollte er sie unentwegt berühren; dieses Bedürfnis war höchstens in seiner *conriocht*-Gestalt noch drängender.

Diesmal war er jedoch nur bestrebt, sie zu trösten. »Es ist ein feierliches Bindungsritual.«

»Sie ist meine beste Freundin, und sie wurde ohne mich verheiratet?« Shona bedachte Caelis mit einem ausgesprochen unfreundlichen Blick. »Ich glaube nicht, dass diese Welt der Chrechten mir gefällt.«

»In den Highlands sind die Gebräuche anders, ob bei Chrechten oder Nicht-Chrechten«, versuchte Abigail, die Wogen ein wenig zu glätten.

Der Blick, den Shona der Gemahlin des Sinclair zuwarf, war jedoch auch nicht gerade freundlich. »Nicht mal in den Highlands finden Hochzeiten so überstürzt und ohne jede Planung statt.«

»Du würdest dich wundern«, gab Abigail ironisch und mit vielsagendem Gesichtsausdruck zurück.

Shona verschränkte die Arme vor der Brust und wandte sich wieder mit erboster Miene Caelis zu, als wäre er schuld an alldem. »Ich werde das nicht dulden.«

»Sie wird bei unserer Hochzeit zugegen sein«, versprach er, als hoffte er, dass sich Shonas schlechte Laune bei dem Gedanken bessern würde.

Doch ihre grünen Augen blitzten zornig. »Bei unserer *was*, Caelis?«

»Bei unserer Hochzeit.« Er hatte seine Absichten klargestellt. Zweifelte sie sie jetzt etwa an?

»Ich bin keine Chrechte, die sich von ihrer animalischen Natur beherrschen lässt. Und niemand kann bestreiten, dass ich mir das Recht verdient habe, meine Zukunft selbst zu wählen. Es wird keine zweite mir *befohlene* Ehe geben.«

Kapitel Siebzehn

Die Sinne eines Chrechten sind denen eines Menschen überlegen, nur deutet er nicht immer richtig, was sie ihm sagen.

– Guaire von den Sinclairs

Du würdest mich abweisen?«, fragte Caelis, dem der Kopf schwirrte. Das Schwindelgefühl, das ihn nach der Verwandlung befallen hatte, war nichts dagegen.

War Shona nun wieder entschlossen, seinen Anspruch auf sie und die Kinder zu bestreiten? »Findest du die Aussicht auf eine Ehe mit mir jetzt zu beängstigend, weil du meinen *conriocht* gesehen hast?«

»Es ist nicht dein *conriocht*, der für mich unannehmbar ist.«

Und was hieß das? Dass es sein Wolf war, den sie nicht mochte? Nein. Sie hatte behauptet, ihm auch in tierischer Gestalt zu vertrauen, und sie war geradezu hingerissen gewesen von seinem Wolf, als er ihn ihr gezeigt hatte.

War es dann der Mann, den sie nicht mochte?

So etwas hatte er noch nie gehört. Wie könnte sie auch die Gestalt, die am meisten ihrer eigenen menschlichen entsprach, unannehmbar finden?

»Weil es der Mann war, der mich einst verriet und heute rücksichtslos über meine Gefühle und Rechte als unabhängige Witwe hinweggeht.«

Was für Witwenrechte?

»Die gesetzlich anerkannten Rechte, die mir zwar bei Weitem nicht dieselbe Freiheit zugestehen, die ein Mann besitzt, aber immer noch weitaus besser sind als die Rechte einer ledigen Frau«, erläuterte Shona, als hätte er gefragt.

Sie hatte recht. Er würde sich daran gewöhnen müssen, Antworten auf Fragen zu bekommen, die er nicht einmal laut geäußert hatte. Er hatte die Frage nur *gedacht*. Eine telepathische Verbindung schien auf gezielte Gedanken begrenzt zu sein, und daher würde er sehr gut auf seine eigenen achten müssen, wenn er sie nicht mit seiner Gefährtin teilen wollte.

Chrechten wurde beigebracht, dass die geistige Kommunikation ein großer Vorteil zwischen wahren Gefährten war, jedoch nicht immer gleich nach dem heiligen Akt der Paarung einsetzte. Es war wie bei anderen Fähigkeiten der Chrechten, die erst mit der Zeit verliehen wurden und sich durch den Gebrauch entwickelten und stärker wurden. So wie es auch bei seiner Verwandlungsfähigkeit gewesen war.

»Was haben diese rechtlichen Vergünstigungen, die dir als Witwe gewährt werden, mit meinen Ansprüchen auf deine Kinder oder dich, meine Gefährtin, zu tun?«, fragte er, noch verwirrter als zuvor.

Talorc hatte einmal die Meinung geäußert, dass Frauen sich von Männern noch mehr unterschieden als die Chrechten von ihren menschlichen Brüdern. Der Mann wusste offenbar, wovon er sprach.

»Alles!«

»Mama?«, fragte Marjory, den Mund voller Beeren. »Bist du böse auf unseren neuen Papi?«

Caelis, der von Shona erwartete, dass sie verneinen würde, um ihre Tochter nicht aufzuregen, war schockiert, als sie ohne Zögern nickte.

»Das bin ich, Schatz. Sehr böse.«

»Oh.« Offenbar völlig unbesorgt, wandte Marjory sich wieder ihrem Teller zu und biss in ein Stück Brot mit Käse.

Warum sie diesmal anders auf den Ärger ihrer Mutter reagierte als normalerweise, war Caelis ein Rätsel.

Shona richtete ihren kalten grünen Blick wieder auf Caelis. »Nun?«

Er hatte keine Ahnung, was sie von ihm erwartete. »Du kannst zu unserer Hochzeit einladen, wen du willst«, versprach er und hoffte, dass sie niemanden in England hatte, den sie als ihren Trauzeugen nach Norden holen lassen wollte.

Weil es mit der Heirat eilte, da er zu den MacLeods zurückkehren musste, um das Rudel und den Clan Uvens Kontrolle zu entreißen.

»Es wird keine Hochzeit geben«, sagte sie und betonte jedes einzelne Wort. Ihr Ton war so kalt wie der Ausdruck ihrer Augen.

Ein unerwarteter Schmerz durchzuckte Caelis. »Du verweigerst mir meine Gefährtin und meine Kinder?«

Shonas Züge wurden nicht weicher, doch sie schüttelte sehr nachdrücklich den Kopf. »Nein.«

»Du sagtest aber ...«

»Dass es keine Hochzeit, kein Bindungsritual oder andere dauerhafte, anerkannte Beziehung zwischen uns geben wird, bis du getan hast, was getan werden muss.«

»Und was muss getan werden?«, entgegnete er in aufrichtiger Verwirrung.

Ihre Reaktion zeigte nur allzu deutlich, dass sie glaubte, er verspottete sie. Shonas Augen wurden schmal, und ihr ganzer Körper versteifte sich, während eine sehr deutliche Antwort über den telepathischen Kontakt zwischen Gefährten kam.

In seinem Kopf hatte sie ihn *schwachsinniger Sohn einer räudigen Hündin* genannt!

Und ihr Gesichtsausdruck verriet, dass sie auch noch stolz auf sich war.

Alles andere als belustigt, öffnete Caelis schon den Mund, um sie wissen zu lassen, wie sehr er es hasste, von seiner Gefährtin beschimpft zu werden, als er plötzlich bemerkte, dass Eadan sie mit großen Augen interessiert beobachtete. Und nur deshalb schloss Caelis wieder den Mund und sagte nichts.

»Ich will einen richtigen Heiratsantrag, Caelis, wie du ihn mir vor sechs Jahren hättest machen müssen, nachdem du mich überredet hattest, dir zu geben, worauf nur mein Ehemann ein Recht hatte.«

Darauf hatte er keine Antwort, weil sie wieder einmal recht hatte. Er *hätte* sie vor sechs Jahren heiraten müssen, und der junge Mann, der er damals gewesen war, war auch fest entschlossen gewesen, sie auf Knien um ihre Hand zu bitten, wie es sich gehörte. Natürlich war er sich damals auch ihrer positiven Antwort sicher gewesen.

Doch jetzt hatte er keine Lust, vor ihr niederzuknien, weil es ebenso wahrscheinlich war, dass sie ihm die Zähne eintrat, wie ihm ihre Zustimmung zu geben, ihn zu heiraten.

»Wenn du das glaubst, müssen wir beide noch viel übereinander lernen, bevor du so eine wichtige Frage stellst.«

»Hör auf, meine Gedanken zu lesen!«, befahl er.

Und spürte augenblicklich, wie sinnlos diese Forderung war. Die Verbindung zwischen ihnen wurde mit jedem Moment ihres Zusammenseins nur noch stärker.

»Des Weiteren wirst du zu meinen Verwandten gehen und deine Absichten bekannt geben, bevor du noch irgendetwas anderes von mir verlangst.« Und damit erhob sie sich mit knappen, sorgfältig bemessenen Bewegungen und einer verschlossenen Miene. »Sorg dafür, dass beide Kinder ein wenig schlafen. Sie haben heute sehr viel durchgemacht.«

Und in einem Wirbel aus samtenen Röcken und fliegendem rotbraunem Haar fuhr Shona herum und stolzierte aus dem Großen Saal.

»Oh, oh …« Eadan setzte eine besorgte Miene auf.

»Ja?«, ermutigte Caelis seinen Sohn in der Hoffnung, dass der Fünfjährige verstand, was sich hier gerade abgespielt hatte.

Denn Caelis verstand es nicht.

»Jetzt hast du sie verärgert.«

Das wusste Caelis auch. »Sie wird in letzter Zeit sehr leicht böse, finde ich.«

Eadan schüttelte den Kopf, und Marjory starrte Caelis mitfühlend an. »Jetzt kriegst du Ärger. Und keinen Pudding heute Abend.«

Caelis hätte gelacht, wenn ihm nicht langsam der Verdacht gekommen wäre, dass seine Lage alles andere als lustig war.

»Mami macht nur so ein Gesicht und wird ganz still, wenn man etwas wirklich Schlimmes tut. Was hast du getan, Papa?«

»Ich wünschte, ich wüsste es.«

»Männer!«, rief Abigail, was Caelis daran erinnerte, dass sie noch da war.

»Wisst Ihr, warum meine Gefährtin mich mit unseren Kindern allein gelassen hat?«

»Natürlich weiß ich das. Verwunderlich ist nur, dass du es nicht weißt«, entgegnete Abigail, und ihre Verdrossenheit über ihn verwandelte sich von einem Augenblick zum anderen in Mitgefühl. »Dass sie dir die Kinder überlassen hat, ist der einzige Aspekt dieser Situation, der dir Hoffnung geben kann.«

»Aye?«

»Oh ja. Eine Frau von Shonas Kaliber lässt ihre Kinder nicht bei jemandem, dem sie nicht vertraut.«

So gesehen ... aber nein. Das war nur eine kleine Entschädigung angesichts ihrer klaren Weigerung, ihn zu heiraten. »Sie ist wütend darüber, dass ich heiraten will.«

»Nein, du Dummkopf. Shona ist wütend, weil du sie nicht einmal *gefragt* hast, ob sie deine Frau werden will. Das hat sie mir gesagt. Außerdem ist sie furchtbar enttäuscht, weil sie nicht hier war, als Vegar und Audrey ihre Gelübde ablegten. Deine Gefährtin ist sehr mitgenommen und überwältigt von all dem, was geschehen ist. Es ist dein Vorrecht und deine Pflicht, dafür zu sorgen, dass sie sich besser fühlt.«

Das war eine sehr einfache Erklärung für die Frau des Sinclair, die offenbar nicht wusste, wie unpraktisch Shonas Forderungen waren. »Sie will, dass ich nach Balmoral Island reise und mit Verwandten spreche, die sie nicht einmal kennt, um ihnen meine Heiratsabsichten kundzutun.«

»Das ist keine unvernünftige Bitte.«

»Oberflächlich betrachtet vielleicht nicht, aber mit jedem Tag, durch den sich meine Rückkehr zu meinem Clan verzögert, bleibt Uven mehr Zeit, um ihn von innen heraus zu zerstören.«

Abigails Augenbrauen fuhren in die Höhe, und ihre Augen wurden schmal. »Du hast das ganze letzte Jahr trainiert und dich auch nicht über die Zeit geärgert, die das in Anspruch nahm.«

»Das war etwas anderes.« Als Gefährtin eines Lairds und Alphawolfes müsste sie das eigentlich verstehen, ohne dass Caelis es erst erklären musste.

»Wieso?«

»Weil es nötig war.«

»Oh!« Abigail wirkte nun ebenso empört wie zuvor Shona. »Du bist in der Tat ein Dummkopf, Caelis. Ich wünsche dir viel Glück, wenn du deine Gefährtin mit dieser Einstellung zurückgewinnen willst. Denn Glück wirst du brauchen. Unbedingt.«

Und damit ging auch die Ehefrau des Lairds und ließ Caelis in dem nur selten so leeren Großen Saal zurück.

»Hast du Lady Abigail auch verärgert, Papa?«, fragte Eadan schon beinahe ehrfürchtig.

Caelis rieb sich mit der Hand über das Gesicht. »Aye, mein Sohn, ich glaube, ja.«

»Dann hat Margie recht, und du bekommst heute Abend keinen Pudding.«

»Es gibt ohnehin nicht jeden Abend Pudding nach dem Essen«, klärte Caelis den Jungen auf.

Nur war das anscheinend nichts, was die kleine Marjory hören wollte, denn sie begann sofort zu weinen. »Ich will aber Pudding.«

Caelis hatte keine Ahnung, was er tun sollte.

»Du solltest sie jetzt besser auf den Arm nehmen«, erklärte Eadan, als spräche er mit einem Einfaltspinsel.

Und vielleicht war Caelis ja auch tatsächlich einer, weil er nämlich wirklich keine Ahnung hatte, wie er es geschafft hatte, in kürzester Zeit drei weibliche Wesen zu verärgern.

Marjory zu beruhigen erforderte nur einen Gang in die Küche, um einen Honiglutscher zu holen, aber Caelis befürchtete, dass es bei Weitem nicht so einfach sein würde, Shonas Ärger zu beschwichtigen.

In ihren vom Kampf im Wald verschmutzten und blutbefleckten Kleidern schlich Audrey auf leisen Sohlen auf die Tür von Vegars Zimmer zu.

Shona war den ganzen Nachmittag nicht zu ihr gekommen, und Audrey musste wissen, wie es ihrer Freundin ging. War sie verärgert über ihre Heirat, sofern man diese kleine Episode auf der Treppe überhaupt so nennen konnte?

Oder war sie zu traumatisiert von Caelis' Anblick in seiner *conriocht*-Gestalt? Oder nahm sie es Audrey noch immer übel, dass sie ihr in all den Jahren ihrer Bekanntschaft nie etwas von ihrer Faol-Natur gesagt hatte? Verabscheute Shona sie vielleicht sogar, nachdem sie sie in ihrer Wolfsgestalt gesehen hatte?

Die Tür wurde in dem Moment geöffnet, als Audrey sie erreichte, und Vegar stand mit einem Tablett mit Essen auf der Schwelle.

Audrey fuhr zurück und errötete, weil sie ertappt worden war, obwohl ihr eigentlich freistehen sollte, das Zimmer zu verlassen, wann sie wollte. »Vegar.«

»Audrey.« Er runzelte die Stirn. »Du bist angezogen.«

»Ich kann ja wohl kaum nackt durch die Burg spazieren.«

»Du sollst nirgendwo herumspazieren, sondern schlafen.«

»Ich *habe* geschlafen.« Sie biss sich auf die Lippe und zupfte an ihren Ärmeln, wobei sie einen Riss bemerkte, der ihr beim Anziehen nicht aufgefallen war. »Und jetzt gehe ich auf mein Zimmer.«

»Das hier ist mein Zimmer und damit auch das deine.«

»Mag sein, aber für mich sind das keine akzeptablen Wohnverhältnisse. Ich konnte nicht umhin zu sehen, dass dieses Schlafzimmer für mehrere Soldaten eingerichtet ist. Ich kann mich nicht in einem Zimmer voller fremder Männer häuslich einrichten.«

»Du wirst dich hier mit niemand anders als mir einrichten.«

Sie warf einen vielsagenden Blick auf die ordentlich verstauten Habseligkeiten auf der anderen Seite des Raumes. Das gelbschwarze Plaid mit den schmalen roten Streifen, das zwischen den anderen Kleidungsstücken lag, war von derselben Farbe wie das, was Caelis trug. Sie hatte ursprünglich gedacht, Vegar teilte das Zimmer nur mit seinem Freund, aber andererseits war nicht zu übersehen, dass der kleine Raum dafür gedacht war, eine ganze Gruppe von Soldaten zu beherbergen. Vor jeder der vier Wände stand eine Truhe, die vielleicht ein Soldat benutzte oder sie mit einem anderen teilte. Auf dem Boden war Platz für reichlich Bettzeug, auch wenn die Männer dann dicht an dicht liegen müssten.

Vegar stellte das Tablett neben seine Felldecken. »Caelis wird bei Shona schlafen.«

»Sie sind nicht verheiratet.«

»*Sie* wurden nicht gestern Nacht verheiratet, doch er hat sie schon mit seinem Duft markiert.«

Audrey rümpfte die Nase. »Ich dachte, wir hätten seinen Duft von ihr abgewaschen.«

»Ein Mensch würde ihn nicht wahrnehmen.«

»Aber du bist kein Mensch.«

»Und eine große Anzahl der Sinclair'schen Soldaten sind es auch nicht.«

»Die Chrechten sind zahlreicher, als meine Mutter es mich glauben machen wollte.«

Vegar zuckte mit den Schultern. »Das kann ich nicht beurteilen, doch wir sind nicht einmal mehr annähernd so viele, wie wir es den alten Geschichten nach einst waren.«

»Ich habe diese Geschichten nie gehört.«

»Dann werde ich sie dir erzählen.«

»Danke.«

Er schüttelte den Kopf. »Dank deinem Gefährten nicht für solche Kleinigkeiten.«

»Für mich ist es keine Kleinigkeit.«

»Unsere Kinder werden so etwas für selbstverständlich halten können«, versprach er.

Ihre Mutter nie, dachte Audrey.

»Und jetzt geh wieder zu Bett, Audrey!«

»Ich ...« Bevor sie ihm sagen konnte, dass sie Shona sehen wollte, überlegte sie es sich anders. »Ich dachte, du hättest etwas Wichtiges zu erledigen«, sagte sie stattdessen.

»Das ist richtig: Ich musste dir dein Abendessen holen.«

»Du bist überhaupt nicht so, wie ich anfangs dachte.«

Seine Augenbrauen zogen sich zusammen. »Findest du es so ungewöhnlich, dass ich mich um die Bedürfnisse meiner Gefährtin kümmere?«

»Nein, natürlich nicht. Oder vielleicht ... ja doch ein bisschen. Mein Vater hat sich nie für die Wünsche meiner Mutter interessiert, und ehrlich gesagt kann ich mich auch nicht daran erinnern, dass sie je bemüht gewesen war, es ihm behaglich zu machen.«

»Das ist nicht die Art von Beziehung, die ich führen möchte.«

»Es ist die einzige, die ich je kennengelernt habe.«

»Dann musst du mir glauben, dass sogar eine Ehe ohne zärtliche Gefühle ein großer Segen für die Gefährten sein kann, die durch den heiligen Bund vereint sind.«

Und eine Ehe *mit* zärtlichen Gefühlen? Denn Audrey wurde von Minute zu Minute in Vegars Gesellschaft sicherer, dass sich auf ihrer Seite sehr schnell Liebe einstellen würde.

Abgesehen von seiner etwas schroffen Art, war Vegar alles, was Audrey sich von einem Gefährten hätte erträumen können ... wenn sie sich erlaubt hätte zu träumen.

»Nicht alle Verbindungen sind geheiligt.« Das zumindest wusste sie.

»Nein, aber unsere wird es sein.«

Darin stimmte sie ihm zu, obwohl sie trotzdem nicht verstand, wie sie sich dessen beide so sicher sein konnten. Mit einem zustimmenden Nicken blickte sie zur Tür und fragte sich, ob er ihr folgen würde, wenn sie jetzt einfach hinausginge.

Und was er dagegen unternehmen würde.

»Ich würde dich aufheben und hierher zurücktragen, und dann würde ich dich entkleiden und deine Sachen aus diesem Fenster werfen.« Er zeigte auf die schmale Öffnung hoch in der Wand, durch die das schwache Licht der untergehenden Sonne fiel.

»Du kannst doch nicht einfach meine Kleider wegwerfen!«

Er machte sich nicht einmal die Mühe, darauf zu antworten, sondern zog nur eine seiner hellbraunen Augenbrauen hoch.

»Ich muss Shona sehen.«

»Warum?«

»Weil ich besorgt um sie bin.«

»Und was ist es, was dir Sorgen bereitet?«

»Sie hat gerade erst die wahre Natur der Chrechten entdeckt, dann geriet ihr Leben und das ihrer Kinder in Gefahr, und sie ist noch nicht gekommen, um nach mir zu sehen.«

Letzteres war Audreys größte Sorge.

»Glaubst du, dass die Baronin den Sinclair dazu überreden wird, unsere Eheschließung für ungültig zu erklären?«

»Was?« Entgeistert starrte sie ihn an, weil sie nicht verstehen konnte, wie er auf diese Frage kam. »Nein! Ich habe dir doch gesagt, dass ich unsere Verbindung akzeptiere.«

»Doch vollziehen willst du sie nicht.«

»Du sagtest, du würdest es ohnehin nicht tun, solange meine Wunden nicht verheilt sind.«

»Es sind nicht meine Beweggründe, die fraglich sind.«

»Aber meine?«

»Das habe ich nicht behauptet.«

»Das denke ich aber schon.«

Er schob fahrig das Essen auf dem Tablett hin und her. »Ich habe dich beleidigt bei unserer ersten Begegnung.«

»Und ich dachte, ich hätte dich allein schon durch die Tatsache beleidigt, dass ich Engländerin bin.«

Er wandte sich ihr wieder zu und setzte seine gewohnte finstere Miene auf. »Und ich habe mich dafür entschuldigt.«

Sie nickte.

»Du bist schön.«

Audrey fuhr zusammen, weil sie eine solche Bemerkung nicht erwartet hatte. »Ich bin nach wie vor Engländerin.«

Vegar schüttelte den Kopf. »Du wirst nicht für den Rest unseres Lebens immer wieder darauf herumreiten!«

»Vielleicht ja doch.« Sie lächelte ihn an, um ihn wissen zu lassen, dass sie es nicht aus Groll tun würde.

»Du bist ja richtig schelmisch.« Er schien darüber jedoch nicht verstimmt zu sein.

»Mein Bruder hat mir das oft vorgeworfen.«

Vegar zog sie auf die Felle auf dem Boden zu. »Du brauchst mehr Ruhe.«

»Es wird mich schon nicht überanstrengen, Shona aufzusuchen.«

»Du wirst sie morgen Abend bei unserem Bindungsritual sehen.«

»Ich will sie aber jetzt sehen!«

Vegar hielt inne und blickte zu ihr herab. »Es ist dir wichtig?«

»Ja.«

»Und du wirst sie nicht bitten, unsere Ehe annullieren zu lassen, bevor wir sie vollziehen können?«

»Nein«, antwortete sie und zeigte ihm, dass er nicht der Einzige war, der grimmig dreinschauen konnte. »Aber wenn ich diese Absicht hätte, was würdest du dann unternehmen? Versuchen, mich in diesem Zimmer einzuschließen, bis wir das Paarungsritual vollzogen haben?«

Sie konnte fast nicht glauben, wie offen sie sprach, doch er war ihr Gefährte, und sie merkte, dass ihr das eine ganz neue Redefreiheit gab. Sie hatte keinerlei Bedenken, ihm zu sagen, was sie dachte, gleichgültig, was es auch war.

»Es ist sinnlos, Vermutungen über etwas anzustellen, das nichts mit den tatsächlichen Gegebenheiten zu tun hat.«

»Du *würdest* also nicht davor zurückschrecken!«, sagte sie schockiert.

Sein Blick hatte nichts Entschuldigendes, als er seine ernsten braunen Augen auf sie richtete. »Du bist meine Gefährtin. Du hast deine Gelübde nicht unter Zwang gesprochen.«

Vegars Definition von »nicht unter Zwang«, entsprach vielleicht nicht ganz der ihren; im Großen und Ganzen konnte sie seiner Einschätzung jedoch nur zustimmen. »Und ich halte mein Wort.«

»Das ist gut zu wissen.«

»Du bist ganz schön unerbittlich.«

»Aye.«

»Ich bin mir nicht sicher, dass *das* gut zu wissen ist.«

»Ich werde genauso unerbittlich dich und unsere Familie beschützen, wenn es darauf ankommt.«

»Das ist immerhin etwas, wofür ich dankbar sein muss, glaube ich.«

»Ich werde dich zu Shonas Zimmer begleiten, nachdem du dein Abendbrot gegessen hast.«

»Warum ist sie in ihrem Zimmer?« Audrey hatte eigentlich gedacht, dass Shona im Großen Saal das Abendessen einnehmen würde.

Es sei denn, die Welt der Chrechten sei zu viel für sie geworden. Audreys Sorge um ihre liebe Freundin nahm noch zu.

Vegar zuckte mit den Schultern, als kümmerte es ihn nicht, warum die Freundin seiner Gefährtin nicht mit dem Clan zu Abend aß. »Du kannst sie ja fragen. Nachdem du gegessen hast.«

»Du bist ja sehr erpicht darauf, dass ich etwas esse.«

»Du bist verletzt. Ein Chrechte braucht Ruhe und Nahrung, um eine schnelle Heilung zu unterstützen.«

»Menschen auch.«

»Aye, aber ich bin mit einer Faol verheiratet.«

»Du bist wirklich sehr beharrlich.«

»Du wirst dich schon an meine Art gewöhnen.«

»Bist du sicher?«

»Ja, weil das so ist unter Gefährten.«

»Wirst du dich auch an meine Art gewöhnen und sie akzeptieren?«

»Aye.« Die steile Falte zwischen seinen Brauen ließ nichts als Verwirrung über ihre Frage erkennen.

Er war wirklich ein einzigartiger Mann.

Vegar bewies seine Zielstrebigkeit, als er ihr sogar beim Essen des Hammeleintopfs half und sie dann mit Stückchen von dem dunklen Brot fütterte, das er ebenfalls mitgebracht hatte. Er überredete und ermutigte sie, bis sie schließlich alles aufgegessen hatte.

Und erst dann begleitete er sie zu Shonas Zimmer.

Dieser sture, einzigartige Mann!

Audrey klopfte an Shonas Tür und horchte auf Geräusche in dem Gästezimmer. Sie konnte keine Stimmen hören, nur gedämpfte Bewegungen, als jemand auf die Tür zukam. Ein Teil von Audrey war froh, dass Shona offenbar allein war, während ein anderer Teil von ihr jedoch gerade das beunruhigend fand.

»Wo sind die Kinder?«

»Bei deinem Bruder und Caelis.«

»Oh.«

»Wieder konnte Audrey sich nicht entscheiden, ob das ein Grund zur Freude war oder ihre Sorge um die Baronin noch vergrößern müsste.

Dann öffnete sich die Tür, und Shona stand vor ihnen.

Ihre erstaunlich klaren grünen Augen weiteten sich vor Überraschung. »Audrey? Geht es dir gut? Sieh dich an – dein Kleid ist ganz zerrissen! Ist das Blut? Ach, meine liebe Audrey, ich kann kaum glauben, dass der heutige Tag mehr als ein Traum war.«

»Er war real genug«, sagte Vegar nüchtern hinter Audrey.

Shona warf ihm einen unfreundlichen Blick zu. »Ich rede nicht mit dir.«

Schockiert über die Grobheit ihrer Freundin, schnappte Audrey nach Luft. Diese Unfreundlichkeit passte so gar nicht zu der Frau, die sie in den vergangenen fünf Jahren gekannt hatte.

Shona errötete und sah Audrey beschwörend an. »Er hat dich buchstäblich entführt, und ... und ... im Moment bin ich sehr verärgert über ihn.«

»Seid so verärgert, wie Ihr es sein müsst, Mylady, aber was getan ist, ist getan und lässt sich nicht mehr rückgängig machen.« Eine eindeutige Warnung lag in Vegars frostigem Ton, und auch sein Stirnrunzeln war nicht zu übersehen.

Audrey verdrehte die Augen, bevor auch sie Vegar einen bösen Blick zuwarf. »Wir werden diese Diskussion nicht noch einmal führen. Ich habe dir mein Wort gegeben.«

»Du zweifelst an ihrer Redlichkeit?«, fragte Shona scharf, und wieder blitzte Verärgerung in ihren schönen grünen Augen auf.

»Nein, nein.« Vegar legte eine Hand auf Audreys Schulter. »Du bist in Sicherheit. Ich komme in einer Stunde wieder, um dich abzuholen.«

»Du beschränkst unsere Besuche?«, fragte Shona ihn empört.

»Audrey ist noch nicht ganz wiederhergestellt. Sie braucht ihre Ruhe.«

Wieder verdrehte Audrey die Augen, aber beide ignorierten sie.

Shona war zu sehr damit beschäftigt, widerwillig zu nicken, und Vegar drehte sich einfach um und ging.

Audrey seufzte. Wahrscheinlich hätte sie nicht mehr erwarten dürfen nach solch kurzer Zeit und dem ungünstigen Beginn ihrer Beziehung.

Außerdem hatte sie es nicht zu Intimitäten zwischen ihnen kommen lassen. Was auch immer Vegars eigene Pläne gewesen waren, er hatte ihre Zurückweisung persönlich genommen, und das war ihr jetzt klar geworden.

Sie wollte gerade Shonas Schlafzimmer betreten, als eine starke Hand auf ihrer Schulter sie zurückhielt. Sie blickte auf und sah für einen flüchtigen Moment einen seltsam konzentrierten Ausdruck auf Vegars Gesicht, bevor er den Kopf senkte und sanft mit den Lippen über die ihren strich. »Mute dir nicht zu viel zu!«

Audreys Lippen prickelten noch von dem Kuss, als sie zuerst den Kopf schüttelte und dann nickte.

Er schenkte ihr ein kurzes Lächeln, das sein Gesicht für einen Moment erhellte. »Du bist süß, meine schöne Gefährtin.«

»Danke«, flüsterte sie.

Dann wandte er sich ab und ging wieder, doch dieses Mal verschwand er um die Ecke, die zur Treppe führte.

Kapitel Achtzehn

Die Verpflichtung dem Rudel gegenüber wird nur von der heiligen Pflicht einer wahren Gefährtin gegenüber übertroffen, doch selbst dann kann die Verpflichtung eines Chrechten seinen Brüdern gegenüber nicht völlig außer Acht gelassen werden.

– Lehre der Faol

»Dann hat er seine Abneigung gegen England also überwunden«, bemerkte Shona spitz.

Audrey drehte sich zu ihrer Freundin um, erhielt aber keine Gelegenheit zu antworten, weil Shona sie zu einer schier erdrückenden Umarmung an sich zog.

»Ich war so besorgt um dich! Du kannst dich doch nicht einfach so von einem fremden Mann entführen lassen, auch wenn er dein Gefährte ist. Abigail sagte, es gehe dir gut, doch du seist bei Vegar. Ihr seid verheiratet?« Shona lehnte sich zurück, um Audrey in die Augen zu sehen. »Wie ist denn das passiert?«

Doch wieder bekam Audrey keine Chance, etwas zu erwidern, weil Shona sie erneut fest an sich drückte. »Ich wollte dich suchen und selbst nach dir sehen, doch Caelis sagte, ihr wärt anderweitig beschäftigt, du und Vegar. Das hat mich ganz schön beunruhigt, kann ich dir versichern. Ich weiß, dass wir über diese Dinge nie gesprochen haben und du noch völlig unschuldig warst. Hat er dir wehgetan?«

Audrey lachte erstickt, als sie spürte, dass ihr wieder eine heiße Röte in die Wangen stieg. »Nein.«

Ein Ausdruck der Erleichterung legte sich über Shonas feine Züge.

»Ich bin noch immer unberührt«, gab Audrey zu.

Nun machte Shona große Augen vor Erstaunen und zog Audrey schnell ins Zimmer, um die Tür hinter ihnen zuzuziehen. »Wieso das denn?«

»Ich wollte abwarten.« Audrey setzte sich schnell auf die Bettkante, als ihre Verletzungen sich bemerkbar machten. »Weil ich mich noch nicht verheiratet *fühle*. Du warst nicht dort, um zu hören, wie ich meine Gelübde ablegte, und auch Thomas war nicht da. Vegar und ich wurden mitten auf der Treppe verheiratet, Herrgott noch mal!«

Shona setzte sich neben Audrey und nahm ihre Hand. »Wie kam das denn?«

»Vegar wollte meine Verletzungen behandeln. Er nimmt seine Aufgaben als Lebensgefährte offenbar sehr ernst.«

»Das ist doch gut.«

»Ja, aber ich habe das Gefühl, dass es manchmal auch ein bisschen lästig sein wird.«

Shona nickte, und Verständnis blitzte in ihren grünen Augen auf.

»Laird Sinclair wollte Vegar nicht erlauben, mich nach oben zu begleiten, und schon gar nicht, mich in sein Zimmer mitzunehmen, weil ich ... na ja ... eine unverheiratete Frau war, die unter seinem Schutz stand. Vegar weigerte sich, dem Sinclair zu versprechen, mich nicht zu kompromittieren. Er sagte nur immer wieder, ich sei seine Gefährtin, um die er sich kümmern könne, wie er es für richtig hielt.«

»Er ist ein sehr dickköpfiger Mann.«

»Ja, doch zum Glück bin ich es ja gewohnt, mit Dickköpfen umzugehen«, erwiderte Audrey mit einem vielsagenden Blick zu Shona.

Die Baronin lachte, da sie die Anspielung verstanden hatte. Auch sie selbst war gemeint gewesen. »Das bist du in der Tat.«

»Auf jeden Fall war ich sicher, dass die beiden Männer aneinandergeraten würden, und das war ärgerlich genug, doch dann gab der Laird Vegar den Befehl zurückzutreten. Was Vegar rundweg ablehnte. Er würde den Sinclair zum Duell fordern, das wusste ich.«

»Ich verstehe immer noch nicht, wieso ihr am Ende verheiratet wart.«

»Das war Vegars Idee. Er sagte dem Laird, er könne uns zu Mann und Frau erklären, wenn damit seinen *zivilisierten* Anstandsregeln Genüge getan würde. Ich habe nie gewusst, dass *zivilisiert* auch als Schimpfwort benutzt werden könnte, aber so, wie Vegar es sagte ...« Audrey schüttelte den Kopf. »Und so fragte mich der Laird, ob ich gewillt sei, Vegars Frau zu werden.«

»Und du warst es, weil du kein Duell zwischen ihm und dem Sinclair riskieren wolltest.«

»Genau.«

»Männer!«

»Sie sind ganz schön fordernd, nicht?«

»Trotzdem denke ich, dass du Vegars Forderungen als sehr viel angenehmer empfinden wirst als ich die des Barons.«

Audrey erschauderte bei der Erinnerung an den gequälten Blick ihrer Freundin, der an viel zu vielen Abenden ihre Augen verdüstert hatte, wenn sie Audrey und den Kindern Gute Nacht gesagt hatte. »Da hast du sicher recht. Seine Küsse mag ich jetzt schon sehr.«

»Das ist mir nicht entgangen.«

Audrey kicherte ein wenig, wurde dann jedoch gleich wieder ernst. »Ich wäre dir immer noch sehr dankbar für dieses Gespräch über eheliche Beziehungen, das du mir einmal angeboten hast.«

»Nachdem ich mich zu meiner eigenen Zufriedenheit überzeugt habe, dass deine Verletzungen behandelt wurden, und wir dir etwas angezogen haben, das nicht zerrissen oder mit deinem Blut befleckt ist.« Shonas Augen glänzten feucht. »Ich kann die Spuren deiner Verletzungen nicht ertragen.«

»Und jetzt erfülle ich dich mit Abscheu«, sagte Audrey beklommen.

»Nein. Wie kannst du mich für so schwach halten!« Shonas Blick hätte Steine erweichen können. »Du bist meine Familie, egal, welches Blut wir in den Adern haben. Dich dein Leben riskieren und mit diesem Wolf kämpfen zu sehen, während ich tatenlos dabeistehen musste, um meine Kinder zu beschützen, war das Schwerste, was ich je tun musste.«

Auch Audreys Augen brannten von nur mühsam unterdrückten Tränen. »Und ich habe dich und die Kleinen schutzlos stehen lassen.«

»Du bist deinem Instinkt gefolgt, genau wie ich. Keine von uns beiden konnte in dem Moment handeln, wie wir wollten.«

Sie umarmten sich noch einmal, bevor Shona ihrer Freundin beim Umziehen half und sich ihre Prellungen und Hautabschürfungen ansah. »Gut, dass du dich heute Nachmittag nicht auf intime Beziehungen eingelassen hast. Dein Zustand ist wirklich nicht der beste.«

»Das meinte Vegar auch, als ich ihm sagte, ich wolle abwarten, bis ich meine Ehegelübde in Gegenwart von Zeugen ablegen könnte, die mir etwas bedeuten.«

»Er ist gar nicht so schlecht, dein Vegar.«

»Ich glaube, er ist überhaupt nicht schlecht.«

»Aber er ist ruppig.«

»Ja, doch hinter dieser Ruppigkeit hat er ein gutes Herz, denke ich.«

»Caelis respektiert ihn.«

»Und Vegar seinerseits Caelis.«

Shona nickte, sah aber plötzlich sehr verärgert aus.

»Was ist?«, fragte Audrey.

»Caelis hat bekannt gegeben, dass wir heiraten werden.«

»Und?« Audrey verstand nicht ganz, warum sich ihre Freundin darüber so ärgerte. »Willst du den Vater deines Sohnes denn nicht heiraten?«

»Er beharrt plötzlich darauf, dass er der Vater *beider* Kinder ist.«

»Das ist doch gut.«

»Er ist anmaßend und arrogant.«

»Ja«, sagte Audrey, denn daran bestand kein Zweifel.

»Er hielt es nicht einmal für nötig, mir einen Antrag zu machen.«

»Er scheint auch nicht die Art von Mann zu sein, der vor einer Frau niederkniet.«

»Mir würde schon allein die Frage reichen, ohne viel Getue und unnötiges Drumherum.«

»Bist du sicher?«

»Ja.«

»Würdest du denn Ja sagen?«

»Natürlich.«

»Weiß er das?« Caelis kam Audrey nicht wie der Typ von Mann vor, der eine Zurückweisung riskierte.

»Vielleicht nicht, aber wer nicht fragt, bekommt auch keine Antwort.«

Audrey lächelte. »Stur wie immer.«

»Aye, doch ich fürchte, Caelis hat keine Ahnung, *wie* stur ich sein kann.«

Oder wie lange diese eigentlich langmütige Frau sich ihren Zorn bewahrte, wenn er erst einmal entfacht war. Aber das sagte Audrey nicht. Ihre beste Freundin und Caelis würden auf ihre eigene Art zu ihrer Beziehung finden müssen.

»Sagtest du mir nicht, es gebe Dinge, die du mir erklären wolltest, bevor ich das Bett mit Vegar teile?«, fragte Audrey verlegen, doch entschlossen, so viel wie möglich über diese Dinge zu erfahren.

»Aye.« Shonas Brauen zogen sich zusammen, und ein Schatten des Kummers, den Audrey früher so oft in ihrem Blick gesehen hatte, fiel über ihr Gesicht. »Eheliche Beziehungen können wundervoll, aber auch unerträglich sein.«

»Ich glaube nicht, dass Vegar wie der Baron ist.«

»Nein, und du wirst seine Berührungen auch nicht verabscheuen wie ich die des Barons. Das allein wird es schon leichter machen.«

»Du sagtest aber, eine Frau könne den Liebesakt auch sehr genießen.«

»Diese Erfahrung machte ich bei Caelis.«

»Doch nicht bei dem Baron.«

»Nein, aber es gibt Möglichkeiten, es zu erdulden.«

»Ich glaube nicht, dass ich bei Vegar etwas erdulden müsste.«

»Ich bin mehr als froh und dankbar, dass ich dir darin nur zustimmen kann.« Shona klang völlig aufrichtig.

Audrey hatte gewusst, dass ihre beste Freundin ihre ehelichen Pflichten als lästig empfunden hatte, doch erst jetzt wurde ihr klar, dass sie Shona bis ins Innerste verwundet hatten. »Weiß Caelis das?«

»Was?«

»Wie schrecklich es für dich war, mit dem Baron verheiratet zu werden?«

»Das spielt keine Rolle mehr.«

»Doch, ich denke schon.«

Shona schüttelte nur den Kopf und begann, Audrey die unglaublichsten Dinge über die sinnlichen Freuden zwischen einem Mann und einer Frau zu erzählen. Oder zumindest hätte Audrey sie für unglaublich gehalten, bevor sie Vegar kannte.

»Aber mit dem Baron war es nicht so«, sagte sie.

»Nein.«

»Wie war es denn?«

Shona schüttelte nur den Kopf. »So Gott will, wirst du das nie erfahren, und ich werde dir gewiss keinen Stoff für Albträume oder Angst vor der Hochzeitsnacht geben.«

»Percival wäre schlimmer gewesen«, bemerkte Audrey.

»Aye. Mich seinem Willen zu beugen hätte mich zugrunde richten können.«

Wieder stimmte Audrey ihr im Stillen zu. Selbst die stärkste Frau konnte sich nur bis zu einem gewissen Grad beugen, bevor sie daran zerbrach und nie wieder dieselbe sein würde.

Noch Stunden später, nachdem Vegar Audrey abgeholt hatte, ging Shona in ihrem Schlafzimmer auf und ab, weil sie keinen Schlaf finden konnte. Und Caelis war sich dessen höchstwahrscheinlich auch bewusst. Mit seinen infernalisch scharfen Chrechte-Sinnen konnte er vermutlich jeden ihrer Schritte hören.

Sie war nicht dumm, ganz gleich, was er nach ihrer Vergangenheit mit ihm vielleicht auch glauben mochte. Und sie fragte sich auch nicht, wo *er* die Nacht verbrachte.

Draußen vor ihrer Tür.

Im Großen Saal … ohne Bettzeug oder sonstige Annehmlichkeiten.

Nicht, dass sie sich darüber Gedanken machte. Oh nein. Es war nicht ihre Sache, wenn ein erwachsener Mann beschloss, die Nacht lieber auf einem harten Steinboden zu verbringen, statt in einem der durchaus annehmbaren Quartiere, die Laird Sinclair seinen Soldaten zur Verfügung stellte.

Nein, das ging sie wirklich gar nichts an.

Trotzdem starrte sie mit finsterer Miene die Tür an, noch immer zutiefst erbost über seine Annahme, dass sie ihn heiraten würde, ohne sie auch nur auf die ungalanteste Art und Weise zu fragen. Ganz zu schweigen erst von einem richtigen Heiratsantrag.

Dachte er, sie verdiente nicht einmal diese minimale Höflichkeit?

Vielleicht glaubte er, Grund zu so anmaßenden Annahmen zu haben, obwohl sie von Anfang an kein Hehl aus ihren Zweifeln gemacht hatte, was ihre Zukunft anging. Selbst dann noch, nachdem sie töricht genug gewesen war, ihn wieder in ihr Bett zu lassen.

Glaubte er, seine Bereitschaft, für sie zu töten oder sich in seinen *conriocht* zu verwandeln, verpflichtete sie dazu, ihn als Ehemann zu akzeptieren? Seiner eigenen Aussage und der Meinung aller anderen nach stand fest, dass sie seine wahre Seelengefährtin war.

Das war zwar durchaus möglich, bedeutete aber noch lange nicht, dass sie ihm zu Füßen sinken würde – auch wenn sie es sich offenbar nicht versagen konnte, in sein Bett zu fallen.

Caelis war der Vater ihres Sohnes, zweifelsohne, doch das war er auch schon gewesen, als er sich aufgrund der Vorschriften seines Rudelführers vor sechs Jahren von ihr losgesagt hatte. Als er nicht an seine Vaterschaft hatte glauben wollen.

Nein! Sie durfte nicht anfangen, so zu denken.

Sie konnte sich jedoch auch nicht dazu durchringen, gewisse Tatsachen zu ignorieren.

Deren wichtigste war, dass ihre Kinder bei ihm sicher sein würden.

Shona unterbrach ihre nervöse Wanderung durch das Zimmer und atmete tief durch. Mehr als jede andere brachte diese letzte Überlegung sie ins Schwanken.

Die Welt war ein sogar noch gefährlicherer Ort, als ihr bei ihrer Flucht aus dem Baronat bewusst gewesen war.

Caelis, als *conriocht* und baldiges Oberhaupt seines eigenen Clans – denn er würde Uven die Kontrolle über die MacLeods entreißen –, würde wesentlich besser in der Lage sein, Eadan und Marjory zu beschützen, als die meisten anderen.

Ihn zu heiraten bedeutete jedoch, zu dem Clan zurückzukehren, der sie und ihre Eltern nur allzu gern von hinten gesehen hatte. Weil sie menschlich waren. Obwohl sie damals nicht gewusst hatte, dass das der Grund dafür gewesen war.

Auch heute wäre sie noch ein Mensch in einem Clan mit zu vielen Mitgliedern, denen beigebracht worden war, sie sowohl ihrer Menschlichkeit als auch ihres Geschlechtes wegen als minderwertig zu betrachten.

Und dies wäre für sie eine unerträgliche Situation.

Ihr waren nicht plötzlich Engelsflügel gewachsen, und sie würde auch in Zukunft keine haben. *Sie* besaß nicht die großartige magische Fähigkeit, sich in eine andere Gestalt zu verwandeln, und auch daran würde sich nichts ändern. Oder vielleicht doch?

Caelis hatte Maon erzählt, dass Mairi sich inzwischen in einen Wolf verwandeln konnte. Anscheinend hatte sie es vorher nicht gekonnt und war nur deshalb von Uven so schlecht behandelt worden.

Weil er nicht erfreut gewesen war, eine Tochter zu haben, die keine reine Chrechte war.

Konnte Mairi sich jetzt verwandeln, nur weil ihr Vater ein Wolf gewesen war? Oder war es irgendeine unvermeidliche Reaktion darauf, mit einem Chrechten verheiratet zu sein?

Aber hatte Caelis nicht erwähnt, Mairis Gefährte sei ein Éan? Damit wäre ihr Ehemann jemand, der sich in einen Vogel verwandeln konnte.

Und Mairi konnte jetzt die Gestalt eines Wolfes annehmen. Das war es doch, was Caelis gesagt hatte?

Hatte er sie, Shona, etwa dazu ausersehen, so wie er zu werden, ohne sie darauf vorzubereiten? Verbarg er etwas von so großer Wichtigkeit vor ihr?

Schon wieder?

Shona lief zur Tür und zog den schweren Riegel hoch, um sie aufreißen zu können.

»Warum bist du da draußen?«, fuhr sie den Mann an, der genau dort saß, wo sie ihn vermutet hatte.

»Wo sollte ich denn sonst sein?«, gab er aufreizend ruhig zurück und erhob sich.

»In deinem eigenen Bett.«

»Ich schlafe nicht in einem Bett. Vegar und ich ziehen Felle vor.«

»Du schläfst mit Vegar?«

Er verdrehte die Augen über die unsinnige Vorstellung. »Wir teilen uns ein Zimmer. Für uns Cahir ist es den Soldatenquartieren vorzuziehen.«

»Warum? Hast du sogar Geheimnisse vor deinen Kameraden?«

»Das weißt du doch.« Shonas Frage schien ihn zu verwirren. »Nicht alle Soldaten auf der Burg sind Chrechten. Und selbst die Chrechten wissen nicht alles über die Cahir.«

»Wie typisch für dich!«

»Was?«

Shona starrte die Felle auf dem Boden an. »Und du schläfst auf dem Boden wie ein Barbar?«

»Soldaten wird der Luxus eines Bettes nicht zuteil.«

Shona wusste das, doch sie sagte es nicht, denn sie wollte ihm nicht recht geben.

»Wo hast du all die Jahre geschlafen, die du in unserem Clan gelebt hast?«, fragte er, wie um ihr etwas zu beweisen.

Unter einem Berg von Decken neben dem Kamin im größten Raum der kleinen Kate, in der ihre Familie gelebt hatte. Der Laird vor Uven war zwar bereit gewesen, einen Menschen als Seneschall zu beschäftigen, doch diese Bereitschaft hatte nicht ausgereicht, um Shonas Familie innerhalb der Burg wohnen zu lassen. Erst jetzt erkannte sie den Grund dafür.

Der Mann war nicht nur ein Fearghall gewesen und daher der Meinung, dass Chrechten denjenigen ohne tierische Natur überlegen waren, sondern er hatte auch ein Geheimnis zu bewahren gehabt.

Der Sinclair ließ menschliche Soldaten und Dienstboten auf seiner Burg leben, doch die Behausung des MacLeod war absolut nicht so wie die des Sinclair, weder von der Größe her noch was die Sicherheit anging.

Und falls Shona sich nicht irrte, erwartete Caelis von ihr, zu ebendieser Burg zurückzukehren und dort zu leben.

»Das ist völlig nebensächlich.«

»Wenn du das sagst.«

»Sei nicht so herablassend!«

»Das würde ich mir nie erlauben.«

»Ha.«

»Du bist verärgert.«

Shona verschränkte die Arme vor der Brust und blickte verdrossen zu ihm auf. »Und du hast noch immer nicht herausgefunden, warum?«

Ein argwöhnischer Ausdruck trat in seine blauen Augen, und Caelis antwortete auch nicht sofort.

Dummkopf.

»Hör auf, mich über unsere geistige Verbindung zu beleidigen!«

»Entschuldige.« Sie hatte nicht gewollt, dass er es hörte, und die Tatsache, dass es so war, machte sie nur noch ärgerlicher.

»Nicht einmal mein Kopf ist noch mein eigener.«

»Hör auf, mich im Geiste anzuschreien, dann wird er dir auch wieder gehören!«, erwiderte er so sachlich, dass sie ihn dafür hätte schlagen können.

Stattdessen holte sie tief Luft und verdrängte den Impuls. »Sag mir nicht, was ich denken soll!«

Dieser Mann brachte eine Seite ihrer Natur hervor, von der sie bisher nicht einmal gewusst hatte, dass es sie gab.

Caelis seufzte und fuhr sich mit der Hand über das Gesicht. »Ich werde es versuchen.«

»Verrate mir nur eins, *oh großer Chrechte-Mann*.«

Sein Gesicht wurde starr vor Ärger, und seine enzianblauen Augen umwölkten sich. Ihr Sarkasmus gefiel ihm nicht, und das konnte Shona gut verstehen, auch wenn sie zu aufgebracht war, um ihre Zunge im Zaum zu halten.

»Was?«, fragte er schroff.

»Hast du mich zu einem Gestaltwandler gemacht, ohne es mir zu sagen?«

Er sah aus, als zählte er im Geiste leise bis zehn. »Du glaubst, das würde ich tun?«

»Du hast mir schon vor sechs Jahren nicht die Wahrheit gesagt. Und du hast mir auch jetzt nichts von deinem *conriocht* erzählt, bis du ihn mir zeigen musstest.«

Caelis' ganze Haltung schlug von einem Moment zum anderen um. Hatte sie gerade noch nur knapp unterdrückte Wut ausgedrückt, so ging nun Resignation von ihm aus. »Lass uns das in deinem Zimmer besprechen!«

»Ich denke nicht daran.« Ihn in ihr Schlafzimmer zu lassen war gewiss keine gute Idee.

»Dann besprechen wir es eben nicht.« Und damit wandte er sich von ihr ab und ließ sich wieder auf den Fellen auf dem Boden nieder, lehnte den Kopf an die Wand und schloss die Augen. »Geh wieder schlafen, Shona!«

»Ich konnte keinen Schlaf finden, und das weißt du selbst nur allzu gut.«

»Daran kann ich nichts ändern.« Die Niedergeschlagenheit in seinem Ton verwirrte sie.

»Du wirst mich nicht einfach so ignorieren.«

»Wir können dieses Gespräch nicht hier draußen auf dem Gang führen.«

Damit hatte er natürlich recht. Was hatte sie sich nur dabei gedacht, auf einem Gang, wo jederzeit jemand vorbeikommen konnte, so offen über sein Geheimnis zu sprechen? »Entschuldige bitte, das war nicht richtig von mir.«

Sie hegte jedoch keinen Zweifel, dass er es gemerkt hätte, wenn irgendjemand nahe genug gewesen wäre, um sie zu belauschen. *Sie* mochte zwar vorübergehend vergessen, wo sie waren, aber sie glaubte nicht, dass ihm das je passierte.

Er nickte mit geschlossenen Augen und abgewandtem Kopf.

»Willst du mich nicht ansehen?«, fragte sie, von diesem kleinen Affront viel tiefer getroffen, als ihr lieb war.

Er musste das Zittern ihrer Stimme bemerkt haben, obwohl Shona sich bemüht hatte, es zu unterdrücken, denn plötzlich öffnete er die Augen und richtete den Blick auf sie. »Du bist meine Gefährtin.«

»Und deswegen ist es in Ordnung, mich zu ignorieren?« Wenn ja, war dies ein Aspekt einer Partnerschaft, der sie nicht reizvoller für Shona machen würde.

»Ich ignoriere dich nicht.«

»Ach, nein?«, fragte sie spöttisch.

Caelis schlug seinen Kilt zurück, sodass sein hartes, aufgerichtetes Glied zum Vorschein kam. »Ich möchte in deinem Zimmer sein, mit dir unter mir, mein Körper mit deinem verbunden.«

»Wir müssen miteinander reden und sollten jetzt nicht an Beischlaf denken«, sagte sie mit plötzlich trockenem Mund.

Er war nicht der Einzige, der sich der starken Anziehung zwischen ihnen nicht entziehen konnte. Auch sie sehnte sich danach, ihn zu berühren und von ihm berührt zu werden, und genau das war der Grund, warum sie sich nicht in ihr Zimmer zurückziehen wollte, um mit ihm zu reden.

»Dann musst du ins Schlafzimmer zurückgehen und die Tür verriegeln. *Jetzt sofort.*« Shona konnte sehen, wie ein feiner Schweißfilm seine Oberlippe und Schläfen überzog.

Der gefältelte Kilt lag wieder über seinem Glied, doch seine volle Erektion vermochte auch er nicht zu verbergen. Es war schon fast obszön, wie sich der Stoff am Vorderteil anhob. Aber Shona war keineswegs so entsetzt über den Anblick, wie eine wohlerzogene Dame es sein müsste.

Im Gegenteil. Sie wollte ihn dort berühren, ihn streicheln und sogar mit der Zunge die Tröpfchen an der Spitze seines heißen Glieds kosten.

Was immer er auch sonst empfinden mochte, eins stand fest: Caelis begehrte sie mit einer so ungestümen Leidenschaft, dass sie ihre ganze Willenskraft aufbieten musste, um nicht nachzugeben.

»Ich kann dein weibliches Verlangen riechen, *mo toilichte.* Geh, bevor ich etwas tue, weswegen du mich morgen wieder anschreien wirst.«

Bevor sie ihm versprechen konnte, ihm keine Vorwürfe zu machen, stürmte sie in ihr Zimmer, schlug die Tür zu und lehnte sich schwer atmend dagegen. Wie konnte ihr Zorn so schnell in glühendes Verlangen umschlagen?

»Leg den Riegel vor!«, wies er sie in Gedanken an.

Sie nickte. Ja, das war es, was sie tun musste. Aber sie rührte sich nicht.

Weil sie gar nicht in der Lage dazu war.

Das dumpfe Geräusch seines gegen die Wand schlagenden

Kopfes ließ sie zusammenfahren, obwohl es nicht besonders laut war.

»Ich will dich«, hörte sie ihn in kaum verständlichem Ton über ihre geistige Verbindung sagen.

Allein schon diese Intimität des Geistes machte ihre Sehnsucht nach dem Mann noch schmerzhafter, der für immer ihr Liebster sein würde. Doch nicht einmal diese schockierende Gewissheit genügte, um ihre Leidenschaft zu dämpfen.

»Weißt du, dass ich mich selbst berühre und mir vorstelle, dass es deine Hand ist, die es tut?«

Shona stöhnte, weil das Bild in ihrem Kopf schier unwiderstehlich war.

Und die lustvollen kleinen Laute, die er von sich gab – waren sie nur in ihrem Kopf, oder hörte sie sie durch die Tür? Von fiebriger Erregung durchströmt, presste sie die Schenkel zusammen, weil die pulsierende Hitze und warme Feuchtigkeit dort so lustvoll waren, dass sie vor Verlangen zu vergehen glaubte.

Würde Caelis ihr sinnliches Begehren sogar durch Stein und Holz wahrnehmen können? Sie drehte sich zur Tür um, machte aber keine Anstalten, den Riegel vorzulegen.

Stattdessen beugte sie sich vor und legte die Hände an das Holz. *»Sag es mir, Caelis. Bin ich jetzt wie du?«*

Der Seufzer, den sie über ihre geistige Verbindung hörte, klang verdrossen. Aber warum? Weil er verärgert war über sie oder seine eigenen sexuellen Bedürfnisse? *»Nein.«*

»Ist das auch die Wahrheit?« Sie war nun mal keine Chrechte, die Lügen riechen konnte.

Oh. *»Ich kann keine Lüge riechen.«*

»Nein.«

»Ich bin noch genauso menschlich, wie ich es immer war.«

»Aye.«

Erleichterung durchflutete sie – nicht, weil sie keine

Chrechte war, sondern weil er nichts anderes mehr vor ihr verheimlicht hatte.

Oder zumindest glaubte sie, dass er sonst nichts verheimlicht hatte. Wie könnte sie sich auch sicher sein? Bis jetzt war ihr schon so viel verschwiegen worden.

»Gibt es noch andere Geheimnisse?«

In ihrem Kopf hörte sie etwas, das wie ein Fluch klang, doch wieder konnte sie sich nicht sicher sein, weil Caelis es in dieser alten Sprache gesagt hatte, die er mit den anderen Chrechten sprach.

»Was?«, fragte sie.

»Jedes Wort, das du sagst, steigert meine Erregung.«

»Aber das ist unmöglich.«

Diesmal kam das Stöhnen, das sie hörte, auf jeden Fall durch die Tür. *»Ich versichere dir, dass es so ist.«*

»Berührst du dich immer noch?«

»Aye. Aber ich würde es viel lieber bei dir tun.«

Irgendetwas stimmte nicht mit ihr. Sie müsste eigentlich schockiert sein, doch stattdessen erregten seine Worte sie.

»Du solltest damit aufhören.«

»Und du solltest aufhören, so intim mit mir zu kommunizieren.«

»Ich sage doch gar nichts Intimes.«

»Jedes deiner Worte in meinem Kopf bestätigt mir unsere Verbundenheit.« Seine Stimme war voller Genugtuung und ganz rau von offenbar sehr lustvollen Empfindungen.

Er würde allein schon durch die Stimulation ihrer geistigen Verbindung zum Höhepunkt gelangen. Wieder hätte Shona schockiert sein müssen, doch erstaunlicherweise verspürte sie nichts anderes als Befriedigung über die Möglichkeit.

»Geheimnisse«, sagte sie in einem verzweifelten Versuch, ihren eigenen Gedanken und Sehnsüchten eine andere Richtung zu geben. *»Gibt es noch mehr Geheimnisse?«*

Sie konnte die Qual unerfüllten Begehrens so stark nachempfinden, dass sie sich wie ihre eigene anfühlte, obwohl sie wusste, dass es Caelis' war. War das eine weitere Auswirkung der Partnerschaft zwischen wahren Gefährten?

»Du weißt bereits, dass ich vorhabe, zu den MacLeods zurückzukehren und den Clan zu übernehmen, oder?«

Shona nickte nur stumm an der Tür, während sich ihr Herz zusammenkrampfte bei dem Gedanken, dass Caelis um das Recht, den Clan zu führen, gegen Uven würde kämpfen müssen. Selbst in einem einigermaßen fairen Kampf war es ausgeschlossen, dass Uven als Sieger daraus hervorgehen würde.

Doch dieser Mann war hinterlistig und böse, und kein Kampf mit ihm würde ohne Arglist und Verrat vonstattengehen.

»Shona?«, fragte Caelis über ihre geistige Verbindung. Er klang angespannt.

Da sie den Ursprung dieser Anspannung kannte, gab sie sich die größte Mühe, sie zu ignorieren.

»Ich bin hier«, sagte sie laut, weil sie wusste, dass er sie durch die Tür hören würde.

»Ich muss das tun.«

»Das weiß ich.«

Uven musste aufgehalten werden, ihrem Clan zuliebe, aber auch zum Wohle aller Chrechten. Er war ein von Grund auf böser Mann, der unermesslichen Schaden anrichten würde, wenn man ihn weiterhin gewähren ließ. Shona hätte nicht sagen können, wieso sie wusste, dass es so sein würde, doch es war eine Gewissheit tief in ihr, die sie nicht verdrängen konnte.

»Du hast den Riegel nicht vorgelegt.«

»Nein.«

»Wenn du möchtest, dass ich draußen bleibe, dann leg ihn vor!« Der Funke seiner Leidenschaft sprang auf sie über und ließ ihr Begehren nur noch heißer auflodern.

Shona konnte das nicht zugeben, doch genauso wenig konnte sie sich dazu bringen, den Riegel vorzulegen, der Caelis auf der anderen Seite halten würde. Weil sie den Gedanken hasste, dass er sich selbst befriedigte, da sie es sein wollte, die ihm Vergnügen schenkte.

Die Tür begann, sich nach innen zu öffnen, und mit wild pochendem Herzen trat Shona zurück.

Kapitel Neunzehn

Die Faol tun gut daran, die Schläue und den Einfallsreichtum der Menschen nicht zu unterschätzen.

– Emily vom Clan der Balmoral

Caelis' hochgewachsene, kriegerische Gestalt bebte förmlich von sinnlichem Verlangen, als er eintrat und das mitgebrachte Fell achtlos fallen ließ. »Du hättest die Tür verriegeln sollen, Gefährtin.«

»Du hättest mich vor sechs Jahren bitten sollen, dich zu heiraten.« Es war nicht das, was Shona hatte sagen wollen, doch selbst wenn sie es könnte, würde sie die Worte nicht zurücknehmen.

Weil sie wahr waren und er das wissen musste.

Eine ganz andere Art von Anspannung, die nichts mit seinen sexuellen Bedürfnissen zu tun haben schien, ging urplötzlich von ihm aus. »Aye.«

»Damals hätte ich Ja gesagt.«

Caelis zuckte zusammen. »Ich weiß.«

Du liebe Güte, was bezweckte sie damit? Warum sagte sie all das? Ihre Sehnsucht nach ihm hatte nicht im Geringsten nachgelassen, und trotzdem gab sie Dinge von sich, die in keinerlei Zusammenhang damit standen.

Oder vielleicht doch?

»Ich breche morgen nach Balmoral Island auf.« Sie traf die Entscheidung im selben Moment, in dem sie sie kundtat.

»Dann weist du mich jetzt also zurück wie ich dich damals?«, fragte er, und sie konnte sehen, wie Verlangen und Zorn in seinen blauen Augen miteinander rangen.

Shona schüttelte entschieden den Kopf. »Du kannst uns gern

begleiten und meiner Familie deine Absichten mir gegenüber offenlegen.«

»Du weißt, dass ich andere Verpflichtungen habe.«

Shona zuckte mit den Schultern. Oh ja, das wusste sie. Genau wie vor sechs Jahren hatte Caelis *andere* Verpflichtungen und Pläne, die sein Versprechen an sie außer Kraft setzten.

»Und du wirst dich nicht umstimmen lassen?«

»Nein.« Sie hatte schon einmal alles für diesen Mann riskiert, und ihr Leben war dadurch schon fast zu einem Albtraum geworden ... wenn ihre Kinder nicht gewesen wären.

Wieder blieb Caelis' Gesicht so unbewegt, dass es wie versteinert wirkte. »Du weißt, dass ich zu dem MacLeod zurückkehren muss.«

»Und *dir* ist nur allzu gut bewusst, dass dies das Letzte ist, was *ich* tun werde.« Obwohl ein Teil von ihr wusste, dass sie eines Tages vielleicht tatsächlich wieder bei ihrem früheren Clan würde leben müssen, würde sie sich nicht aus einer Laune heraus dazu bereit erklären. Und sie würde schon gar nicht dorthin zurückkehren, ohne Caelis' rechtmäßig angetraute Ehefrau zu sein.

»Ich kann mich meiner Bestimmung nicht widersetzen. Ich bin ein *conriocht*, und das bedeutet, dass ich der Beschützer meiner Leute bin.«

»Und du glaubst, um die Chrechten zu beschützen, müsstest du auch der Laird des Clans MacLeod werden?«

»Ich weiß, dass es so ist. So wurde es vorausgesehen.«

Sollte sie jetzt beeindruckt sein? Komischerweise war sie es. Ein bisschen. Oder vielleicht viel mehr noch als ein bisschen, und dennoch würde sie nicht auf etwas verzichten, was ihrer Meinung nach geschehen musste, um einer Verbindung zwischen ihnen ein Fundament zu geben, auf das sie bauen konnte.

»Wusstest du, dass bei einem künstlich angelegten Hügel für

eine Burg darauf geachtet werden muss, dass nicht zu viel oder zu wenig Sand und lockeres Gestein mit dem Erdreich vermischt werden, damit der Hügel mit der Zeit nicht absackt und mit ihm auch die Burg?«, fragte sie Caelis.

Er starrte sie an, als hätte sie den Verstand verloren, doch davon durfte sie sich nicht beirren lassen.

»Ich weiß das, weil der Baron mir das einmal erklärt hat, als er voller Schadenfreude von dem Zusammenbruch der Burg eines anderen Barons erzählte. Das gesamte Gebäude, dessen Erbauen ganze vier Jahre gedauert hatte, wurde vollkommen zerstört.«

»Deine Ehe mit dem alten Mann ist etwas, was wir beide besser vergessen sollten.«

»Das ist unmöglich.«

»Ist es nicht.«

»Ist es wohl.«

»Nein.«

Caelis runzelte die Stirn und sah ganz so aus, als wollte er die Diskussion fortsetzen.

Shona kam ihm jedoch zuvor.

»Ich habe es gehasst, wenn der Baron mich anfasste, aber ich liebe meine Tochter. Ich kann ihre Herkunft ebenso wenig vergessen, wie ich Eadans Herkunft vergessen könnte.«

Und wenn Caelis das nicht akzeptieren konnte, bestand wirklich keine Hoffnung auf eine gemeinsame Zukunft für sie beide. Ganz gleich, was sein Chrechte-Gesetz über geheiligte Gefährten sagte.

»Sie ist mein«, erklärte Caelis grimmig. »Genau wie du, wenn du nicht zu stur wärst, um es zuzugeben.«

»Du kannst ihre wahre Abstammung nicht ungeschehen machen, nur weil du es so willst.« Genauso wenig, wie er Shona einfach nur mit purer Willenskraft dazu bringen konnte, seine Ehefrau zu sein.

»Der Baron ist tot. Ich lebe. Und *ich* bin Marjorys Vater, heute und für immer«, erklärte Caelis aus vollster Überzeugung.

Shona schüttelte ungläubig den Kopf. »Du bist ein sehr besitzergreifender Mann.«

»Vor sechs Jahren war ich nicht besitzergreifend genug, doch heute kann ich das nicht mehr bereuen.«

»Kannst du nicht?«, fragte Shona schockiert und sehr bestürzt zugleich.

»Marjory war für uns bestimmt, für dich und mich, egal, wie es dazu kam. Oder könntest du bereuen, dass es sie gibt?«

Das hatte er sie schon einmal gefragt.

Doch heute verstand Shona besser, was ihn dazu veranlasst hatte. »Niemals!«

»Eben.«

»Um eine Familie zu gründen, bedarf es mehr als nur der Behauptung, alle gehörten zusammen.« Es erforderte auch mehr als nur eine rechtsgültige Heiratsurkunde.

»Genau. Es bedarf auch einer gewissen Unterstützung deinerseits.«

Und seinerseits, wenn er das nur endlich einsehen würde. »Wenn eine Burg auf einem künstlich angelegten Erdhügel absackt, lösen sich die Wandfugen, und irgendwann bricht die ganze Burg zusammen.«

»Sind wir wieder bei Erdhügeln?«

»Hör zu, Caelis! *Ich* werde nicht die Burg sein, die aufgrund ihres nachgebenden Fundaments zusammenbricht.«

»Du bist ja auch kein Bauwerk«, sagte er gereizt.

»Nein, aber unsere Partnerschaft ist wie eine Burg, deren Aufgabe es ist, diejenigen, die in ihr leben, zu beschützen.«

»Du gibst also zu, dass wir Lebensgefährten sind.«

»Das habe ich nie bestritten.« Kein einziges Mal.

Caelis fuhr herum und schlug mit der flachen Hand gegen die

dicke Steinmauer. »Wie kann unsere Partnerschaft unsere Familie beschützen wie diese illusorische Burg, von der du sprichst, wenn du auf Balmoral Island lebst und ich bei den MacLeods? Burgen erstrecken sich nicht auf verschiedene Liegenschaften und überspannen erst recht kein Meer.«

»Vor sechs Jahren hast du mich vor meiner Familie verleugnet und meinem Vater in aller Form das Ende deiner Werbung um mich mitgeteilt.«

»Sehr zu meiner Schande, ja.« Er senkte tatsächlich beschämt den Kopf und ließ die Schultern hängen.

Es war jedoch nicht Shonas Absicht gewesen, ihn zu beschämen. »Darum geht es nicht.«

»Und worum geht es dann?«, fragte er mit mühsam unterdrückter Ungeduld, als er sich wieder zu ihr umdrehte.

»Dass es unbedingt erforderlich ist für unsere Verbindung, dass du mich vor meiner Familie wieder anerkennst.« Shona legte eine Hand auf seinen Unterarm und blickte ihn beschwörend und um Verständnis bittend an. »Falls ich in deinen Augen etwas wert bin, wirst du das vor anderen zugeben.«

»Genügen eine Partnerschaft und Heirat dazu nicht?«

Apropos illusorische »Burgen«! Er sprach von ihrer, als wäre sie bereits geplant, und dabei hatte sie bisher nicht einmal zugestimmt, seine Frau zu werden.

Und wie hätte sie auch einer Frage zustimmen sollen, die er nie gestellt hatte? Bis zu diesem Moment nicht.

»Bisher waren deine Chrechte-Gebräuche nichts weiter als ärgerlich für mich, wenn du die Wahrheit hören willst. *Ich* kann nur wenig Vertrauen in eine Beziehung setzen und sogar noch weniger in eine Ehe, nach meinen Erfahrungen mit dem Baron. Vor den Menschen und Gott zu stehen und Treue und Achtung zu geloben, stellt in keiner Weise sicher, dass ein Mann seine Frau auch wirklich wertschätzen wird.« Oder dass er, sie und ihre Kinder als Familie in vollkommener Harmonie zusammenleben würden.

»Dieser alte Mann war ein schlechter Ehemann.«

»Es gibt schlimmere.« Wie Audreys Vater und den jetzigen Baron von Heronshire, um nur zwei zu nennen.

»Auch nicht alle Gefährten sind mustergültig«, sagte Caelis, wenn auch offenbar nur widerwillig.

»Nach allem, was ich heute über die Chrechten weiß, ist mir das sehr wohl bewusst. Uvens erste Frau muss seine wahre Seelengefährtin gewesen sein, sonst wäre aus der Verbindung kein Kind hervorgegangen.« Sie waren sowohl nach menschlichem als auch nach chrechtischem Gesetz verheiratet gewesen, doch das hatte für die arme Frau kein gutes Ende genommen.

»Aye.«

»Mein Vater hielt die Umstände ihres Todes schon immer für verdächtig, obwohl ich das nicht wissen durfte.« Aber Shona hatte ihre Eltern darüber reden gehört.

»Nachdem ich erfahren hatte, wie leicht es ihm gefallen war, meine eigenen Eltern zu ermorden, nur weil sie anderer Meinung waren als er, fällt es mir nicht schwer zu glauben, dass er sogar seine menschliche Gefährtin umgebracht haben könnte.«

»Der alte Laird lebte noch, als es geschah, doch mein Vater hat seine Bedenken nie geäußert. Heute weiß ich, dass der alte Laird die Tat seines Sohnes wahrscheinlich weder kritisiert noch missbilligt hätte, wenn ihm bewusst gewesen wäre, dass sein Sohn seine Gefährtin getötet hatte. Weil sie menschlich war und sie Fearghall waren.«

Caelis nickte grimmig.

»Ob du es glaubst oder nicht, doch ich verstehe wirklich, dass der Clan dich braucht.«

»Gut.«

»Das bedeutet allerdings nicht, dass ich meine eigenen Wünsche und Angelegenheiten außer Acht lassen werde.«

»Das versuche auch ich nicht zu tun.«

Diesmal war sie es, die nickte und sagte: »Gut. Aber du willst, dass ich auf Institutionen vertraue, obwohl ich erst einmal *dir* vertrauen müsste.«

»Du vertraust mir nicht?«, fragte er. Er schien die Antwort tatsächlich nicht zu kennen.

Dachte er etwa, die letzten vierundzwanzig Stunden hätten alles geändert? Seiner gekränkten Miene nach zu urteilen, war es durchaus möglich, dass er das gedacht hatte.

»Soll ich einfach nur mit den Fingern schnippen, und alles ist vergessen? Wie soll ich dir denn vertrauen?«

»Ich habe dir meine Chrechte-Natur offenbart.«

Shona dachte, dass das seiner Spezies sehr viel mehr bedeuten musste als ihr selbst, zumal er so lange damit gewartet hatte. »Nachdem du es mir unser ganzes Leben lang verheimlicht hattest, selbst zu der Zeit noch, als du mich dazu brachtest, mit dir zu schlafen, ohne verheiratet zu sein.«

Das Wissen, dass auch andere es ihr verschwiegen hatten, schmerzte noch immer, doch Shona gab sich alle Mühe, ihn nicht für die Handlungsweise ihrer Eltern oder Thomas' und Audreys verantwortlich zu machen.

»Ich konnte nicht anders, Shona. Aber auch *ich* war damals fest davon überzeugt, du würdest meine Frau werden. Es war keine Lüge, als ich dir die Ehe versprach.«

»Dein Wolf wollte seine Gefährtin.«

Und die Bedürfnisse des Tieres hatten den jüngeren Caelis vermutlich von seinen Zukunftsplänen überzeugt. Shona konnte das heute ein bisschen besser verstehen, vor allem wenn sie bedachte, wie sehr diese Bedürfnisse auch sie beeinflusst hatten, obwohl sie nicht einmal eine Chrechte war.

»Aye. Und ich war jünger und hatte nicht die nötige Kontrolle. Wir hatten ja auch schon so lange abgewartet.«

Shona nickte, weil sie verstand, was er meinte, und es vielleicht sogar akzeptierte. »Doch was könnte mich an dieser Erklärung dazu bewegen, dir zu vertrauen?«, sagte sie trotzdem.

Caelis öffnete den Mund und schloss ihn wieder, ohne ein Wort hervorzubringen. Sein Mienenspiel war jedoch äußerst interessant.

Zuerst war es Schock, was sich auf seinem Gesicht widerspiegelte, dann Verwirrung und schließlich ein Ausdruck der Erkenntnis.

»Gestern Nacht habe ich den Beischlaf nicht vollzogen«, sagte er steif.

Shona hatte es gewollt. Und Caelis hatte das gewusst, wahrscheinlich ebenso gut wie sie. »Du hast keine Schwangerschaft riskiert, und dafür bin ich dir dankbar, doch du hast auch nicht mein Bett verlassen und dadurch ermöglicht, dass Audrey uns dort zusammen sah. Du kannst mir nicht erzählen, dass du ihre Bewegungen im Nebenzimmer nicht gehört hattest.«

»Steinmauern sind dick. Ich hatte sie wirklich nicht gehört, bis sie vor deinem Zimmer stand.«

»Und dann war es zu spät.«

Also hatte er sie nicht absichtlich bloßgestellt. Ein weiterer Punkt zu seinen Gunsten, dachte Shona.

»Aye. Willst du, dass ich mich dafür entschuldige, bei meiner Gefährtin geblieben zu sein?« Der Blick, den er ihr zuwarf, besagte, dass er es tun würde, wenn auch wirklich nur sehr ungern.

Offensichtlich dachte er, der Titel »Gefährte« verleihe ihm alle möglichen Rechte und Privilegien. Shona war sich nicht sicher, dass es nicht vielleicht sogar so war, wenn sie bedachte, wie stark auch sie sich zu ihm hingezogen fühlte.

»Nein.«

Erwartungsvoll sah er sie an. Sie erwiderte seinen Blick nur stumm und wartete. Entweder würde er mit besseren Argumenten aufwarten und sie überzeugen, dass sie ihm vertrauen *konnte*, oder er würde einsehen, wie wenig er getan hatte, um dieses Vertrauen zu gewinnen.

»Ich habe mich vor dir in den *conriocht* verwandelt«, sagte er nach kurzem Schweigen, als erklärte das alles.

»Du hast dich auch vor anderen verwandelt.«

»Ich habe es *für dich* getan, um dich und unsere Kinder zu beschützen.«

Wenn er nur wüsste, dass er jedes Mal, wenn er beide Kinder als seine eigenen bezeichnete, mehr zu der Stärke des Fundamentes für ihre *geheiligte* Verbindung beitrug, um die sie sich so sorgte!

Und dies war ein Punkt, den sie ihm problemlos zugestehen konnte. »Ich bin überzeugt davon, dass unsere Sicherheit heute von allergrößter Bedeutung für dich ist.«

»Aber früher war es nicht so. Das ist es doch, was du denkst.« Er wandte sich wieder ab, und an seiner starren Haltung erkannte Shona seine innere Angespanntheit.

»Glaubst du?«, fragte sie, weil sie sich gar nicht mehr so sicher war, dass sie wirklich noch so dachte.

»Ich hätte nie damit gerechnet, dass du und deine Eltern unseren Clan verlassen würden. Schließlich war er euer Zuhause.«

»Aber keins, wo wir willkommen waren, und das wusstest du besser als ich.«

Mit grimmiger Miene nickte er kurz.

»Und trotzdem dachtest du, wir würden bleiben. Dass *ich* bei dem Clan bleiben würde. Unverheiratet.«

Wieder antwortete ihr nur dieses knappe Nicken.

Er hatte ihr das Gleiche vorher schon gesagt, mit dem einen Unterschied, dass sie ihm heute glaubte. Sie konnte im Grunde gar nicht anders. Weil es zu viele seiner Handlungen und Ansichten erklärte, die sich ansonsten nur mit ihrem Glauben rechtfertigen ließen, er sei das Ungeheuer, für das sie ihn sechs Jahre lang gehalten hatte. Doch was immer Caelis war, ob *conriocht* oder menschlich, ein Ungeheuer war er nicht. Seine Auffassungen waren damals arrogant gewesen, schlecht durchdacht, und sie grenzten schon an Einfalt, aber er *hatte* an sie geglaubt.

»Du dachtest, du könntest mich im Auge behalten und beschützen, doch indem ich mit meinen Eltern wegging, habe ich dir diese Möglichkeit genommen.« Shona war jetzt völlig sicher, dass er es so gesehen hatte.

Aber Caelis schüttelte den Kopf. »Du wärst nicht weggegangen, wenn ich mich dir gegenüber anständig verhalten hätte.« Jetzt ballte er die Hände an den Seiten zu Fäusten. »Ich hätte mit dir weggehen können. Ich hätte den Clan mit dir und deiner Familie verlassen sollen.«

Und nun wollte er, dass sie mit ihm dorthin zurückkehrte. Konnte er die Ironie, die darin lag, nicht sehen?

Sie schon, genau wie sie die Ironie in ihren nächsten Worten sehen konnte. »Ich liebe dich.«

»Was?« Er fuhr so schnell zu ihr herum, dass sie in dem schwachen Licht der einzelnen Kerze, die neben ihrem Bett brannte, nur eine verschwommene Bewegung wahrnahm. Absoluter Schock stand ihm ins Gesicht geschrieben. »Was hast du gesagt?«

»Dass ich dich liebe. Ich habe nie aufgehört, dich zu lieben.« Sie hatte es gewollt – Gott war ihr Zeuge, wie sehr sie es gewollt hatte –, aber sie hatte ihre Gefühle für ihn niemals zum Erlöschen bringen können.

Sie hatte sich solche Mühe gegeben, sich selbst und ihre Kinder zu beschützen, doch die Liebe und das Verlangen brannten heute sogar noch heißer in ihr als vor all diesen Jahren. Was auch der Grund dafür war, dass sie diesen Mann weder heiraten noch das Bindungsritual mit ihm vollziehen konnte, solange sie sich nicht darauf verlassen konnte, dass er diesmal richtig handeln würde.

Sie hatte mehr zu verlieren als er, auch wenn er das nie verstehen würde. Sein Wolf hatte sie zu seiner Gefährtin erklärt, bevor sie auch nur gewusst hatte, was Verlangen war. Sie hatten auf sie gewartet, Caelis und sein Wolf, aber er hatte sie nicht geliebt.

Denn *hätte* er sie geliebt, hätte er sie nicht verstoßen. Was auch immer er für sie empfand oder empfunden hatte, war schon damals geschmälert gewesen von seiner Verpflichtung den Chrechten gegenüber und würde es auch immer sein.

Shona konnte das akzeptieren, weil ihr keine andere Wahl blieb, doch sie würde auf gar keinen Fall akzeptieren, dass sie *immer* an letzter Stelle stehen würde.

Sie zweifelte nicht daran, dass er sie brauchte, doch er würde es überleben, sie zu verlieren. Er hatte mehr als überlebt in diesen vergangenen sechs Jahren; er hatte Erfolg gehabt und eine Bestimmung gefunden, die er sich nie hätte erträumen können.

Shona dagegen war nahe daran gewesen, ihren Verstand zu verlieren, und nur die Liebe zu ihren Kindern und ihre Entschlossenheit, sie großzuziehen und zu beschützen, hatten sie davor bewahrt.

Caelis hatte sechs Jahre in sexueller Enthaltsamkeit gelebt. Und obwohl Shona sicher war, dass das eine harte Prüfung für ihn gewesen war, hatte sie dieselben Jahre damit verbracht, die Berührung eines Mannes über sich ergehen zu lassen, der jedes Mal ein bisschen mehr von ihrer Seele tötete, wenn er ihren Körper dazu benutzte, seine Lust zu stillen. Und sechs Jahre lang hatte sie bis zum jeweiligen Tod ihrer Eltern, die sie von ganzem Herzen geliebt hatte, deren Schmähungen ertragen müssen. Jeden Tag hatte sie stoisch große und kleine Kränkungen dafür ertragen, dass sie »die schottische Aufsteigerin« war, die einen Mann geheiratet hatte, der dreimal so alt war wie sie selbst.

Und nichts davon war vergleichbar mit der offenen Wunde in ihrer Seele, die noch immer von Caelis' Zurückweisung und Abwesenheit blutete.

Große Liebe hatte große Macht.

»Du liebst mich, aber vertraust du mir?«

»Das kann ich nicht«, erwiderte sie schonungslos.

Caelis schluckte heftig und verkrampfte und entkrampfte die Fäuste an seinen Seiten, als wollte er nach ihr greifen, erlaubte es sich jedoch nicht. »Du glaubst also nicht, dass ich dich liebe.«

»Ich weiß, dass du es nicht tust, und das akzeptiere ich.« Sinnliches Begehren war keine Liebe, und die starke erotische Anziehung zwischen Gefährten war es auch nicht.

Wie er schon gesagt hatte, liebten nicht alle Gefährten einander. Uven konnte die Gefährtin, die er getötet hatte, nicht geliebt haben – genauso wenig, wie er ihre gemeinsame Tochter je geliebt hatte.

»Muss ich dir dafür dankbar sein?«

»Ich weiß nicht.« War Dankbarkeit besser als bloße Pflicht und Lust?

»Das bin ich.« Der Ausdruck in seinen blauen Augen war unergründlich, als er seufzend hinzufügte: »Sehr sogar.«

Unerwartete Tränen brannten plötzlich hinter Shonas Augenlidern. Sie blinzelte, um sie zu verdrängen, doch die Tränen wollten nicht versiegen.

Caelis stieß einen weiteren seiner chrechtischen Flüche aus und kam zu ihr. Sehr sanft legte er seine großen Hände rechts und links an ihr Gesicht und wischte mit den Daumen die Tränen ab, die über ihre Wangen rollten. »Weine nicht, *mo toilichte!* Bitte nicht!«

»Es ist keine Absicht.«

Er beugte sich vor und bedeckte ihr feuchtes Gesicht mit vielen kleinen, unendlich zarten Küssen. »Lass mich dir den Kummer nehmen!«

»Ich kann nicht.« Sie würde keine weitere Schwangerschaft riskieren und sich ihre Entscheidungen abnehmen lassen, nachdem sie ihm gestanden hatte, dass sie ihn liebte.

Es machte sie viel zu verwundbar, und er brauchte keine weiteren Vorteile ihr gegenüber.

Caelis nickte, als hätte er keine andere Antwort erwartet. »Ich habe viele Möglichkeiten, dir sinnliches Vergnügen zu schenken, um deinen Kummer zu vertreiben, ohne mit dir eins werden zu müssen.«

Shona wusste nicht, was er meinte. Ihre einzigen lustvollen Erfahrungen zwischen Mann und Frau hatte sie mit ihm gemacht, und bis auf die Nacht zuvor hatte sie noch nie die vollendete Erfüllung erfahren, ohne inniglich mit ihm vereint gewesen zu sein. »Ich …«

»Willst du mir darin wenigstens vertrauen?«, fragte er.

Er gab ihnen beiden eine Chance voranzukommen. Sie wusste nicht, wie sie Vertrauen zu ihm aufbauen sollte, außer durch Zeit und seine Bereitschaft, die Vergangenheit zu berichtigen, so gut er konnte.

Doch nun bot er ihr eine weitere Möglichkeit, Vertrauen zu ihm zu schöpfen. Wenn sie ihm zu tun erlaubte, was er sagte, und er sein indirektes Versprechen hielt, auf den Beischlaf zu verzichten, wäre das doch gewiss ein weiterer Fels für das Fundament ihrer Beziehung?

Dieselben Instinkte, die sie vorher bedrängt hatten, ihn aus ihrem Zimmer herauszuhalten, sagten ihr jetzt, dass ein intimes Zusammensein mit ihm ihnen helfen würde, wie nur wenig anderes es könnte.

»Bitte!«, wiederholte er.

Und Shona konnte und wollte ihn nicht abweisen. Sie brauchte diese Gelegenheit, Vertrauen aufzubauen, genauso sehr wie er.

»Ja.«

Ein Schauer durchlief seinen kraftvollen Körper, und er gab ein leises, zufriedenes Geräusch von sich.

Dann bückte er sich, hob Shona auf und drückte sie an seine Brust. Ihr fließendes langes Nachthemd rutschte an ihm herunter und umschmeichelte seinen fast nackten Körper. »Ich werde jede Erinnerung an Berührungen, die du nicht wolltest, mit wonnevollen Gefühlen auslöschen. Kein anderer als ich wird je wieder deinen Körper streicheln.«

»Versprochen?«, fragte sie, obwohl seine Worte ohnehin schon wie ein Schwur geklungen hatten.

Er blickte zu ihr herab, und der Schmerz in seinen Augen erinnerte sie an den in ihrem eigenen Herzen. »Versprochen.«

»Nur du allein?« Denn nie wieder würde sie sich den unerwünschten Berührungen eines anderen unterwerfen.

Caelis' Mund verzog sich zu einer grimmigen Linie. »Nur ich allein.«

»Nur du.«

»Das schwöre ich dir.«

Shona nickte und akzeptierte seine Worte, soweit ihr tief verletztes Herz es ihr erlaubte.

»Nie wieder wird mein Versprechen an dich aus Loyalität anderen gegenüber aufgehoben werden.«

Shona stockte der Atem. »Das ist nicht dein Ernst. Sag das bitte nicht, wenn es dir nicht ernst gemeint ist!«

Doch der Ausdruck seiner wie gemeißelt wirkenden Gesichtszüge ließ keinen Zweifel daran, wie ernst er sein Versprechen nahm.

Er legte Shona auf das Bett, machte jedoch keine Anstalten, ihr das Nachthemd auszuziehen, sondern trat zurück und legte seine rechte Faust über sein Herz. »Ich schwöre es.«

»Bei deiner Kriegerehre?«, vergewisserte sich Shona.

»Bei meiner Ehre als Chrechte und als *conriocht*.«

Und er hatte ihr versprochen, dass kein anderer Mann sie je wieder intim berühren würde. Die ewige Furcht, die eine unendlich schwere Last gewesen war, fiel von ihr ab, und ihr wurde so leicht ums Herz, wie sie es längst nicht mehr für möglich gehalten hatte.

»Dann kann Percival mich nicht haben«, sagte sie mit übersprudelnder Freude in ihrem Herzen.

Caelis ließ sich neben dem Bett auf die Knie fallen und griff nach ihren Händen. »Niemand kann dich haben. Weil ich dich mit meinem Leben beschützen werde. Das schwöre ich dir.«

»Nicht nur deinen Sohn?«

»Ohne das Geschenk ihrer Mutter könnte ich weder meinen Sohn noch meine Tochter haben. Zweifle niemals daran, dass du das Allerkostbarste für mich bist.«

Sie wollte ihm so gern glauben.

Und plötzlich wurde ihr klar, dass es diesmal ihre Wahl war. So wie es vor sechs Jahren seine Wahl gewesen war.

Oder war sie jetzt etwa weniger verantwortlich für ihre eigenen Entscheidungen?

Und in diesem Moment entschied sie sich dafür zu glauben.

Sie glaubte, dass Caelis sie nicht wieder verstoßen würde. Dass er sie mit seinem Leben beschützen würde. Nicht, indem er es für sie hingab, sondern indem er es ihr *schenkte*.

»Danke.«

Sein Gesicht verriet seine heftige Gemütsbewegung. »Du bringst mich schier um den Verstand, Shona. Dank mir nicht für etwas, das ich genauso wenig ändern kann, wie ich meine Lunge am Atmen hindern könnte!«

Sie strich mit der Hand über seine Wange und genoss das Gefühl der kurzen Bartstoppeln an ihrer Haut. »Ich werde dich immer lieben.«

Das war ihr Versprechen an ihn.

Und sie hielt es für mehr als gerechtfertigt, es ihm zu geben, als sie das Lächeln sah, das sein Gesicht erhellte, als er sich erhob. »Danke.«

»Dank mir nicht für etwas, das ich genauso wenig ändern kann, wie ich meine Lunge am Atmen hindern könnte!«, sagte sie und imitierte dabei seinen Ton.

»Ich werde trotzdem immer dankbar dafür sein.« Das Lächeln erwärmte seine Stimme und versuchte, ihr Herz zu erreichen und es zu heilen.

»Du siehst aus wie eine Braut.«

Sie wollte die Seine sein, mehr, als er sich wahrscheinlich vorstellen konnte. »Heute Nacht bin ich nur eine verliebte Frau.«

»Du bist nie *nur* irgendwas.«

»Nein?« Sie konnte sich ein Grinsen nicht verkneifen.

Er schüttelte den Kopf. »Du verstehst es nicht, aber eines Tages wirst du es verstehen.«

Sie streckte ihm einladend die Hand entgegen. »Caelis …«

»Du bist *alles*, Gefährtin«, sagte er und legte seinen Kilt und seine Waffen ab, die er in Reichweite des Bettes liegen ließ.

Kapitel Zwanzig

Intime Beziehungen zwischen Gefährten werden nicht immer zu Kindern führen, aber sie sollten immer zu einer stärkeren Bindung zwischen Gefährten führen.

– Worte einer alten *celi di*

Die Verletzungen, die Caelis sich früher am Tag zugezogen hatte, waren nur noch rosafarbene Linien auf seiner Haut.

Shona starrte ihn verwundert an. »Du bist geheilt.«

»Das ist der *conriocht*. Wenn ich diese Gestalt annehme oder ablege, heilt mein Körper.«

»Aber nicht, wenn du dich in deinen Wolf verwandelst?«

»Nein. Das gehört nur zu den Fähigkeiten der Beschützer unserer Leute.«

»Das ist gut.« Zu wissen, dass er dies vermochte, verringerte ein wenig Shonas Sorge um ihn. »Hilft es auch bei schweren Verletzungen?«

»Das weiß ich nicht.« Mit geschmeidigen Bewegungen, die sehr gut die Anmut seines Wolfes erkennen ließen, kam er auf das Bett zu.

»Eadan sagte, er werde eines Tages auch ein *conriocht* sein.«

»Das ist eine Gabe, auf die man sich freuen kann.«

Shona nickte nur, denn die Wunder seines Chrechte-Lebens verblassten angesichts des Verlangens, das schon die ganze Zeit zwischen ihnen geschwelt hatte. Nicht einmal während des emotionsgeladenen Gesprächs zwischen ihnen hatte das drängende sinnliche Begehren nachgelassen.

»Ich will dich«, sagte Shona ohne jede Scham.

»Und du wirst mich haben, heute und für immer«, versprach er.

In Anbetracht seiner vorangegangenen Worte nahm sein Versprechen eine tiefere Bedeutung an … und stellte Shonas eigene Einschränkungen infrage.

Was hatte sie von ihm gewollt? Ihm vertrauen zu können. Irgendwann während der letzten Minuten, als er ihr Versprechungen gemacht hatte, die sie nicht erbeten, aber gebraucht hatte, hatte er ihr die Möglichkeit gegeben, ihm zu vertrauen.

Oder vielleicht war hier auch diese beängstigende Macht einer unglaublichen Liebe am Werk gewesen? Doch wie dem auch sei, Shona bezweifelte jedenfalls nicht länger ihren Platz im Leben ihres Gefährten.

Vielleicht liebte er sie nicht so sehr wie sie ihn, aber er war besorgt um sie und brauchte sie, und er würde sein Leben hingeben, um sie zu beschützen.

Für sie brachte er sogar die Geheimnisse seiner Leute in Gefahr, was wesentlich bedeutsamer war als irgendeine banale Aufgabe, die sie ihm auftrug, um etwas zu beweisen, was er längst bewiesen hatte.

Ohne die Augen von ihr abzuwenden, ergriff Caelis das Fell, das er vorher auf den Boden hatte fallen lassen, breitete es auf dem Bett aus und legte Shona sanft darauf.

Dick und herrlich weich an ihrer Haut, war es wie ein zusätzliches Kissen unter ihr, doch irgendwie hatte sie das Gefühl, dass es Caelis mit dem Fell nicht um Bequemlichkeit ging. Es musste noch eine andere, besondere Bedeutung für ihn haben.

Da sie jedoch Wichtigeres zu besprechen hatten, fragte sie ihn nicht danach.

»Ich werde dich heiraten«, versprach sie. »Und ich möchte, dass Audreys und Vegars Ehe zusammen mit unserer den Segen eines Priesters erhält.«

Caelis hielt in seinen Bewegungen inne und schaute sie verwundert an. »Ich dachte …«

»Ich auch … Ich dachte, es sei nötig, dass du mich nach Balmoral Island begleitest, doch das ist es nicht.«

»Ist es nicht?« Caelis klang überrascht.

Shona schüttelte den Kopf. »Ich dachte, du müsstest mir etwas beweisen, um Wiedergutmachung für die Vergangenheit zu leisten.«

»Und jetzt denkst du nicht mehr so?«

»Nein. Deine Handlungsweise mag dazu geführt haben, dass ich die Zuneigung meiner Eltern verlor, doch meine eigenen Handlungen waren auch schuld daran. Größtenteils war ihr Verhalten jedoch *ihre* eigene Verantwortung. Wir können die Vergangenheit nicht ungeschehen machen, und das würde ich auch nicht tun. Wenn ich eins gelernt habe, dann ist es, wie stark ich sein kann, und das ist etwas Gutes.«

»Ja, das ist es.«

»Ich liebe dich, Caelis, Beschützer der Chrechten. Und mein ganz persönlicher Beschützer.«

»Gefährtin. *Mo toilichte.* Meine Frau.« Kraftvoll und besitzergreifend drückte er den Mund auf ihre Lippen und küsste sie mit einem hemmungslosen sinnlichen Verlangen, das alles in den Schatten stellte, was vorher gewesen war.

Shona erwiderte den Kuss und ließ ihre ganze Liebe in ihn einströmen, um sich so vielleicht von den Qualen der Vergangenheit zu erlösen.

Ihre Zungen vereinten sich zu einem aufregenden Tanz, ihre Lippen konnten nicht voneinander lassen, Caelis' nackter Körper presste sich an Shonas, und ihre Hitze ging aufeinander über, als wäre der dünne Batist ihres Nachthemdes gar nicht vorhanden.

Caelis unterbrach den Kuss und begann, ihr ganzes Gesicht mit Küssen zu bedecken, strich mit den Lippen über ihre Schläfen und dann über ihren Nacken. Die ganze Zeit über flüsterte er Worte, die ihr unverständlich waren, an ihrer Haut.

Erst als er die empfindsame Stelle hinter ihrem Ohr liebkoste, verstand sie, was er sagte. »Danke. Für immer mein. Mein Geschenk. Danke.«

Die Worte und die Inbrunst des Gefühls dahinter trieben ihr die Tränen in die Augen und ließen ihr die Kehle eng werden. Die Tränen blinzelte sie weg und drängte die tiefe Rührung, die sie ergriffen hatte, beiseite, denn Shona war viel zu glücklich über Caelis' Reaktion, um den Moment von irgendetwas beeinträchtigen zu lassen.

Nicht einmal von dem Überschwang ihrer eigenen Gefühle.

Caelis schob Shonas Nachthemd hinauf und entblößte ihre zarte Haut, die weiß und durchscheinend wie Alabaster war. Ihre schlanken, wohlgeformten Beine luden dazu ein, berührt zu werden, und das dunkle Dreieck zwischen ihren Schenkeln, das der dünne Stoff nur noch knapp bedeckte, zog seinen Blick auf sich und verschärfte sein Verlangen.

Verlangen, das sich durch ihre Worte zu rasender Begierde gesteigert hatte. Sie hatte versprochen, ihn zu heiraten und ihm ihre Liebe zu schenken, als er schon überzeugt gewesen war, diese Liebe nie wieder erlangen zu können.

Die Sicherheit, mit der Shona glaubte, er liebte sie weniger als sie ihn, war nichts, was er anfechten konnte. Taten sagten mehr als Worte, und seine hatten viel zu laut gesprochen, um Shona in diesem Punkt noch umstimmen zu können.

»Du bist so schön«, flüsterte er.

Sie lachte leise und schüttelte den Kopf. »Ich bin nur eine Frau mit all den Spuren auf meinem Körper, die zwei Schwangerschaften und Geburten hinterlassen haben.«

Er wusste, was sie meinte. Die feinen Linien, wo ihr Körper sich gedehnt hatte, um für das Kind Platz zu schaffen, und ihre schweren Brüste, die mehr verlockend reifen Birnen statt knackig runden Äpfeln ähnelten.

Nein, sie hatte nicht mehr den Körper eines unberührten Mädchens von nur achtzehn Jahren, doch das beeinträchtigte ihre Schönheit für Caelis nicht. Tatsächlich war es sogar so, dass die Spuren, die Zeit und Umstände hinterlassen hatten, ihn nur neugierig machten und daran erinnerten, dass er mit einer erwachsenen Frau und nicht mit einem Mädchen schlief.

Mit einer Frau, die stolz sein sollte auf die Schönheit, die ihr zuteilgeworden war, in all ihren Erscheinungsformen. »Das sind *Kampfspuren*, die du mit dem gleichen Stolz tragen solltest wie ich die meinen.«

Sie lachte, aber es war kein heiteres Geräusch. »Das ist eine ziemlich einzigartige Sichtweise meiner körperlichen Mängel. Der Baron konnte ihren Anblick nicht ertragen.«

»Weil er ein Dummkopf war.« Caelis hatte die Vorstellung gehasst, sie könnte mit jemand anders glücklich sein, doch dann hatte er entdeckt, dass die Wahrheit über ihre unglückliche Ehe ihm sogar noch verhasster war.

Er wollte ihr helfen, diese hässlichen Erinnerungen loszuwerden, und er würde auch gleich damit beginnen.

Sanft legte er die Hände über ihre Schenkel und strich mit den Daumen an der Innenseite entlang, um dann langsam höher zu gleiten, auf die dunkelroten Locken zu, die unter dem Saum ihres hochgeschobenen Hemdes hervorschauten.

Ein Erschauern durchlief Shona und sandte eine Gänsehaut über die Stellen, wo er sie berührte. »Wie kann eine simple Berührung so wonnevolle Empfindungen in mir auslösen?«

»Weil wir füreinander bestimmt sind.«

»Die wahre Partnerschaft.«

»Das ist nicht das Einzige zwischen uns.« Das zumindest musste sie ihm glauben.

Shona konnte seine Liebe bestreiten, doch sie musste ihm vertrauen, dass er noch andere Gefühle für sie hegte neben denen seines Wolfes, der so untrennbar mit ihr verbunden war.

Sie widersprach ihm nicht, und der sanfte Blick in ihren schönen grünen Augen enthielt auch keine Anzeichen dafür, dass sie es wollte.

Er würde ihr zeigen, dass sie sich durch die Seelenverwandtschaft zwar zueinander hingezogen fühlten, dass diese jedoch nur der Beginn und keinesfalls die Begrenzung ihrer Partnerschaft war.

»Wie hübsch«, sagte er, als er ihr Hemd noch ein wenig höher schob und feucht schimmernde, seidige Locken darunter zum Vorschein kamen.

»Hübsch ist kein Wort, das mir einfällt, wenn ich *dich* nackt sehe«, neckte sie ihn.

»Natürlich nicht. Ich bin ein Krieger und kein Mädchen.«

Ihr mutwilliges Lächeln hätte ihn warnen müssen vor dem, was nun kam.

»Wenn ich genauer darüber nachdenke, ist ein Teil deines Körper doch recht hübsch geformt«, sagte sie mit einem Blick auf sein Glied, das voll erregt war und vor Verlangen pulsierte.

Lachen und die Freude, die nur sie ihm bringen konnte, sprudelten in ihm hoch. »Du findest meinen Penis *hübsch?*«, fragte er kopfschüttelnd.

»Oh ja.«

Caelis spreizte die Beine noch ein wenig mehr, um ihr einen besseren Blick zu ermöglichen. »Er fühlt sich im Moment aber gar nicht *hübsch* an. Er tut weh.«

»Wirklich?«

»Aye.« Und das wusste sie nur zu gut, trotz all ihrer aufreizenden Spöttelei.

»Vielleicht kann ich dir ja helfen?«

Oh ja, das könnte sie, doch er hatte andere Pläne, die nicht beinhalteten, sein Glied in Reichweite ihrer geschickten kleinen Hände zu bringen. »Später.«

»Caelis?«

»Sei mir einfach nur zu Willen, Shona. Das ist es, was ich jetzt gerade brauche.« Und trotz seines drängenden Verlangens, sich tief, tief in ihr zu verlieren, war es die reine Wahrheit, was er sagte.

Und bestimmt anders gemeint, als sie es auffassen würde, doch sie würde schon noch sehen.

Auf einen Arm gestützt, zog sie ihr Nachthemd aus und lehnte sich auf die Ellbogen zurück, sodass ihre üppigen Brüste sich ihm in dieser Haltung in einer unmissverständlichen Einladung entgegenstreckten. »Ja.«

Caelis konnte spüren, wie seine Mundwinkel zuckten, und tat nichts, um das Lächeln zurückzuhalten. »Wie betörend schön du bist!«

Shona errötete, und ihre Verlegenheit, die er wie einen würzigen Duft zwischen ihnen wahrnahm, brachte ihn zum Lachen.

»Dich mir nackt zu zeigen macht dich nicht verlegen, aber ein Kompliment lässt dich erröten?«, neckte Caelis sie.

»Du bist der Einzige, der mich je für schön gehalten hat.«

»Nein.« Er war überzeugt, dass sie sich irrte. »Ich bin vielleicht nur der Einzige, der intelligent genug ist, es dir zu sagen.«

Sie schüttelte den Kopf, und ihr langes rotes Haar fiel wie ein seidiger Wasserfall über ihre Schultern und auf das Paarungs-Fell, das er sechs Jahre zuvor selbst gegerbt und für ein Bindungs-Ritual hergerichtet hatte, das niemals stattgefunden hatte. »Was für ein Dickkopf du doch bist!«

Obwohl das Ritual nicht vollzogen worden war, *hatten* sie das Fell benutzt. Was jedoch nicht heißen musste, dass Shona sich daran erinnerte.

»Man hat mich schon Schlimmeres genannt«, erwiderte er und strich über das hübsche Dreieck dunkelroter Locken zwischen ihren Schenkeln. »Ich wüsste zu gern, ob du auch an anderen Stellen errötest ...«

Ohne Zögern spreizte sie die Beine, so unverkrampft und vertrauensvoll, dass Caelis beinahe laut gejubelt hätte vor Triumph. Shona hatte gesagt, sie vertraute ihm nicht, aber dann hatte sie eingewilligt, ihn zu heiraten. Er könnte daraus schließen, dass sie ihm wohl vertraute, doch die Wahrheit, die in diesem Versprechen lag, zeigte sich in ihrem Verhalten. Selbst wenn sie insgeheim vielleicht noch Bedenken hatte, vertraute sie ihm doch ihren Körper an. Vor sechs Jahren war es sie teuer zu stehen gekommen, das zu tun. Dass sie ihm dieses Geschenk erneut machte, ließ seinen Wolf vor Freude aufheulen.

Sehr sanft hob Caelis ihre Knie und Beine an, die er nun sogar noch weiter spreizte, um einen ungehinderten Blick auf ihre empfindsamste Stelle zu erlangen. Die pulsierende Hitze und glitzernde Feuchte dort war wie eine stumme Bitte an ihn, sie in Besitz zu nehmen.

Es war ein einmaliger Anblick. »Selbst hier bist du vollendet schön.«

»Du solltest so etwas nicht sagen.«

»Warum denn nicht? Es ist doch wahr.« Er beugte sich über sie und drückte einen zarten Kuss auf ihre Schamlippen.

Sie waren warm und nachgiebig, und der Duft ihrer Erregung war ein so machtvolles Aphrodisiakum für ihn und seinen Wolf, dass ein paar Tröpfchen Samen aus seinem Glied austraten. Wenn er sich erlaubte, das Fell auch nur zu streifen, würde er die Kontrolle über sich verlieren wie ein unerfahrener Jüngling. Doch er musste Shonas empfindsamste Stelle kosten, und so strich er mit der Zunge darüber, atmete tief ihren erregenden weiblichen Duft ein und nahm ihren Geschmack und ihre Süße in sich auf. Ihr Duft, ihr Geschmack, ihre *Essenz* sprachen sowohl den Mann als auch den Wolf auf einer sehr ursprünglichen Ebene an.

Caelis stöhnte lustvoll an den seidenweichen roten Locken und begann ein aufreizendes Spiel mit seiner Zunge, ohne einen anderen Gedanken, als die Lust mit ihr zu teilen, die sie ihm mit ihrer Hingabe und Unterwerfung schenkte.

Sie griff in sein Haar, und ihre Finger umklammerten seine Kriegerzöpfe. »Das ist … was tust du … du musst … *Oh, Caelis …*«

Sein Name ging in ein Stöhnen über, als er mit der Zunge ihren sensibelsten Punkt liebkoste. Es erfüllte ihn mit großer Befriedigung, die wonnevollen kleinen Laute zu hören, die seine Zärtlichkeiten ihr entlockten. Er würde ihr zeigen, dass sie jetzt sicher bei ihm war, in jeder Hinsicht.

Weil er sich der Bedeutung seiner Gefährtin für ihn selbst bewusst war.

In aufreizendster Weise wand Shona sich auf dem Fell und presste ihren Schoß mit verzückten kleinen Lauten noch fester an seinen Mund. Caelis nahm jeden dieser Laute so gierig in sich auf, wie es nur ein Verdurstender nach sechs Jahren in der Wüste konnte.

Als er mit einem Finger in sie eindrang und ihre Muskeln sich mit erstaunlicher Kraft um ihn zusammenzogen, nahm sein Triumphgefühl noch zu. Sie wollte die endgültige Vereinigung genauso sehr, wie er sie sich ersehnte.

Bald würden sie ihr Bindungsritual und die Ehe vollziehen, doch nur, wenn er sich der Ehre würdig erwiesen hatte. Nicht wie vor sechs Jahren, als er sich verfrüht genommen hatte, wozu er nicht das Recht besaß, wie er damals bewiesen hatte, weil er ihr Geschenk *nicht* so gewürdigt hatte, wie es sich geziemte.

Und so liebte und liebkoste er sie mit seinen Fingern, mit seinem Mund und seiner Zunge, bis ihre lustvollen Empfindungen so übermächtig wurden, dass sie es nicht mehr auszuhalten glaubte und sich ihm halb fordernd, halb verzweifelt noch einladender entgegenstreckte. Es wäre so leicht, sie jetzt zu diesem Höhepunkt zu bringen, den sie sich so heiß ersehnte, doch das würde nicht genug sein.

Nicht genug, um alte Erinnerungen auszulöschen. Nicht genug, um sie ein für alle Mal und unwiederbringlich durch neue zu ersetzen. Nicht genug, um ihr zu zeigen, wie sehr er das Geschenk wertschätzte, das sie ihm mit ihrem Körper machte.

Caelis zog sich zurück und hockte sich vor Shona auf die Fersen, um in Gedanken ihre weitere Verführung zu planen.

»Nein!«, rief sie und streckte die Arme nach ihm aus.

»Pst«, sagte er beruhigend und streichelte mit einer Hand ihren Schenkel, während sein Wolf zufrieden brummte. »Ich werde dir geben, was du willst. Zur rechten Zeit.«

»Jetzt«, verlangte sie.

Er schmunzelte vor Freude über diesen Vertrauensbeweis. »Bald.«

Dann kehrte er zu ihr zurück und strich mit der Zunge die dünnen silbernen Streifen auf ihrem Bauch nach, derentwegen sie so besorgt gewesen war. Sie wand sich vor Verlegenheit und gab kleine, protestierende Laute von sich. Doch er würde ihr schon noch zeigen, wie reizvoll er diese fraulichen Merkmale fand. Er streichelte auch ihre Brüste und zeigte ihr mit den Zärtlichkeiten seiner Hände und seines Mundes, wie sehr er ihre üppigen Rundungen und deren harte kleine Spitzen liebte.

Wieder wand sie sich verlangend unter ihm, doch er gab dem Drang nicht nach zu beenden, was er begonnen hatte.

Er würde sie an den Gipfel erotischer Verzückung bringen, doch noch nicht. Zuerst würde er ihr noch eine verschwenderische Fülle rauschhafter Empfindungen schenken. Er würde neue Erinnerungen für ihren Körper erzeugen, die alle anderen ersetzen würden.

Shona reagierte auf jede seiner Berührungen mit einer so hinreißenden Leidenschaft, dass Caelis seine ganze Selbstbeherrschung aufbieten musste, um nicht selbst zu kommen, während er seine schöne Gefährtin ein ums andere Mal an den Rand des Höhepunktes brachte.

Als er sie endlich auf den Gipfel der Ekstase führte, schrie und stöhnte sie vor Lust, und das Beben, das sie erfasste, wollte gar nicht enden.

Schließlich sackte sie ermattet auf dem Fell zusammen, die Augen halb geschlossen. Durch leicht geöffnete Lippen rang sie schwer nach Atem.

»Das war ... unglaublich«, stieß sie zwischen zwei Atemzügen hervor. »Wie hast du ... Warum hast du ...?« Sie schien außerstande zu sein, einen Gedanken zu Ende zu bringen.

Caelis war überaus erfreut darüber. »*Du* bist unglaublich.« Und er war so erregt, dass es schon schmerzte.

»Nein. Du ... du bist es. Du hast nur an mich gedacht und überhaupt nicht an dich selbst.« Die Verwirrung in ihrem Ton und ihren Augen war wirklich schon fast drollig.

»Dir Vergnügen zu schenken ist ein Privileg, das ich nie wieder als selbstverständlich betrachten werde.«

Ihre Augen wurden feucht, doch diesmal schmerzte ihn der Anblick nicht. »Ich will dich in mir haben.«

»Bald.« Wenn sie vor Zeugen ihre Gelübde abgelegt hatten.

Weil Shona das brauchte, auch wenn es ihr nicht mehr bewusst war. Und vielleicht brauchte er es ja auch.

»Ich habe doch schon eingewilligt, dich zu heiraten.«

»Aye, und wir werden von einem Priester getraut werden, der uns seinen Segen gibt.«

»Warum willst du dann noch warten?«

»Weil es erst danach geschehen wird.«

Darüber lächelte sie, und in ihren smaragdgrünen Augen erschien ein Ausdruck, der besagte, dass ihr vielleicht doch bewusst war, dass Abwarten das war, was sie brauchte.

»Wirst du …« Sie errötete heiß und senkte ihren Blick.

»Was, *mo gra?* Was möchtest du?«

»Nicht dein Herz«, sagte sie mit matter Stimme und nicht einmal annähernd derselben Überzeugung wie vorher, als sie behauptet hatte, er liebte sie nicht. »Ich möchte, dass du tust, was du gestern Nacht getan hast.«

Das wollte er auch. So sehr, dass er sich ohne ein weiteres Wort auf ihrem Körper niederließ, um sein schmerzendes Glied an ihrer empfindsamsten Stelle zu reiben.

Und Shona zappelte ein wenig, doch sie stieß ihn nicht zurück. »Ja, so. Ich will dir nahe sein.«

»Aye«, sagte er über ihre geistige Verbindung.

»Es ist so intim …« Trotz ihrer offensichtlichen Befriedigung bog sie sich ihm entgegen.

Er hätte ihr zugestimmt, doch sein Orgasmus riss ihn zu schnell und heftig mit sich. Sein Samen ergoss sich auf Shonas Körper und markierte sie erneut als die Seine, was seinen Wolf zu einem Triumphgeheul veranlasste. Sie hatten sie beide zu sehr und zu lange begehrt, um länger durchzuhalten, nachdem Shonas Erfüllung gesichert war.

Caelis streckte sich neben ihr auf dem Fell aus, doch trotz der angenehmen Entspanntheit, die nun von ihm Besitz ergriff, lockerte sich seine Umarmung nicht.

Sie kuschelte sich an ihn. »Ich gehe nirgendwohin.«

»Übermorgen brichst du nach Balmoral Island auf.«

Shona versteifte sich. »Was? Jetzt weist du mich ab?«, fragte sie, wenn auch in einem Ton, als könnte nicht einmal sie selbst das wirklich glauben.

Gut. »Sei nicht albern, *mo toilichte!* Gleich nach dem Frühstück werden wir aufbrechen. Übermorgen.«

»Wir?«, wiederholte sie, halb hoffnungsvoll, aber auch noch immer leicht beunruhigt. »Und warum übermorgen?«, fügte sie nach einer kleinen Pause noch hinzu.

»Wie kannst du noch an mir zweifeln nach dem, was wir gerade hatten? Und wir reisen erst übermorgen, weil deine beste Freundin morgen Abend nach dem traditionellen Chrechte-Ritual heiraten wird.«

»Oh, das hatte ich vergessen.« Shonas Finger bewegten sich nervös an seiner Brust. »Wie konnte ich das nur vergessen?«

»Heute ist ein ereignisreicher Tag gewesen.«

»Ja, das stimmt. Und ich zweifle auch nicht an dir.«

»Gut.«

»Wann hast du beschlossen mitzukommen?«

»Sowie du von deiner Absicht sprachst, von hier fortzugehen.«

Shona schnaubte ungläubig.

Für Caelis hatte es jedoch eigentlich gar nichts zu entscheiden gegeben. »Ich würde deine Sicherheit auf der Reise niemand anders anvertrauen.«

»Oh.«

Er richtete sich halb auf, um sich über sie zu beugen, und sein Kriegerherz zog sich zusammen, als er den Ausdruck auf ihrem hübschen Gesicht sah. »Du wirst dich mit deinen Angehörigen dort bekannt machen, und ich werde ihnen meine Heiratsabsichten kundtun. Aber beherzige meine Worte, Gefährtin, dass niemand – nicht einmal du, meine liebste Shona – dich je wieder von mir fernhalten wird.«

Ihr Lächeln war wie die Sonne, die ganz unerwartet zwischen schweren, grauen Wolken hervorkam.

In Caelis' Armen zu erwachen war ungeheuer tröstlich und erfreulich. Es erschien Shona irgendwie ganz natürlich und normal, aneinandergekuschelt und mit ineinander verschlungenen Armen und Beinen unter einem dicken Fell zu liegen.

Sie konnte sich jedoch nicht daran erinnern, in der Nacht zuvor mit einem Fell zugedeckt gewesen zu sein. War es nicht eines der Sinclair-Plaids von ihrem Gästebett gewesen?

Caelis musste das mitgebrachte Fell unter ihnen hervorgezogen haben, um sie damit zuzudecken, obwohl sie sich nicht daran erinnern konnte, dass er es getan hatte. Allerdings war sie auch so erschöpft gewesen, als er endlich erklärt hatte, es sei Zeit zu schlafen, dass sie kaum noch etwas mitbekommen hatte.

Im Morgenlicht, das durch das hohe Fenster hereinfiel, konnte sie mehr Einzelheiten des Fells erkennen und merkte nun, dass sie es schon einmal gesehen hatte.

Und nicht nur in der Nacht zuvor auf dem Gang vor ihrer Tür.

Sie hob die Ecke des Fells an, um sich das weiche Leder darunter anzusehen. Und tatsächlich waren ein *S* und ein *C*, verbunden durch einen kunstvollen keltischen Knoten, in das Leder eingebrannt.

Es war dieselbe Felldecke, auf der sie sich vor sechs Jahren geliebt hatten. Während sie mit dem Zeigefinger die Symbole nachstrich, versuchte sie zu ergründen, was es bedeutete, dass er dieses Fell auf der Sinclair-Feste bei sich hatte.

Die Anspannung in dem Körper neben ihr verriet ihr, dass Caelis aufgewacht war.

Sie blickte zu dem Gesicht auf, das sie schon so lange liebte. »Das ist dasselbe Fell.«

Caelis fragte nicht, wieso sie es erkannt hatte, sondern nickte nur. »Ja.«

»Und wieso ist es hier?«

»Ich benutze es immer zum Schlafen.«

»Selbst wenn du zu einer anderen Burg reitest, um Uvens Tochter zurückzuholen?« Doch der Beweis, dass es so war, bedeckte sie mit angenehmer Wärme.

»Selbst dann.«

»Aber warum?«

»Es ist unser Paarungs-Fell.«

»Das verstehe ich nicht.«

»Nach alter Chrechte-Tradition müssen besondere Felldecken für das Bindungsritual eines Faol und seiner Gefährtin angefertigt werden.«

»Aber du hast mich nicht zu deiner Gefährtin gemacht.«

»Oh doch, das habe ich. Unser Bund wurde geschlossen, als du dich mir hingabst.«

»Du hast also *wirklich* gedacht, ich würde bleiben, und Uven würde es sich anders überlegen.«

»Aye.«

»Wie dumm von dir!«

»Aye.«

Shona lächelte. »Ich liebe dich.«

»Das sagtest du gestern Abend schon.«

»Ich dachte, du würdest es heute Morgen vielleicht auch gern hören.«

»Und ob.«

»Gut.« Selbst wenn *er* sie nicht liebte – solange er *ihre* Liebe nicht für selbstverständlich hielt, konnte sie Zufriedenheit bei ihm finden.

Dessen war sie sich ganz sicher.

Sie hatte mit Schlimmerem gelebt und konnte nur Dankbarkeit dafür empfinden, dass ihre Vergangenheit niemals ihre Gegenwart sein würde.

Kapitel Einundzwanzig

Ziehe ein Chrechte-Kind mit der Kenntnis der heiligen Gesetze auf, und es wird zu einem Ehrenmann heranwachsen.

– Geheiligtes Gesetz der Chrechten,
den alten Schriftrollen entnommen

Shona war sehr erfreut, Audrey, Thomas, die Kinder und Vegar zusammen im Großen Saal anzutreffen, als sie und Caelis zum Frühstück hinunterkamen.

Ihre Tochter, die so scheu gewesen war, als sie England verlassen hatten, saß auf Vegars Schoß und sprach mit der Stoffpuppe, die Shona ihr genäht hatte, als Marjory noch sehr klein gewesen war. Sie streckte Vegar die Puppe hin und sagte etwas, das Shona nicht verstehen konnte.

Aber es schien Vegar Unbehagen einzuflößen, und das brachte ein kleines Lächeln auf Shonas Lippen. Sie war jedoch überaus verblüfft, als der mürrische Krieger die Puppe auf ihren schäbigen Kopf küsste und dann so tat, als fütterte er sie.

Audrey lachte, und Thomas sagte etwas zu Vegar, der jedoch überhaupt nicht verärgert oder so ungehalten wirkte, wie er Shona in ihrer kurzen Bekanntschaft stets erschienen war.

»Ich bin froh zu sehen, dass unsere Kinder und ihr Onkel Vegar sich so gut verstehen«, sagte Caelis mit einem Lächeln in der Stimme.

Shona hielt auf dem Weg zu der erhöhten Tafel inne und blickte verblüfft zu Caelis auf. *»Onkel?«*

»Er ist der Gefährte deiner Herzensschwester. Das allein schon würde ihn zum Onkel machen, aber er ist auch der Mensch, der für mich einem Bruder am nächsten kommt.«

»Und was ist mit Darren?«, erkundigte sie sich nach Caelis' jüngerem Bruder.

Traurigkeit und Wut zugleich gingen daraufhin von Caelis aus. »Er starb wie Jon, bei einem Auftrag für Uven, für den Darren weder die Erfahrung noch die Ausbildung besaß.«

»Hast du da begonnen, Uvens Handlungsweise infrage zu stellen?«

»Ich begann, die *Allwissenheit* unseres Lairds schon anzuzweifeln, als du unseren Clan verlassen hattest.«

Shona akzeptierte die Behauptung kommentarlos und ging weiter. Dabei fiel ihr auf, dass die Krieger, an denen sie vorbeikamen, sehr darauf bedacht waren, sie nicht zu streifen.

»Du hast mich wohl wieder mit deinem Duft markiert?«, fragte sie über die geistige Verbindung zwischen ihnen.

Caelis' Miene blieb unbewegt, in ihrem Kopf hörte Shona jedoch ein tiefes, maskulines Lachen. *»Die meisten dieser Soldaten sind menschlich und haben keine Ahnung, dass du meinen Duft trägst.«*

»Warum sind sie dann so bedacht darauf, mich nicht zu berühren?«

»Weil ich ein Furcht erregender Krieger bin und jeder, der uns ansieht, erkennt, dass du mir gehörst.«

»Ich trage ja nicht einmal die MacLeod'schen Farben, geschweige denn irgendein Zeichen, das mich als die Deine ausweist.«

»Ich bin das einzige Zeichen, das diese Männer brauchen.«

»Arroganter Schnösel!«, sagte Shona, als sie den Tisch erreichten.

Diesmal lachte Caelis laut heraus, und aus irgendeinem Grund stimmten der Sinclair und Vegar in das Lachen ein. Auch Thomas lächelte, als versuchte er, seine Heiterkeit im Zaum zu halten.

Shona warf ihnen allen einen ärgerlichen Blick, nur Abigail und Audrey schenkte sie ein Lächeln. »Guten Morgen.«

»Guten Morgen«, erwiderte Abigail ebenfalls lächelnd. »Ihr seht ausgeruht aus.«

»Das bin ich. Danke«, sagte Shona. Dann musterte sie Audrey kritisch. »Auch du scheinst vergangene Nacht geschlafen zu haben.« Shona war froh, dass sich ihre Sorge, ihre Freundin würde in nervöser Erwartung des Bindungsrituals vielleicht die ganze Nacht wach liegen, als unbegründet erwiesen hatte.

»Oh ja.« Audrey warf Vegar einen Blick zu, der nicht schwer zu deuten war.

Audrey mochte zwar noch Jungfrau sein, aber sie war nicht mehr völlig unberührt. Shona war froh, dass die Erfahrung jedoch so offensichtlich positiv gewesen war.

Allein dafür konnte sie den griesgrämigen Éan-Krieger schon fast voller Wohlwollen betrachten.

»Bist du Papa noch böse?«, fragte Eadan, als Caelis Shona auf die lange Bank half, bevor er neben ihr Platz nahm.

»Nein, Schatz, das bin ich nicht mehr.«

»Papi sagt, es gibt nicht jeden Abend Pudding«, erklärte Marjory enttäuscht.

»Du bist süß genug, um auch ohne eine Nachspeise jeden Abend auszukommen.«

Marjory seufzte zuerst, doch dann nickte sie. »Mir gefällt's hier trotzdem besser als zu Hause.«

»Das ist gut, denn von jetzt an ist das hier unser Zuhause.«

»Hier?«, fragte Marjory mit einem zweifelnden Blick durch den Großen Saal.

Caelis beugte sich über den Tisch und zog an Marjorys Zopf. »Nein, *mo breagha*. Unser Zuhause ist weiter südlich. Deine Mama meinte Schottland.«

»Ist England nicht im Süden?«, warf Eadan ein.

Marjorys Augen wurden schmal. »Ich will nicht mehr so viele, viele Tage reiten.«

»Der Ritt zu der MacLeod'schen Burg ist nicht so lang wie der nach England«, versprach Caelis.

Er war lang genug, und Caelis würde schon noch merken, dass Kinder in Marjorys Alter keinen großen Unterschied zwischen einer Reise von ein paar Tagen, einer Woche oder zwei vollen Wochen machten. Alles, was über einen Tag hinausging, würde Marjorys Unwillen erregen.

»Wir wollen zu der Insel, und bis dorthin werden wir auf Pferden reiten müssen«, belehrte Eadan seine Schwester.

»Woher wusstest du davon?«, fragte Shona.

Hatte ihr Sohn wieder einen seiner Träume gehabt?

»Du hast selbst gesagt, dass unsere Familie auf der Insel ist.« Der Junge schaute sie an, als machte er sich Sorgen, dass sie es vergessen haben könnte.

Shona musste lachen. »Das habe ich gesagt, ja. Du hast recht, Eadan.«

»Wir werden uns morgen früh nach Balmoral Island aufmachen«, unterrichtete Caelis den Laird der Sinclairs.

»Und wir werden Euch begleiten«, sagte ein großer, gefährlich aussehender Mann, der neben Ciara, der Tochter des Lairds, saß.

Ciara sah ihren Ehemann fragend an. »Ich dachte, wir würden unseren monatlichen Ausflug zu der Insel nicht vor Neumond machen.«

»Ich möchte Vegars englische Gefährtin und die Frau kennenlernen, die den MacLeod zähmen wird.«

»Noch ist er nicht der Laird«, wandte Shona ein, doch es war offensichtlich, dass diese grimmigen Krieger Caelis' Platz in dem Clan als vorherbestimmt betrachteten.

»Ihr bezweifelt, dass er es sein wird?«, fragte der dunkelhaarige Krieger.

»Nein.«

Der Mann nickte anerkennend auf diese Antwort hin.

Ciara gab einen nicht sehr damenhaften, doch vergnügten Laut von sich. »Lady Heronshire, dieser Herr ist mein Ehemann Eirik.«

»Er ist der Prinz der Éan«, teilte Caelis Shona über ihre telepathische Verbindung mit.

Shona erhob sich, um einen angedeuteten Knicks vor dem königlichen Chrechte zu machen. »Es ist mir eine Ehre, Euch kennenzulernen.«

Die Augen des Prinzen verengten sich. »Es liegt kein Spott in Eurem Duft.«

»So sollte es auch sein.«

Eiriks Blick glitt zu Caelis. »Ist der Bund fürs Leben schon geschlossen?«

»Unsere Beziehung begann vor sechs Jahren«, bejahte Caelis.

Diesmal war Eiriks Nicken beifällig und nachdenklich zugleich. »Ciara sagte, Euer früherer Laird habe Euch von Eurer wahren Gefährtin ferngehalten.«

»Meine eigene Dummheit und unangebrachte Loyalität bewirkten das.«

Shona hatte sich nichts mehr gewünscht, als dass Caelis seine Schuld daran eingestand, doch die Selbstvorwürfe in seinem Ton erfreuten sie nun doch nicht.

Während sie ihm beruhigend auf den Schenkel klopfte, sagte sie: »Wir haben wieder zueinander zurückgefunden, und nur das ist wichtig.«

»Ich glaube, dass gewisse Mitglieder des Clans MacLeod das anders sehen werden.«

Seine Worte stürzten Shona in Verwirrung. Warnte der Prinz sie vor dem Widerstand, den sie bei ihrer Rückkehr zu ihrem früheren Clan und als Caelis' Gefährtin zu erwarten hatte?

»Er spricht von den Chrechten innerhalb des Clans. Eine wahre Gefährtin ist geheiligt, und die Tatsache, dass Uven dich mir vorenthalten hat, gibt mir das unbestreitbare Recht, ihn als Rudelführer und Laird zum Duell zu fordern.«

Mit einem Seitenblick zu dem Mann, den sie zu heiraten versprochen hatte, dachte Shona über seine Worte nach. »Meine Rückkehr in die Highlands war also ein unvorhergesehenes Zusammentreffen von Ereignissen, wie es scheint.«

»Aye, das war sie«, stimmte ihr Prinz Eirik zu.

Ciara, ganz die friedvolle, spirituelle Ratgeberin, die wirklich versuchte, ihre Schäfchen ihrem Schöpfer näherzubringen, nickte. »Es ist unumgänglich, dass Uven als Laird der MacLeods abgesetzt wird, und in Caelis glaubten wir, die Lösung gefunden zu haben.«

»Aber?«, fragte Shona, die das Zögern in der Stimme der *celi di* gehört hatte.

»Fest steht, dass der schottische König sich nicht in eine Clan-Angelegenheit einmischen wird, solange der Herausforderer, der dem derzeitigen Laird das Recht der Clan-Führung streitig macht, ein MacLeod ist. Die Unterstützung des Clans zu erlangen ist dagegen eine völlig andere Sache. Uvens Betrug an Caelis und der Beweis für diesen Betrug, der Ihr und Eure Kinder seid, wird allerdings genügen, um die meisten umzustimmen.«

»Beide Kinder?«, fragte Shona Caelis.

»Schon die bloße Tatsache, dass *mo breagha* nicht mein Blut in ihren Adern hat, ist ein Beweis für die Missachtung unserer geheiligten Verbindung, deren Uven sich schuldig gemacht hat.«

»Was hast du gesagt, Papi?«, fragte Marjory in ihrer kindlichen Sprache, die eine Mischung aus Englisch und Gälisch war.

»Ich sagte, dass du *meine* Tochter bist.«

Marjory blickte strahlend zu dem hochgewachsenen Krieger auf. »Und du bist mein Papi.«

»Aye.«

»Und meiner auch«, setzte Eadan entschieden hinzu.

»Aber ja«, antwortete Shona im selben Moment, in dem Caelis mit seiner tiefen Kriegerstimme »Aye«, sagte.

Zufrieden widmete Eadan sich wieder seinem Essen. Marjory, die kleine Bissen aß, die Vegar ihr mundgerecht zurechtgeschnitten hatte, spielte weiter mit ihrer Puppe.

Audrey war während des Gesprächs so nachdenklich geworden, dass Shona sich Sorgen zu machen begann.

»Ist irgendetwas nicht in Ordnung, meine Liebe?«, raunte sie ihr zu.

Audrey blickte von Shona zu Vegar und dann wieder zurück zu Shona. »Was wird aus uns werden?«

Shona verstand die Frage nicht. Meinte Audrey sich selbst und Thomas? Der Sinclair hatte versprochen, ihn in den Gebräuchen der Chrechten zu unterweisen, und Audrey war mit Vegar verheiratet.

Wehmut überkam Shona plötzlich, als sie sich fragte, was all diese Gegebenheiten für sie bedeuten mochten. Sollte sie nun auch noch den Rest ihrer Familie verlieren, wie sie zuerst ihre Mutter und dann vor nicht allzu langer Zeit auch ihren Vater verloren hatte?

»Caelis«, sagte Shona über ihre geistige Verbindung, obwohl sie nicht sicher war, wie ihr Gefährte ihr helfen konnte.

Doch der Gedanke, sowohl Audrey als auch Thomas zu verlieren, war völlig unannehmbar.

»Wir werden mit ihnen nach Balmoral Island reisen«, sagte Vegar zu Audrey. »Danach werde ich Caelis begleiten, um Uven zum Duell zu fordern. Als sein Sekundant natürlich.«

Audreys Miene drückte ebenso viel Erleichterung aus wie Shonas. Sie würden sich also doch nicht trennen müssen.

Trotz ihres Gejammers zu dem Thema war Marjory erstaunlich schnell bereit, ein Pferd mit Caelis zu besteigen, um den Ritt zu den heiligen Höhlen anzutreten, in denen Audreys und Vegars Bindungsritual vollzogen werden sollte. Die Kleine lehnte es jedoch rundweg ab, bei Shona mitzureiten, und machte eine große Sache daraus, immer wieder mal zwischen Caelis' und Vegars Pferd hin- und herzuwechseln.

Beide Krieger waren unendlich geduldig und sorgten dafür, dass Eadan sich genauso wohlfühlte wie seine jüngere Schwester. Der Fünfjährige verbrachte genauso viel Zeit auf den Pferden der Krieger wie auf seinem eigenen Tier. Und all der Ablenkungen zum Trotz blieben beide Männer wachsam für mögliche Gefahren in der Nähe, obwohl der zu den Höhlen reitende Trupp recht groß war.

Thomas begleitete sie natürlich, so wie auch der Laird und seine gesamte Familie. Sogar das Neugeborene hatten sie mitgenommen. Eine ganze Kompanie Chrechte-Soldaten umringte sie, unter ihnen auch Männer in den MacLeod'schen Farben. Audreys Bindungsritual würden also mehr Zeugen beiwohnen als jeder Hochzeit, die sie in England hätte feiern können.

Shona freute sich sehr für ihre Freundin, war aber auch irgendwie verwirrt.

Sie verstand, dass Prinz Eirik und Ciara mitkamen. Er als Vegars Prinz und sie als *celi di* der Faol würden beide bei der Zeremonie mitwirken.

Doch weder Vegar noch Audrey waren Mitglieder des Sinclair-Clans. Und obwohl der Éan-Krieger sichtlich willkommen war auf der Burg, hatte er ihrem Herrn noch keine Gefolgschaftstreue geschworen.

Warum also waren der Laird und seine Familie mitgekommen? Seine kleinen Kinder – ob sie Chrechten waren oder nicht – aus der sicheren Burg zu entfernen, bedeutete für den

Sinclair, sie in Gefahr zu bringen, sogar auf seinen eigenen Ländereien.

Shona hätte Audrey gefragt, ob sie den Grund für das Erscheinen so unerwarteter Zeugen ihres Bindungsrituals kannte, doch die jüngere Frau war offensichtlich in ihre eigenen nervösen und verwirrten Gedanken versunken.

»Ich habe bemerkt, dass Ihr in der letzten Stunde einen sehr ratlosen Gesichtsausdruck zur Schau trugt«, bemerkte Ciara, als sie ihre Stute neben Shonas lenkte.

»Ich weiß, dass ich die letzten sechs Jahre in England verbracht habe, doch ich kann mir einfach nicht erklären, warum Eure gesamte Familie an diesem Bindungsritual teilnimmt.«

»Wir werden auch einen feierlichen Akt für meine jüngste Schwester zelebrieren, um sie im Leben willkommen zu heißen. In den alten Zeiten wurde diese Zeremonie für alle Kinder von Chrechten veranstaltet, doch leider haben wir viele unserer traditionellen Gebräuche verloren. Wir versuchen, sie wiederaufleben zu lassen, nachdem uns unser heiliger Stein zurückgegeben wurde.«

»Oh.« Das ergab schon mehr Sinn für Shona. »Aber wäre es nicht besser abzuwarten, bis das Baby älter ist?«

»Möglicherweise ja, doch meine Träume haben mir gesagt, dass der Stein zu den heiligen Höhlen auf dem MacLeod'schen Land zurückgebracht werden muss. Vater zieht es vor, die feierliche Handlung zu begehen, bevor wir den Stein von seinen Ländereien wegbringen.«

Shona verstand nicht die ganze Bedeutung der heiligen Steine, doch sie wusste, dass sie sowohl für die Éan als auch für die Faol einen großen und ganz speziellen Wert besaßen.

»Habt ihr den heiligen Stein der Faol nicht gerade erst wieder in diese Höhlen zurückgebracht?«, fragte Shona, noch verwirrter als zuvor.

»Ja, doch jetzt müssen die beiden heiligen Steine, der *Clach Gealach Gra* wie auch der *Faolchú Chridhe*, in der Kammer der *celi di* vereinigt werden.«

»Das heißt, dass auch der Stein der Éan verlegt werden muss?«

»Aye. Anya-Gra wird ihre Nachfolgerin zu den MacLeods schicken, damit sie unter ihnen lebt und den Éan von dort aus als *celi di* dient.«

»Wer ist Anya-Gra?«

»Eiriks Großmutter.«

»Und damit wäre sie die Königin der Éan?«, fragte Shona.

»Nein«, antwortete Ciara und stiftete damit noch mehr Verwirrung in Shonas Kopf. »Sie gab ihren Herrschaftsanspruch auf, um als *celi di* zu dienen, genau wie Eiriks Schwester Sabrine ihren aufgab, um eine Beschützerin des Clans zu werden.«

»Ist sie heute nicht mit dem Laird der Donegals verheiratet?« Shona versuchte, sich alles in Erinnerung zu rufen, was Caelis ihr bisher über seine Welt verraten hatte.

»Das ist sie, doch davor war sie eine Kriegerin.«

Die Vorstellung, dass es auch weibliche Krieger gab, gefiel Shona überraschend gut. »Warum lebt Eirik nicht bei *ihrem* Clan?«

»Als Prinz seines Volkes gehört er offiziell zu keinem Clan, auch wenn er gelegentlich die Sinclair-Farben trägt.«

Shona hatte schon bemerkt, dass Eirik einen ledernen Kilt statt eines Plaids trug. »Als Euer Gefährte beschloss er, bei Eurer Familie zu leben?«

»Er hatte sich schon für den Sinclair-Clan entschieden, bevor wir uns kennenlernten. Es war Schicksal.« Ciara lächelte. »Er und mein Vater haben ein gutes Verhältnis, das es sogar einem Prinzen möglich macht, auf derselben Burg wie ein sehr starrsinniger Laird zu leben.«

»Das ist gut«, sagte Shona, obwohl sie es sich nicht vorstellen konnte.

Der Sinclair kam ihr nämlich nicht wie ein Mann vor, der es einem leicht machte, in seiner Nähe zu leben, selbst wenn man bereit war, ihm Gefolgschaftstreue *und* Gehorsam zu schwören.

»Wir verbringen einen Großteil unserer Zeit mit Reisen zu den anderen Clans, bei denen sich Éan niedergelassen haben«, sagte Ciara, als hätte sie erraten, was Shona dachte. »Das hilft.«

»Ach so.«

Ciara lächelte. »Ja, *ach so*.«

»Macht es Euch nichts aus, so viel zu reisen?«

»Natürlich vermisse ich meine Familie, doch da wir keine Kinder haben, ist es nicht ganz so schwierig. Außerdem habe ich sehr viel Freude an den Beziehungen, die ich im Laufe des letzten Jahres in jedem der Clans aufgebaut habe. Und als *celi di* habe ich genauso viel Verantwortung den Faol gegenüber, wie Eirik sie als Prinz der Éan trägt.«

Ciaras Gesicht hatte sich bei der Erwähnung ihrer Kinderlosigkeit ein wenig verdüstert. »Ihr habt keine Kinder empfangen, aber Ihr und Prinz Eirik seid geheiligte Gefährten, nicht?«

»Das sind wir.« Ciara verzog das Gesicht. »Ich weiß nicht, ob ich je das Glück haben werde, ein Kind zur Welt zu bringen. Die *celi di*, die mich in meinen Visionen berät, glaubt es nicht.«

»Aber warum denn nicht?«

»Weil meine Berufung ihren Preis hat.« Ciara setzte ein strahlendes Lächeln auf, das Shona nicht ganz echt erschien. »Sabrine hat jedoch schon für die nächste Generation der königlichen Linie der Éan gesorgt.«

»Und doch ist einer Eurer größten Wünsche die Mutterschaft.«

Ciara wirkte über Shonas Einfühlungsvermögen überrascht. »Ich dachte, es sei mir gut gelungen, das zu verbergen.«

»Ihr tragt Euer Herz zwar nicht auf der Zunge, aber ich bin eine Mutter und kann das Funkeln dieses Traumes erkennen.«

»Nicht alle Träume müssen wahr werden.«

»Dieser wird es.« Shona war sich dessen sicher. »Ihr werdet vielleicht nie ein Kind zur Welt bringen, doch Ihr werdet eine Mutter sein.«

Ciara starrte sie für einen langen Moment an, als hätte es ihr die Sprache verschlagen, bevor eine immense Verwunderung ihr Gesicht veränderte. »*Das* ist es, was sie meinte! Wenn die Zeit reif ist, werden Eirik und ich Kinder adoptieren. Genau wie meine Eltern mich aufnahmen, als ich keine Familie mehr hatte.«

Shona fragte nicht, wen Ciara mit *sie* gemeint hatte. Selbst eine durch und durch menschliche Frau konnte zwei und zwei zusammenzählen. Die *celi di* sprach von der alten Chrechte-Frau, die sie in ihren Visionen sah.

»Danke, dass Ihr mir die Bedeutung der Worte meiner Lehrmeisterin erklärt habt. Was sie sagt, ist manchmal schwer verständlich.«

»Meine Mutter konnte auch so sein.« Erinnerungen an ihre Mutter vor und nach ihrer unerwarteten Schwangerschaft bestürmten Shona.

Alles hatte sich danach so sehr für sie beide verändert. Shona war die Erste, die einräumte, dass es für ihre Mutter nicht leicht gewesen war, in England ein neues Leben zu beginnen, wo sie als Köchin ausgerechnet in dem Haus arbeitete, in dem ihre Tochter mit *Baronin* angesprochen wurde.

Doch egal, was sie auch davon gehalten hatte, dass ihre Tochter ohne einen möglichen Ehemann schwanger geworden war, war sie doch sehr gern Großmutter gewesen.

Ciaras Gesichtsausdruck verriet aufrichtiges Mitgefühl. »Sie hat Euch mit ihrer Missbilligung sehr verletzt.«

»Ich bin mir sicher, dass Mutter glaubte, das Richtige zu tun, indem sie mich vor mir selbst und vor Neigungen schützte, die sie für schädlich hielt.«

»Doch sie hatte unrecht.«

Shona lächelte fast. Nicht einmal Audrey hatte es je so offen ausgesprochen. »Mutter wollte nur das Beste für mich.«

»Ihre Liebe war das Beste für Euch. Sie Euch vorzuenthalten konnte weder Euren Kurs noch die Frau ändern, die Ihr geworden wart.«

»Mit dieser Einstellung werdet Ihr eines Tages eine wunderbare Mutter sein«, sagte Shona, weil diese Einstellung auch die ihre war.

Wenn Gott es so wollte, würden ihre Kinder nie an ihrer großen Liebe zu ihnen zweifeln.

»Danke.« Ciara strahlte Shona an. »Für Euer Verständnis und Eure Ermutigung.«

Dann ritt die *celi di* zu ihrem Ehemann weiter. Das erfreute Lächeln, das kurz darauf auf dem sonst so strengen Gesicht des Mannes erschien, konnte nur bedeuten, dass Ciara ihm von Shonas Überzeugung erzählt hatte, dass sie eines Tages wirklich Eltern sein würden.

»Du bist eine ganz besondere Frau«, sagte Caelis, als er sein großes Schlachtross neben Shonas Stute lenkte.

Sie lächelte ihn und Eadan an, der vor seinem Vater im Sattel saß. »Schön, dass du das denkst!«

Eadan erwiderte das Lächeln, sichtlich stolz darauf, dass er diesen Teil der Reise mit seinem Vater zurücklegte.

»Da bin ich nicht der Einzige. Thomas und Audrey sind voll des Lobes für dich, und selbst Lady Abigail ist so fürsorglich dir gegenüber wie ihrer eigenen Familie.«

Shona freute sich über Caelis' Worte, doch sie warfen auch eine andere Sorge auf, die Shona bisher möglichst ignoriert hatte.

»Wird Thomas bei den Sinclairs bleiben, wenn wir abreisen?« Die bloße Vorstellung versetzte ihr einen Stich ins Herz.

Caelis schüttelte den Kopf, und der intensive Blick seiner blauen Augen sagte ihr auch ohne Worte, dass er ihre Gefühle gut verstand. »Ich habe ihm angeboten, seine Ausbildung zu vollenden, und er hat angenommen. Er wird die MacLeod'schen Farben tragen.«

Shonas Kehle wurde eng vor Rührung, doch sie schaffte es, sich ein tief empfundenes »Danke« abzuringen.

Caelis hatte kein Geheimnis daraus gemacht, dass ihm Shonas Verbundenheit mit dem jungen Chrechten nicht gefiel, und trotzdem hatte er dafür gesorgt, dass sie Thomas nicht verlieren würde.

Caelis' nächste Worte bestätigten sein Verständnis für sie. »Er ist dir wichtig.«

»Als wäre er mein eigener Bruder.«

»Du hast ein großes Herz, Shona.«

»Lange Zeit habe ich mir die allergrößte Mühe gegeben, mein Herz nicht einmal zur Kenntnis zu nehmen.«

»Ich glaube nicht, dass dir das je gelungen ist.«

Wenn sie rückblickend bedachte, wie sie Audrey und Thomas in ihr Herz geschlossen hatte und wie sehr ihre Liebe zu ihren Kindern täglich wuchs, könnte Caelis recht haben.

Doch sie *hatte* es versucht.

»Den Baron habe ich nie geliebt.«

»Wie hätte dir das auch möglich sein sollen? Dein Herz gehörte mir. Außerdem war er ein Lump.«

Der Baron war weder liebenswürdig noch rücksichtsvoll gewesen, doch er hätte noch viel schlimmer sein können, und deshalb waren ihre beiden Eltern auch sehr bemüht gewesen, ihr das, wann immer sie es für nötig hielten, in Erinnerung zu rufen.

»Ich weigerte mich, auch nur deinen Namen auszusprechen.«

»Aber du hast mich nie vergessen, wie auch ich dich nie vergessen konnte.«

»Selbst dann nicht, als Uven dir eingeredet hatte, ich sei tot?«

»Selbst dann nicht. Ich habe nicht einmal dann versucht, mit einer anderen Frau zu schlafen. Ich hätte gewusst, dass du noch lebtest, wenn ich es getan hätte.«

Shona bedauerte ihn für den Schmerz um ihren Verlust, den er erlitten hatte, aber sie konnte kein Bedauern darüber empfinden, dass er nie von einer anderen Frau in Versuchung geführt worden war. Selbst wenn er sie nicht genauso liebte wie sie ihn – und sie war sich dessen längst nicht mehr so sicher, wie sie es einmal gewesen war –, war sie zweifellos seine wahre Gefährtin.

Die einzige Frau, die er wollte. Die Einzige, die er körperlich begehrte und *brauchte*.

Und das war schon etwas Besonderes, wie er gesagt hatte, auch wenn es nicht genau das gewesen war, was er gemeint hatte.

Das Bindungsritual war unvorstellbar schön und doch *natürlicher* als jede Hochzeit, an der Shona jemals teilgenommen hatte.

Die Zeremonie fand tief in den heiligen Höhlen der Chrechten statt, wie sie sie nannten, in einer Kammer, die durchdrungen war von der Macht jahrtausendelanger spiritueller Zeremonien der Chrechten. Die Kammer wurde von einem unerklärlichen Licht erhellt, das von den Wänden ausging. Der *Clach Gealach Gra* auf dem steinernen Podest in der Mitte des großen Raumes leuchtete so hell, als würde er von einer Flamme in seinem Inneren erleuchtet, die so heiß war, dass sie ein grelles Licht verbreitete.

Dieses Licht schimmerte rot, als Prinz Eirik Vegar und Audrey zu dem heiligen Stein führte, damit sie ihre Hände darauflegten und in der alten Sprache der Chrechten ihre feierlichen Heiratsgelübde sprachen.

Shona verstand die alte Sprache nicht, aber Caelis übersetzte ihr über ihre geistige Verbindung jedes Wort der Gelöbnisse. Die gegenseitigen Versprechungen lebenslanger Liebe, Fürsorge, Respekt, Treue und Achtung trieben Shona die Tränen in die Augen, als sie sich vorstellte, sie bei ihrer eigenen Hochzeit mit Caelis zu wiederholen.

Als das junge Paar seine letzten Gelübde gesprochen hatte, legte sich eine tiefe Stille über die Höhle, und selbst die Luft war so still und unbewegt, dass Shona ihren eigenen Herzschlag in den Ohren hören konnte.

Der Stein erglühte in einem intensiven, dunklen Rubinrot, und Vegar und Audrey ließen beide gleichzeitig den Atem entweichen, bevor sie einander mit inniger Verbundenheit ansahen.

»Dein Herz ist rein«, sagte Vegar zu seiner Gefährtin.

Audrey senkte den Kopf. »Es ist dein.«

Eigentlich hätte es zu früh für solche Erklärungen sein müssen, doch Shona war sicher, dass sie nicht die einzige Anwesende war, die die vollkommene Aufrichtigkeit ihrer Worte spürte.

»Ich werde dieses Geschenk immer in Ehren halten«, erwiderte Vegar in ebenso ernstem, nachdrücklichem Ton.

Nun trat Ciara mit einem anderen, feierlich emporgehaltenen Stein vor, der wie ein dunkelgrüner, durchsichtiger Smaragd schimmerte. Sie forderte Vegar und Audrey auf, die Hände auch auf diesen Stein zu legen, bevor sie ihrer Verbindung ihren Segen gab. Wieder übersetzte Caelis den Wortlaut auf telepathischem Weg für Shona.

Der Segen hörte sich wie eine Prophezeiung an, und Shonas Herz war voller Freude für ihre Freundin.

Das grüne Licht schien auf das verheiratete Paar und die *celi di* der Faol überzugreifen und alle drei wie ein wabernder, grün schimmernder Nebel einzuhüllen.

Shona fühlte sich zu dem Stein hingezogen, und das Bedürfnis, ihn zu berühren, wurde so stark, dass ihre Hand sich zu ihm ausstreckte, bevor sie sie wieder an ihre Seite zurückzwang. Mit großer Mühe hielt sie sich zurück und verdrängte die Gedanken daran, wie sehr sie diesen Stein berühren wollte, in den Hintergrund ihres Bewusstseins. Sie verstand dieses Bedürfnis nicht, doch sie würde ihm auf gar keinen Fall nachgeben und ihrer Freundin diesen ganz besonderen Moment verderben.

Kapitel Zweiundzwanzig

Die Fähigkeiten, die der heilige Stein verleiht, fordern Opfer von derjenigen, die mit ihnen gesegnet ist, doch das Schicksal lässt sich nicht verleugnen.

– Ciara vom Clan der Sinclairs

Prinz Eirik erklärte Vegar und Audrey zu Lebensgefährten, die in erster Linie und vor allen Dingen den geheiligten Banden zwischen ihnen verpflichtet waren.

Großer Jubel brauste auf, der von den steinernen Mauern der Höhle zurückgeworfen wurde und in dem Triumph und Freude widerhallten.

Als Kind hatte Shona eine Hochzeit in ihrem Clan miterlebt, die die gleiche freudige Reaktion hervorgerufen hatte. Sie erinnerte sich noch, dass sie gedacht hatte, sie würde eines Tages ihren Krieger heiraten, und der ganze Clan würde frohlocken. Selbst damals schon war der einzige Bräutigam, den sie sich hatte vorstellen können, der junge Caelis gewesen, der nur ein paar Jahre älter, ihr nach den Maßstäben eines Kindes jedoch eine ganze Welt voraus war.

Laird Sinclair trat vor, mit einem schwarzen Fell über dem Unterarm, das er Vegar anbot. »Für euren Paarungsakt.«

Caelis entfernte sich von Shona, und erst da merkte sie, dass auch er etwas in den Händen hielt. »Möge eure Verbindung beginnen, wie sie fortfahren wird: anerkannt von mir und allen Chrechten unter den MacLeods.« Und mit diesen Worten überreichte Shonas Gefährte Vegar und Audrey Plaids in den Farben der MacLeods.

Die anderen Soldaten, die diese Farben trugen, traten vor, ließen sich alle auf ein Knie nieder und legten ihre rechte Faust ans Herz.

»Wir werden eure Verbindung und euren Gefährten mit unserem Leben beschützen, wie es sich gehört für unsere Art«, sagte Caelis in einem Ton, der viel mehr wie der seines *conriocht* als der des Mannes war.

»Aye«, sagten die knienden Soldaten wie aus einem Munde.

Shonas Gefühle drohten sie zu überwältigen, doch auch sie hatte ein Geschenk, das sie übergeben wollte. Und so ging sie auf das frischvermählte Paar zu und überreichte ihnen die silberne Haarbürste, die sie mit den wenigen Dingen, die sie für unbedingt erforderlich gehalten hatte, mitgenommen hatte, als sie aus dem Baronat geflohen war. »Möget ihr beide Freude an euren gegenseitigen Diensten füreinander finden!«

Vegar nahm die Haarbürste dankend an, und der zärtliche Blick, den er Audrey zuwarf, besagte, dass er sehr gut wusste, wer den Dienst zu leisten haben würde. Dann überreichte Shona Audrey eine mit Kräutern und anderen Heilmitteln gefüllte Tasche. »Mögest du deinen Ehemann und deine zukünftigen Kinder pflegen und umsorgen und Schrammen wie auch Herzen heilen!«

Audreys Augen schwammen in Tränen. »Du hast dich darauf vorbereitet, obwohl du gar nicht wissen konntest …«

»Ich wusste, dass meine Herzensschwester eines Tages einen Ehemann haben würde, und wollte vorbereitet sein, um ihr meine guten Wünsche für diese Verbindung zu zeigen.«

Audrey umarmte Shona, und sie hörte ein leises Aufschluchzen an ihrem Ohr. Für einen langen Moment hielten sie sich in den Armen, bevor Shona zurücktrat und Thomas ihren Platz einnahm. Er schenkte seiner Schwester und dem Mann an ihrer Seite eine Überdecke aus feinstem Leder für ihr Hochzeitsbett.

Als Audrey sie sah, begann sie wieder zu weinen; Vegar murmelte ein aufrichtiges Dankeschön.

Danach blieben alle in der Höhle, um die »Willkommen im Leben«-Zeremonie für das jüngste Kind des Sinclair zu vollziehen. Der grüne Stein glühte wieder auf und brachte das Baby zum Glucksen und Lachen, als er es in sein grünes Licht einhüllte, bevor es nach und nach wieder verblasste.

Caelis und die anderen MacLeod'schen Soldaten begleiteten das frischvermählte Paar aus der Höhle. Minuten später schallte das Geheul von Wölfen durch die unterirdischen Gänge.

Kurz darauf kehrte Caelis zu Shona und den Kindern zurück und sah noch genauso aus wie bei seinem Weggehen. Sie hatte keine Ahnung, ob er sich in der Zwischenzeit verwandelt hatte oder nicht.

»Ist auch das ein Teil des Bindungsrituals?«, fragte sie.

»Für die Faol ja.«

Und Audrey war eine Faol, auch wenn ihre englische Freundin nur wenig darüber wusste, was das bedeutete.

Deshalb nickte Shona zustimmend, nicht sicher, ob sie Einzelheiten hören wollte, da in naher Zukunft ihr eigenes Bindungsritual bevorstand.

Die Reise nach Balmoral Island verlief ereignislos, wenngleich Caelis erstaunt war über die verliebten Blicke zwischen seinem Cahir-Kameraden und dessen Gefährtin.

Wer hätte Vegar jemals diesen speziellen Gesichtsausdruck zugetraut?

Noch vor Kurzem wäre es unvorstellbar gewesen, dass eine frühere Engländerin auf seinem Pferd mitritt und auf seinem Schoß saß.

Aus irgendeinem Grund fanden Caelis' beide Kinder das so

ungemein erheiternd, dass ihr Gekicher durch den Wald schallte, während die Pferde auf die See zugaloppierten.

Ihre kleine Gesellschaft gelangte schneller an die Küste, wo die Sinclairs in einer Höhle ihre Boote unterstellten, als er mit Kindern und einem frischverheirateten Paar als Reisegefährten erwartet hätte. Auch die eigentliche Überfahrt zur Insel war keine große Sache mit den stämmigen Kriegern an den Rudern. Die drei Frauen unterhielten sich und behielten Marjory und vor allem Eadan im Auge, damit Caelis' unternehmungslustiger Sohn nicht über Bord ging und im Wasser landete.

Eadans ungezügelte Abenteuerlust erfüllte Caelis einerseits mit Stolz, andererseits jedoch beunruhigte sie ihn auch sehr.

Der Junge zeigte nicht mehr Furcht vor dem steilen Abhang auf der ungeschützten Seite des Serpentinenpfads, den sie zu der Balmoral'schen Burg hinaufsteigen mussten, als bei einem Ritt über einen flachen Waldweg. Caelis atmete erleichtert auf, als sie den Gipfel erreichten und auf die eindrucksvolle Burg auf den Klippen hoch über der See zuhielten.

Shona lachte ein wenig, und er wandte sich ihr zu. »Was findest du so lustig?«

»Als ich zum ersten Mal die Burg des Sinclair sah, hatte ich den Wunsch, aber nur wenig Hoffnung, dass die Balmoral'sche genauso wehrhaft und imposant sein würde.«

»Sie ist nahezu uneinnehmbar.«

»Das kann ich sehen. Meine Verwandten hier könnten Eadan ohne große Mühe vor Percivals bösen Absichten schützen, wenn sie wollten.«

»Er braucht ihren Schutz nicht. Er hat meinen.« Zweifelte sie etwa immer noch daran?

Shona blickte lächelnd zu Caelis auf, und in ihren schönen grünen Augen funkelte die Liebe, die sie ihm inzwischen eingestanden hatte. »Ich weiß, aber du kannst doch sicher die Ironie des Ganzen sehen?«

»Das schon.« Es passte ihm nicht, dass sie noch immer dachte, andere zum Schutz ihres Sohnes nötig zu haben.

»Das tue ich nicht«, widersprach sie mit einem Anflug von Verärgerung.

»Ich habe nichts gesagt.«

»Nein?«, fragte sie, aber ihr Blick strafte seine Worte Lügen.

Dabei hatte er seine Gefühle nicht einmal in Gedanken gefasst. Er war sich dessen sicher. Caelis hatte noch nie gehört, dass geistige Kommunikation dem Gedankenlesen so ähnlich war. Das Letztere war nur ein Mythos, von dem Eltern ihren Kindern in Gutenachtgeschichten erzählten.

Ihre kleine Reisegruppe wurde am Tor angehalten und befragt, aber hindurchgelassen, weil sie in Prinz Eiriks Begleitung waren. Trotzdem begleitete ein kleiner Trupp Chrechte-Soldaten sie zur Burg und ließ sie nicht eher allein, bis sie von dem Laird der Balmorals entlassen wurden.

Caelis hegte keinen Zweifel, dass der Mann ihnen den Weg zu Shonas Familie weisen konnte. Lachlan kannte die Mitglieder seines Clans von dem ältesten Chrechten bis zu dem jüngsten menschlichen Kind vom Sehen und mit Namen. Der Laird beteiligte sich nicht nur am Training der Soldaten, ob sie nun Chrechten oder Menschen waren, sondern nahm sich auch jede Woche Zeit, um mit den Cahir zu trainieren.

Lady Emily, seine Gemahlin, interessierte sich persönlich für alle Familien des Clans, ganz gleich von welcher Herkunft, und förderte in gleicher Weise Freundschaften zwischen ihren eigenen Kindern und denen des Küchenpersonals wie mit den Sprösslingen der hochrangigsten Krieger.

Caelis hatte dem Laird gerade den Grund ihres Besuchs auf

Balmoral Island erklärt, doch was er daraufhin von Lachlan hörte, verschlug ihm fast die Sprache.

Shona war nicht ganz so perplex wie er. »Ihr … du bist mein Cousin?«, fragte sie den Laird erfreut. »Wie kann das sein?«

Sie war sichtlich begeistert über die Entdeckung, dass sie mit einem der mächtigsten Chrechte-Lairds in den Highlands verwandt war.

»Seine Mutter war menschlich«, erklärte Emily, die Frau des Lairds. »Es ist nicht halb so kompliziert, wie du es dir vielleicht vorstellst.«

Der Balmoral lächelte nachsichtig bei der Bemerkung seiner Frau, doch dann schüttelte er den Kopf.

»Genau genommen war meine Großtante, die unsere Insel verließ, um ihrem Gefährten zu den MacLeods zu folgen, eine Chrechte und die Schwester der Mutter meines Vaters.«

Lachlan richtete einen erwartungsvollen Blick auf Shona, den sie verständnislos erwiderte.

»Soll das heißen, dass Shonas Großmutter eine Faol war?«, fragte Caelis mit vor Schock ganz rauer Stimme.

Der Balmoral nickte. »Aye.«

»Aber ich bin menschlich!«

»Kinder von gemischter Abstammung können ebenso gut als Menschen wie als Chrechten geboren werden«, erklärte Lady Emily mit einem sprechenden Blick zu ihrem Ehemann.

»Aber mein Vater war menschlich.«

»Das war er«, bestätigte Caelis. Wenn nicht, hätte *er* es gemerkt, weil es sich in dem Geruch des Mannes verraten hätte.

Lachlan zuckte mit den Schultern, als kümmerte es ihn nicht, dass sein Cousin ein Mensch gewesen war. »Seine Mutter war eine Faol.«

Doch Lachlans eigener Bruder war ja auch menschlich gewesen und hatte seine Natur nicht mit einem Wolf geteilt. Nach allem, was man hörte, hatte die Reaktion ihres Vaters auf die Unfähigkeit seines Erstgeborenen, sich zu verwandeln, Groll und Verbitterung verursacht und schließlich sogar zu Ulfs Tod geführt.

Das war für Caelis eine ernüchternde Lehre gewesen, die er nicht einfach so verwerfen konnte.

»Das erklärt, warum Uvens Vorgänger meinen Vater zum Seneschall ernannte.« Shona stieß einen müden Seufzer aus. »Mein Vater hat mir nie etwas davon erzählt. Überhaupt nichts.«

Die neuerliche Gekränktheit, die Shonas Stimme verriet, verkrampfte Caelis' Herz.

Lachlan nickte, als verstünde er. »Er war in einem Clan aufgewachsen, der eine Hochburg der Fearghall war. Wahrscheinlich glaubte er, dich mit seinem Schweigen zu beschützen.«

»Oder ihm war eingeschärft worden wie uns, dass es den Tod bedeutete, die wahre Natur der Chrechten preiszugeben?«, warf Audrey ein, die sichtlich besorgt um ihre Freundin war.

Shona, die beide Erklärungen jedoch offenbar nicht akzeptierte, blickte mit hilflos-gequälter Miene zu Caelis auf. »Warum?«

Er ignorierte alle anderen und wandte sich ihr zu. Sanft legte er die Hände an ihre Wangen und wünschte, er hätte eine Antwort, die ihren Schmerz lindern könnte. »Ich weiß es nicht. Ich kann nur eins sagen: Es war das Versäumnis deines Vaters und nicht deine Schuld.«

»Ich liebte meine Eltern. Sehr.«

»Und sie haben dich auch geliebt.« Beide waren nicht gerade überschwänglich in ihrer Zuneigung gewesen, doch in ihren Jahren bei dem Clan hatten sie stets gezeigt, wie sehr sie ihr einziges Kind schätzten.

»So fühlt es sich aber nicht an.«

Shona hatte zu viele frische Erinnerungen, um die aus ihrer Kindheit zu ersetzen, als sie sich ihrer Liebe und Fürsorge wahrscheinlich noch sicher gewesen war. Und vielleicht erklärte das, warum sie so überzeugt war, dass Caelis sie nicht liebte.

»Sie haben Fehler gemacht, doch sie haben nicht aufgehört, dich zu lieben.«

»Mein Vater musste wissen, wie schrecklich meine Ehe für mich sein würde, und trotzdem hat er mich dazu gezwungen.«

Weil ihr Vater vermutlich gewusst hatte, dass Shona Caelis' wahre Gefährtin war, weil sie sonst kein Kind von ihm hätte empfangen können. Caelis verstand selbst nicht, warum der Mann nicht zu dem Clan zurückgekehrt war, um ihm von dem Kind zu erzählen.

Shonas Vater musste gewusst haben, dass Caelis seine von ihm schwangere Seelengefährtin für sich beanspruchen würde, ohne sich darum zu scheren, was sein Laird befohlen hatte.

Doch stattdessen hatte der einstige Seneschall seines Clans seine Tochter gezwungen, eine Ehe einzugehen, von der er gewusst haben musste, wie schwierig, wenn nicht gar unmöglich sie für Shona sein würde.

Nur weil sie mehr menschlich als chrechtisch war, hatte ihr Körper den Beischlaf mit dem Baron zugelassen. Dafür konnte Caelis dankbar sein, denn *hätte* ihr Körper wie der einer Chrechte reagiert, wäre Shona sogar noch größeren Qualen unterzogen worden.

Dessen war er sich ganz sicher. Der inzwischen verstorbene Baron war ein Wüstling und ein Scheusal gewesen.

»Der Baron dachte, du wärst völlig menschlich«, sagte Caelis zu Shona, obwohl er wusste, dass dies nur ein kleiner Trost sein würde.

»Das bin ich aber nicht.«

Darin konnte Caelis ihr nicht widersprechen. Es gab zu viel, was ihre Annahme unterstützte, auch wenn er noch nie von einem nicht verwandlungsfähigen Chrechten gehört hatte, der andere Eigenschaften ihrer Spezies aufwies.

Es beunruhigte ihn, dass er nicht sagen konnte, wie Shona darüber dachte, dass sie zu einem Teil eine Faol war, doch es war nun einmal so und ließ sich nicht bestreiten. Ihre Reaktion auf ihre Ehe mit dem Baron war viel mehr chrechtisch als menschlich gewesen, und die ungewöhnliche Art und Weise, in der Caelis und Shona manchmal die Gedanken des anderen lesen konnten, konnte sehr wohl von verborgenen Chrechte-Fähigkeiten herrühren.

»Du hast keinen Wolf.« Dessen war er sich sicher.

Shonas Augen blitzten von unverhofftem Übermut. »Hattest du nicht gesagt, du würdest mir gehören?«

Erleichterung erfasste Caelis. Wenn sie noch scherzen konnte, war sie wohl nicht allzu sehr bestürzt.

Er würde sich nie wieder erlauben, von dem Ausmaß der Stärke seiner Gefährtin überrascht zu sein.

»Dann ist er also dein Gefährte?«, fragte der Balmoral.

Erstaunt über die jähe Anspannung, die ihn ergriff, holte Caelis tief Luft und zwang sich, sie zu ignorieren. Nun war der Moment gekommen, ihre Familie über seine Heiratsabsichten zu unterrichten.

Shona blickte fragend zu ihm auf.

Er beugte sich vor und küsste sie auf die Stirn, bevor er von ihr zurücktrat und sich Lachlan zuwandte. »Ihr seid doch ihr nächster Verwandter, nicht?«

Der Balmoral erhob sich und verschränkte die Hände hinter seinem Rücken. »Aye.«

»Shona gehört mir.«

Der Laird antwortete nicht, doch auch sein Schweigen schien Caelis' Behauptung anzufechten.

»Ich *werde* sie heiraten.«

Vegar gab ein schnaubendes Geräusch von sich und wandte sich schnell ab. Caelis bedachte ihn mit einem bösen Blick, nur um ebendiesen Blick dann Thomas zuzuwerfen, als auch aus dessen Mund ein Geräusch kam, das sich sehr nach einem Lachen anhörte.

»Werdet Ihr das?«, fragte der Balmoral mit einer unmissverständlichen Herausforderung in der Stimme.

Caelis öffnete schon den Mund, um den Mann eines Besseren zu belehren, als er aus dem Augenwinkel Shona sah. Er tat dies für sie, um ihr zu zeigen, welch großen Wert sie in seinen Augen hatte.

»Hiermit erkläre ich Euch meine Absicht, Shona sowohl zu meiner Gefährtin als auch zu meiner Ehefrau zu machen.«

Der Balmoral neigte den Kopf, antwortete jedoch nicht. Stattdessen wandte er sich an Eadan. »Ist dieser MacLeod'sche Soldat dein Vater?«

»Nein.«

Dieses Wort traf Caelis mit der Wucht eines Fausthiebs in den Magen. Er musste die Beine fest auf den Boden stemmen, oder er wäre ins Taumeln geraten durch den jähen Schmerz.

»Ist er nicht?«, fragte Lachlan überrascht.

»Er ist kein Soldat. Er ist Laird, und bald schon wird der ganze Clan es wissen.«

»Ah ... und ist dieser zukünftige Laird dein Vater?«

»Ja.« Eadan verschränkte die Arme vor der Brust und verzog trotzig die Lippen. »Er und Mama sind Gefährten.«

Lachlan nickte mit nachdenklicher Miene. Dann wandte er sich Marjory zu. »Und was ist mit dir, kleine Prinzessin? Nennst du Caelis ›Vater‹?«

»Ich nenne ihn Papi«, sagte Marjory mit ihrer hellen Kleinmädchenstimme. »Er ist ein großer Hund.«

Caelis ertappte sich bei einem Lächeln über ihre Einschätzung seines *conriocht*, doch sie würden die Kleine Besonnenheit in der Art und Weise lehren müssen, wie sie von ihm sprach.

Noch immer ohne Caelis zu beachten, wandte Lachlan sich an Shona. »Du bist meine Cousine, eine Balmoral durch Blutsbande, wenn auch nicht durch die Geburt.«

»Danke«, sagte Shona.

Was hatte das denn zu bedeuten? Warum dankte sie ihm? *Wollte* sie eine Balmoral sein? Sie hatte gesagt, sie würde ihn, Caelis, heiraten. Sie würde ihr Wort bestimmt nicht brechen … nicht wie er selbst vor sechs Jahren.

Caelis musste offen zugeben, wenn auch nur sich selbst gegenüber, dass Shona aus härterem Holz geschnitzt war, als sogar ein Chrechte-Krieger von sich behaupten konnte.

»Es gibt da eine Geschichte über einen ehrenhaften Chrechten, der nicht wusste, dass er eine Gefährtin oder einen Sohn, von einer Tochter ganz zu schweigen, zu beanspruchen hatte, als ich ihn das letzte Mal vor einem Monat sah.«

Shona nickte. »Ja, die gibt es.«

»Dass derselbe Mann, den ich als Freund und tapferen Krieger betrachtete, irgendwie den Bund zwischen geheiligten Gefährten vollzog und dann zuließ, dass ihr getrennt wurdet, ist eine unleugbare Tatsache.«

Caelis leugnete es auch gar nicht. »Aye.«

»Er hatte die Absicht, mich zu heiraten«, warf Shona zu Caelis' Überraschung ein. »Unser Laird verweigerte Caelis jedoch die Erlaubnis.«

»Und statt mit dir wegzugehen, blieb er bei den Fearghall.« Lachlan warf Caelis einen Blick zu, unter dem er sich äußerst unbehaglich fühlte.

Doch nicht einmal annähernd so sehr wie in dem Moment, als er gedacht hatte, sein Sohn verleugnete ihn.

»Aye«, antwortete Caelis, obwohl die Frage nicht an ihn gerichtet war. »Durch meine eigene Dummheit verlor ich meine wahre Seelengefährtin für sechs lange Jahre.«

Auch die Wiederholungen erleichterten ihm das Eingeständnis nicht.

»Das würde dein Zölibat erklären. Ich fragte mich schon, ob du nicht bloß ein passionierterer Krieger als die meisten warst«, sinnierte Lachlan.

Shona gab einen gequälten kleinen Laut von sich.

Lachlan sah sie an. »Was ist, Cousine?«

»Diese Zeit ist vorüber. *Jetzt* wollen wir heiraten. Das ist das einzig Wichtige, nicht die Vergangenheit.«

»Ist das so?«, fragte Lachlan.

Shona nickte dem Laird der Balmorals mit ernster Miene zu. »So ist es.«

»Du würdest seinen Heiratsantrag annehmen?«

»Das habe ich schon getan.«

»Und trotzdem hat er noch seine Absichten deiner Familie kundgetan.«

Shona blickte mit glänzenden Augen zu Caelis auf. »Aye.«

Endlich hatte er etwas richtig gemacht.

Lachlan nickte und sah Caelis an. »Du bist von einem Fearghall zum Cahir geworden, hast jedes Opfer dafür gebracht, das nötig war, und mit vollkommener Hingabe trainiert, um alle Chrechten zu beschützen. Deine Pläne und deine Bestimmung sind, unserem Volk mit deinem Leben zu dienen, doch nichts davon rechtfertigt, die Bedürfnisse deiner Gefährtin zu vernachlässigen. Vergiss das nie!«

Lady Emily nickte und warf ihrem Ehemann und geheiligten Gefährten einen liebevollen Blick zu.

Caelis konnte dieser Einstellung nicht widersprechen, bezweifelte aber, ob er wirklich danach handeln konnte. Shona hatte zwar versprochen, ihn zu heiraten, doch sie hatte auch deutlich gemacht, dass sie kein Verlangen verspürte, zu dem Clan der MacLeods zurückzukehren.

Und könnte er einer Bestimmung einer anderen wegen den Rücken kehren?

Die einfachste Antwort war, dass er keine Wahl hatte, falls er ehrlich vorhatte, Shonas Bedürfnissen den absoluten Vorrang einzuräumen und die geheiligte Verbindung zu respektieren, mit der er gesegnet war.

»Nein!« Shona fuhr herum, um ihn anzusehen. »Hör auf, so zu denken, Caelis! Ich bestehe darauf!«

»Wovon sprichst du?«, fragte Audrey mit einem befremdeten Blick zu Shona und auch zu Caelis.

Die Freundin rang die Hände und runzelte die Stirn. »Er glaubt, um unserem Bund am besten dienen zu können, müsse er seine Bestimmung aufgeben, Uven den Clan der MacLeods abzunehmen, aber das ist gar nicht wahr.«

Caelis erwartete, dass Lachlan verärgert reagieren würde, weil er so etwas auch nur in Betracht zog, doch der ältere Laird fragte ihn nur: »Warum glaubst du das?«

»Shona will nicht zu den MacLeods zurückkehren.« Und *er* musste endlich aufhören, diese Tatsache zu ignorieren.

»Das ist nicht wahr!«, widersprach seine Gefährtin schnell und heftig.

Schockiert wandte Caelis sich ihr zu. Er hatte noch nie erlebt, dass sie log, doch sie hatte auch kein Geheimnis aus ihren Gefühlen gemacht. Wie könnte er ihr jetzt also glauben, auch wenn ihm seine Sinne sagten, dass sie die Wahrheit sprach?

»Ich wollte nicht zu dem Clan zurück, *solange Uven dort Laird war.* Diesen Unterschied hatte ich mir bis jetzt nicht wirklich klargemacht, aber du musst mir glauben, was ich sage, Caelis. Ich liebte unseren Clan, ich *liebe* unsere Leute, und mit dir an meiner Seite würde ich ihnen gern dienen.«

»Du möchtest diesen Mann also trotz eurer Vergangenheit heiraten – und obwohl er dich mit einem Kind von ihm allein gelassen hat?«, beharrte Lachlan.

Caelis hätte den Laird schlagen können, wenn er nicht so froh gewesen wäre über die Fürsorge, die Shonas neu entdeckte Familie ihr entgegenbrachte.

Shona nickte, und ihre aufrechte und stolze Haltung ließ keinen Zweifel an der Aufrichtigkeit ihrer Antwort zu. »Das möchte ich.«

»Dann wird unser Priester eurer Verbindung noch vor dem Abendessen seinen Segen geben«, erklärte Lachlan.

Caelis befürchtete, dass Shona sich dagegen sträuben würde, weil Trauungen traditionsgemäß am Morgen vorgenommen wurden. Und da sie jemand war, der gern Pläne machte, war sie sehr bestürzt gewesen über die Schnelligkeit und die fehlende Zeremonie bei Audreys und Vegars Heirat.

Wider Erwarten lächelte sie jedoch erfreut. »Das wäre wunderbar! Könnte der Priester dann nicht auch Vegars und Audreys Ehe seinen Segen geben?«

Audrey schnappte aufgeregt nach Luft. »Oh, würde er das tun? Was meint Ihr?«

Lady Emily lächelte mit einem schalkhaften Funkeln in den braunen Augen. »Ganz gewiss. Er ist unkonventionelle Hochzeiten gewöhnt.«

Shona und Audrey sahen sich an und strahlten vor Entzücken über diese Antwort.

Vegar dagegen setzte eine verwirrte Miene auf. »Wozu brauchen wir den Segen?«, fragte er.

Audrey verschränkte die Arme vor der Brust und bedachte ihren Ehemann mit einem Blick, der Shona mit Stolz erfüllte. »Um unseren Kindern eine richtige Geschichte erzählen zu können und nicht nur von den wenigen Worten eines Lairds, mit dem du fast aneinandergeraten wärst, als er uns für verheiratet erklärte.«

Shona stand vor dem Balmoral'schen Priester und wartete darauf, mit Caelis ihre Gelübde abzulegen. Lachlan und Emily kennenzulernen war einfach wunderbar gewesen. Zu wissen, dass sie Verwandte hatte, die sich kümmerten, und dass sie ihre Kinder schon in Sicherheit hätte bringen können, bevor das Schicksal Caelis wieder in ihr Leben geführt hatte, verlieh ihr ein Gefühl des Friedens.

Doch trotz der Schönheit der Insel, der offensichtlichen Verbundenheit des Clans und der Tatsache, dass der Laird sie zu seiner Familie zählte, wollte sie nicht auf Balmoral Island bleiben.

Ihre Zukunft und die Zukunft ihrer Kinder lagen bei Caelis und seiner Bestimmung, seine Leute und die Menschen des MacLeod'schen Clans vor den falschen Lehren der Fearghall zu beschützen. Das war auch ihre Bestimmung. Tief in ihrer Seele spürte sie es.

Um die Ansichten der Chrechten innerhalb des Clans MacLeod von den irrigen Lehren der Fearghall abzubringen, würden diejenigen gebraucht werden, die nicht zu den Faol gehörten. Denn diese Wolfs-Gestaltwandler würden die Menschen oder die Éan nie als gleichwertige Individuen betrachten oder sie gar respektieren, falls Uven es schaffte, alle außer den Faol aus dem Clan hinauszudrängen.

Sie und ihre Kinder würden die Faol dazu veranlassen innezuhalten und über alles nachzudenken, was ihnen von diesem verlogenen Schurken beigebracht worden war. Vegars Stärke und hohes Ansehen als Krieger würden ihre Überzeugung, dass die Éan geringere Chrechten und daher zu verachten waren, infrage stellen.

Im Moment war ihre Bestimmung jedoch nicht von Bedeutung. Nur die Gelöbnisse, die sie sprechen würde, zählten jetzt. Und Shona wünschte sich nichts sehnlicher, als diese Versprechen mit ihrem Krieger vor Gott und den Menschen abzulegen, um ihre Verbindung mit den Banden des Gesetzes und der Ehre zu besiegeln.

Der Priester las die Hochzeitsmesse mit Wärme und Gefühl, und seine ganze Haltung war die eines Freundes, obwohl sie sich noch nie begegnet waren, bevor Lachlan sie einander vorgestellt hatte.

Die Predigt, die er über die Ehe hielt, war sowohl bewegend als auch heiter, doch das Gelächter verklang, als er zuerst Caelis und dann Shona ihre Gelübde sprechen ließ.

Caelis hielt die ganze Zeit über den Blickkontakt mit ihr, um sie daran zu erinnern, dass ungeachtet der anwesenden Zeugen die Einzigen, die zählten, sie beide waren.

Der Priester gab den frischvermählten Paaren seinen Segen, bevor der Clan die Hochzeit der neu entdeckten Cousine seines Lairds feierte.

Shona und Caelis standen sich in dem Turmzimmer gegenüber, das Lady Emily ihnen für die Hochzeitsnacht überlassen hatte.

Sein hochgewachsener Körper schimmerte wie Gold im Schein des Feuers, und seine ausgeprägten Muskeln zeugten von einer Kraft und Stärke, die Shona ebenso aufregend wie beruhigend fand.

Dieser Mann, dieser *Gestaltwandler*, war ihr Gefährte, ihr Ehemann. Und sie liebte ihn.

Jetzt und immerdar.

»Du bist mein Geschenk«, sagte er. »Das Glück, das ich nie verdiente, ohne das ich jedoch auch nicht leben könnte.«

»Du *hast* ohne mich gelebt.«

»Ich habe *über*lebt, ohne Glück und ohne Freude. In den sechs Jahren unserer Trennung habe ich mich tagtäglich nach dir gesehnt. Und in den Jahren, in denen ich dich für immer verloren glaubte durch den Tod, war ich kaum mehr als eine leere Hülle. Mein einziger halbwegs sinnvoller Lebenszweck war, meinen Brüdern zu dienen, aber ohne mir noch etwas für mich oder die Zukunft zu erhoffen. Und nun schenkst *du* mir eine Zukunft voller Glück und Freude, die es wert ist, gelebt zu werden, und nicht nur für meine Leute, sondern auch für mich.«

Seine Worte fielen auf Shonas Herz wie sanfter Regen auf ausgedörrte Sommererde. »Unsere Zukunft wird das sein, was wir daraus machen. Die Vergangenheit hat keinerlei Bedeutung mehr.«

»Glaubst du das wirklich?«, fragte er. »Hast du mir verziehen?«

»Ja«, erwiderte sie aus vollstem Herzen und mit jeder Faser ihres Seins.

Caelis nickte und trat vor, bis er dicht vor ihr stand und die Hitze seines Körpers sie einzuhüllen begann wie eine zärtliche Umarmung. »Dies war das letzte Mal, *mo toilichte*, dass du wie eine englische Baronin gekleidet warst.«

»Von jetzt an bin ich die Gemahlin eines Lairds und keine Baronin mehr«, bestätigte sie und dachte, dass er sich vermutlich nicht einmal *vorstellen* konnte, wie sehr sie das erfreute.

Kapitel Dreiundzwanzig

Die heiligen Lehren und Erkenntnisse der Vergangenheit zu ignorieren birgt Gefahr für alle Chrechten.

– Worte einer uralten *celi di*

»Genau.« Caelis begann, Shona mit raschen, ungeduldigen Bewegungen auszuziehen, als wäre ihr Anblick in den englischen Kleidern zu viel für ihn, um ihn auch nur eine Minute länger zu ertragen. »Dies ist ein hübsches Kleid, aber ich wäre froh, es nie wieder zu sehen.«

»Ich habe immer noch mein MacLeod'sches Plaid.« Sie hatte es all die Jahre aufbewahrt und sogar nach England mitgenommen, auch wenn sie das vor dem heutigen Abend niemals zugegeben hätte.

Caelis hielt inne und blickte mit einem Gesichtsausdruck zu ihr herab, der geprägt war von Ergriffenheit und erhellt von einer inneren Freude, die, wenn es nach Shona ging, nie wieder erlöschen sollte. »Du wusstest es!«

»Was?«

»Dass du immer noch mir gehörtest.« Und er machte sich daran, es zu beweisen, indem er sie entkleidete und sie in einer Art und Weise berührte, wie kein anderer es je getan hatte.

Diesmal war Shona jedoch fest entschlossen, das Gleiche auch für ihn zu tun. Kurz darauf standen beide nackt im Zimmer, er mit einer beachtlichen Erektion, die sein drängendes Verlangen offenbarte, und sie mit allein weiblichen Anzeichen sinnlicher Erregung.

Ihre Brustspitzen waren hart und kribbelten vor Verlangen nach seinen Händen und seinem Mund. Ihre intimste Stelle, die seiner Berührung am meisten entgegenfieberte, war feucht und heiß und der Duft ihrer femininen Erregung sogar für ihre menschlichen – oder größtenteils menschlichen – Sinne wahrnehmbar.

Caelis schnupperte, atmete tief ein und lächelte mit einem wilden, fast schon animalischen Flackern in den blauen Augen. »Wir haben uns kaum berührt, und trotzdem bist du schon bereit für mich.«

»Da bin ich nicht die Einzige«, sagte sie und zeigte mit dem Kinn auf sein hartes, heißes Glied.

Er stieß ein leises Knurren aus. »Nein, das bist du nicht.«

»Das ist gut.« Allein schon das gleiche brennende Begehren wie auch er zu verspüren war erstaunlicher, als er auch nur ahnen konnte.

»Heute Nacht vollziehen wir unsere Ehe und unser Bindungsritual.«

»Ja.« Shona stellte sich auf die Zehenspitzen, um ihn zu küssen, weil sie den intimen Kontakt brauchte.

Und Caelis zögerte nicht, ihn ihr zu geben, indem er seine Zunge zu einem tiefen, leidenschaftlichen Kuss mit ihrer vereinte, der das Bild seines harten, auf ähnliche Weise in sie eindringenden Glieds in ihr heraufbeschwor.

Sie wusste, dass dieses Bild nicht ihr Werk war. Dazu war es zu intensiv, zu aggressiv ... zu *maskulin*. *»Caelis?«*, fragte sie über ihre geistige Verbindung.

»Hmmm ...«

Sie verlor den Gedanken, den sie verfolgen wollte, als seine großen Hände ihren kleinen Po umfassten, sie anhoben und dann ganz fest an seinen Körper drückten. Das Gefühl seiner nackten Haut an ihrer, zum ersten Mal mit dem Wissen, dass sie rechtskräftig verheiratet waren, ließ Shona vor Glück erschauern und sandte eine Gänsehaut über ihre Glieder.

»Mein«, hörte sie ihn in ihrem Kopf sagen. *»Mo toilichte. Mo gra.«*

Caelis' besitzergreifende Art, die er nicht mal zu verbergen suchte, erfüllte Shona mit unbeschreiblichem Entzücken und steigerte ihre Erregung noch. Noch mehr erotische Bilder – ihr Körper vereint mit seinem, seine heißen Küsse, ihre ineinander verschlungenen Glieder –, spielten sich wie die aufregendsten Träume vor ihrem inneren Auge ab.

Shona wusste nicht, wie er ihr diese geistigen Bilder übermittelte, und es kümmerte sie im Augenblick auch nicht. Zu sehen, was er sich ersehnte und wovon er träumte, machte ihr bewusst, dass ihm diese geistige Verbindung zwischen ihnen genauso wichtig war wie ihr. Dass sie weit über das Körperliche hinausging und ihre Seelen miteinander vereinte.

Einladend spreizte sie die Beine und schlang sie um seine Hüften, um ihm noch näher zu sein und sein hartes Glied an ihre empfindsamste Stelle zu bringen.

Sie sah ein Bild von sich, wie sie ihn in sich aufnahm, sich weit zurücklehnte und ihm ihre vollen Brüste entgegenstreckte, während ihre Körper sich in vollkommener Harmonie miteinander bewegten. Shona veränderte ein wenig die Haltung, um diese Vorstellung zu verwirklichen, und beide stöhnten auf vor leidenschaftlichem Vergnügen, als sie sich zum ersten Mal nach sechs Jahren wieder auf innigste Weise vereinten.

Der Kuss wurde unterbrochen; Shona wusste nicht, wer von beiden ihn beendet hatte, doch sie lehnte sich zurück, wie sie es in ihrem Kopf gesehen hatte, und ihre Brüste hoben und senkten sich unter ihren schweren Atemzügen, während Caelis sie im Stehen liebte.

Es war die unglaublichste Erfahrung, die sie sich hätte vorstellen können. Caelis' Leidenschaft war so aufrichtig, wahr und von Gefühl bestimmt, dass sie niemals mit der egoistischen, lüsternen Fummelei verglichen werden könnte, die sie bei dem Baron hatte ertragen müssen.

»Du gehörst mir!«, schrie Caelis, als sein Körper sich plötzlich anspannte und seine Augen glühten, wie sie es taten, wenn er in Gestalt seines *conriocht* war.

Shona spürte, wie er noch größer und härter in ihr wurde. Sein ohnehin schon beeindruckendes Glied schwoll derart an, dass sie sich kaum noch darauf bewegen konnte und es ihr fast schon unmöglich erschien, das seines *conriocht* in sich aufzunehmen.

»Du verwandelst dich.«

Schweißperlen bedeckten seine Stirn, und sein Gesicht verzerrte sich von der Anstrengung, seine menschliche Gestalt zu bewahren. »Nein.«

»Ein Teil von dir auf jeden Fall.« Denn egal, wie verschwommen die Erinnerung auch sein mochte, sie hätte es ganz sicher nicht vergessen, wenn er vor sechs Jahren schon so groß gewesen wäre.

Er antwortete nicht, sondern bewegte sie auf seinem mächtigen Glied und bereitete ihr eine glühende, fast schon schmerzhafte Lust damit. Der Schmerz blieb jedoch aus, und ihre Erregung wuchs mit jeder seiner Bewegungen, bis sich alles in ihr anspannte und sie im Augenblick höchster Ekstase aufschrie, während auch er den Höhepunkt erreichte und seinen Samen tief in ihrem Schoß ergoss.

»Meine Gefährtin, meine Frau!«, sagte er in dem kehligen Ton des *conriocht*, während sein Körper an Größe zunahm und Shona nach der überwältigenden Lust des letzten Orgasmus einen weiteren nahen spürte. Diesmal verschlug es ihr den Atem, als er kam.

Ihr Körper verfiel in wilde Zuckungen, und wieder und wieder zog ihr Innerstes sich um ihn zusammen, während krallenartige Hände sie unfassbar sanft hielten. Sein Gesicht veränderte sich nicht, und auch kein Haar wuchs ihm … es war immer noch ihr Caelis, der sie liebte, doch mit einem nahezu hünenhaften Körper und dem entsprechenden Geschlechtsteil.

»Du wirst wieder ein Kind von mir bekommen«, versprach er ihr. »Und ich werde jeden Tag bis zum Moment deiner Niederkunft an deiner Seite sein.«

Shona fehlte der Atem zu einer Antwort, doch über ihre geistige Verbindung konnte sie ihm die einzigen drei Worte sagen, die wichtig waren. *»Ich liebe dich.«*

»Und ich dich. Eines Tages wirst du es mir glauben.«

Sie glaubte es ihm vielleicht jetzt schon, doch er gab ihr keine Gelegenheit, es ihm zu sagen, als er sie erneut zu lieben begann und bewies, dass sechs Jahre des Wartens, um endlich seine Gefährtin in Besitz zu nehmen, eine viel lange Zeit für Mann und Wolf gewesen waren.

Sie liebten sich bis in die frühen Morgenstunden und schliefen unter ihrem Paarungs-Fell erst ein, als der Himmel sich schon zu erhellen begann.

Shona und Caelis schlossen sich den Balmorals am nächsten Tag erst zum Mittagessen an, und noch immer musste Shona ein Gähnen unterdrücken, als sie sich der erhöhten Tafel näherten.

Audrey lächelte wissend. »Guten Morgen, ihr Schlafmützen!«

Shona würde sich erst noch daran gewöhnen müssen, dass aus ihrer jungen, unerfahrenen Freundin nun eine verheiratete Frau geworden war, doch Audreys heiteres Lächeln beruhigte sie schon sehr. »Danke, dass du heute Morgen mit den Kindern aufgestanden bist!«

Audrey winkte ab. »Eadan und Marjory hatten großen Spaß

daran, die Bekanntschaft ihrer neuen Verwandten zu machen. Und Gail und Feth sorgten auch dafür, dass sie sich wohlfühlten.«

Shona hatte die zehnjährige Tochter und den achtjährigen Sohn des Lairds und seiner Lady am Tag zuvor kaum kennengelernt, obwohl bei ihrer Hochzeit beide anwesend gewesen waren.

Jetzt lächelte sie sie an. »Danke, ihr beiden!«

»Sie sind sehr liebe Kinder«, sagte Gail ein wenig altklug.

Sie hatte noch Jahre ihrer eigenen Kindheit vor sich, wenn das Schicksal es so wollte, doch man konnte sich schon eine gewisse Vorstellung davon machen, wie sie als Frau sein würde.

Feth zuckte mit den Schultern. »Ich mag Eadan ganz gern. Er hört besser zu als Brian und Drost.«

»Sprich nicht schlecht über deine Cousins!«, ermahnte Emily ihn.

»Das tue ich doch gar nicht.« Feth runzelte die Stirn. »Die Wahrheit zu sagen und schlecht über jemanden zu reden ist doch nicht dasselbe, Vater, oder?«

Shona verkniff sich ein Lächeln, als sie ihren Platz einnahm, froh, dass nicht sie es war, die schwierige Fragen beantworten musste. Sie fühlte sich viel zu unausgeschlafen, um so diplomatisch zu sein, wie diese Art von Erziehung es erforderte.

»Wann reiten wir heim?«, fragte Eadan. »Wir sollten bald aufbrechen. Der böse Mann muss aufgehalten werden, Papa.«

»Heim?«, fragte Shona, die versuchte, den Worten ihres Sohnes einen Sinn zu entnehmen.

»Zu unserer Burg.« Eadan wandte sich Lachlan zu. »Eure ist sehr schön, Laird, doch wir müssen heim zu unserer.«

»Zum Baronat, meinst du?«, wollte Shona völlig ratlos wissen.

»Das Baronat ist nicht unser Zuhause, Mama. Wir sind MacLeods.«

»Du, deine Schwester und eure Mutter werden nachkommen, sobald ich den MacLeod zum Duell gefordert und besiegt habe«, erklärte Caelis und bewies damit, dass er besser verstand als Shona, was Eadan meinte.

»Nein, Papa, wir müssen jetzt mitkommen. Und wir sollten noch heute aufbrechen«, sagte Eadan überraschend ernst.

Und obwohl auch Shona der Meinung war, dass ihre Kinder bleiben sollten, wo sie sicher waren, verspürte sie ein quälendes Bedürfnis, unverzüglich zu den MacLeod'schen Ländereien aufzubrechen.

»Ihr könnt nicht mitkommen, mein Junge. Es ist zu gefährlich«, erklärte Caelis sehr entschieden.

Eadans Gesicht verzog sich zu der eigensinnigen Miene, die Shona nur allzu gut kannte.

»Der Drache wird uns beschützen.«

»Der Drache?«, fragte Shona stirnrunzelnd. Offenbar gab es in der Welt der Chrechten noch mehr, was sie nicht wusste.

»Der Gefährte der *celi di*, Mama.«

»Eadan ...«, warnte Caelis.

»Die *celi di* muss auch mitkommen. Das hat der *conriocht* in meinem Traum gesagt.«

Caelis bedachte den Jungen mit einem strengen Blick. »Pass auf, was du von dir gibst, Eadan!«

»Niemand, der es nicht hören soll, wird verstehen, was wir sagen«, erklärte Eadan mit einer derartigen Sicherheit, dass Shona wie zur Bekräftigung ein Schauer über den Rücken lief.

Sie blickte sich um und bemerkte, dass niemand außer dem Laird, seiner Frau und ihrer kleinen Gruppe ihrer Unterhaltung Beachtung schenkten. Nicht einmal der Stellvertreter des Lairds und seine Frau, die an derselben Tafel saßen.

Wie konnte das sein?

»Das liegt an mir, glaube ich«, sagte Audrey, die ängstlich und ehrfürchtig zugleich aussah. »Ich hatte schon etwas Seltsames und Wundervolles gespürt, als ich den *Faolchú Chridhe* berührte, doch ich wusste nicht, was es bedeutete.«

»Was meinst du?«, fragte Shona ratlos.

»Ich bin mir nicht sicher. Es gibt viele Geschichten über Chrechte-Fähigkeiten. Mutter sagte, sie wären nur Mythen, doch seit ich den heiligen Stein berührt habe, kann ich *fühlen*, wie es in mir arbeitet.«

»Wie hast du das nur gemacht?« Shona verstand noch immer nicht.

»Indem ich einfach nur dasaß und wünschte, dass niemand Eadans Versprecher hören möge.«

»Warum?«, fragte Shona.

Audrey zuckte mit den Schultern. »Weil meine Mutter mich die Notwendigkeit der Geheimhaltung lehrte.«

»Dann kann also niemand außer den direkt Beteiligten an diesem Gespräch es hören?«, vergewisserte sich Shona.

Audrey schien mit der Antwort zu zögern, doch Eadan erklärte mit der ganzen Entschiedenheit eines fünfjährigen Jungen, der sich seiner Sache völlig sicher war: »Genau.«

»Das ist unmöglich.«

»Das ist Gedankenlesen auch«, erklärte Caelis mit einem sehr beredten Blick zu Shona.

»Du sagtest, das läge an unserer wahren Partnerschaft.«

»Was wir miteinander erleben, geht über wahre Partnerschaft hinaus.«

Im Augenblick war sie nicht gewillt, über die Bedeutung seiner Worte nachzudenken, und so wandte Shona sich wieder an ihren Sohn. »Du hast in deinen Träumen also einen *conriocht* gesehen?«

»Ja, Mama. Er ist aus alten Zeiten, doch er sagte, er würde mir helfen, wenn ich ihn brauchte.«

Ciara sah Eadan mit einem Ausdruck des Erstaunens an und sagte: »Es gibt auch eine uralte *celi di*, die mich anleitet. Bis vor einem Jahr hatte ich sie noch nie gesehen.«

»Es muss noch viel getan werden, bevor ich volljährig werde«, erklärte Eadan, als zitierte er jemand anders, und klang viel älter, als er war.

»Ich ...« Shona wusste nicht, ob sie wollte, dass ihr Sohn für solche Dinge bestimmt war, doch was konnte sie schon daran ändern? Sie war nur eine Mutter, nicht der Schöpfer.

»Ihr könnt alle zu den MacLeods nachkommen, sobald ich Uven besiegt habe«, sagte Caelis in einem Ton, der keinen Widerspruch mehr duldete.

»Nein«, protestierte Eadan dennoch. Er sprach mit einer erstaunlichen Autorität. »Wir müssen mitkommen.«

»Warum?«

»Weil der *conriocht* es gesagt hat.« Jetzt klang Eadan wenigstens wieder wie ein Fünfjähriger.

»Ihr werdet sicherer sein bei den Balmorals.«

»Nein. Du musst Mama bei dir behalten, oder du wirst sie verlieren.«

Caelis wurde blass. »Das kannst du nicht wissen.«

»Du musst Mama beschützen.«

»Der Balmoral wird niemanden an sie heranlassen. Hier auf der Insel ...« Zum ersten Mal klang Caelis unschlüssig. »Ihr seid hier alle sicherer.«

»Percival kennt böse Leute.« Es war die Ausdrucksweise eines Kindes, doch es lag eine solche Sicherheit in Eadans Stimme, dass Shona an seinen Worten nicht zweifeln konnte.

»Percival würde bestimmt nicht so weit nach Norden kommen«, meinte Audrey mehr hoffnungsvoll als überzeugt.

Plötzlich zuckte Eadan mit den Schultern und sah wieder ganz wie der kleine Junge aus, der er ja auch war. »Wir müssen zusammen zu den MacLeods gehen. In den heiligen Höhlen wird Mama sicher sein.«

»Außerdem muss Shona bei Caelis sein, wenn er Uven entgegentritt, oder noch mehr werden sterben, weil sie die Rechte ihres Mit-Chrechten infrage stellen werden.« Ciara schien sich da völlig sicher zu sein.

Shona überkam ein Gefühl der Unumgänglichkeit. »Sie haben beide recht. Ich weiß nicht, warum, aber ich bin mir sicher, dass die Kinder und ich bei dir sein müssen, wenn du Uven gegenübertrittst.«

»Die Chrechten werden durch meinen *conriocht* zu der Überzeugung kommen, dass ich zu ihrem Anführer auserwählt wurde.«

»Nein«, widersprach der Balmoral entschieden. »Einige werden der Meinung sein, dass du die Macht des *conriocht* an Uven abgeben solltest. Du musst dem Rudel vor Augen führen, dass Uven ein geheiligtes Gesetz missachtet hat.«

Seine Worte schienen Caelis nicht zu überzeugen, doch dann wandte er sich seinem Sohn zu und sah ihn durchdringend an. »Eadan?«

»Ja, Papa?«

»Bist du dir ganz sicher?«

»Ich denke, ja.« Eadans Selbstvertrauen wich jetzt der Unsicherheit eines Kindes. »Ich weiß nur, was ich geträumt habe.«

»Und deine Träume sind eine Gabe, die wir nie missachten werden«, versprach ihm Caelis.

Shona nickte zustimmend. »Und deshalb werden wir alle mitkommen.«

Dann schaute sie Ciara und deren Ehemann an. Ihr wurde klar, dass sie kein Recht hatte, für sie zu sprechen.

Doch der Drache – *War er tatsächlich ein Drache?* – stimmte mit einem knappen Nicken zu. »Wir begleiten euch, mein Junge, und während dein Vater darum kämpft, den Clan MacLeod vor der Schlechtigkeit der Fearghall zu retten, werde ich dich und deine Familie beschützen.«

»Ich danke Euch«, sagte Eadan förmlich.

Prinz Eirik lächelte und streckte die Hand aus, um in der unter Kriegern üblichen Art und Weise Eadans Unterarme zu ergreifen. »Du wirst eines Tages ein guter Beschützer deiner Leute sein.«

»Ja. Alle Chrechten müssen vereinigt werden.« Wieder klang Eadan mehr wie ein Prophet statt wie ein Kind.

Shonas Herz verkrampfte sich, doch es gab nichts, was sie gegen seine Bestimmung tun konnte, außer ihn zu unterstützen und zu lieben, was immer auch das Leben, zu dem der Junge berufen war, von ihm erfordern mochte.

»Männer wie Uven müssen aufgehalten werden. Er hat schon genug Schaden angerichtet – unsäglichen Schaden. Vielleicht hätten Leben gerettet werden können, wenn ich schon früher dorthin gegangen wäre.« Ciara seufzte, und ihre ganze Haltung spiegelte Schuldbewusstsein wider. »Die *celi di* hatte mir gesagt, ich müsste zu den heiligen Höhlen zurückkehren, doch bisher habe ich mich davor gesträubt.«

»Du kannst dir nicht die Schuld an den Freveltaten schlechter Männer geben«, versicherte Shona Ciara, die ihr einen dankbaren Blick zuwarf.

»Warum hast du dich gesträubt, dorthin zurückzukehren?«, fragte ihr Gefährte.

»Weil du sehr ungute Erinnerungen an diesen Ort hast«, erwiderte Ciara.

Der Prinz der Éan zog seine Gefährtin an sich und küsste sie liebevoll, bevor er sie wieder freigab. »Ich bereue nichts von jenem Tag.«

»Du hasst es, Feuer zu speien, um zu töten.«

»Es ist weniger blutig als mit meinem Schwert.« Die Worte waren scherzhaft gemeint, doch in Eiriks Stimme konnte Shona die schwere Last wahrnehmen, die dem Drachen auf der Seele lag.

Ein Mann konnte im Kampf töten, musste es meist sogar, doch die Fähigkeit zu besitzen, Zerstörung und Verderben vom Himmel herabregnen zu lassen, musste eine sehr schwer zu ertragende Bürde sein.

Ciara und Eirik lächelten sich an, und Shona konnte nicht umhin, sich zu fragen, was für eine Geschichte hinter diesem Lächeln stecken mochte. Im Moment gab es jedoch dringendere Angelegenheiten zu bedenken.

Sie würden zum MacLeod'schen Territorium zurückkehren, und ihre Kinder würden bei ihnen sein.

Der erste Anblick eines Drachen war verstörend, und Shona war sich ganz und gar nicht sicher, dass sie es über sich bringen würde, einen zu reiten.

Sie musste den Kopf zurücklegen, um zu dem mächtigen fliegenden Tier aufblicken zu können, in das sich Ciaras Gefährte im schimmernden Mondlicht verwandelt hatte. »Warum müssen die Kinder und ich den Drachen reiten? Warum können wir nicht unsere Pferde mitnehmen?«

Caelis legte seine warme Hand um ihren Nacken und richtete sein ganzes Augenmerk auf sie. »Weil es so für dich und die Kinder sicherer ist.«

»Es ist sicherer, durch die Luft zu *fliegen*, wo kein Mensch etwas zu suchen hat, als ein Pferd zu reiten?«, entgegnete sie spöttisch.

Caelis sah sie mit einem nachsichtigen Lächeln an, das ihr

Herz anrührte. »Die Éan schwingen sich ständig in die Lüfte auf.«

»Das ist etwas anderes. Sie teilen ihre Natur ja auch mit einem Vogel.«

»Hier geht es um eine dringende Angelegenheit, und wir müssen schnell sein. Du hast selbst gesagt, du hättest auch die Dringlichkeit gespürt.«

»Ja, das schon.« Obwohl sie immer noch nicht verstand, warum. »Aber das bedeutet noch lange nicht, dass ich auf dem Rücken eines Drachen fliegen will.«

»Ach was, es ist sehr sicher und macht großen Spaß«, warf Ciara ein. »Mein Gefährte ist erfahren und äußerst angenehm zu reiten.«

Shona erstickte fast an dem Lachen, das bei Ciaras unbeabsichtigter Anspielung in ihr aufstieg. Die *celi di* schien im selben Moment zu bemerken, wie ihre Worte aufgefasst werden konnten, und lachte lauthals los, was ein wenig die Anspannung innerhalb ihrer kleinen Gruppe lockerte.

Dann drohte sie Shona mit dem Finger. »Du bist ein sehr unartiges Mädchen.«

»Ich habe nichts gesagt«, verteidigte sich Shona, doch das Lächeln tat ihr gut.

Der Drache schnaubte, und Caelis schüttelte den Kopf, aber sein Blick erwärmte sich von etwas, das Shona Liebe nennen würde, *wenn* sie es benennen würde.

Da sie dazu jedoch noch nicht bereit war, schwieg sie lieber.

Doch was war mit der Tatsache, dass Caelis gewillt gewesen war, seine Bestimmung aufzugeben, nur um sie nicht unglücklich zu machen? Diese eine eindrucksvolle Geste vermochte Zweifel zu überwinden, von denen Shona geglaubt hatte, sie seien für immer in ihr verwurzelt.

»Komm schon, Mama! Wir müssen los.« Mit der typischen Ungeduld eines kleinen Jungen blickte Eadan zu ihr auf.

Und sie war froh darüber.

»Für dich ist das in Ordnung. Du willst den Drachen ja reiten«, sagte sie mit vorgetäuschter Verdrossenheit.

Ein Teil von ihr beneidete beide Kinder um ihre Abenteuerlust. Marjory saß bereits auf dem Drachenrücken und ignorierte Shonas anhaltenden Protest, und Eadan kletterte nun auch hinauf, nachdem er seine Mutter noch einmal zur Eile gemahnt hatte.

Es war nichts zu machen; sie musste auf den Rücken dieses sagenhaften Tieres steigen, und wenn auch nur, um auf ihre Kinder aufzupassen. Sobald sie saß, vergewisserte sie sich, dass Eadan und Marjory mit Ledergurten an der sattelähnlichen Vorrichtung auf Eiriks Rücken gut gesichert waren.

Ciara nahm die Bündel, die ihre Mutter ihr reichte, und befestigte sie geschickt an eigens zu diesem Zweck am Sattel angebrachten Schlaufen. »Ich hab dich lieb«, sagte Ciara zum Abschied zu der Frau des Sinclair.

Auch der Laird und seine Lady verabschiedeten sich liebevoll von ihrer Tochter und winkten ihnen allen dann zu.

Shona blickte zu Caelis herab, als sie spüren konnte, wie Eiriks Drachenmuskeln sich zum Aufstieg in die Luft anspannten. »Ich liebe dich, Gefährte. Sei vorsichtig unterwegs!«

»Ich liebe dich«, sagte Caelis zum ersten Mal in sechs Jahren. »Pass gut auf unsere Kinder auf und genießt euer Abenteuer!«

Shonas Antwort, an deren genaue Worte sie sich nicht einmal erinnern konnte, wurde vom Wind verschluckt, als Eirik sich in die Lüfte aufschwang.

Caelis hatte gesagt, er liebte sie, und sie dachte, dass sie ihm das nun eigentlich glauben könnte.

In die Luft aufzusteigen war mit nichts anderem zu vergleichen, was Shona je erlebt hatte – schockierend, beängstigend und beglückend zugleich. Nach einer knappen Viertelstunde in der Luft war sie jedoch sehr froh, dass Caelis darauf bestanden hatte, sie und die Kinder in dicke Felle einzuhüllen.

Eirik flog in schwindelerregendem Tempo, was einen stetigen Strom von Wind erzeugte, der eiskalt über die Passagiere hinwegfuhr.

Ciara schien den Flug zu lieben, denn sie streichelte und kraulte ihren Drachen-Gefährten unentwegt und sprach zu ihm.

Wann immer sie verstummte, war Shona sicher, dass sie sich über die geistige Verbindung zwischen Gefährten mit ihrem Éan-Prinzen verständigte.

Als der Mond am Nachthimmel verblasste, landeten sie in einem Tal, das Shona aus ihrer Kindheit noch vage in Erinnerung hatte.

Der Clan war immer davon abgehalten worden, den Ort aufzusuchen, obwohl er zwischen einem klaren Fluss und Bergen lag, die das Tal vor den starken Winden schützten, die sogar so weit südlich noch sehr oft die Highlands heimsuchten. Es war ein idyllischer Ort, den Uven und die ihm vorangegangenen Lairds mit voller Absicht dem alleinigen Gebrauch der Chrechten vorbehalten hatten, wie Shona jetzt auf einmal klar wurde.

Ciara stieg als Erste ab und streckte die Hände dann nach Marjory und Eadan aus. Shona wartete, bis ihre Kinder sicher auf dem Boden standen, bevor auch sie von dem Drachenrücken glitt.

Sowie ihre Füße den Boden erreichten, wandte sie sich von dem Drachen ab, damit Eirik sich ungestört wieder in einen Mann verwandeln konnte. Doch kaum hatte sie sich umgedreht, zog Ciara ihre Aufmerksamkeit auf sich, als sie einen Dolch zückte und den Edelstein an seinem Griff in eine Vertiefung in der Felswand drückte.

Obwohl der Mond das Gebiet noch ein wenig erhellte, reichte das Licht nicht aus, um Einzelheiten in der Felswand ausmachen zu können. So hörte Shona nur das knirschende Geräusch von Stein auf Stein, und dann öffnete sich der Fels und gab den dunklen Eingang zu einer Höhle zu erkennen.

Selbst wenn Shona es gewollt hätte, hätte sie ihren überraschten kleinen Ausruf nicht unterdrücken können. Die Kinder wollten schon in freudiger Erregung vorauslaufen, doch sie hielt sie beide an den Händen fest.

»Wir folgen Ciara«, ermahnte sie sie.

Eadan zog ein Gesicht, aber er nickte. Marjory gähnte nur. Das arme Ding hatte heute Nacht noch keinen Schlaf bekommen, und nicht einmal die Aufregung würde sie noch viel länger wach halten können.

Ciara hob eine Fackel hoch, und ein Feuerstrahl zischte an Shona vorbei und zündete sie an.

Erschrocken sprang sie zurück und warf einen Blick über die Schulter, der ihr verriet, dass Eirik sich noch nicht zurückverwandelt hatte.

»Er wird nicht eher seine Kriegergestalt annehmen, bis wir wohlbehalten in der Höhle sind«, erklärte Ciara.

Das war sehr vernünftig, doch der Feuertrick war trotzdem sehr erschreckend gewesen, und das sagte Shona ihnen auch.

Ciara lachte, und auch der Drache schien amüsiert zu sein.

»Er findet es reizend, dass du seine Gabe als einen Trick bezeichnest. Andere waren weitaus mehr beeindruckt«, erklärte Ciara.

Shona lächelte und bemühte sich, ein Gähnen zu verbergen. »Natürlich bin ich beeindruckt – schließlich verwandelt sich der Mann in ein sagenhaftes Tier, das zudem noch Feuer speit. Doch im Grunde gibt es kaum noch etwas in letzter Zeit, das mich wirklich schockieren oder einschüchtern kann.«

Ciara nickte und sah mit einem Mal sehr ernst aus. »Ja, das kann ich mir vorstellen, Shona.«

Dann führte Ciara sie in die Höhle und einen langen, schmalen Gang hinab, der in eine unterirdische Kaverne mündete. Die *celi di* begann augenblicklich, Fackeln an den Wänden anzuzünden, von deren Vorhandensein sie gewusst haben musste. Aber sie war ja auch sicher nicht zum ersten Mal hier.

Mit jeder weiteren Fackel, die entzündet wurde, offenbarte sich ein bisschen mehr von der Kaverne, in der sie standen. Der Raum war riesig, größer als jeder Burgsaal, in dem Shona sich je befunden hatte, den der Balmoral'schen Burg mit eingeschlossen. Steinerne Bänke und Sitze standen hier und da an den Wänden, und ein marmornes Podium erhob sich in der Mitte des Raumes.

Andere dunkle Öffnungen in den Wänden deuteten auf Gänge hin, die von dem riesigen Saal wegführten, der früher einmal ein Versammlungsraum gewesen sein musste.

Shona wusste nicht, ob es nur Einbildung war oder ob die Kaverne wirklich eine so einladende Atmosphäre hatte, als hätte sie sie schon erwartet. Sie wusste nur, dass sie sich hier sicher fühlte, und ein noch nie gekanntes Gefühl der Ruhe und des Friedens überkam sie.

Die Stille der Höhle hatte sich auch auf ihre Kinder ausgewirkt. Sowohl Eadan als auch Marjory sahen aus, als würden sie jeden Moment im Stehen einschlafen.

»Gibt es hier einen Raum, wo ich den Kindern ein Bett machen kann?«

»Hier entlang.« Ciara deutete nach links. »Dort sind mehrere kleine Kammern, die mit ziemlicher Sicherheit von den *celi di*, die hier einst lebten, als Schlafräume benutzt wurden.«

»Lebten hier denn nur *celi di*?«, fragte Shona verwundert.

»Davon bin ich immer ausgegangen, obwohl meine Ratgeberin das nicht ausdrücklich gesagt hat.«

»Hm …« Es war zumindest eine Überlegung wert.

Später. Zunächst einmal musste sie einen Schlafplatz für ihre Kinder herrichten.

Shona fand auch tatsächlich einen geeigneten Raum mit einem etwas erhöhten, aus der Wand hervorstehenden steinernen Bett. Eine flache, aus dem Stein herausgearbeitete Mulde in der Oberfläche könnte der Bequemlichkeit halber mit Heidekraut gefüllt werden. Shona hatte nur die mitgebrachten Felle. Sie legte das, in dem die Kinder eingehüllt gewesen waren, in die Mulde und half dann Marjory und Eadan, es sich darauf bequem zu machen, bevor sie sie mit ihrer und Caelis' Hochzeitsnacht-Felldecke zudeckte.

Trotz der Aufregung, an einem so seltsamen und wundersamen Ort zu sein, waren die beiden Kinder schon eingeschlafen, bevor Shona den Ausgang der Kammer erreichte.

Sie ging den gleichen Weg zurück zu Ciara und traf nun auch Eirik in der riesigen, jetzt von vielen Fackeln erhellten Kaverne an. Er hatte seine Drachengestalt noch nicht abgelegt.

»Ich werde besser schlafen, wenn er heute Nacht der Drache bleibt«, beantwortete Ciara Shonas überraschten Blick.

»Oh.«

»Die anderen werden wahrscheinlich nicht vor Sonnenuntergang hier eintreffen. Du tätest also gut daran, dich auch ein bisschen auszuruhen«, fügte Ciara lächelnd hinzu.

Shona gähnte wieder und dachte, dass das eine sehr gute Idee der *celi di* war. Sie ging zu der Kammer mit ihren Kindern zurück und legte sich zu ihnen zwischen die Felle, und dank dieses seltsamen Gefühls der Ruhe und des Friedens fiel ihr das Einschlafen nur allzu leicht.

Sie erwachte irgendwann, als sie von starken Armen hochgehoben wurde.

»Mmm … hm …«, murmelte sie an Caelis' kräftigem Nacken.

»Pst, *mo toilichte.* Ich bringe dich nur in unser Bett.«

Sie fragte ihn nicht, was er damit meinte, sondern ließ sich von ihm ein kleines Stück zu einer anderen Schlafstatt tragen, die er auf dem Boden vorbereitet hatte. Behutsam bettete er Shona zwischen die Felle, bevor er sich neben ihr niederließ, sie an seinen großen, starken Körper zog und ihr Schutz und Wärme gab.

Shona erwachte nicht ganz, als einige Stunden später Caelis' Wärme verschwand, aber sie merkte, wie ihr die kleine Marjory in die Arme gelegt wurde und eine weitere Felldecke über ihnen ausgebreitet wurde.

Kapitel Vierundzwanzig

Wir können nicht alle unsere Feinde zu Kohle verbrennen, egal, wie groß der Wunsch oder die Versuchung ist.

– Eirik, Prinz der Éan

Während Eirik und seine Gefährtin die heiligen Höhlen erforschten, planten Caelis und Vegar ihre Vorgehensweise. Die anderen MacLeod'schen Soldaten und auch Thomas waren mit ihnen gekommen.

Alle waren bereit, an Caelis' Seite für das Recht zu kämpfen, das Rudel und den Clan zu führen.

»Da heute ein chrechtischer Festtag ist«, bemerkte Maon, »wird das gesamte Rudel an diesem Abend bei Uven auf der Burg versammelt sein. Die Menschen, die in dem Clan geblieben sind, sind klug genug, um sich von seinen *besonderen* Zusammenkünften fernzuhalten.«

Caelis wusste, dass das stimmte. »Dann ist dies genau der richtige Moment für meine Kampfansage.«

»Was trotzdem nicht leicht sein wird.« Maon seufzte. »Eine Lüge zu glauben ist bequemer, als zu kämpfen, um der Wahrheit zum Sieg zu verhelfen.«

»Für einige vielleicht, doch nicht für alle.«

Thomas nickte. »Außerdem werden sie den Beweis in Gestalt von Shona und den Kindern vor Augen haben.«

Caelis gefiel dieser Teil des Plans nicht, was er mit seiner finsteren Miene auch zum Ausdruck brachte.

»Es gibt keinen anderen Weg«, sagte Vegar sehr entschieden.

Maon nickte. »Sie muss an Eurer Seite stehen – nicht nur, um

Uvens Lügen zu entlarven, sondern auch, um allen zu zeigen, dass Menschen nicht geringer sind als Chrechten und dass ihre Stärke größer ist als Uvens Drohungen und Machenschaften.«

Diese Erklärung war eine enorme Veränderung in der Denkweise des mächtigen Faol, und Caelis war froh, dass er dem Mann bei ihrem Kampf nicht das Leben genommen hatte.

Er konnte auch widerstrebend einräumen, dass an Maons Worten etwas dran war, gefallen musste es ihm jedoch nicht.

»Mama ist stark«, fügte Eadan hinzu, dessen kindliches Vertrauen in seine Mutter grenzenlos war. »Sie hat uns aus dem Baronat weggebracht, als Percival mich töten und sie zur Gesellschaft behalten wollte. Und sie *sollte* auch dabei sein.«

Beim bloßen Gedanken an die Art von Gesellschaft, die Percival im Sinn gehabt hatte, entfuhr Caelis ein Knurren. Beschützend zog er seinen Sohn an sich. »Niemand wird euch jetzt noch etwas antun.«

»Ich weiß, Vater.«

Und Caelis wusste, dass er keine andere Wahl hatte, als dem Vertrauen, das auch sein Sohn in ihn setzte, gerecht zu werden.

Die Gerüche und Geräusche zahlreicher Chrechten drangen aus der Burg zu ihnen heraus und waren sogar noch in dem entfernten Waldstück wahrzunehmen, in dem Caelis und seine Anhänger wartend standen.

Er konnte kaum glauben, dass sie nicht aufgehalten worden waren, als sie sich dem Wohnsitz des Lairds genähert hatten. Die MacLeod'sche Burg war keine Festung wie die der Sinclairs oder Balmorals, mit hohen Mauern, Türmen und einem Burghof, doch früher hatte Uven immer eine Truppe von Grenzwächtern gehabt.

Der einst so paranoide Faol'sche Laird war jedoch sehr anmaßend und selbstgefällig geworden. Laut Maon hatte der Mann es sich im letzten Jahr zur Gewohnheit gemacht, sogar seine Grenzwächter für die Dauer des Festes in die Burg abzukommandieren. Nach dem Tod seines Stellvertreters vor einem Jahr und dem Verlust der Soldaten, die er nach Norden geschickt hatte, um seine Tochter zu holen, hätte Caelis angenommen, dass Uven seine Sicherheitsmaßnahmen verschärfen und nicht lockern würde.

Doch anscheinend glaubte der Laird, seine Feinde zu missachten sei schon eine Art von Schutz in sich.

Heute Nacht würde er seine Ansicht ändern.

Selbst vor dem Tor stand nur eine einzelne Wache, und zwei weitere schritten den unmittelbaren Bereich vor dem kargen Burggemäuer ab.

Vegar setzte diese beiden Wachsoldaten mühelos außer Gefecht, indem er als Adler auf sie herabstieß und noch im Flug seine menschliche Gestalt annahm, um sie kampfunfähig zu machen, ohne sie zu töten. Bewusstlos und gefesselt ließ er beide hinter der Burg zurück, bevor er zu seinen Freunden im Wald zurückkehrte.

Uven war sich der Furcht der Éan vor den Faol so sicher, dass er seine Wachen nicht in defensiver Kriegsführung gegen flugfähige Feinde ausgebildet hatte. Die Wachmänner blickten nicht einmal zum Himmel auf, um nach sich nähernden Feinden Ausschau zu halten.

»Gute Arbeit.« Caelis klopfte Vegar auf die Schulter, bevor er sich Shona zuwandte. »Denk an unseren Plan!«

Sie nickte, und ein kleines Lächeln erschien um ihre verführerischen Lippen. »Mit Thomas und den MacLeod'schen Soldaten außer Sicht bleiben, bis du uns das Zeichen gibst.«

Caelis beugte sich vor und küsste sie. »Pass auf dich auf!«

»Das tue ich.«

Caelis nahm die Erinnerung an diesen Kuss und Shonas zärtlichen Blick mit, als er allein und scheinbar völlig sorglos auf die Wache vor der Burg zuschritt.

Wahrscheinlich war der junge Faol'sche Soldat von der Feier drinnen ausgeschlossen und ans Tor beordert worden, weil er Uvens Unmut erregt hatte. Denn so führte dieser Laird sein Rudel.

»Caelis?«, fragte der Mann, der am Fuß der Treppe zum Eingang Wache stand. Er klang erstaunt.

»Aye, ich bin's.«

»Uven sagte, der Sinclair hätte Euch getötet.«

»Wie du siehst, stimmt das nicht.«

»Aber …« Der junge Soldat schien nicht zu wissen, was er sagen sollte.

»Ich muss mit Uven sprechen.«

Der jüngere Mann nickte und merkte erst dann, dass er Caelis' Anliegen vielleicht infrage stellen sollte. »Seid Ihr überhaupt berechtigt, hier zu sein?«

»Ich bin ein MacLeod und ein Chrechte. Ist das nicht Berechtigung genug? Oder willst *du* mein Recht anzweifeln, hier zu sein?«

»Ich …« Der junge Mann schluckte heftig. »Wo wart Ihr? Wenn der Sinclair Euch nicht getötet hat, warum seid Ihr dann nicht schon viel früher zu Eurem Rudel zurückgekehrt?«

»Ich hatte viel zu lernen. Der Sinclair, ein großer Chrechte-Anführer, hat mich nicht getötet, sondern mich zu einem wahrhaft ehrenhaften Chrechten ausgebildet.«

»Was bedeutet das?«, fragte der Junge, verwirrt und zugleich seltsam hoffnungsvoll.

»Das bedeutet, dass Uven nichts anderes getan hat, als diesen Clan und das Rudel für seine eigenen Zwecke zu missbrauchen. Er hat unsere geheiligten Gesetze verfälscht und verdreht, um sie sich für seine widernatürlichen Ziele zunutze zu machen«, sagte Maon, der plötzlich vortrat.

Die Augen des Jungen weiteten sich vor Schreck. »Maon! Bist du nicht auf einem Sondereinsatz für Uven?«

»Das war ich, bis dieser Einsatz meinen Bruder das Leben kostete und mir die Wahrheit über Uvens verquere Lehren offenbarte.«

»Du willst unseren Alphawolf zur Rede stellen?«, fragte der junge Soldat ungläubig.

»Nein«, sagte Caelis und schob den Wachposten freundlich, aber entschieden beiseite. »Das werde ich tun.«

Dann stieß er einen kurzen, leisen Pfiff aus, und fast unmittelbar darauf traten seine anderen Mitstreiter vor. Sie nahmen Shona in ihre Mitte und postierten sich zwischen ihr und der Gefahr.

Der Wachposten blickte sich um, und seine Anspannung nahm zu, als keine anderen Wachen vortraten, um ihn zu unterstützen.

»Du kannst hierbleiben oder mitkommen und zusehen, wie Uven als Laird und Rudelführer zu Fall gebracht wird«, sagte Caelis zu ihm, bevor er die Stufen hinaufstieg.

Die anderen folgten Caelis, und er war gar nicht überrascht, als er auch den Geruch des Wachpostens in ihrer Gruppe wahrnahm.

Caelis hatte einen Plan, wie er Uven herausfordern wollte, doch der würde schneller dahinschwinden als ein angriffslustiger Gegner unter Eiriks Drachenfeuer, falls er Shonas Sicherheit bedroht sehen sollte.

Er riss die Tür zu der Burg auf und trat ein, alle Sinne in höchster Alarmbereitschaft und wachsamer, als es die Feiernden im Großen Saal ganz offensichtlich waren.

Mit einer Hammelkeule in den Händen saß Uven an der erhöhten Tafel und lachte in dem lauten Bariton, der Caelis so vertraut war.

Erinnerungen an diesen Mann bestürmten ihn, der ein Ersatzvater für ihn gewesen war, bis Caelis erfahren hatte, dass seine leiblichen Eltern durch die Hand dieses machthungrigen Alphawolfs gestorben waren.

»Er hat dir viel genommen, aber du bist stärker als er. Selbst wenn du kein Chrechte wärst, wärst du stärker«, hörte er Shonas Stimme über ihre geistige Verbindung.

Ihre Worte erfüllten seine Gedanken und sein Herz, und nun konnte Caelis tun, was getan werden musste. Uven, Laird und Alphawolf des Rudels, musste sterben.

Der skrupellose Laird und sein innerer Kreis schienen alle gleichzeitig Caelis' Anwesenheit zu bemerken, denn ihre Feierlaune erstarb so blitzartig wie die Flamme einer ausgedrückten Kerze.

Uven stand auf und ließ die Hammelkeule fallen, an der er genagt hatte. »Der verlorene Sohn kehrt also zurück.«

»Ich bin nicht dein Sohn.« Caelis erhob nicht einmal die Stimme, weil er wusste, dass die anderen Faol jedes Wort hörten, selbst wenn er im Flüsterton spräche.

Flüstern würde er nicht, doch er würde dem Laird auch nicht die Genugtuung verschaffen zu glauben, er hätte ihn dazu gebracht, die Stimme zu heben.

»Das sagst du, obwohl ich dich wie meinen eigenen Sohn aufgezogen habe?«

»Nachdem du meine Eltern ermordet hattest und den Platz einnahmst, der dir nicht zustand. Aber das scheint ja deine Spezialität zu sein.«

»Du wagst es, mich des Mordes zu bezichtigen?«

»Du bist des Mordes in vielen Fällen schuldig.«

Das Gemurmel um sie herum wurde lauter, und Caelis war sehr verblüfft, als er aus verschiedenen Richtungen kritische Bemerkungen zu Uven hörte. *Wie hatte er nur so blind sein kön-*

nen? Nicht nur für Uvens Perfidie, sondern auch für die vielen Chrechten, die schon lange unzufrieden mit der Führerschaft des Alphawolfes waren?

Uven mochte sich der für seinen Clan bestehenden Gefahren nicht bewusst sein, doch von der Unzufriedenheit seines Rudels wusste er, wie die Grimasse, zu der sich sein Gesicht verzog, verriet.

»Es ist kein Mord, die Treulosen zu töten«, erklärte er mit einem widerwärtigen Hochmut, den Caelis sich niemals erlauben würde.

»Meinungsverschiedenheiten sind keine Treulosigkeit. Du bist ein Alphawolf, kein Gott.«

»Was sind wir denn neben den Menschen, wenn nicht Götter?«, gab Uven zurück.

Caelis antwortete nicht, da ihn der Duft seiner Gefährtin ablenkte, die näher kam. Shona wäre eine miserable Kriegerin, weil sie keine Befehle befolgen konnte, doch abgesehen davon war sie die vollkommene Gefährtin.

»Du bist ein Narr«, sagte Shona hinter Caelis. »Ein aufgeblasener Lügner, der nicht das Recht hat, einen Clan zu führen.«

Caelis spürte, wie sich ein Lächeln auf sein Gesicht schlich. Seine Gefährtin war trotz allem, was sie durchgemacht hatte, sehr direkt und furchtlos.

»Du findest die Respektlosigkeit dieses *menschlichen Weibes* lustig?«, fuhr Uven Caelis empört an.

»Meine *geheiligte Gefährtin* sagt nur die Wahrheit.«

»Sie ist menschlich und *kann* deshalb nicht deine wahre Gefährtin sein. Das habe ich dir doch schon gesagt.«

»Oh ja, das hast du mir gesagt. So wie du mir auch gesagt hast, sie wäre tot. Doch beides waren unverschämte Lügen.«

»Alles, was ich tat und sagte, geschah nur zu deinem Besten«, behauptete Uven und klang, als glaubte er sogar selbst daran.

Aber er war ja schon immer ein guter Lügner gewesen. Ein viel zu guter.

»Es verstößt gegen geheiligtes Chrechte-Gesetz, wahre Gefährten einander vorzuenthalten.«

Uven schlug mit der Faust so hart auf den Tisch, dass Teller klirrend in der Binsenstreu auf dem Boden landeten. »Ich mache die Gesetze für unser Rudel.«

»Als Chrechte bist du ebenso unseren alten Regeln unterworfen wie alle anderen.«

»Sie ist nicht deine wahre Gefährtin«, wiederholte Uven.

Ein schwerer, dumpfer Aufprall ertönte auf dem Dach der Burg.

»Was war das?«

Die anderen Chrechten starrten zur Decke auf, und die überall im Saal aufkommenden Fragen steigerten sich zu einem stetig ansteigenden Lärm.

»Der Beweis, dass Shona meine wahre Gefährtin ist.«

Uvens vernichtender Blick hätte früher einmal Eindruck auf Caelis gemacht, heute jedoch nicht mehr.

Eine Minute später kam Eirik durch die Tür zum Großen Saal, hinter ihm Ciara und Audrey, die Eadan und Marjory an den Händen hielten.

»Wer ist das?«, fauchte Uven, doch dem Zittern seiner Nasenflügel nach zu urteilen, wusste er es schon.

»Das ist Eirik, der Prinz der Éan und Beschützer seiner Rasse.« Caelis beobachtete Uven, um zu sehen, ob er die Bedeutung dieser Feststellung verstand.

Der Rudelführer wurde blass und sagte: »Unmöglich!«

»Ganz und gar nicht«, widersprach Caelis.

»Tötet ihn!« Uven zeigte auf Eirik. »Er ist unser Feind.«

»Er ist mein Freund!« Jetzt erhob Caelis doch die Stimme, aber nicht, weil er die Beherrschung verlor, sondern um den zunehmenden Radau im Saal zu übertönen. »Der Erste, der auch nur *versucht*, ihn anzurühren, wird *meinen* Zorn zu spüren bekommen.«

Uven versuchte, unbeeindruckt auszusehen, doch die Sorgenfalten, die auf seiner Stirn erschienen, konnte er nicht verbergen.

Gut. Es wurde Zeit, dass dieser egoistische Clan-Chef den Konsequenzen seiner Selbstgefälligkeit ins Auge sah.

Wieder ließ Caelis seine Stimme durch den ganzen Saal dröhnen. »Ich fordere das Recht ein, dir die Führung unseres Rudels und unseres Clans streitig zu machen.«

»Du bist kein MacLeod mehr.« Doch selbst ein Kleinkind hätte sehen können, dass Uven nur nach fadenscheinigen Argumenten griff, um sich zu retten.

»Ich trage eure Farben. Ich bin ein Mitglied dieses Clans wie alle anderen hier.«

Und alle anderen in diesem Raum waren Chrechten, die sowohl Caelis' als auch Shonas Geruch in Eadan wahrnehmen konnten, ganz zu schweigen von dem Duft, mit dem er Shona als seine Gefährtin markiert hatte. Sie konnten auch die Wahrheit hören und riechen, weil Uven in seiner Arroganz so wenig Vorkehrungen getroffen hatte, um sie zu verbergen.

Der Mann war so blind vor Egoismus, dass er sich auch noch im Recht glaubte.

»Du denkst, du könntest unsere Gesetze missachten, jeden ermorden, der sich dir widersetzt, und alle belügen, die dir bedenkenlos oder ohne Rechenschaft zu fordern glauben.« Caelis zog sein Schwert und hielt den Griff vor sein Herz. »Ich fordere dich zum Duell, Uven.«

»Du glaubst, du kannst mich schlagen, Junge? Dann bist du ein Narr.« Uven blickte sich um, doch nicht einmal sein innerer Kreis trat vor, um Caelis das Recht zu verweigern, Uven die Stellung des Alphawolfes streitig zu machen.

Die Tatsache, dass Caelis eine lebendige Mauer starker Krieger hinter sich stehen hatte, könnte durchaus etwas damit zu tun haben.

»Du würdest mich wegen dieser kleinen menschlichen Schlampe töten?«, schrie Uven.

»Ich bin keine Schlampe und schäme mich auch nicht, ein Mensch zu sein«, erklärte Shona empört. Sie betonte jedes ihrer Worte.

Caelis wusste, was Uven versuchte. Er wollte Caelis' Beschützerinstinkt ansprechen und ihn dadurch zu überstürzten Handlungen verleiten – doch was er nicht wusste, war, dass Caelis weder an der Stärke noch an der Fähigkeit seiner Gefährtin zweifelte, sich gegen Uvens Dummheit zu behaupten.

Was ihr einstiger Laird dachte, interessierte sie nicht im Geringsten. Seine Worte konnten sie nicht verletzen, auch wenn Caelis den brennenden Wunsch verspürte, sie Uven in die Kehle zurückzustopfen.

»Du hast ihm gedroht«, beschuldigte Shona Uven, doch diesmal hatte Caelis keine Ahnung, wovon sie sprach.

Bisher hatte der Laird wenig anderes getan, als sich aufzublasen und in die Brust zu werfen. Seine Behauptung, Caelis sei nicht stark genug, um ihn zu schlagen, stellte ja wohl kaum eine Bedrohung dar.

Shona wandte sich an Caelis. »Uven hat gedroht, mich umzubringen. Er sagte meinem Vater, wenn wir beide heirateten, würde er mich töten, um dir deine Freiheit zurückzugeben.«

Wut erfasste Caelis, aber er verstand nicht, wie Shona das wissen konnte.

»Ich kann seine Gedanken hören«, sagte sie beinahe ehrfürchtig. »Ich ... ich glaube, es ist meine Chrechte-Gabe.«

»Das ist unmöglich. Du bist menschlich«, widersprach Uven verächtlich.

Shona funkelte ihn hasserfüllt an. »Du hast deine eigene wahre Gefährtin ermordet, weil du glaubtest, dass Chrechten sich nicht an Menschen binden sollten. Du betrachtetest meinen Vater als etwas Verabscheuungswürdiges, weil er ein Mensch war, der einer Verbindung zwischen Chrechte und Mensch entstammte. Du hast meine Mutter vergewaltigt, um meinen beiden Eltern eine kranke, abartige Lektion zu erteilen. *Das* war es, was sie so veränderte.«

Shona wandte sich mit Tränen in den Augen Caelis zu. »Es hatte nichts mit mir zu tun. Es war wegen Uven und dem, was er ihr angetan hatte. Sie hasste mich nicht; sie wollte mich nur um jeden Preis von ihm wegbringen.«

»Sie liebte mich, aber er zerstörte sie.« Die Worte kamen über ihre geistige Verbindung. *»Seine Handlungen hätten auch mich nahezu zerstört, doch das ist ihm nicht gelungen.«*

Selbst der unbändige Stolz in der Stimme seiner Gefährtin konnte die maßlose Wut, die Caelis ergriff, nicht zügeln, aber dann übermittelte seine Gefährtin ihm ein Bild, das ihn davor bewahrte, das Chrechte-Gesetz ebenso zu missachten, wie Uven es getan hatte. Es war eine Erinnerung, die so schön war, dass sie ihn bis in die Seele berührte: der Anblick seines Sohnes, als er zum ersten Mal von seiner Mutter gestillt worden war.

Caelis ließ seinen *conriocht* nicht hochkommen und hielt auch seinen Wolf im Zaum. »Nimm meine Herausforderung an oder gib nach und verlass für immer diese Burg und ihre Ländereien!«, herrschte er Uven an.

Uven wurde blass und erschrak, riss sich aber noch einmal zusammen und prahlte siegessicher: »Heute Nacht wirst du sterben, Emporkömmling!«

Caelis lachte nur und würdigte ihn nicht mal einer Antwort.

Uven verwandelte sich jäh und griff an, ohne Vorwarnung oder ohne den formellen Beginn des Duells abzuwarten.

Caelis hielt sich nicht einmal damit auf, sich zu verwandeln. Er war von dem Besten dazu ausgebildet worden, einen Faol in seiner Chrechte-Gestalt zu bekämpfen, ohne seine Wolfsgestalt annehmen zu müssen.

Geschickt wich er den nach seiner Halsschlagader schnappenden Fängen aus, wirbelte herum, machte dann wieder kehrt und landete in einer Kampfhaltung, die Talorc ihm beigebracht hatte.

Uven knurrte, Speichel tropfte von seinen Lefzen, und seine Augen waren gelb von einem Wahnsinn, den Caelis früher irrtümlich für Chrechte-Macht gehalten hatte. Das Tier sprang wieder vor, doch dieses Mal war Caelis vorbereitet. Auch er täuschte einen Angriff vor, sprang dann aber zur Seite und packte den riesigen Wolf am Genick und an einem Vorderbein.

Wieder wirbelte Caelis im Kreis herum, wieder und wieder, bis er genügend Schwungkraft gewonnen hatte, um loszulassen. Uvens Wolf flog durch die Luft und prallte so hart gegen die Wand, dass das *Knacken* eines zersplitternden Holzbalkens zu hören war.

Großes Geschrei entstand – doch kein einziges Clan-Mitglied kam dem verderbten Laird zu Hilfe.

Der Wolf rutschte aus, als er das erste Mal versuchte aufzustehen. Caelis wartete jedoch ab, bis Uven wieder auf den Beinen war.

Er würde den alten Schuft ehrenhaft töten und stolz auf seine Stärke sein, es tun zu können.

Das Tier knurrte, als es sich wieder fing, und fletschte die Zähne, während es sich an Caelis heranpirschte, nur um in letzter Sekunde blitzschnell die Richtung zu wechseln und Shona anzugreifen.

Caelis brüllte vor Wut und stürzte sich auf ihn, und wie schon vorher schlossen sich seine großen Kriegerhände um das Genick des Wolfes, bevor er ihn erneut gegen die Wand schleuderte.

Diesmal gab Caelis dem heimtückischen Bastard jedoch keine Chance mehr, sich zu sammeln. Er durchquerte mit ein paar langen Sprüngen den Saal, um mit dem Knie auf der Brust des Tieres zu landen.

Mit beiden Händen packte er den Kopf des Wolfes und schaute Uven in die Augen. »Für deine Sünden gegen unsere Leute bist du für schuldig befunden worden und wirst durch die Hand des Cahir den Tod erleiden.«

Die aufblitzende Erkenntnis in Uvens Augen hielt nur so lange an, wie Caelis brauchte, um dem Wolf das Genick zu brechen.

Dann richtete er sich auf und drückte einen Fuß auf das Genick des toten Chrechten. »Ich bin euer Laird und euer Rudelführer. Akzeptiert es oder geht!«, sagte er zu den anderen Chrechten.

»Und wenn wir Euch zum Kampf herausfordern wollen?«, fragte einer aus Uvens innerem Kreis.

Caelis lachte, wie er schon über Uvens übertriebenes Selbstvertrauen gelacht hatte. »Dann fordert mich heraus!«

Zwei taten es, und zwei Chrechte mehr verloren ihr Leben. Caelis hatte ihnen die Wahl gelassen, sich zu fügen oder zu sterben. Beide hatten den Tod gewählt.

Drei tote Faol lagen auf dem Boden des Großen Saals, und Caelis wandte sich an die restlichen. »Gibt es noch andere, die mir mein Recht, die Führung zu übernehmen, streitig machen wollen?«

»Ihr habt Euch nicht einmal in Euren Wolf verwandelt«, sagte der junge Soldat, der den Burgeingang bewacht hatte.

»Menschen sind nicht so schwach, wie Uven stets behauptet hat.«

»Aber Ihr seid kein Mensch.«

»Und doch habe ich in *menschlicher* Gestalt drei Chrechte-Wölfe besiegt.«

Ein Mann ließ sich auf ein Knie nieder, legte eine Hand auf sein Herz und schwor Caelis Gefolgschaft. Innerhalb von wenigen Minuten folgte jeder männliche Chrechte im Raum dem Beispiel des ersten Faol. Nur die Frauen blieben stehen.

Shona trat neben Caelis und sah sich um. »Ich bin ein Mensch, aber ich bin auch Eure Herrin. Schwört Ihr mir ebenfalls die Treue?«

Es dauerte einen Moment, doch dann verneigten sich die Männer einer nach dem anderen vor Shona. Alle bis auf einen.

Uvens Neffe sah Shona grimmig an. »Ich schwöre keiner *Frau* die Treue.«

Caelis bewegte sich so schnell, dass der andere Faol vollkommen verblüfft aussah, als er nach einem Fausthieb auf dem Boden landete. »Du wirst diese Burg verlassen, wenn du dich nicht bei meiner Frau entschuldigst und ihr Treue schwörst.«

Er war nicht überrascht, als der Mann sich wieder weigerte. Caelis blickte sich zu Vegar um. »Verjag ihn von unserem Land!«

Vegar nickte und packte den Mann am Genick.

»Du bist ein Éan«, fauchte Uvens Neffe ihn an.

Vegar grinste. »Wie schön für dich, dass du es bemerkt hast – auch wenn du recht lange dafür gebraucht hast!«

Als sie den Großen Saal verließen, stammelte der Faol noch immer irgendwelchen Unsinn über geringere Éan, während Vegar ihn hinter sich herzerrte wie einen unartigen Welpen.

Caelis blickte durch den großen Raum zu den Frauen hinüber und sah dann Shona an. Sie lächelte und nickte ihm verstehend zu.

Dann wandte sie sich an die weiblichen Chrechten. »Weigert ihr euch, eurem neuen Laird Treue zu schwören?«

»Frauen leisten keinen Treueeid. Niemand würde unsere Schwüre ernst nehmen«, behauptete eine ältere Chrechte.

»Aber die Loyalität einer Frau ist genauso wichtig wie die

eines Mannes«, widersprach Shona. »Und ihr wollt doch sicher keinen schwachen Clan?«

»Nein, den wollen wir nicht«, sagte Uvens eigene Ehefrau.

»Bestimmt nicht«, bekräftigte Shona, die zuerst überrascht aussah und dann einen Moment lang ein Gesicht machte, als würde ihr übel. »Ich weiß, wie es ist, mit einem Mann verheiratet zu sein, der nicht dein wahrer Gefährte ist. Uven ist tot. Der Mann, der dich von ihm befreit hat, bittet dich um deinen Treueschwur. Wirst du ihn ablegen?«

Die Frau nickte und ließ sich auf die Knie fallen, senkte den Kopf und leistete einen aufrichtigen Gefolgschaftseid für Caelis als Rudelführer und Laird und für Shona als seine Lady. Bald folgten auch die anderen Frauen ihrem Beispiel, und der ganze Raum hallte von den weiblichen Stimmen wider.

»Dieser Clan wird sich verändern. Um zu überleben und voranzukommen, müssen wir zu den wahren Gebräuchen der Chrechten zurückkehren. Uven hat uns alle darüber belogen, doch wir werden zu Ehre und Moral zurückfinden, zu einem starken Clan, der *jedes* seiner Mitglieder respektiert und schätzt.«

Jubel brauste auf und steigerte sich zu ohrenbetäubendem Applaus, als Caelis seinen *conriocht* Gestalt annehmen ließ.

Er stand vor seinen Leuten und versprach ihnen, dass ihr zukünftiges Leben anders sein würde, wenn sie von den Täuschungen und irrigen Annahmen der Vergangenheit abließen.

Voller Freude ließ Shona den Blick durch den Raum gleiten, bis ihr ein Mann auffiel, der verstohlen auf die Tür des Großen Saals zuschlich. Er hatte eine Arroganz an sich, die ihr nur allzu vertraut war. »Percy!«

»Wo?«, knurrte Caelis.

Shonas Hand zitterte nicht, als sie auf Percival zeigte, weil dieser niederträchtige potenzielle Kindsmörder ihr keine Angst mehr einjagte.

»Halt ein und stell dich deinem Ankläger, du Hundesohn!«, befahl Caelis.

Percival drehte sich langsam um, doch sein Gesichtsausdruck war mehr von Verachtung als von Furcht geprägt. »Ich habe keinen Ankläger.«

»Du hast versucht, meinen Sohn zu ermorden«, stieß Caelis erbost hervor.

Der Baron öffnete den Mund, um die Anschuldigung zurückzuweisen, aber Thomas war schon da, ohrfeigte ihn und stieß ihn zu Boden, bevor er auch nur ein Wort hervorbringen konnte.

»Er kam her, um nach ihr zu suchen«, sagte Uvens Frau und deutete auf Shona. »Da Ihr früher einmal zu diesem Clan gehörtet, glaubte er, Ihr würdet Zuflucht bei uns suchen. Der englische Baron hat Uven sehr gut dafür bezahlt, Euch zu finden und zu ihm zurückzubringen.«

»Warum hast du uns das nicht gleich gesagt?«, fragte Caelis so wütend, dass Shona fröstelte.

»Ich wusste nicht, dass sie es war, die er suchte, bis sie ihn erkannte«, sagte Uvens Frau in flehendem Ton und demütiger Haltung.

Shona wartete auf Caelis' Antwort, die beweisen würde, ob er den Frauen seines Clans und Rudels genügend Respekt entgegenbrachte, um ihnen zu glauben. *Sie* kannte die Wahrheit aus den Gedanken der Frau, doch er musste ihr aus eigenen Stücken vertrauen.

Caelis' schnupperte einen Moment und nickte dann. »Danke, dass du wenigstens jetzt das Wort ergriffen hast!«

Die Anspannung der Frau wich sichtlicher Erleichterung darüber, dass der neue Laird ihr Glauben schenkte. Der Clan hatte noch einen weiten Weg vor sich, um zu gesunden, aber Shona zweifelte nicht daran, dass er es mit ihrem Ehemann als Laird und Alpharüden des Rudels schaffen würde.

Percival stand inzwischen wieder und machte deutlich, dass er weitaus mehr Stolz als Vernunft besaß, als er sie alle finster anstarrte. »Von mir aus kannst du bei diesen Missgeburten bleiben«, fauchte er Shona an. »Ich will keine Frau in meinem Bett, die es mit einem Hund getrieben hat.«

Caelis trat so dicht an den Mann heran, dass er ihn um Längen überragte. Nun bewies Percival endlich doch genug Vernunft, um Furcht zu zeigen. »Du hast versucht, meinen Sohn zu ermorden, und dafür wirst du sterben.«

»Du kannst keinen englischen Baron töten.«

Plötzlich war ein weißer Wolf da – Thomas, wie Shona wusste.

Caelis deutete mit einer seiner klauenartigen Hände auf den kreidebleich gewordenen Percival. »Töte ihn!«

Thomas griff ihn an, zerfetzte dem Mann die Kehle und beendete ein für alle Mal die von ihm ausgehende Gefahr für Shonas Kinder.

Caelis winkte zwei seiner Soldaten heran. »Bringt den Leichnam zu dem Baronat zurück. Unfalltod durch den Angriff eines wilden Tieres.«

Die Soldaten nickten und hüllten den toten Baron in ein Tuch, bevor sie ihn hinausbrachten. Dann trat Ciara mit einem sanften Lächeln vor. »Wir haben ein Bindungsritual zu vollziehen.«

Shona öffnete den Mund, aber kein Laut kam über ihre Lippen. Ein Bindungsritual? Jetzt?

»Was wäre ein besserer Zeitpunkt?«, fragte ihr Gefährte und bewies ihr einmal mehr, dass sie viel zu laut gedacht hatte.

»Wir haben vier Tote zu verzeichnen.«

»Und deswegen werden viele andere leben.«

Hoffnung erwachte in ihr. Was er sagte, stimmte. Uvens Schreckensherrschaft war vorüber, und auch Percivals Niedertracht war an diesem Abend beendet worden.

Aber ein *Bindungsritual?*

Als Shona die hoffnungsvollen Mienen der Clan-Mitglieder sah, erkannte auch sie, dass alle dieses Symbol der Hoffnung brauchten, und trotzdem zögerte sie noch.

Caelis ließ sich vor ihr auf ein Knie nieder, doch die hünenhafte Gestalt seines *conriocht* überragte sie noch immer. »Ich liebe dich, Gefährtin, mit allem, was ich bin und je zu werden hoffen kann. Wirst du mit mir die uralten Gelübde vor den Leuten ablegen, die uns Treue versprochen haben?«

»Ich glaube dir.« Und so war es auch. Heute glaubte sie ihm, dass er sie liebte und sie nie wieder verlassen würde. Unbändige Freude durchströmte sie und erhellte und erwärmte ein Herz, das schon zu viel Schmerz gesehen hatte. »Du liebst mich wirklich. Und hast mich immer schon geliebt.«

Endlich verstand sie. Er hatte seine Fehler nicht aus mangelnder Liebe, sondern aus der mangelnden Erkenntnis heraus begangen, welch hohen Preis er dafür zahlen würde. Er würde nie wieder ignorieren, was eine Entscheidung, die er traf, seiner Gefährtin abverlangen könnte.

»Das tue ich. Ob als Wolf, als *conriocht* oder als Mann – mein Herz und Leben gehören dir.«

Shona nickte, während die Tränen ungehindert über ihre Wangen rannen und der von ihr ausgehende Duft von Frühlingsblumen ihr grenzenloses, überwältigendes Glück verriet.

Das Bindungsritual war ganz so, wie Caelis es sich stets erträumt hatte in den vielen einsamen Nächten, in denen er allein zwischen seinen Fellen gelegen und sich nach seiner vermeintlich für immer verlorenen Gefährtin gesehnt hatte. Shona gelobte ihm alles in der Sprache seines Volkes, und ihre smaragdgrünen Augen verrieten, dass sie sich der Bedeutung jedes Wortes bewusst war, als er wieder einmal ihre geistige Verbindung nutzte, um für sie zu übersetzen.

Und sie teilten ihre Freude mit dem MacLeod'schen Rudel und nahmen die feierlichen Gelöbnisse ihrer Brüder und Schwestern entgegen, ihre Verbindung zu unterstützen und zu beschützen, wie es sich gehörte.

Auf das Bindungsritual folgte die Zeremonie, die das Rudel in wenigen Stunden vom Tod zum Leben brachte, als auch alle menschlichen Mitglieder des Clans herbeigerufen und versammelt wurden, um ihnen Caelis' Stellung als neuer Clan-Chef bekannt zu geben.

Auch die Menschen wurden vor die Wahl gestellt, Caelis Gefolgschaftstreue zu schwören oder mit der Möglichkeit zu gehen, entweder von dem Clan der Donegals, der Sinclairs oder der Balmorals aufgenommen zu werden. Doch ausnahmslos alle entschieden sich zu bleiben.

Das Ausmaß dieses Vertrauens war eine schwerwiegende Verantwortung, die Caelis jedoch freudig annahm.

Doch nichts war wichtiger als das neue Leben, das Caelis in jener Nacht mit Shona begann, als sie vor allen anderen seine Liebe annahm und die ihre bekräftigte. Damit bewiesen sie dem ganzen Clan, wie wichtig Herzensangelegenheiten sogar für den machtvollsten Chrechte-Krieger waren.

Epilog

Dieselbe Gruppe, die sie von den Sinclairs zu den MacLeods begleitet hatte, stand am nächsten Tag mit ihnen in den geheimen Höhlen der alten Chrechten. Caelis, Shona, ihre Kinder, Audrey, Vegar, Thomas, Prinz Eirik, Ciara, Maon und die anderen MacLeod'schen Soldaten, die ihrem neuen Rudelführer Gefolgschaftstreue geschworen hatten.

Ciara führte sie alle zu der gewaltigen Kaverne mit dem *Faolchú Chridhe* hinunter und wies dort Shona und Caelis an, ihre Hände auf den heiligen Stein zu legen.

Das Bindungsritual der Nacht zuvor war eine öffentliche Legitimation ihrer Beziehung gewesen, doch heute wollte die *celi di* ihrer Verbindung auch den Segen des heiligen Steins zuteilwerden lassen.

Sowie Shonas Fingerspitzen den mächtigen glühenden Smaragd berührten, spürte sie die erstaunlichste Verbindung zu dem Stein. Die Gedanken und Gefühle, die sie bestürmten, waren nicht ihre eigenen, und ihrem Inhalt entnahm sie, dass sie zu den anderen um sie herum gehörten.

»Ich kann die Gedanken anderer hören«, sagte sie zutiefst beeindruckt. Im Großen Saal hatte sie Uvens Überlegungen gehört, bevor er gestorben war, doch sie waren gedämpft und unzusammenhängend gewesen.

Jetzt aber war es fast so, als könnte sie in den Geist eines anderen eintreten, wie sie in ein Zimmer eintrat.

»Das ist die Gabe deiner Natur«, erklärte Ciara leise.

»Aber ich bin ein Mensch.«

»Mit chrechtischen Vorfahren.«

»Du wirst mithelfen, die Fearghall zu entlarven und die *celi di* der Éan und Faol dabei unterstützen, unserem Volk so zu dienen, wie es uns bestimmt ist.«

»Aber ich bin keine *celi di*.«

Ciara lächelte. »Oh doch, das bist du. Du wurdest dazu auserwählt.«

»Aber ...?« Shona blickte fragend zu Caelis auf.

Er erwiderte den Blick, und seine schönen blauen Augen waren voller Liebe. »Du entscheidest selbst, ob du deine Bestimmung annimmst oder ablehnst. Ich stehe zu dir, egal, was du beschließt.«

Shona strahlte vor Glück. »Mit dir als Vorbild, wie könnte ich da weniger tun, als anzunehmen?«

Dann legte jeder in der Höhle seine Hand auf den *Faolchú Chridhe*, alle mit unterschiedlichem Ergebnis. Als Maon ihn jedoch berührte, explodierte ein gleißendes Licht um sie herum, und als Shona wieder sehen konnte, stand ein *conriocht*, der nicht ihr Ehemann war, unter ihnen.

Es war Maon.

»Du musst die Paindeal finden«, sagte Ciara. »Dein Schicksal liegt darin, unsere Rassen wieder zu vereinen.«

Maon erwiderte nichts, denn er war wie betäubt.

Caelis legte seine menschliche Hand auf den Arm des *conriocht*. »Du glaubst, du seist dieser Aufgabe nicht würdig. Du wirst nie das Gefühl haben, es zu sein, doch du bist zum Beschützer unseres Volkes auserwählt worden. Was du mit diesem großen Geschenk anfängst, liegt bei dir.«

Dann wandte Caelis sich wieder Shona zu und bekräftigte nochmals: »So wie auch du entscheiden musst, wie viel von dir selbst du unseren Leuten geben willst.«

»Solange du an meiner Seite bist, werde ich den Chrechten aller Clans und den Menschen unseres eigenen dienen, so gut ich es vermag.«

»Ich werde immer bei dir sein. Ich liebe dich mehr als mein Leben und mehr als meine Pflicht.«

Und Shona glaubte ihm.

Bis in den tiefsten Winkel ihrer Seele.

Glossar

Anya-Gra	Großmutter des Prinzen der Éan, Eirik, der sich aufgrund seiner königlichen Abstammung in einen Drachen verwandeln kann
Cahir	Krieger, die die Fearghall bekämpfen
celi di	Schottische Highland-Priester (männlich oder weiblich), die ohne offizielle Bindung an die römisch-katholische Kirche den Katholizismus praktizieren (historisch korrekte Bezeichnung in Bezug auf Schottland und Irland)
Chrechten	Gestaltwandler, die ihre Seelen mit Wölfen, Vögeln oder Raubkatzen teilen
Clach Gealach Gra	*Herz des Mondes* (geheiligter Stein der Vogel-Gestaltwandler)
conriocht	Werwolf (Beschützer der Faol, verwandelt sich in ein riesiges Wesen, das halb Mensch, halb Wolf ist)
Éan	Gestaltwandler, die die Form von Vögeln (Raben, Falken, Adler) annehmen
Faol	Gestaltwandler, die die Form von Wölfen annehmen
Faolchú Chridhe	*Herz des Wolfes* (geheiligter Stein der Wolfs-Gestaltwandler)
Fearghall	Geheimbund von Wölfen, deren Ziel die Ausrottung/Unterjochung anderer Chrechte-Rassen ist

Hüter des Steines	Chrechte, der oder die eine besondere Verbindung zu dem geheiligten Stein hat und dessen Potenzial voll ausschöpfen kann, um zu heilen, besondere Fähigkeiten zu verleihen und die Beschützer der Rassen (Werwolf, Drache und Greif) hervorzubringen
Laird	Clan-Führer
mo breagha	meine Tochter/meine Kleine
mo gra	Liebste/Liebster, Geliebte/Geliebter
mo toilichte	meine Frau
Paindeal	Katzen-Gestaltwandler (große Raubkatzen)
usquebagh	*Wasser des Lebens* (schottischer Whisky)
Wahre Gefährten	Die Bindung zwischen wahren Gefährten ist eine geheiligte Bindung, die bis zum Tod anhält und es dem Chrechten (männlich oder weiblich) körperlich unmöglich macht, Geschlechtsverkehr mit jemand anders als seinem Chrechte-Partner zu haben

Ein Highlander liebt nur einmal ...

Mia Marlowe
HIGHLANDHERZEN
Roman
Aus dem amerikanischen
Englisch von
Ulrike Moreno
400 Seiten
ISBN 978-3-404-17324-2

Schottland im 16. Jahrhundert: Katherine hätte nie geglaubt, dass sie den Mann, den ihr Vater zu ihrem Gatten erwählt hat, mit solcher Hingabe lieben könnte. Nach mehreren Schicksalsschlägen sind die Eheleute jedoch entfremdet, und Katherine ist so verzweifelt, dass sie zu ihrer Familie flüchtet. Plötzlich findet sich William allein in seiner heimatlichen Burg wieder, dabei ist Katherine die Liebe seines Lebens. Er will verdammt sein, wenn er sie ziehen lässt. Wild entschlossen, sie zurückzugewinnen, reist er ihr nach. Ein echter Highlander kann schließlich jede Frau verführen. Selbst wenn es die eigene ist ...

Werde Teil der Bastei Lübbe Welt
You Tube
www.lesejury.de
Lesen, rezensieren, Bücher gewinnen
Lerne Autoren, Verlagsmitarbeiter und andere Leser kennen